KB199230

노생거 사원

Northanger Abbey

다른 세상으로 나 있는 창문을 보여주는...

제인 오스틴 지음 신미향 옮김

노생거 사원

NORTHANGER ABBEY by Jane Austen

1

캐서린 몰랜드가 아기였을 때 한 번이라도 그녀를 본 사람이라면 누구라도 그녀를 소설 주인공 감으로는 생각하지 않았을 것이다. 사회적인 신분이나 환경, 외모나 성격 그 어느 것을 보더라도 상상조차 할 수 없는 일이었다.

우선 그녀의 아버지는 목사였다. 사람들로부터 냉대를 받거나 가난에 찌들어 고생한 사람은 물론 아니었다. 오히려 여러 면에서 존경받는 사람이었다. 리처드라는 그의 이름이 연상시킬 만큼 잘생긴 얼굴은 아니었지만 재산이 넉넉할 뿐만 아니라 독립심도 대단해서 딸들을 가두어 키우지도 않았다.

캐서린의 어머니는 세상에 적절히 적응해 살아가는 평범한 사람이었다. 성격도 좋았고 특히 몸이 건강했다. 캐서린이 태어나기 전에 이미 아들 셋을 낳았는데, 캐서린을 낳을 때는 무슨 변고가 나도 단단히 날 것이라고 생각했다. 그런데 그런 예상을 완전히 뒤엎고 캐서린 이후에도 아이를 여섯 명이나 더 낳았을 뿐만 아니라 아이들이 성인이 된 지금까지 병치레 한번 없이 건강하게 잘 지내고 있다.

아이들이 열 명이나 되는 행복한 가족이었지만 가족들 대부분이 그야말로 평범한 외모를 물려받은 탓에 외모 면에서는 썩 만족스러워하지 못했다. 캐서린만 하더라도 성숙한 처녀가 될 때까지는 조금도 돋보이는 외모가 아니었다. 삐쩍 마른 데다 곱상하지도 않았으며, 얼굴빛은 더없이 창백했고 머리도 검은색에 부드러운 맛이라고는 조금도 없는 직모였다. 게다가 몸매도 숙녀의 연약함보다는 튼튼하다는 인상을 먼저 주었다. 사실 성격도 그랬다. 모든 면에서 소설 속의 주인공과는 어울릴 수가 없었다.

캐서린은 남자 아이들이 하는 놀이라면 뭐든지 다 좋아했다. 소위 여자 아이들이 어릴 때 즐겨하는 인형 놀이는 말할 것도 없고 애완동물을 기르거나 장미에 물을 주는 행위보다는 크리켓(11명씩 두 팀이 교대로 공격과 수비를 하면서 공을 배트로 쳐서 득점을 겨루는 경기)을 훨씬 좋아했다.

정원 따위에는 전혀 관심을 보이지 않았다. 혹 꽃을 따기라도 한다면 그건 순전히 장난삼아 하는 것일 뿐이었다.

적어도 캐서린에게 있어 금지된 일을 하는 건 장난스런 기질 때문이었다. 그녀는 그랬다. 공부에서도 캐서린은 좀 독특했다. 누가 잡아놓고 차근차근 가르치기 전에는 하나도 혼자서 익히거나 이해하는 것이 없었다. 정신이 산만하거나 바보스럽기 때문인지 누가 가르쳐 줘도 제대로 이해하지 못할 때가 많았다. 어머니가 석 달 동안이나 잡아놓고 가르쳤는데도 겨우 기초적인 주기도문 정도를 암기하는 것이 고작이었다. 그것도 동생인 샐리보다도 떠듬떠듬 읽었다.

그렇지만 캐서린이 바보는 아니었다. 그것은 절대 아니다. 〈토끼와 그 친구들〉을 배울 때는 모두가 놀랄 정도로 뛰어난 재치와 집중력을 보였으니까.

어머니는 캐서린에게 음악을 가르치고 싶어했다. 한쪽 구석에 버려진 채 놓여 있는 낡은 피아노 열쇠를 가지고 노는 걸 좋아했으니까. 캐서린 역시 음악은 자신에게 잘 맞을 것이라고 생각했다. 그래서 여덟 살 때 피아노를 배우기 시작했는데 일 년을 배우고는 더 이상 참을 수가 없었다.

다행히 몰랜드 여사는 아이들 능력이나 취미는 생각지 않고 무조건 자신이 원하는 대로 가르치는 몰상식한 사람은 아니어서 캐서린이 원하는 대로 해주었다. 음악 선생을 해고한 날은 캐서린에게 있어 가장 행복했던 날이었다.

캐서린의 재능은 그림에서도 뛰어난 소질을 보이지 않았다. 그래도 어머니가 편지 겉봉투를 주거나 어디서 종이 조각이라도 구해오면 집, 나무, 닭, 병아리 할 것 없이 나름대로 그리기는 그렸다. 하지만 모두 그저 그랬다. 글자와 셈하기는 아버지가, 불어는 어머니가 가르쳤지만 캐서린은 둘 다 관심 밖이었다. 재능도 받쳐주지 않았으며 시간만 나면 놀 궁리만 했다. 정말 이해할 수 없는 아이였다.

열 살 때까지만 해도 이렇게 문제아가 될 소지가 다분했던 캐서린이었지만 마음이 악하다거나 성격이 모가 난 것은 아니었다. 말도 안 되는 고집을 부리거나 싸움을 하는 일도 없었고 동생들한테도 상냥하게 잘 대해 주었다.

특별히 강요하는 사람도 없었지만 많은 부분 여자답지 못했다. 큰소리로 말하거나, 지나치게 정열적인 것은 사실이었고 구속이나 청결함은 혐오할 정도로 싫어했다.

캐서린이 제일 좋아하는 것, 그것은 집 뒤의 풀로 덮여 있는 언덕을 데굴데굴 구르며 노는 것이었다.

열 살 때까지 캐서린의 모습은 그랬다. 열다섯 살이 되자 외모가 달라지기 시작했다. 머리도 곱슬머리여서 치장하기가 편했고 얼굴빛도 혈기가 돌아 창백하지 않았으며 약간 살이 붙어 몸매도 훨씬 부드러워 보였다. 눈은 총기가 느껴질 정도로 더욱 더 살아 움직였다.

이제 많은 사람들이 캐서린의 외모에 관심을 둘 정도였고, 캐서린 자신도 무도회에 가기를 꿈꾸었다. 밖에서 사내아이처럼 뒹굴며 놀던 버릇은 옷이나 장신구로 몸단장하는 것으로 자연스레 바뀌었고 자라면서 점점 더 영리하고 단정해졌다.

이제는 아버지와 어머니가 딸의 모습을 칭찬하는 걸 듣는 기쁨도 알게 되었다. 특히 "캐서린이 정말 예뻐졌는걸. 이젠 아름다운 처녀가 다됐어." 하는 말을 들을 때마다 느끼는 그 기쁨이라니! 아름다워졌다는 말은 어릴 때부터 예쁘다는 소리를 줄곧 듣고 자란 아이보다 그녀처럼 십오 년 동안 평범하기 짝이 없던 소녀에게라면 몇 배의 큰 기쁨으로 와 닿기 마련이다.

몰랜드 여사는 비록 평범했지만 자식들만은 정말 훌륭하게 키우고 싶었다. 그러나 여러 차례에 걸친 임신과, 그로 인한 젖먹이들을 보살피느라 충분한 시간을 낼 수가 없었다. 큰 아이들은 아무래도 혼자서 지내는 시간이 많았다.

그런 상황을 감안해 볼 때, 타고나기를 여성적인 모습과는 거리가 멀어도 한참 먼 캐서린이 열네 살이 되도록 크리켓이나 야구를 좋아하고, 말을 타고 놀거나 동네 여기저기 뛰어다니며 보냈다는 것이 그리 놀랄 만한 일은 아니었다.

캐서린은 책보다, 적어도 지식 전달을 위한 책보다는 그런 놀이를 더 좋아했다. 사실 그런 책에서 제대로 된 지식이라고는 얻을 수 없는데다 사색이라고는 보이지 않고 온통 이야기밖에 없으니 읽지 않았을 뿐이지 책 자체를 싫어한 것은 아니었다. 어쨌든 열다섯 살이 되고부터 삼 년 동안 캐서린은 아름다운 여성이 되기 위한 교육을 받았다. 매일 벌어지는 여러 가지 일들을 아름답고 감미로운 말로 표현하기 위해 필요한 책들은 모두 읽었다.

누군가를 비난할 때는 알렉산더 포프의 시에서 "비애의 조롱을 견디는"이라는 구절을 생각해내 인용했고, 토마스 그레이가 쓴 시에서는 "수많은 꽃들이 피어나 몰래 얼굴을 붉히고, 사막의 마른 공기 속에 향기를 잃고 만다"를, 톰슨에게서는 "젊은이에게 총을 쏘는 방법을 가르친다는 것, 그것은 참으로 기꺼운 일이다"를 배웠다.

셰익스피어는 그녀에게 가장 많은 것을 가르쳐 준 작가다. 그 중에서도 "한낱 공기만큼이나 가벼운 자들에게 질투는 성경의 말처럼 확고히 다가간다"와 "우리 발밑에 짓밟힌 불쌍한 개똥벌레, 그가 느끼는 고통도 거인이 죽을 때처럼 지독한 것이다"를 가장 좋아했다. 사랑에 빠진 여인은 항상 "슬픔을 향해 조용히 웃음 짓고 있는 인내(忍耐)"처럼 보인다는 말도 배웠다.

지금까지 캐서린은 아주 만족스럽게 변했다. 어떤 면에서는 돋보일 정도였다. 멋들어진 시를 쓰지는 못하더라도 감상하며 읽을 수 있었고 피아노로 멋진 전주를 연주하거나 직접 작곡한 곡으로 파티에 참석한 사람들을 통째로 사로잡지는 못해도 진지하게 다른 사람의 연주를 들을 줄 알았다.

아마 제일 큰 문젯거리는 그림일 것이다. 그림이 무엇인지도 모르고 있는 상태에서는 연인이 생긴다 해도 그 사람 얼굴을 그린다는 건 엄

두도 못 낼 일이었으니 소묘 역시 문제였다. 이 부분에 있어서는 정말 수준미달이었다. 그러나 아직 그림을 그릴 연인이 없으니 자신은 미처 이 문제의 심각성을 깨닫지 못하고 있었다.

열일곱 살이 될 때까지 캐서린은 마음에 드는 젊은이를 찾지 못했다. 자신의 감성을 자극하고, 뜨거운 열정을 불러일으키거나 흠모하는 마음으로 가슴 설레게 하는 사람은 아무도 없었고 가끔 그것도 아주 잠깐 동안 관심을 끄는 사람뿐이었다. 이건 정말 이상한 일이었다. 그러나 이상한 일도 그럴 만한 이유가 있다면 언제나 이해는 되는 법이다.

캐서린 주위에는 귀족이라 할 만한 젊은이가 없었다. 준남작 정도도 찾아볼 수 없었다. 캐서린 가족이 알고 지내는 사람들 중에서 우연히 대문에 버려진 남자애를 기르거나 돌봐 주는 집은 한 집도 없었다. 즉, 혈통을 모르는 사람은 아무도 없었던 것이다. 캐서린의 아버지는 후견자를 두고 있지 않았고, 그 교구의 지주들 역시 아들이 없었으므로.

그러나 족히 사십 집이 넘는 이웃이 있는데 이 아름다운 처녀가 외롭게 자라는 걸 보고 모른 척할 수만은 없을 터였다. 이것이 캐서린에게는 연인을 만날 기회를 가져다 줄 수 있는 기회가 될 수도 있으리라.

알렌 씨는 몰랜드 가족이 살고 있는 윌셔 지방 플러톤 주위에 거대한 영토를 소유하고 있었다. 그러나 건강 때문에 의사가 바스로 가서 휴양할 것을 권유했다. 알렌 부인은 상냥한 여인으로 캐서린을 무척 아껴주었다. 아마 캐서린이 연인을 만날 기회라도 잡으려면 다른 지방으로 여행을 갈 필요가 있다고 생각했는지 바스로 같이 갔으면 했다. 캐서린 부모는 그 말에 동의했고 캐서린은 더할 나위 없이 행복했다.

2

다음 페이지부터 시작될 바스에서 겪게 되는 어려움과 모험으로 들어가기 전에, 독자들이 주인공을 더 잘 이해할 수 있도록 캐서린의 성격에 대해 조금 더 설명하는 것이 좋겠다. 이미 앞서 말한 성품이나 지적인 재능 외에도 캐서린은 참으로 고운 마음씨를 가지고 있었다. 명랑하고 매우 솔직한 성격이며 잘난 척이나 겉치레 따위는 눈 씻고 찾으려야 찾아볼 수 없다.

그녀의 태도는 소녀 때 가졌던 어색함이나 수줍음을 방금 벗어난 듯한 세련미가 풍겼다. 누구나가 좋아하는 외모에 조금만 신경 써 차려입으면 아름다움이 한껏 드러났다. 무엇보다 그녀는 열일곱 살 나이에 어울릴 만큼의 순진무구한 마음을 지니고 있었다.

캐서린이 떠날 날이 다가오자 몰랜드 부인의 걱정은 점점 커져갔다. 이 끔찍한 이별의 기간 동안 캐서린에게 생길 수 있는 수백 수천 가지 좋지 않은 생각이 떠오르자 점점 더 우울한 기분에 빠졌고, 떠나기 이틀 전부터는 눈물이 마를 새가 없었다. 헤어지기 전 캐서린과 단둘이 방에 있을 때 몇 가지 중요한 것들을 일러주었다. 귀족이나 준남작 청년들이 외떨어진 농가로 젊은 아가씨를 강제로 데리고 갈 수도 있다고 일러주는 일 따윈 아예 생각도 못 한 것 같았다. 누구나 그런 생각쯤은 했을 법하지만 몰랜드 부인은 청년들에 대해 아예 모른다고 해도 과언이 아닐 뿐더러 그들이 벌이는 짓궂은 행동이나, 그런 음험한 계책으로 자신의 딸이 위험에 처할 수도 있다는 생각은 할 수도 없었다. 단지 이런 주의를 주는 것이 전부였다.

"캐서린, 밤에 밖에 나갈 때는 항상 목 주위를 따뜻하게 둘러야 한다. 그리고 필요한 돈은 항상 조금씩 가지고 다니도록 해라. 이 책을 줄 테니 그때 이용하면 되겠구나."

샐리, 아니 사라(열여섯에 이르기까지 호칭을 바꾸지 않는 아가씨가 어디 있겠는가?)는 캐서린과 가장 친한 그야말로 단짝이었다. 그런데도 캐서린이 여행하면서 우체국을 지날 때마다 편지를 쓰라고 조르지 않았을 뿐만 아니라 바스에서 새로운 사람을 알게 되거나 재미있는 일이 일어나면 일일이 알려줄 것을 강요하지 않은 건 정말 놀라운 일이었다.

가족들은 이 중요한 여행을 위한 준비를 모두 끝냈다. 처음으로 딸아이를 멀리 보내는 일을 둘러싸고 흔히 생길 수 있는 여러 가지 복잡미묘하고도 부드러운 감정으로 술렁이는 대신 몰랜드 부부와 가족은 늘 일어나는 일을 대하듯 덤덤하게 감정을 자제하는 것처럼 보였다. 아버지는 당신이 은행에 넣어 둔 돈을 자유롭게 꺼내 쓰도록 하거나 딸아이 손에 백 파운드 지폐를 들려줄 만도 했지만 단지 십 기니만 주고는 더 필요하면 언제라도 주겠다고 약속했다.

그다지 좋아 보이지만은 않는 상황 속에서 드디어 캐서린이 출발했다. 여행은 그런대로 조용히, 별일 없이 무사히 끝났다. 강도떼나 사나운 날씨 같은 어려움을 겪지도 않았지만 남자 주인공을 만날 수 있는 행운도 따르지 않았다. 걱정했던 것이 기껏해야 알렌 부인이 나막신을 여관에 두고 온 것이 아닌가 하는 것이었지만 그것도 다행히 아닌 걸로 밝혀졌다.

마침내 바스에 도착했을 때 캐서린의 가슴은 기쁨으로 터질 것만 같았다. 여기저기 눈부시게 아름다운 사방을 둘러보느라 정신이 없었고 마차는 곧 여러 거리를 지나 호텔로 그들을 데리고 갔다. 이곳에서 그녀는 행복을 느끼고 싶었다. 아니, 벌써 행복했다.

그들은 곧 풀트니 가(街)의 괜찮은 숙소에 짐을 풀었다.

이제 앞으로 알렌 부인이 보여줄 행동에 대해 독자들이 쉽게 이해할 수 있도록 그녀에 대한 설명을 약간 덧붙이는 것이 좋겠다.

알렌 부인으로 말하자면 결혼할 만큼 사랑해 줄 남자를 찾았다는 사실만으로 사교계를 깜짝 놀라게 한, 그런 부류의 여자였다. 물론 그런 여자를 찾는 것이 힘든 일은 아닐지도 모른다. 어쨌든 그녀는 아름답거나 영리하지도 않았고 학식이나 뛰어난 예의범절을 갖춘 것도 아니었다. 그러나 귀부인 같은 조용한 분위기와 적극적으로 나서지 않는 얌전한 성격은, 예민하고 천박한 성격을 충분히 메우고도 남았고, 덕택에 알렌 씨와 같이 합리적이고 지적인 남자가 그녀를 선택하게 된 것 같았다.

어떤 면에서 알렌 부인은 캐서린과 같은 아가씨를 사교계에 소개시키기에 더할 나위 없이 적합해 보였다. 그녀만큼 어디든지 놀러가는 것이나 구경하는 걸 좋아하는 여자도 없을 테니까.

그녀에게 드레스는 최고로 관심을 끄는 대상이었다. 멋진 옷을 차려입는 것은 그녀가 가장 소중하게 여기는 기쁨이자 행복 그 자체였다.

그런 이유로 캐서린이 바스를 직접 경험하는 데는 사나흘이나 걸렸다. 그동안 알렌 부인은 바스에서 유행하는 드레스 종류에 대해 알아보았고, 가장 유행에 맞는 옷으로 한 벌을 지어 입었다. 캐서린도 이것저것 따라 살 수밖에 없었다.

모든 준비는 완벽했고, 캐서린을 무도회장으로 데리고 갈 중요한 밤이 다가오고 있었다. 최고의 미용사가 캐서린의 머리 손질을 했고, 조심스럽게 드레스를 입었다. 알렌 부인과 그녀의 하녀 모두가 입을 모아 멋있다는 말을 잊지 않았다. 그런 말을 듣자 약간 용기를 얻은 캐서린은 이제 다른 사람들에게도 그 정도로 인정받고 싶었다. 찬사를 듣게 된다면 더욱 좋겠지만 그것까지 기대하지는 않았다.

알렌 부인이 드레스를 치장하는 데 얼마나 시간이 걸렸는지 결국 무도회에 늦고 말았다. 그들이 도착했을 때 무도회는 이미 한창 무르익고 있었고, 방 안은 방문객들이 발 디딜 틈도 없이 꽉 차 있었다. 알렌 부인과 캐서린은 힘겹게 사람들 사이를 밀치고 들어갔다.

알렌 씨는 도착하자마자 카드 놀이를 하려고 사람들이 모여 있는 방으로 직행해 버렸다. 두 여자만 달랑 남게 되었다. 알렌 부인은 자신이 보호해 주어야 할 캐서린은 걱정하지 않고 새 가운이 더럽혀지기라도 할까 봐 빠른 동작으로 문 쪽에 서 있는 남자들 사이를 뚫고 지나갔다. 캐서린은 그녀 옆에 계속 붙어 서서 팔을 너무 꼭 끼고 있어 누가 조금이라도 건드리면 바스라질 것만 같았다. 게다가 아무리 앞으로 나가도 계속해서 사람들 사이에 남아 있다는 사실에 캐서린은 놀라지 않을 수 없었다.

문 안쪽으로 들어가면 쉽게 빈 자리를 찾아 좀 편안하게 춤추는 모습을 볼 수 있으리라 생각했었는데 앞으로 가면 갈수록 사람들은 오히려 더 많아지는 것 같았다. 예상은 완전히 빗나갔고 지칠 줄 모르고 계속해서 사람들 사이를 파고들어 결국 무도회장 제일 끄트머리까지 갔지만 그곳도 다를 바 없었다. 사람들에 가려서 춤추는 사람들 모습은 보이지 않았고 부인들이 머리 장식으로 하고 온 모자의 깃털만 삐죽삐죽 보였을 뿐이다. 그들은 그래도 계속해서 움직였다. 아직 아무것도 제대로 보이지 않았으니까. 힘을 다해 교묘히 사람들 사이를 빠져나가 제일 높은 곳의 벤치 뒤 통로에 도착했다.

그곳은 그래도 아래쪽에 비해 사람이 적은 편이었다. 아래층에 있는 모든 사람들을 한눈에 볼 수 있었고 자신이 지금까지 힘들게 뚫고 나온 군중들도 보였다. 참으로 놀라운 광경이었다.

캐서린은 그제야 처음으로 무도회에 와 있다는 걸 실감했다. 춤도 추고 싶었지만 아는 사람이 아무도 없었다. 알렌 부인은 계속해서 "캐서린, 네가 춤을 추는 걸 봤으면 좋겠는데. 내가 파트너라도 구해줄 수 있으면 얼마나 좋을까."라며 말로만 잊지 않고 최선을 다했다. 처음 한동안은 부인의 그런 말에 캐서린은 무척 고마워했지만 너무 자주 반복되는 바람에 나중에는 짜증이 날 정도여서 고맙다는 생각은 어느 순간 사라져 버렸다.

그렇게 힘들게 얻은 휴식이건만 그것도 오래 즐기지 못했다. 그들이 자리에 앉은 지 얼마 되지 않아 사람들은 모두 차를 마시러 일어섰고 그들도 그 대열에 끼어 또다시 사람들 사이를 비집고 나가야 했다.

캐서린은 약간 실망스러웠다. 사람들 틈에서 쉴 새 없이 치이는 것도 지겨웠고 흥미를 끌 만한 얼굴도 보이지 않았다. 게다가 그 많은 사람들 중에서 알렌 부인을 제외한다면 아는 사람이라고는 단 한 명도 없었다. 마치 여기가 창살 없는 감옥처럼 느껴졌고, 같은 처지의 죄수들과 말 한마디라도 나누면 지루함을 덜 수 있으련만 그것조차 허락되지 않았다.

마침내 차를 마시는 곳에 도착했지만 같이 차를 마시며 대화를 나누거나 옆에서 시중을 들어줄 만한 남자가 한 명도 없다는 사실에 어색함만 더해 갔다. 알렌 씨는 어디에 있는지 보이지도 않았다. 혹시 낯익은 얼굴은 없나 주위를 좀더 살펴보다 어쩔 수 없이 탁자 제일 끝쪽에 앉았다. 그곳에서는 한 무리의 사람들이 대화를 나누고 있었다. 하지만 그들끼리 서로에게 얘기를 건네고 있을 뿐, 자기에게 말을 건네는 사람은 아무도 없었다.

알렌 부인은 자리에 앉자마자 드레스에 아무 이상이 없다는 사실부터 확인하고는 기뻐하며 말했다.

"찢어지기라도 했더라면 분명 충격이었을 거야. 그렇지 않겠니? 이건 정말 부드러운 옥양목이라서 말야. 이 방 어디를 둘러봐도 이렇게 좋은 천으로 만든 드레스는 보이지 않아."

"아는 사람이 단 한 명도 없으니 너무 불편해요!"

캐서린이 낮은 목소리로 말했다.

"그래, 캐서린, 네 말이 맞아."

놀라울 정도로 차분한 목소리였다.

"이젠 뭘 하죠? 여기 앉아 있는 사람들이 우리가 도대체 여기 왜 와 있나 하는 생각이라도 하면 어쩌죠? 아무도 반기는 사람도 없는데 말예요."

"음…… 좀 그렇긴 해. 정말 불쾌한 일이긴 한데 말이야. 여기에 아는 사람이 많다면 얼마나 좋을까!"

"전 한 명이라도 있었으면 좋겠어요. 그러면 가서 말이라도 할 수 있을 텐데요."

"그래, 캐서린. 단 몇 명이라도 아는 사람이 있으면 지금 당장이라도 가서 같이 얘기하구말구. 지난해에는 스키너 가족이 있었는데, 그게 차라리 올해였으면 얼마나 좋을까!"

"지금이라도 그냥 돌아가는 것이 좋지 않을까요? 여긴 우리를 위해 마련된 차도 없는 것 같아요."

"그래, 이미 한 잔 마셨으니까. 정말 화가 나려고 하는구나. 그래도 캐서린, 아직은 여기 좀더 앉아 있는 것이 좋을 것 같다. 이렇게 많은 사람들 중에 우연이라도 누굴 만나려면 말이다. 그렇지 않니? 내 머린 어때? 아까 지나다가 누가 밀었는데, 어찌나 아프던지."

"괜찮아요, 아주 보기 좋아요. 그런데 아주머니, 이 많은 사람들 중에 정말 한 명도 아는 사람이 없어요? 잘 생각해 보면 있을 거예요."

"내 생각에는 없어. 있으면 정말 얼마나 좋겠니! 그것도 한 명이 아니라 한 수십 명쯤 있었으면 좋겠다. 그럼 네 파트너도 구할 수 있을 텐데. 네가 춤추는 걸 보면 정말 행복할 거야. 어머, 저 이상하게 생긴 여자 좀 봐. 어쩜 저런 드레스를 입었을까! 저건 구식도 보통 구식이 아니야. 저 등 쪽을 좀 봐."

그렇게 시간이 조금 흐르고 나자 그들 곁에 앉아 있던 한 청년이 차를 한 잔 건넸다. 그들은 고맙게 받았고 이걸 계기로 그 청년과 가벼운 이야기 몇 마디를 나누게 되었다. 그러나 그날 밤에 그들이 나눈 대화는 그걸로 끝이었다. 알렌 씨는 무도회가 끝나자 그때야 그들을 찾아왔다.

"캐서린, 무도회는 어땠어?"

그는 직설적으로 물었다.

"정말 재밌었어요."

마구 쏟아져 나오려는 하품을 숨기려 애쓰며 대답했다.

"캐서린이 춤이라도 출 수 있었으면 좋았을 텐데 말예요. 캐서린에게 적당한 파트너를 구해 줄 수 있었다면 얼마나 좋았을까요. 그렇지 않아도 스키너 가족들이 작년이 아니라 올해 여기에 있다면 얼마나 좋겠냐는 말을 하던 중이에요. 페리네 사람들도 여기 다시 올지도 모른다는 말은 비쳤는데, 그 사람들이라도 왔으면 캐서린이 조지 페리하고라도 춤을 출 수 있었을 거예요. 파트너도 없이 보내서 정말 안됐어요."

"다음번에는 좀더 괜찮을 거요."

알렌 씨는 부인을 위로하듯 말했다.

춤이 모두 끝나자 사람들은 하나 둘 흩어지기 시작했고 그제야 좀 편안하게 걸어다닐 만한 공간이 생겼다. 지금이야말로 사람들이 저녁 내내 여기 있는지도 몰랐을 캐서린이라는 존재에 찬사를 보낼 시간이었다. 사람들이 떠나면서 만든 공간은 캐서린의 매력을 한껏 발휘할 수 있는 기회였다. 지금까지 사람들에게 밀려 캐서린 일행과는 반대쪽에 있을 수밖에 없었던 젊은이들이 캐서린을 보았다. 그러나 그 누구도 그녀의 매혹에 사로잡혀 탄성을 지르지 않았고 그녀의 신분을 서로 추측하며 오가는 귓속말도 없었다. 아무도 그녀를 천사처럼 아름답다고 칭찬하지 않았다. 물론 캐서린은 예뻤다. 그 청년들이 삼 년 전의 캐서린의 모습을 보았다면 지금 변한 그녀의 외모에 감탄하지 않을 수 없었을 것이다.

그래도 그녀를 지켜보는 사람들 몇 명과 약간의 찬사가 없었던 건 아니다. 캐서린도 두 명의 신사가 자신을 예쁘다고 말하는 걸 직접 들었다. 그런 말은 대단한 효력을 발휘했다. 내내 지루하기만 했던 밤이 갑자기 즐거웠던 순간들로 바뀌었다. 캐서린의 작은 허영심이 충족된 것이다.

캐서린에게는 비너스 같은 여인의 매혹에 반한 남자들이 수없이 많은 시를 읽어 주는 것보다 그 몇 마디가 더 기분 좋게 느껴졌다. 한층 밝아진 기분으로 자리로 돌아간 그녀는 자신에게로 쏠리는 여러 시선을 느끼며 행복한 시간을 보냈다.

3

아침이면 매일 똑같은 일이 반복되었다. 여기저기 상점에 들렀고 아직 둘러보지 못한 곳이 있으면 구경하러 갔다. 게다가 온천장에 있는 광천수(鑛泉水) 홀로 가서 약 한 시간 동안 물도 마시고 걸어다니기도 했다.

그곳에 있는 사람들을 모두 살펴보았지만 역시 말을 건넬 만한 사람은 아무도 없었다. 알렌 부인은 계속해서 아는 사람이 있으면 얼마나 좋을까를 노래의 후렴구처럼 읊었다. 새로운 하루가 시작되었어도 얘기할 사람이 한 사람도 없다는 걸 깨닫고는 같은 말만 되풀이할 뿐이었다.

알렌 부인과 캐서린은 2류 무도회에 갔다. 이곳에서는 그런대로 운이 좋은 편이었다. 무도회를 연 주인이 캐서린에게 신사답게 생긴 틸니라는 젊은이를 파트너로 소개시켜 주었다. 나이는 약 이십사오 세가량 되어 보였고 키는 큰 편에 속하는, 꽤 깔끔하고 단정한 외모를 갖추고 있었다. 상당히 지적이면서 살아 움직이는 듯한 눈을 가진 사람이었고 아주 잘생긴 편은 아니었지만 눈, 코, 입이 뚜렷한 게 밉상도 아니었다.

그에게서 느껴지는 분위기가 좋았기 때문에 캐서린은 정말 운이 좋다고 생각했다. 같이 춤추는 동안은 별로 이야기할 틈이 없었다. 그 후 차를 마시기 위해 자리에 앉아 이야기를 나누면서 캐서린은 그 사람이 기대했던 그 이상으로 괜찮은 사람이라는 걸 느낌으로 알았다.

틸니 씨는 생기 있는 목소리로 유창하게 말을 이어 나갔다. 그는 장난기와 농담을 섞어 말했지만 캐서린은 잘 이해할 수가 없었다. 한동안은 서로가 자연스럽게 머릿속에 떠오른 생각을 이것저것 얘기하고 있었는데, 그가 갑자기 다른 말을 꺼냈다.

"지금까지 파트너에게 최대한 관심을 쏟았어야 했는데 제가 많이 모자랐던 것 같아요. 아직 바스에 온 지 얼마나 되었는지, 상류 무도회나 극장, 연주회에는 가봤는지, 그리고 어떻게 느꼈는지도 물어보지 못했군요. 제가 너무 부주의했던 것 같아요. 그렇지만 지금이라도 이런 질문에 대답할 수 있겠지요? 준비됐으면 바로 질문을 시작할까 하는데요."

"그렇게까지 생각할 필요는 없어요."

"아닙니다, 당연한 일이죠."

틸니 씨는 미소를 지으며, 일부러 목소리를 가다듬어 장난스런 분위기를 한껏 연출하면서 물었다.

"아가씨, 여기 온 지는 얼마나 되나요?"

"약 일주일 정도요."

캐서린은 웃음을 터뜨리지 않으려 애쓰며 대답했다.

"정말인가요?"

역시 일부러 놀란 체를 했다.

"왜 그렇게 놀라지요?"

"왜냐구요? 당연히 놀랍지요."

그는 원래의 목소리로 돌아가 있었다.

"어쨌든 당신 대답에 어떤 감정으로든 답해야 하는데 놀라움이 개중 좀 쉽잖아요. 그리고 별로 잘못된 점도 없고 말입니다. 아, 계속할까요? 그럼 여긴 처음인가요?"

"그래요."

"아, 그렇군요. 상류 무도회에는 참석해봤나요?"

"예, 지난 월요일에 갔었어요."

"극장에는요?"

"거기도요. 화요일에 연극을 봤어요."

"그럼 연주회는?"

"그곳도요. 그건 수요일이었어요."

"이곳이 마음에 드나요?"

"그럼요, 정말 마음에 쏙 들어요."

"이젠 웃어도 되겠네요. 다시 아까 하던 얘기로 돌아갈까요?"

캐서린은 웃어야 할지 어찌해야 할지 몰라 고개를 다른 곳으로 돌렸다.

"절 어떻게 생각하는지 알 것 같아요."

틸니 씨가 갑자기 엄숙한 목소리로 말했다.

"내일 당신이 쓸 일기에 아주 형편없는 놈으로 등장할 것이 틀림없어요."

"일기라구요?"

"그래요, 전 벌써 뭐라고 쓸지도 알고 있어요. 금요일, 2류 무도회에 갔음. 나무 무늬가 새겨진 옥양목에 파란색으로 끝처리를 한 드레스를 입고, 단정한 검은 구두를 신었는데 아주 좋아 보였다. 어떤 괴상하고 머리가 돈 듯한 남자가 나타나서 같이 춤을 추었고, 그 남자가 말도 안 되는 소리를 늘어놓는 통에 엄청 짜증이 났다. 아니 머리가 확 돌아버리는 줄 알았다."

"말도 안 돼요, 그런 말은 쓰지 않을 거예요."

"그럼 뭐라고 써야 되는지 말해 줄까요?"

"말씀해보세요."

"오늘은 킹 씨가 소개해 준 멋진 남자와 춤을 추고 많은 이야기를 나누었다. 그는 정말 영리한 사람 같았다. 그에 대해서 좀더 알 수 있었으면. 이게 바로 아가씨가 일기에 적었으면 하는 내용입니다."

"그렇지만 전 아마도 일기를 안 쓸지도 몰라요."

"아마 당신은 이 방에 있지 않고, 저도 당신 옆에 있지 않을 수도 있지요. 이런 사실에도 의문을 제기할 수는 있겠지요. 그런데 일기를 안 쓸 수도 있다니요! 일기를 쓰지 않으면 친척들이 바스에 있는 동안 어땠냐고 물으면 어떻게 대답하지요? 매일 오갔던 말들이나 찬사를 일기에 그날 밤 적어 두지 않으면 나중에 누가 이런 말을 했다고 말할 수도 없잖아요. 이날은 어떤 드레스를 입고 얼굴색은 어땠고, 머리 모양은 어땠을지, 일기에 남겨 두지 않으면 도대체 어떻게 기억하지요? 몰랜드 양, 절 어떻게 생각할지는 몰라도 전 그렇게 여자들에 대해서 모르지는 않아요. 일기를 적는 건 좋은 습관입니다. 흔히 대개의 여자들이 남자들보다 뛰어나다고 하는 단순한 형식의 글쓰기를 익히는데도 많은 도움이 돼요. 호감을 줄 수 있는 편지를 쓰는 건 여자들 특유의 재능이라는 걸 누구나 다 인정해요. 아마 천성적인 부분도 있겠지만, 저는 일기 쓰는 습관이 근본적인 바탕이 된 것이라고 믿어요."

"저도 여자들이 남자들보다 편지를 더 잘 쓴다고 생각한 적은 있어요."

아직 확신을 갖지 못한 채 캐서린이 말했다.

"그래도 항상 여자들이 뛰어나다고 말할 수는 없을 것 같아요."

"제가 판단할 수 있는 한은 일반적인 편지를 볼 때 여자들은 거의 완벽해요, 단 세 가지만 제외하면요."

"그게 뭐죠?"

"주제가 빈약하고, 구두점은 아예 신경도 안 쓰고, 마지막으로 문법을 무시할 때가 많아요."

"세상에! 아까 했던 여자에 대한 칭찬을 부인할 필요도 없었군요. 당신은 여자에 대해서 그다지 좋게 생각하는 것이 아니잖아요."

"전 일반적인 걸 말한 것뿐입니다. 여자들이 노래를 더 잘 부르고, 그림을 더 잘 그리는 것처럼, 편지도 더 잘 쓴다는 식으로 말입니다. 심미안이 기초가 되는 일이라면 뭐든지 여성이 뛰어나다고 생각합니다."

알렌 부인이 다가오는 바람에 둘의 대화는 중단되었다.

"캐서린, 내 소매에서 이 핀 좀 빼주겠니? 구멍이라도 낸 것이 아니었으면 좋겠어. 이건 내가 제일 좋아하는 드레스라 제발 그런 일이 없어야 할 텐데. 한 마에 9실링이나 줬다구."

"저도 그 정도쯤 될 것이라고 생각했었습니다, 부인."

틸니 씨가 옷감을 보면서 말했다.

"옥양목에 대해서 아나요?"

"네, 잘 알고 있지요. 제 목도리는 항상 제가 직접 고르는걸요. 언제나 좋은 물건을 제값에 샀어요. 제 여동생은 드레스 옷감을 고를 때도 제 판단을 믿고는 합니다. 어제는 여동생 주려고 옷감을 좀 샀는데, 보는 사람마다 최고의 거래였다고 한마디씩 했습니다. 한 마에 5실링을 주고 샀거든요. 그것도 진짜 인도산 옥양목인데 말입니다."

알렌 부인은 그의 영리함에 무척 놀랐다.

"보통 남자들은 그런 건 신경도 안 쓰는데……. 제 남편은 이 옷이 무엇으로 만들어진 건지도 몰라요. 아예 관심도 없다구요. 여동생은 정말 좋겠어요."

"그러면 다행이죠."

"그럼 캐서린 드레스는 어떤 것 같아요?"

"아주 아름답습니다만, 세탁할 때 문제가 좀 있겠는걸요. 천이 풀어져서 너덜너덜해질 수도 있겠어요."

아주 찬찬히 살펴보면서 말했다.

"어쩌면 그렇게……. 상당히 독특하군요."

캐서린은 웃음을 멈추고 말했다.

"저도 그렇게 생각해요. 캐서린이 이걸 살 때 했던 말이에요."

알렌 부인이 대답했다.

"그렇지만 또 한 가지 알아두어야 할 것이 있어요. 옥양목은 항상 여러 용도로 쓰일 수 있어요. 그러니까 몰랜드 양도 드레스가 마음에 안 들면 손수건이나 모자나 그도 저도 안 되면 망토 같은 걸 만들 수 있을 겁니다. 옥양목은 절대로 쓸모없이 버려지지는 않아요. 제 여동생이 그 말을 자주 하거든요, 실수로 너무 많이 샀다던가 아니면 잘못 잘라서 동강이 천을 만들었을 때는 특히 그렇죠."

알렌 부인이 화제를 바꾸는 듯했다.

"바스는 정말 매력이 넘쳐나는 곳이에요. 여긴 상점이 정말 많아서 좋아요. 우리가 사는 시골에서는 얼마나 멀리 있는지. 그곳에도 솔즈베리로 나가면 좋은 상점이 없는 건 아니지만, 너무나 멀어서 말이지요. 사실 8마일이라면 저한테는 정말 힘든 여행이나 마찬가지예요. 남편은 재어봤더니 9마일이라고 했지만 제 생각에는 8마일 이상은 절대 아니에요. 어쨌든 그 길을 왕복하면 너무 지쳐서 쓰러질 것 같아요. 여긴 문을 나서면 바로 상점이니 단 5분이면 원하는 건 무엇이든 살 수 있어 좋잖아요?"

틸니 씨는 알렌 부인이 하는 말에 일부러 관심을 가지고 들어줄 정도로 예의가 바른 사람이었다. 부인은 다시 춤이 시작될 때까지 옥양목 얘기만 계속했다. 두 사람 이야기를 들으면서 캐서린은 다른 사람이 아무리 좋아하는 얘기라 하더라도 틸니 씨가 너무 깊이 빠져드는 것이 아닌가 생각했다.

"뭘 그리 골똘히 생각하고 있었나요? 제 생각을 한 건 아닌 것 같고, 고개를 가로젓는 걸 보니 별로 기분 좋은 생각은 아니었나 봅니다."

춤을 추러 걸어나가며 틸니 씨가 말했다.

"아무 생각도 안 했어요."

캐서린이 얼굴을 붉히며 말했다.

"상당히 기교 있게 잘 꾸며낸 말이긴 하지만, 그래도 저한테 말하고 싶지 않다는 건 금방 느끼겠는걸요."

"그래요? 그럼 말하지 않겠어요."

"고맙습니다, 이제 곧 우린 친해질 겁니다. 우리가 만날 때마다 이 주제로 당신을 놀릴 수 있게 됐으니 이것보다 우리 사이를 더 친밀하게 만들 수 있는 것이 세상 어디에 있겠습니까?"

둘은 다시 춤을 췄다. 무도회가 끝나고 헤어졌을 때 적어도 캐서린은 그와 계속 만나고 싶다는 생각을 떨칠 수 없었다. 집으로 돌아가서 따뜻한 포도주와 물을 마시고 잠잘 준비를 하는 동안 아니, 꿈에서 나타날 정도로 그 사람 생각을 많이 했는지는 확실하지 않지만, 설사 그 사람 꿈을 꾸었다 하더라도 아주 짧은 꿈이기를 바랐다. 유명한 작가들이 늘 얘기했던 것처럼 남자 쪽이 먼저 사랑을 구애하기 전에 여자가 먼저 사랑에 빠질 수는 없으니까.

그런데도 남자가 자기 꿈을 꿨는지도 모르면서 먼저 그 사람 꿈을 꾼다는 것은, 더구나 젊은 처녀에게는 있을 수도 없는 일이다. 캐서린이 틸니 씨를 꿈에서도 만나고, 사랑의 감정을 품을 정도의 됨됨이가 되는 인물인지는 아직 알렌 씨도 알 수 없는 일이었지만, 그래도 여러 가지 질문을 한 후에 캐서린이 알고 지낼 사람으로 부족함이 없다고 판단했다. 사실 그는 무도회가 시작되자마자 캐서린의 파트너가 누구인지 알아보았으므로, 틸니 씨가 목사이며, 글라우세스터셔의 상당한 명문 출신이라는 걸 이미 알고 있었다.

4

다음날 캐서린은 그 어느 때보다 가슴 졸이며 광천수 홀로 서둘러 갔다. 그곳에서 오전 중에 틸니 씨를 만날 수 있을 것이라 확신하면서 그를 만나면 웃음으로 반겨 주리라 내심 생각했다.

불행히도 웃을 일은 일어나지 않았다. 틸니 씨가 나타나지 않았던 것이다. 바스에 있는 사람이라면 누구나 광천수 홀에 한 번씩은 다녀갔지만 그 사람은 오지 않았다. 많은 사람이 매시간 몰려왔다 몰려나가고, 서둘러 계단을 오르내리고는 했지만 캐서린은 일말의 관심도 없었고, 관심 갖고 싶지도 않은 사람들이었다. 그 중에 유독 그 사람만 없었다.

"바스는 정말 너무 좋은 곳이야. 이곳에 아는 사람만 있으면 더할 나위 없이 좋을 텐데……."

지칠 때까지 홀 안을 걸어 다니다 커다란 시계 밑으로 자리를 잡고 앉으면서 알렌 부인이 말했다.

이 말은 너무 자주 들은 데다 실제로 아는 사람을 만난 것도 아니어서 이젠 좋은 일이 일어날 것이라는 기대 따위는 하지도 않았다. 그러나 지칠 줄 모르는 노력은 결국 좋은 결실로 이어진다는 말이 있듯이 알렌 부인이 하루도 빼놓지 않고 같은 소원만, 그것도 이렇게 지칠 줄 모르게 반복하다 보니 나타날 기미조차 보이지 않던 효험이 결국 모습을 나타냈다. 왜냐하면 자리에 앉은 지 십 분도 채 못 돼 알렌 부인 옆에 앉아 있던 비슷한 나이 또래의 부인이 몇 번이나 알렌 부인을 살펴보더니 먼저 말을 건네는 것이었다.

"부인, 제가 잘못 본 건 아닌 것 같은데, 혹시 알렌 부인 아닌가요? 하도 만난 지가 오래되긴 했지만."

알렌 부인은 곧 그렇다고 대답했다. 말을 건 부인은 소프 부인이라고 자신을 소개했다. 그러자 알렌 부인은 학교를 같이 다녔던, 그때만 해도 상당히 친했던 친구를 기억해냈다. 둘 다 결혼을 한 뒤로 단 한 번 만난 것이 전부였고, 그것도 오래전이었다.

이 우연한 만남에 둘은 몹시 기뻐했다. 특히 지난 십오 년 동안 전혀 소식을 몰랐었기 때문에 보통 반가운 것이 아니었다. 그들은 서로의 외모에 대한 칭찬을 우선 늘어놓았고 다음으로 세월이 얼마나 많이 흘렀으며, 이렇게 바스에서 만나게 되리라고는 상상도 못 했다는 얘기를 끊임없이 주고받으며 옛 친구를 만난 기쁨을 만끽했다.

두 사람은 계속해서 질문을 이어갔다. 남편이나 자식들, 형제들, 사촌들에 대한 소식을 전해 주었다. 그런데 서로의 이야기에 관심을 기울여 듣지 않고 자기 얘기하기에 여념이 없었다. 특히 아이들 얘기를 하면서 소프 부인은 알렌 부인을 완전히 무시할 정도로 말을 많이 했다. 일단 아들들의 재능과 딸들의 미모에 대해 자세히 설명하고 각각의 현재 위치에 대해서도 보충설명을 해나갔다.

존은 옥스퍼드에서 공부하고 있고, 에드워드는 머천 테일러에서 상인으로 일하고 있으며, 윌리엄은 선원이라고 했다. 모두 그 분야에서 전례 없을 정도의 찬사와 기대를 받고 있다는 말까지 덧붙이면서.

알렌 부인은 아이들이라면 할 얘기가 없으니 그렇지 않아도 자신의 말에 귀 기울이지 않는 소프 부인을 압도할 만한 분위기가 아니었다. 어쩔 수 없이 가만히 앉아서 친구가 쏟아놓는 어머니로서의 자부심에 대해 계속해서 경청해야만 했다. 단지 예리한 눈으로, 소프 부인의 외투를 장식한 레이스가 자기 것보다 예쁘지 않다는 사실을 위안으로 삼았을 뿐이었다.

"마침 저기 아이들이 오는군요."

소프 부인은 서로 팔짱을 끼고 다가오고 있는 세 명의 아가씨를 가리키며 말했다. 다들 예쁘고 영리하게 생긴 얼굴이었다.

"알렌 부인, 제 아이들을 만나 보세요. 아이들도 기뻐할 거예요. 제일 키 큰 아이가 이사벨라예요, 큰 애지요. 정말 아름답지 않아요? 다른 아이들도 똑같이 사랑을 받지만 우리 이사벨라가 제일 예쁘답니다."

소프 가의 딸들이 소개되고 그때야 한동안 잊혀졌던 캐서린도 소개되었다. 캐서린이 몰랜드라고 자신을 밝히자 모두 놀라는 것 같았다. 예의바르게 캐서린에게 말을 건넨 후, 큰딸이 동생들에게 큰소리로 말했다.

"세상에! 오빠랑 정말 많이 닮았어!"

"판에 박은 것 같은걸!"

소프 부인도 놀라며 말했다.

"어디서 만나더라도 몰랜드 씨 동생이란 걸 금방 알아보겠어!"

그들은 번갈아가며 그것도 여러 번 합창하듯 말했다.

캐서린은 한동안 놀라 말을 잇지 못했다. 소프 부인과 딸들이 함께 제임스 몰랜드를 어떻게 알게 됐는지 설명하기 시작했다. 그러자 큰 오빠가 다니는 대학에서 친한 친구를 사귀었는데 그 사람 이름이 소프 씨였고 지난 크리스마스 방학 동안 마지막 주를 런던 근처에 있는 그 친구 집에서 보냈다는 사실이 기억났다.

설명이 대충 끝나자 소프 부인은 캐서린과 더 가까이 지내기를 원하며 오빠들이 서로 친구니까 동생들도 이미 친구나 마찬가지라고 말했다. 캐서린은 이 모든 말을 기쁘게 받아들였고 생각해 낼 수 있는 가장 좋은 말만 골라서 대답하려 노력했다. 그녀에 대한 관심의 증표인 것처럼 큰딸은 캐서린에게 팔짱을 꼈고 자매처럼 나란히 홀을 걸었다.

캐서린은 무엇보다 바스에 아는 사람이 생겼다는 사실이 제일 기뻤다. 소프 양과 이야기하는 동안에는 틸니 씨에 대한 생각을 거의 잊을 수 있었다.

그들은 여러 가지 이야기를 나누었다. 둘 사이를 가장 빠른 시간 내 가장 친밀한 관계로 만들기에 가장 적합한 그런 자유로운 대화였다. 예를 들면, 드레스, 무도회, 남자들의 유혹에 대한 얘기나 농담을 주고받았다. 이사벨라는 캐서린보다 네 살이 많았고 그만큼 아는 것도 많았다. 할 이야기가 많은 쪽은 단연 그녀였다. 이사벨라는 바스에서 벌이는 무도회와 턴브리지의 무도회를 비교하는가 하면, 런던에서 유행하는 옷들에 대해서 말해 주고, 옷을 멋있게 연출하는 방법에 대해서도 설명해주었다. 그녀는 남녀가 웃는 모습만 보아도 둘 사이의 관계를 족집게 도사처럼 짚어냈고 짐작할 수 있었고 아무리 많은 사람이 모여 있어도 그 중에서 괴상한 사람은 반드시 찾아내는 재주가 있었다.

이사벨라의 이런 모습에 캐서린은 찬사를 보냈다. 자신은 한 번도 가져본 적이 없는 것들이기에 더욱……. 그들 사이에 생기게 된 이런 존경심은 친해진다는 의미에서는 약간의 부담으로 작용할 수도 있었지만, 이사벨라의 밝은 성격과 태도가 모든 어색한 감정을 누그러뜨려 주었다. 게다가 잊지 않고 만남에 대한 기쁨을 상기시켰기 때문에 둘은 자연스럽게 친해졌고 서로를 향한 관심과 애정으로 일관할 수 있었다.

그들은 점점 더 서로에게 애착을 느껴 광천수 홀을 열두 번이나 걸었는데도 지칠 줄을 몰랐다. 다른 사람들이 모두 멈추자고 했을 때에도 아직 서운함이 남아 있어 이사벨라는 알렌 부인 집까지 동행하겠다고 말했다. 문 앞에서 둘은 사랑을 담뿍 담은 눈길로 한동안 손을 놓지 못했다. 그날 밤에 극장에서 다시 만나고, 내일 아침에는 교회에서 함께 기도를 드릴 것이라는 사실을 생각해내고서야 안심하고 헤어졌다.

캐서린은 바로 위층으로 뛰어올라가 응접실 창문으로 이사벨라가 돌아가는 모습을 지켜보며 그녀의 우아한 걸음걸이와 자태, 드레스에서 풍기는 멋진 분위기에 감동해 내려다보았다. 이런 친구와 사귀게 되었다는 사실이 꿈처럼 행복했고 고맙기만 했다.

소프 부인은 미망인에다 그리 부유하지는 않았지만 성격이 좋았고, 특히나 자식들을 지나칠 정도로 아끼는 사람이었다. 큰딸은 뛰어난 외모를 갖추었고, 동생들 역시 그런대로 괜찮았다. 그들은 늘 언니의 외모와 자신들을 비교하는 버릇이 있었고, 자세나 옷 입는 것까지 모두 따라했다.

소프 가에 대해서는 이 짧은 설명으로, 소프 부인에 대한 길고도 자세한 설명을 대신하기로 한다. 과거에 있었던 사건들, 힘들었던 일들을 그녀의 말대로 다 옮기려면 앞으로 얼마나 많은 시간이 필요할지 모르니 말이다. 영주나 변호사들이 아무 쓸모없는, 이십 년이나 지난 이야기를 세세하게 반복할지도 모르니까.

5

캐서린은 이사벨라의 미소와 고갯짓에 일일이 반응하느라 그날 밤의 연극을 제대로 보지 못했다. 물론 이사벨라의 그런 관심 덕분에 틸니 씨를 찾아 극장 구석구석까지 눈길을 주지 않아도 되었던 건 사실이다. 그래도 캐서린은 그를 찾아보았다. 틸니 씨는 광천수만큼이나 연극도 즐기지 않는 것 같았다. 다만 내일은 좀더 행운이 따르기를 바랄 뿐이었다.

캐서린은 바라던 대로 아침에 날씨가 좋은 것을 보자 그를 꼭 만날 것 같은 확신이 들었다. 바스에서는, 날씨가 좋은 일요일에는 모든 사람이 집을 비우고 밖으로 나선다. 마치 온 세상 사람들 전부가 밖으로 걸어나온 듯이 서로 어울려 산책하며 이웃과 화창한 날씨를 함께 즐기는 것이다.

예배가 끝나자마자 소프 가(家)와 알렌 가(家)는 함께 움직였다. 광천수 홀에는 사람들이 너무 많고, 이맘때의 일요일이면 언제나 그렇듯이 볼 만한 상류 계층들도 별로 없고 해서 그들은 새로운 사람들을 만나 분위기를 전환하려고 크레센트로 서둘러 발걸음을 옮겼다.

이곳에서도 캐서린과 이사벨라는 역시 팔짱을 나란히 끼고 끊임없이 흘러나오는 대화 속에 서로의 달콤한 우정을 만끽하고 있었다. 둘은 많은 이야기를 나누었고 무척이나 즐거웠다. 그렇지만 무도회 때 만난 파트너를 다시 보고 싶었던 캐서린은 마음 한편으로는 은근히 실망이 되었다.

그는 어디에서도 만날 수가 없었다. 아침이나 저녁이나 그의 모습은 도무지 그림자도 찾을 수 없었다. 상류 무도회에도 2류 무도회에도, 가면무도회에도 그 어디에도 그는 없었다. 산책하는 사람 가운데도, 말 타는 사람들이나 마차를 몰고 가는 사람들 가운데도 없었다. 그의 이름은 광천수 홀의 방명록에도 적혀 있지 않아 궁금증만 끝 간 데 없이 커져 갔다.

아마도 바스를 떠난 것이 틀림없다는 생각이 들었다. 그렇지만 단 며칠만 다니러 왔다는 말은 하지 않았는데……. 이런 종류의 신비로움은, 물론 주인공에게는 너무나 잘 어울리기는 했지만, 그의 얼굴과 태도에 대한 상상 속에서 새로운 모습을 더했고 그를 더 사귀고 싶은 열망으로 안절부절못하게 만들었다.

소프 가 사람들은 알렌 부인을 만나기 전에 바스에 온 지 이틀밖에 되지 않았기 때문에 그들한테서 그 사람 소식을 듣기란 거의 불가능했지만, 아름다운 친구 이사벨라와 이야기할 때면 자주 그 사람을 화제로 삼았다. 이야기 중에 이사벨라는 캐서린이 그 사람 생각을 계속할 수 있도록 용기를 북돋워 주었다. 그래서 그런지 캐서린의 상상 속에 각인된 그 사람에 대한 인상은 시간이 지날수록 더욱 강하게 새겨지고 있었다.

이사벨라는 그 사람이 아주 멋진 남자일 것이라고, 그 사람 역시 캐서린을 그리워하고 있을 테니까 곧 바스로 돌아올 것이라는 확신을 주었다. 또한 틸니 씨가 목사라는 점이 더 마음에 든다고 하면서 자신은 목사라는 직업을 특히 좋아한다고 속마음을 털어놓듯 말했다. 그런데 그 말에 왠지 모를 한숨이 섞여 있는 것 같았다. 캐서린은 그런 미묘한 감정을 꼬치꼬치 캐묻는 건 버릇없는 행동 같고 좋지 않은 인상을 줄 것 같아 더 이상 캐묻지는 않았다.

사실 캐서린은 사랑의 섬세함이나 우정을 다져나가는데 반드시 따르는 의무 같은 것에 대해서 충분히 파악할 만한 경험이 없었기 때문에 어떤 때 농담으로 받아치고, 어떤 때 가슴속에 묻어둔 얘기를 꺼내야 하는지 잘 판단이 서지 않았다.

이제 알렌 부인은 아주 행복해 했고, 바스에서의 생활도 만족해했다. 아는 사람들도 몇 명 생겼고, 그 중에서 운 좋게 소중한 옛 친구 가족을 만났기 때문이었다. 뿐만 아니라 그 사람들 가운데 그 누구도 자신만큼 값비싼 옷을 입지 않았다는 사실이 더없이 그녀를 기쁘게 했다.

거의 매일같이 '바스에 아는 사람이 있으면 얼마나 좋을까.' 를 반복하던 것이 '소프 부인을 만나 정말 얼마나 기쁜지 몰라.' 라고 바뀌면서 두 집안이 더 친해질 수 있도록 여러 면에서 노력했다. 마치 캐서린과 이사벨라 사이처럼. 그래서 날마다 소프 부인과 만나 자신들 말로는 '대화' 를 하며 하루의 대부분을 보내고 있었지만, 그 대화 중에 서로 의견을 교환하는 일이란 볼 수 없었고, 주제 비슷한 것도 찾을 수 없었다. 그저 소프 부인은 아이들 이야기를 하고, 알렌 부인은 옷에 대한 이야기를 늘어놓을 뿐이었다.

캐서린과 이사벨라 사이의 우정은 처음 만났을 때 그랬던 것처럼 빠른 속도로 깊어갔다. 서로를 향한 마음이 차츰 커져가는 모든 단계를 너무 빨리 거치는 바람에 이젠 두 사람 사이의 우정을 새롭게 표현할 방법이 없을 정도였다. 둘은 매일같이 만나서 팔짱을 끼고 걸었고 서로가 세례명으로 부를 정도로 다정했다. 춤을 출 때는 친구를 위해 드레스 뒷단을 들어주는 등 언제나 함께 있었다.

혹 아침에 비가 와서 다른 일을 할 수 없을 때에도, 비나 진흙 때문에 두 사람이 만나지 못하는 일은 없었다. 그런 날이면 둘은 방문을 닫고 마주보고 앉아서 소설을 읽고는 했다.

그렇다, 소설! 필자는 자신들이 창작해낸 바로 그 작품을, 스스로 경멸을 섞어 비난하는 일부 소설가들에게서 흔히 볼 수 있는 인색하고 졸렬한 태도는 결코 취하지 않을 것이다. 그들은 자신의 작품에 대해 가혹한 채찍을 휘두르고 있는 일련의 적들에 합류하고, 자신의 아내가 아예 그 소설들을 읽을 기회도 주지 않음으로, 스스로를 적으로 만들고 있는 것이다.

그런 작품이라면, 우연히 집어 들었다 하더라도 그 무미건조한 이야기를 혐오스러운 눈으로 넘겨버리고 말겠지만. 이 얼마나 슬픈 일인가! 소설가가 서로 후원해 주지 않으면 그 누구에게서 보호받고 존중받을 수 있을까? 그런 일에는 결코 찬성할 수가 없다. 비평가들이 한가하게 말도 안 되는 상상을 해대며 말을 꾸며내고, 새 소설이 나오면 신문들이 요즘 불평하는 것처럼 말도 안 되는 얘기를 계속해서 지껄인다면 마음대로 지껄이도록 놔두자. 그렇지만 우리는 서로를 버리지 말아야 한다. 우린 상처 입은 사람들이다. 우리가 내놓은 작품들이 세상 그 어떤 분야의 작품보다 열렬하고 진솔한 찬사를 받을 가치가 있지만, 지금까지 소설만큼 많은 비난을 받은 분야는 없다. 자만심이

나 무지 아니면 무작정 다른 사람들 말을 따라 우리를 비난하는 적들은 우리를 사랑하는 독자들만큼이나 많다. 〈영국의 역사〉의 900번째 축소판을 완성한 사람이나 밀턴, 포프, 프라이어의 수십 권에 이르는 작품을 수집해 단 한 권으로 출판한 사람들의 능력은 문인들이 발행한 신문에서나 잡지에서뿐만 아니라 수많은 문인들에 의해 찬사받고 있다.

그런데 소설가의 능력을 깎아 내리고 그들의 노력은 무시할 뿐만 아니라 그 작품에 대해서도 과소평가하는 경향이 만연한 것 같다. 실제 뛰어난 천재성과 위트, 심오한 심미안으로 가득 차 누구에게라도 추천할 수 있는 작품이라 하더라도 '난 소설은 안 읽어. 소설은 거의 들춰보지도 않아. 내가 자주 소설을 읽을 거란 생각은 아예 하지도 마. 소설 그 자체야 뭐 좋지만 말야.' 이런 위선적인 말들을 얼마나 자주 듣게 되는가? '저……, 뭘 읽고 있나요?' 하고 누가 묻기라도 하면 젊은 아가씨는 '어머, 이건 그냥 소설이에요. 세실리아, 카밀라, 아니면 벨린다 따위죠.' 하며 얼버무리고는 일부러 무관심한 척하거나 순간적으로 수치스러워 하며 책을 옆으로 제쳐 둔다. 간단히 말해서, 인간이 갖고 있는 이성의 위대한 능력을 보여주고, 인간 본성에 대한 심오한 지식을 위트와 유머를 자유자재로 구사해 다양한 표현기법으로 묘사한 작품은 소수에 불과하고 이런 작품들은 훌륭한 언어로 세상 사람들에게 전달된다. 전자에 피력한 소설을 읽고 있다는 사실을 부끄러워했던 그 아가씨가 그런 훌륭한 소설 작품이 아니라 문인 신문이 추천하는 책이라도 읽고 있었다면 위풍도 당당하게 읽고 있던 책을 보여주며 제목까지 알려 주었을 것이다. 그렇지만 그녀가 그렇게 두꺼운 책에 조금이라도 흥미를 가질 확률은 상당히 낮다. 그런 책의 주제나 서술 기법이 문학을 이해하는 사람이 혐오할 만한 것은 아니겠지만, 그 내용이 불합리한 상황과 부자연스런 인물들만을 묘사하고 있는 데다 대화의 화제들도 현재 살아 있는 사람이 관심을 가지지 않는 죽은 것들뿐이고, 선택한 언어 역시 너무 조악해서 어떤 시대의 사람들이 그런 말들을 사용했을지 생각한다면 그 사람들조차 꺼려질 정도이기 때문이다.

6

처음 만난 지 8일 또는 9일이 지난 후, 광천수 홀에서 캐서린과 이사벨라가 나누는 다음 이야기는 두 사람이 서로를 생각하는 마음이 얼마나 지극한지, 그들이 얼마나 사려 깊고 창조적인 생각을 갖고 있는지 알 수 있을 뿐만 아니라 그러한 우정을 더욱더 돋보이게 하는 두 사람의 문학적 취향까지 엿볼 수 있다.

그들은 약속을 정해 놓고 만났다. 이사벨라는 항상 5분 정도 일찍 도착해서, 친구가 나타나자마자 물었다.

"사랑하는 캐서린, 왜 이렇게 늦은 거예요? 한 백 년쯤 기다린 거 같다고요."

"그랬어요? 정말 미안해요. 난 시간에 잘 맞춰 왔다고 생각했는데. 지금이 정확하게 1시잖아요. 어쨌든 오래 기다린 건 아니죠?"

"세상에! 한 십 년은 기다린 것 같아요. 여기서 30분도 넘게 기다렸으니까. 그럼 이제 다른 쪽으로 가서 앉아 얘기나 해요. 할 말이 너무 많아요. 우선, 오늘 아침에 내가 밖으로 나올 때 혹시나 비가 올까 봐 얼마나 걱정했던지. 하늘이 금방이라도 소나기를 쏟아 부을 것만 같아서 얼마나 고통스러웠는지 몰라요. 아, 그리고 방금 전에 밀섬 가에 있는 한 상점에서 세상에서 제일 예쁜 모자를 봤어요. 지금 당신이 쓰고 있는 것하고 아주 비슷한데 리본 색깔이 푸른색이 아니라 붉은색이더라구요. 너무 갖고 싶어요. 오, 캐서린, 오늘 아침 내내 뭘 했어요? 우돌포, 읽었어요?"

"그래요, 눈뜨자마자 계속 그 책만 읽었어요. 검은 천 이야기까지 읽었어요."

"그래요? 정말 재밌었겠네. 아무리 그래도 그 검은 천이 뭔지 말해 주지 않을 거예요. 알고 싶어 안달인 것 같은데요?"

"정말 그래요. 도대체 뭘까요? 그래도 말하지 말아요. 그런 부분은 직접 읽고 싶어요. 그건 해골일 것 같아요. 내 생각에는 로렌티나의 해골이 틀림없어요. 세상에, 전 이 책에 홀딱 빠졌어요. 평생 동안 읽어도 지루하지 않을 거예요. 정말이지, 이사벨라를 만나지 않았다면 이런 기쁨은 알지도 못했을 거예요."

"캐서린, 당신을 만나 내가 얼마나 행복한지 모를 거예요. 우돌포를 다 읽으면 이탈리아 소설을 같이 읽어도 좋을 것 같아요. 벌써 똑같은 종류의 소설로, 한 열두 권쯤 당신이 좋아할 만한 걸로 목록을 만들어 뒀어요."

"정말요? 어머, 너무 좋아요. 그래, 어떤 책이에요?"

"지금 제목을 읽어 줄게요. 여기 지갑에 넣어 뒀거든요. 월벤바하의 성, 클레몬, 알 수 없는 경고, 검은 숲의 마법사, 한밤의 종소리, 라인 강의 고아, 공포의 미스터리. 한동안은 재밌게 보낼 수 있을 거예요."

"그럼요, 정말 그럴 거예요. 전부 공포 소설 맞아요? 정말요?"

"그럼요, 확실해요. 내 각별한 친구 중인 앤드류스 양이 벌써 이 책들을 다 읽은걸요. 그녀는 정말 세상에서 제일 사랑스런 사람이에요. 캐서린도 앤드류스를 만나면 좋아하게 될 거예요. 그녀에게 흠뻑 빠지게 될 게 틀림없어요. 지금은 망토를 직접 뜨고 있는데, 세상에 그렇게 예쁜 망토는 본 적이 없어요. 내 생각에 앤드류스는 정말 아름다운데, 남자들이 그다지 따르지 않는다는 사실이 좀 가슴이 아프긴 해요. 그래서 내가 마구 꾸짖었지 뭐예요."

"꾸짖었다고요! 앤드류스 양을 좋아하지 않는다고 그 사람들을 야단쳤단 말이에요?"

"그래요, 그랬어요. 내가 정말로 사랑하는 친구를 위해서라면 난 못할 일이 없어요. 누군가를 미적지근하게 사랑한다는 건 내겐 상상도 할 수 없는 일이지요. 내 천성에 맞지도 않고, 내 사랑은 항상 지나칠 정도로 강해서 문제지요. 이번 겨울 모임에서 헌트 대위를 만났을 때, 앤드류스 양이 아름답다는 사실을 인정하지 않으면, 밤새도록 졸라도 같이 춤추지 않을 것이라고 말했어요. 남자들은 우리 여자들한테는 진정한 우정이란 것이 없다고 생각하는 것, 당신도 알지요? 나는 그렇지 않다는 걸 보여주고 싶어요. 그러니까 누구라도 캐서린, 당신에 대해서 안 좋은 얘기를 한다면 내가 가만두지 않을 거예요. 물론 그런 일은 있지도 않겠지만, 당신은 남자들이 제일 좋아할 만한 그런 여자니까 말예요."

"세상에, 그런 말을……."

캐서린이 얼굴을 붉히며 놀란 듯이 말했다.

"난 당신을 잘 알고 있어요. 캐서린, 당신은 활기로 넘쳐나는 것 같아요. 사실 그 점이 앤드류스에게 부족한 점이기도 하고. 다시 말하지만 앤드류스는 너무 활기가 없어요. 아, 잊어버릴 뻔했네. 어제도 우리가 헤어지자마자 어떤 남자가 당신을 뚫어지게 쳐다보고 있더라구요. 당신을 사랑하고 있는 것이 틀림없어요."

캐서린은 얼굴을 붉히고 그렇지 않다고 다시 한 번 변명했다.

이사벨라는 소리 내어 웃으며 말했다.

"아니, 맹세코 사실이에요. 내 얘길 들어 봐요. 당신은 지금 누군지 말은 안 하겠지만 단 한 사람의 관심만을 원하고 있어요. 다른 사람에게는 전혀 관심이 없다구요. 물론 당신 잘못은 아니지만 말예요. (좀 더 심각한 어조로) 사실 당신 감정은 쉽게 이해할 만해요. 한쪽으로 마음이 가고 있을 때는, 그 어떤 사람이 찬사를 보낸다 하더라도 조금도 기쁘지 않다는 거 말예요. 그 사람에 관한 일이 아니라면 모든 것이 무의미하고, 지루하게 느껴지는 거지요, 맞지요? 난 당신을 완벽하게 이해할 수 있어요. 이해하고 있다구요."

"그렇지만 그 사람 생각을 좀 줄여야 할지도 몰라요, 이젠 다시 못 볼지도 모르니까요."

"다시 못 본다고요? 세상에, 캐서린! 그런 얘기를 하면, 그런 생각을 하면 너무 슬퍼지잖아요."

"그래요, 정말 그런 생각은 하지 말아야죠. 내가 그 사람을 별로 좋아하지 않는 것처럼 말할 수는 없어요. 그렇지만 우돌포를 읽는 동안에는 아무도 날 비참하게 만들 수 없다는 생각이 들었어요. 그 끔찍한 검은 천! 이사벨라, 그 뒤에 로렌티나의 해골이 있는 것이 틀림없어요. 그렇죠?"

"전에 우돌포를 한 번도 읽지 않았다니 참 이상해요. 캐서린 양의 어머니가 소설을 읽지 말라고 하지는 않으셨을 것 같아요, 어때요?"

"맞아요. 어머니는 소설을 싫어하지는 않으세요. '찰스 그랜디슨 경' 이라는 소설을 자주 읽으셨어요. 그런데 새 책을 읽기란 힘든 일이거든요."

" '찰스 그랜디슨 경' ? 그 책은 정말 무서운 책이에요, 그렇지 않아요? 앤드류스는 너무 무서워서 한 번도 제대로 못 읽었어요."

"그렇지만 우돌포 정도는 안 돼요. 그래도 상당히 재밌는 책이긴 해요."

"정말 그렇게 생각해요? 난 너무 놀랐어요. 난 그 책은 읽기가 불가능하다고 생각했었는데. 어쨌든 캐서린, 오늘 밤에 머리는 어떻게 장식할 생각이에요? 난 이제부터 당신하고 똑같은 장식을 할 생각이에요. 남자들이 가끔 그걸 주목하기도 하거든요."

"그렇지만 그게 그리 중요한가요?"

캐서린이 순진하게 물었다.

"중요하냐고요! 세상에. 난 남자들이 뭐라든 그 말에는 절대 신경 쓰지 않는 사람이에요. 남자들한테 기분 좋게 대하지 않고 거리를 두면 어떨 때는 이상하게 행동한다구요."

"그래요? 난 한 번도 그렇게 생각한 적이 없어요. 나한테는 항상 예의바르게 행동하던데요."

"남자들은 항상 그런 분위기를 보여 줄뿐이에요. 남자들은 하나같이 자기들이 제일 잘난 줄 안다구요. 자기가 세상에서 제일 중요하다고 생각하는 사람들이지요. 아, 그건 그렇고 수백 번도 더 생각했는데 매번 잊어버렸네요. 캐서린, 남자들 얼굴 색중에서 어떤 색을 좋아해요? 짙은 색이 좋아요, 아니면 흰색?"

"잘 모르겠어요. 한 번도 생각해 본 적이 없어서. 아마 그 중간쯤이면 좋을 것 같아요. 갈색이오. 그렇게 희지도 않고 검지도 않은."

"좋아요, 캐서린. 그 사람이 바로 그럴 거예요. 당신이 틸니 씨에 대해서 해준 말 말예요. 지금도 생생하게 기억이 나거든요. 갈색 피부에 짙은 눈, 약간 짙은 머리색깔이라고 그랬어요. 내 취향은 약간 달라요. 난 밝은 색의 눈이 좋아요. 피부색이라면 음, 옅은 색이 제일 좋아요. 혹시 이런 외모를 가진 사람을 만나면 절대로 날 배신하면 안 돼요."

"배신이라고요! 도대체 무슨 말이에요."

"아, 내 말은 날 실망시키지 말란 말이에요. 내가 말을 너무 많이 한 것 같네요. 그 얘기말고 다른 얘기하지요."

아직 놀라서 멍한 캐서린은 이사벨라의 말을 따랐다. 잠시 동안 말없이 있다가, 지금 이 세상에서 가장 그녀의 관심을 끌고 있는 로렌티나의 해골 생각이 나서 그 말을 하려던 참이었는데, 이사벨라가 먼저 말했다.

"세상에. 캐서린, 우리 이 방에서 나가요. 저기 앉아 있는 저 두 사람이 반 시간도 넘게 계속해서 날 쳐다보고 있어요. 저 사람들 때문에 난처한 처지가 됐어요. 저쪽에 가서 새로 들어오는 사람들을 보는 것이 낫겠어요. 거기까지 우릴 따라오지는 못할 거예요."

그들은 방명록이 있는 곳으로 걸어갔다. 이사벨라가 이름들을 훑어보고 있는 동안 캐서린은 이 불길한 남자들이 다시 접근하는지를 지켜보아야 했다.

"이쪽으로 오지 않지요, 맞아요? 우릴 따라올 정도로 뻔뻔스럽지 않았으면 좋겠어요. 이쪽으로 걸어오면 내게 말해 줘요. 난 절대로 쳐다보지 않을 거예요"

잠시 후에 캐서린은 기쁜 목소리로 그 사람들이 홀을 떠났으니 더 이상 걱정할 필요는 없다고 이사벨라에게 말했다.

"그래요? 어느 쪽으로 갔어요? 한 명은 굉장히 잘생긴 사람이었는데."

황급히 고개를 돌리며 이사벨라가 물었다.

"묘지 쪽으로 가는 것 같았는데……."

"아, 이제 그 사람들이 가 버렸다니 정말 다행이에요. 어, 캐서린! 나와 같이 우리 집으로 가서 내가 주문한 새 모자를 보지 않을래요? 보고 싶다고 말했잖아요."

"그러면 그 두 사람을 만날지도 몰라요."

캐서린이 덧붙였다.

"그건 걱정하지 마세요. 좀 빨리 걸으면 곧 그 사람들을 지나칠 수 있을 거예요. 그 모자를 정말 보여주고 싶은데."

"그럼 한 몇 분만 기다리면 어떨까요? 그럼 그 사람들을 보지 않아도 될 텐데."

"그 사람들에게 그런 신경은 안 써도 돼요. 정말이이에요. 난 남자들에게 그렇게 신경 쓰지 않아요. 아예 관심도 없다구요. 늘 여자들이 그렇게 신경 쓰는 바람에 남자들 버릇만 나빠진 거라구요."

캐서린은 그 말에 뭐라고 한마디도 대꾸할 수가 없었다. 그래서 이사벨라의 독립심과 남자들에 대한 무시를 보여주기라도 하듯 그들은 가능한 한 빠른 걸음으로, 그 두 남자들이 간 길을 따라갔다.

7

곧 그들은 온천 정원을 지나 유니온 패시지 반대편의 아치 길에 도착했다. 그렇지만 그곳에서 멈출 수밖에 없었다. 바스를 한 번이라도 방문한 적이 있는 사람이라면 하루 중 이 시간쯤에 칩 가(街)를 건넌다는 것이 얼마나 힘든 일인지 알고 있을 것이다. 이 길은 너무 복잡한 데다 런던이나 옥스퍼드로 향하는 도로들과 연결되어 있을 뿐만 아니라 바스에서 제일 유명한 호텔까지 위치해 있어서 항상 사람들과 마차로 붐볐다. 그래서 제과점이나 모자 상점으로 가거나 혹은 남자를 쫓아가는(지금이 이 경우이지만) 따위의 다양한 용무를 가진 여자들이 길을 나설 때면 항상 마차나 마부 또는 짐마차 때문에 가던 길을 멈출 수밖에 없었다. 이사벨라는 바스에 머문 이래로 매일같이 적어도 세 번씩은 이 불편함을 느꼈고 불편해 했다. 지금 그녀는 다시 한 번 불평을 하지 않을 수가 없었다. 유니온 패시지를 바로 눈앞에 두고 있는 데다 그들이 쫓고 있는 두 남자가 방금 사람들 속을 뚫고 들어갔기 때문이다. 이 흥미로운 골목 가에 죽 나 있는 하수구를 따라 걷다가 막 길을 건너려던 찰나에, 갑자기 이륜마차 한 대가 길을 가로막았다. 교활한 표정의 마부는 그렇지 않아도 말을 몰기에 험한 길을 온 힘을 다해 모는 바람에 자신뿐만 아니라 승객과 말의 목숨까지 일순간 위험해 보였다.

"어머, 이런! 마차가 어떻게! 정말 너무 싫어."

이사벨라가 올려다보며 말했다.

그러나 이런 혐오감이 마땅한 것이긴 했지만 오래가지 못했다.

"어머나, 세상에! 몰랜드 씨, 오빠!"

다시 고개를 든 그녀가 소리를 질렀다.

"제임스 오빠잖아."

동시에 캐서린 역시 소리를 질렀다.

젊은이들이 놀라 소리쳤다. 놀란 말이 갑자기 멈추었고 그 바람에 말은 넘어질 뻔했다. 마부는 당황하여 어쩔 줄을 몰라 했다. 젊은이들은 밖으로 뛰어 나오고 마차는 다시 마부의 손에 넘겨졌다.

이렇게 만나리라고는 꿈에도 생각 못 했던 캐서린은 기쁨을 완연히 드러내 보이며 오빠를 맞이했다. 상냥한 성격에 특히 캐서린을 아껴주는 제임스 역시 다정한 사랑을 드러내 보여주었다. 이렇게 둘이 반가워 인사를 하는 동안 소프 양은 빛나는 두 눈으로 제임스의 주목을 끌기 위해 끊임없이 움직이고 있었다. 곧 그녀에게도 제임스가 예의를 차려 인사를 했다. 캐서린이 남녀 사이의 감정에 대해 조금만 더 알고 있었더라면, 자신의 감정에 그렇게 몰입되어 있지 않았더라면 오빠와 이사벨라의 인사 속에, 기쁨과 당황스러움이 캐서린의 친구 이사벨라의 아름다움에 반했기 때문이라는 걸 눈치 챘을 것이다.

한편, 말들을 정돈하고 있던 존 소프가 곧 그들에게 합세했다. 소프 씨는 캐서린에게 예의바른 인사를 건넸다. 이사벨라에게는 별로 신중을 기하지 않은 듯 살짝 손을 건드렸을 뿐이지만 캐서린에게는 뒷발을 뒤로 빼내 정중하게 인사를 하고 고개까지 숙였다. 소프 씨는 중간 정도의 키에 상당히 살이 붙은 편이었다. 평범하게 생긴 얼굴에 그리 우아하다고 할 수는 없는 몸매였고, 멋지게 차려입지 않으면 무슨 큰일이라도 난다고 생각하며 지나치게 예의를 차려 조금이라도 소홀하면 무례하게 보일까 걱정하는 그런 사람이었다. 그가 시계를 꺼냈다.

"몰랜드 양, 테트베리에서 여기까지 오는 데 얼마나 걸렸을 것 같습니까?"

"전 거리를 잘 몰라요."

그러자 제임스가 이십삼 마일이라고 일러주었다.

"이십삼 마일이라고! 인치로 계산하면 이십오인걸."

소프 씨가 말했다.

몰랜드는 지도를 펼쳐놓고, 여관 주인의 얘기와 이정표 따위를 예로 들며 틀렸다고 말해주었다. 그런데 친구인 소프 씨는 그걸 완전히 무시했다. 그는 거리에 대해서라면 자신 있다고 했다.

"우리가 온 시간으로 따져 보면 이십오 인치가 맞아. 지금이 1시 30분인데, 우리가 테트베리의 여인숙을 나올 때 시계가 11시를 쳤다구. 마구를 달고 한 시간에 적어도 10마일은 말을 몰 테고. 그러니까 이십오가 되는 거지."

그가 말했다.

"아니야, 한 시간을 빼먹었어. 우리가 테트베리에서 나올 때는 11시가 아니라 10시였어."

몰랜드가 말했다.

"10시라고? 11시였어. 맹세코! 내가 종소리를 전부 세었다구. 몰랜드 양, 오빠가 말도 안 되는 얘길 계속하는군요. 내 말을 들어 보십시오. 세상에서 이처럼 빨리 달리게 생긴 말을 본 적이 있나요? (하인은 방금 전에 마차에 올라서 말을 몰고 가 버렸다.)"

"이런! 세 시간 반은 이십삼 마일이 되잖아. 저 말 좀 보고 생각 좀 해 보세요."

"튼튼하게 생겼군요."

"물론이죠. 우리가 월콧 교회에 도착할 때까지도 땀 한 방울 안 흘렸다구요. 여기 앞발을 좀 봐요. 여기 허리도요. 움직이는 것만 봐도 알 수 있어요. 이 말이 한 시간에 십 마일도 못 달린다는 건 상상도 할 수 없어요. 설사 이 발을 묶어도 끄떡없이 계속 갈 겁니다. 이 마차 어떻게 생각하세요, 몰랜드 양? 멋있죠, 그렇지 않나요? 마구도 잘 만들어졌지요, 시내에서 최고 기술자가 만든 겁니다. 제가 산 지는 아직 한 달도 채 안 돼요. 기독교인인 내 친구가 주문해서 만든 건데, 아, 그 친구 아주 좋은 친구지요. 아마 손에 익을 때까지 한 몇 주 동안 몰았을 겁니다. 그전까지 전 쌍두 이륜마차를 끌고 있었는데 마침 좀 가벼운 마차를 찾고 있었어요. 우연히 맥달렌 다리에서 그 친구를 마주쳤어요, 그게 지난 학기인데 그 친구는 옥스퍼드로 가고 있던 중이었어요. 그 친구가 혹시 이렇게 작은 마차 어떠냐고 묻더군요. 이런 종류로는 최고인데 벌써 지겨워졌다구요. 젠장, 그래서 팔려고 한다더군요. 그래 제가 사겠다고 하고는 가격을 물었어요. 몰랜드 양, 그 친구가 얼마에 모두 팔겠다고 했을지 생각해 보세요."

"전혀 추측도 못 하겠는걸요."

"쌍두 이륜마차에 마구까지 몽땅 말입니다. 의자, 트렁크, 검을 넣는 곳도 있고, 여기 이 빛나는 나무에 램프, 주물은 은으로 되어 있어요. 자세히 보면 모든 것이 완벽하다는 걸 알 수 있을 겁니다. 금속 마무리도 최고지요. 그 친군 오십 기니를 불렀어요. 그 가격에 그냥 사기로 했어요. 그래서 바로 돈을 던져 주고는 마차를 내 것으로 만든 겁니다."

"그렇군요. 전 그런 데는 아는 것이 없어서 이게 싼지 비싼지 도무지 판단이 서지를 않는군요."

캐서린이 말했다.

"그리 싼 편도 비싼 편도 아닙니다. 물론 좀더 싼 가격에 살 수도 있었지만 말입니다. 전 가격을 가지고 실랑이를 벌이기는 싫거든요. 그리고 그 불쌍한 친구도 현금이 필요했구요."

"마음이 아주 착하시네요."

캐서린이 칭찬하듯 기분 좋게 말했다.

"어, 이런! 칭찬받을 행동은 아닌데요. 돈 좀 있다고 해서 친구를 동정하듯이 돕는 것은 싫습니다."

두 사람은 캐서린과 이사벨라에게 어디로 가던 길이냐고 물었다. 그들이 대답하자 두 젊은이는 소프 부인에게 안부도 전할 겸 같이 에드가 빌딩으로 가기로 했다. 제임스와 이사벨라가 앞서 걸었다. 이사벨라는 이 예상치 못한 행운에 너무 기분이 좋았고, 오빠 친구이자 이제 자기 친구 오빠가 된 이 사람과 함께 걸을 수 있다는 것이 너무 행복했다. 그 순간 자신의 감정도 한없이 순수하고 아무런 교태도 들어 있지 않았기 때문에 같이 걷던 두 사람이 밀섬 가에서 앞서 걷던 두 젊은이를 만났을 때도 그들의 시선을 끈다는 건 생각도 못 했을 뿐만 아니라 단지 세 번 뒤돌아보았을 뿐이었다.

존 소프는 물론 캐서린과 계속해서 같이 걸었다. 잠시 동안 서로 말 없이 걷다가 소프 씨는 다시 마차 얘기를 꺼냈다.

"몰랜드 양, 그래도 어떤 사람들은 제가 아주 싼 값에 잘 샀다고 생각할 겁니다. 내일 당장 다시 판다고 해도 십 기니 정도는 더 얹어서 팔 수 있으니까요. 한 번은 오렐에 사는 잭슨 씨가 육십 기니에 사겠다고 했습니다. 몰랜드도 그때 같이 있었는데."

"그래, 그런데 말도 포함되었다는 걸 잊어버렸지."

이 말을 들은 몰랜드가 뒤돌아보고는 말했다.

"그래, 말! 젠장! 내 말은 백 기니를 준다고 해도 안 팔 겁니다. 그건 그렇고, 몰랜드 양, 무개 마차는 좋아하나요?"

"네, 아주 좋아해요. 그렇지만 아직은 한 번도 타 보지 못했어요. 다른 마차보다 특히 무개 마차가 더 좋아요."

"그렇다니 다행이군요. 제 마차에 태워 매일 드라이브시켜 드리겠습니다."

"고마워요."

캐서린은 이 제안을 받아들이는 것이 적절한 건지 어떤지 몰라 약간 걱정하며 대답했다.

"내일 랜스다운 힐까지 모셔다 드리겠습니다."

"고마워요, 그렇지만 말을 좀 쉬게 해야 하지 않나요?"

"쉰다고요! 오늘은 이십삼 마일밖에 안 뛴걸요. 말도 안 됩니다. 휴식이 말에게는 제일 좋지 않은 겁니다. 많이 쉬면 쉴수록 더 빨리 늙는다구요. 그럼요. 여기 머무르는 동안 하루에 평균 네 시간 정도 운동을 시킬 생각입니다."

"그래요? 그건 하루에 사십 마일인데요?"

캐서린이 아주 심각한 목소리로 물었다.

"사십 마일, 그건 사실 충분하지도 않아요. 제가 원하는 건 오십 마일인걸요. 어쨌든 내일 랜스다운으로 모셔다 드리겠습니다. 약속했습니다."

"정말 너무 재미있을 거예요"

이사벨라가 뒤로 돌아보며 말했다.

"캐서린, 정말 부러워요. 오빠, 나도 같이 갈 수 있을까?"

"한 명 더? 안 돼. 누이동생들 드라이브시켜 주려고 여기 바스까지 온 건 아니라고, 어, 말하고 보니까 꽤나 재미있는 농담인걸. 몰랜드가 해결해 줄 테니 걱정 마라."

이 말은 이사벨라와 제임스 사이에 또 다른 얘깃거리가 되어 주었다. 그러나 캐서린이 자세한 내용이나 이야기의 결과를 들은 것은 아니었다. 캐서린과 같이 걷고 있는 존의 목소리는 지금까지의 활기차고 높은 어조에서 단호한 어조로 바뀌어 있었다. 그 내용은 지나가면서 마주치는 모든 여자들 얼굴에 대한 칭찬이거나 비난으로, 단 몇 마디 말로 간단하게 내뱉어 버렸다. 이렇게 스스로에 대한 확신으로 가득 찬 사람이 특히 여성의 아름다움에 대해 이야기하고 있는데, 잘못 말해서 오히려 자신의 인상마저 손상시킬까 걱정하며, 캐서린은 젊은 여성으로 할 수 있는 만큼 최대한의 예의와 정중함을 다해 그가 하는 말을 들으면서 때로 동의를 표하고는 했다. 그리고는 오랫동안 머리를 맴돌던 생각을 마침내 꺼내 주제를 바꾸기 위해 시도했다.

"우돌포를 읽었나요, 소프 씨?"

"우돌포라고요? 세상에! 전 읽지 않았습니다. 전 소설은 읽지 않습니다. 다른 할 일도 많거든요."

수치스럽고 굴욕스럽게 느낀 캐서린은 그런 질문을 한 사실에 대해 사과를 하려 했지만 그가 다시 말을 가로막았다.

"소설은 온통 말도 안 되는 이야기일 뿐이에요. 톰 존스 이후로는, '수사' 를 제외하고는 한 작품도 괜찮은 걸 본 적이 없어요. '수사' 는 괜찮습니다. 저도 며칠 전에 읽었거든요. 그런데 다른 소설들은 어찌 그렇게 멍청한 얘기들만 써 놨는지."

"우돌포를 읽고 나면 틀림없이 좋아하게 되실 거예요. 정말 재미있거든요."

"말도 안 되는 소립니다. 제가 소설을 읽는다면 아마도 래드클리프 부인이 쓴 소설을 읽을 겁니다. 그녀가 쓴 소설은 재미있거든요. 읽을 만하지요. 재미와 진실성이 있으니까요."

"우돌포는 바로 래드클리프 부인이 쓴 거예요."

캐서린은 그의 기분을 상하게 할까 걱정이 되어 조금 망설이다가 말했다.

"그럴 리가요, 그래요? 아, 지금 생각해 보니 그런 것 같네요. 전 그 부인이 쓴 다른 쓰레기 같은 책들을 생각하고 있었어요. 사람들이 그 책을 갖고 난리를 쳤지요. 그 여자, 프랑스로 이민 온 사람하고 결혼했다던데."

"아, 카밀라 말이군요."

"그래요, 바로 그 책입니다. 정말 억지로 끼워 맞춰 놓은 듯한 얘기예요. 시소를 타는 늙은이라니! 1권을 읽어보려고 집어서 한번 훑어 봤지요. 그런데 곧 읽지 않는 편이 낫겠다는 생각이 들더군요. 사실 읽기 전에 어떤 책일 것이라고 예상은 했었는데, 그 여자가 이민자하고 결혼했다는 얘길 듣자마자 읽으나 마나일 것으로 판단을 내렸지요."

"전 아직 못 읽었어요."

"안타까워할 필요 없어요. 그건 정말 말도 안 되는 얘기예요. 세상에 시소를 타고 놀면서 라틴어를 배우는 늙은이가 어디 있겠습니까? 맹세코 그런 일이 있을 수는 없지요."

이 비판을 듣고, 그게 온당한지 어떤지에 대해 아무런 의견도 제시할 수 없어 잠자코 있는 동안 소프 가족들이 묵고 있는 숙소에 도착했다. 카밀라에 대해 분별력 있고 편견이 개입되지 않은 독자로서 비판을 늘어놓은 존은 어느새 착하고 사랑스러운 아들로 변해 있었다. 소프는 그들을 보자마자 위층에서부터 소리를 질렀다.

"어머니! 잘 지내셨어요?"

존이 따뜻하게 어머니의 손을 잡으며 말했다.

"이 이상한 모자는 어디서 사셨어요? 이걸 쓰니까 늙은 마녀같이 보여요. 참, 여기 몰랜드도 함께 왔어요. 여기서 며칠간 같이 머무를 겁니다. 우리를 위해 괜찮은 침대 두 개 정도 마련할 수 있겠어요?"

이 말에 소프 부인은 더할 나위 없이 만족해하는 것 같았다. 그녀는 너무 기뻐하며 사랑을 가득 담은 눈으로 아들을 맞이했다. 존은 동생들에게도 오빠로서 보여줄 수 있는 다정함으로 인사를 하면서 어떻게 지냈는지 일일이 챙겨 묻고는 여전히 못생겼다는 말을 했다.

캐서린은 이런 태도가 마음에 들지 않았지만 그는 제임스 오빠의 친구이자 이사벨라의 오빠였다. 그러나 이사벨라의 새 모자를 구경하러 그 자리를 뜰 때 존이 캐서린을 너무 아름답다고 했다는 이사벨라의 얘기와 존과 헤어지기 전에, 그날 저녁에 캐서린과 함께 춤을 추겠다는 약속을 듣자 앞서 내린 판단이 다시 흐릿해졌다. 캐서린이 조금 더 성숙하거나 허영심이 있었다면 그런 공격을 받았다고 하더라도 아무런 변화도 일으키지 않았겠지만 아직 순진한 데다 수줍어하는 그녀가 세상에서 제일 아름다운 여자라고 불리는 매력과 무도회의 파트너로 일찌감치 점찍어 두는 것은 물리치기 어려운 일이었다. 적어도 차분하게 생각할 시간이 없는 경우에는 힘든 일이었다. 그래서 소프 가족과 한동안 앉아서 얘기를 나눈 후 몰랜드 남매는 알렌 씨에게 인사하러 떠났다. 문이 닫히자 제임스가 말했다.

"캐서린, 내 친구 존을 어떻게 생각하니?"

'전혀 마음에 안 들어요.'

그렇게 솔직하게 대답하고 싶었지만, "정말 좋아. 아주 좋은 사람 같아."라고 대답해버렸다. 아마 이사벨라와의 우정이 아니었던들, 그런 찬사만 받지 않았던들 이렇게 대답하지는 않았을 텐데.

"존은 내가 만난 사람 중에서 제일 성격이 좋은 사람이야. 조금 말이 많긴 하지만 그래도 여자들에겐 그 점이 매력이 될 수도 있지. 존의 가족은 어때?"

"물론 너무 좋지. 특히 이사벨라는."

"네 말을 들으니까 기분이 좋은데. 이사벨라는 바로 네가 친하게 지냈으면 하고 바라던 바로 그런 여성이야. 아는 것도 많고 꾸밈이 없는 데다 상냥하기까지 하고 말야. 네가 이사벨라를 사귀게 되면 좋겠다는 생각을 항상 했었는데. 그녀도 널 상당히 좋아하는 것 같더라. 그야말로 최고의 칭찬이던걸. 소프 양 같은 훌륭한 여성으로부터 듣는 칭찬이라면 너도 자랑스러울 거야."

그는 다정하게 동생의 손을 잡으면서 말했다.

"그래, 사실 이사벨라는 내가 특히 좋아하는 사람이야. 오빠도 그렇게 좋게 생각한다니 다행이야. 그런데 지난번에 소프 가(家)와 함께 크리스마스를 보낸 다음에 나한테 보낸 편지인데도 아무것도 쓰지 않았잖아."

"널 곧 만나게 될 테니까 그랬지. 바스에 있는 동안 같이 있을 시간이 많을 것이라고 생각했거든. 이사벨라처럼 상냥한 여자는 처음이야. 게다가 이해력도 얼마나 높은지! 가족 모두가 그녀를 얼마나 아끼는지 너도 봤지? 사실 누구라도 좋아할 만한 그런 사람인 것 같아. 여기서는 어때, 사람들이 좋아하지?"

"응, 상당히. 알렌 씨는 이사벨라가 바스에서 제일 아름답다고 생각하는 것 같아."

"그럴 만도 하지. 내가 만난 사람 가운데 알렌 씨만큼 아름다움에 대한 완벽한 판단력을 갖고 있는 사람은 없었어. 그건 그렇고, 이젠 여기 생활이 행복한지 물어 볼 필요도 없는 것 같은데, 캐서린. 알렌 부부같이 좋은 분들과 함께 지내는 데다 이사벨라와 친구까지 됐으니 행복하지 않을 수가 없겠는걸. 알렌 부부도 너한테 잘해 주지?"

"응, 아주 친절하게 대해 주셔. 이렇게 행복했던 적이 한 번도 없었던 것 같아. 이제 오빠까지 왔으니까 더 행복하겠지, 그렇지? 날 보러 여기까지 일부러 오다니, 오빠, 너무너무 고마워!"

"캐서린, 내가 널 얼마나 좋아하는지 알지?"

제임스는 동생으로부터 감사의 인사를 받고 그에 보답이라도 하듯이 다정하고 진지하게 덧붙였다.

풀트니 가에 도착하기 전까지 둘은 서로 묻고 대답하고를 반복했다. 형제자매와 다른 가족들 얘기에 집안의 이런저런 얘기가 계속해서 오갔으며 단 한 번 제임스가 이사벨라를 칭찬하느라 다른 얘기를 꺼냈을 뿐이었다.

알렌 씨 부부는 제임스를 환대했으며 알렌 씨는 저녁 식사에 초대했다. 알렌 부인은 제임스를 불러다 그녀가 새로 산 장갑과 스카프에 대해 자랑을 늘어놓고 가격이 얼마 정도 될 것 같은지 물어 보았다. 소프 가에서 이미 저녁을 함께 하기로 약속했기 때문에 알렌 씨의 저녁 초대에 응할 수가 없는 데다 시간도 별로 없어서 제임스는 알렌 부인의 질문에 대답을 한 후 곧 자리를 떠나야 했다. 나중에 옥타곤 실에서 만날 시간을 정한 후 제임스는 떠났고 캐서린은 혼자 남아 긴장과 끔찍한 상상을 만끽하며 우돌포를 읽었다. 책에 온전히 정신을 빼앗긴 캐서린은 몸치장과 저녁 식사뿐만 아니라 세상만사 모두 잊은 것처럼 보여 양재사가 늦어진다고 걱정하는 알렌 부인을 달래주거나, 자신이 지금 느끼고 있는 행복을 감상할 겨를도 없는 듯했다.

8

캐서린이 우돌포에 빠져 정신을 잃고 있는 데다 양재사까지 늦게 도착했지만 그들은 약속 시간에 넉넉하게 대어 상류 무도회에 도착했다. 소프 가족들과 제임스 몰랜드는 그들보다 약 2분 전에 도착했다고 했다. 이사벨라는 만면에 웃음을 띤 채 사랑을 가득 담아 으레 그랬듯이 친구를 맞이하면서 다시 한 번 캐서린의 드레스나 머리 스타일에 대한 칭찬을 늘어놓았다. 곧 그들은 보호자를 따라 역시 팔짱을 낀 채 무도회장으로 들어갔다. 두 아가씨는 뭔가 생각이 떠오를 때마다 서로 속삭이며 손을 꼭 쥔다거나 사랑스런 미소로 서로 답하고는 했다.

자리에 앉은 지 얼마 지나지 않아 춤이 시작되었다. 동생의 경우처럼 미리 같이 춤을 추기로 약속을 해둔 제임스는 이사벨라와 함께 일어나 춤을 추고 싶어 안달이었지만, 존이 친구와 이야기하러 카드를 하는 방으로 가버린 상황에서 이사벨라는 캐서린이 함께 하지 않는데 절대 두 사람만 춤을 출 수는 없다고 말했다.

"다시 한 번 말하지만, 당신의 사랑스런 동생 캐서린 양 없이는 무슨 일이 있어도 춤을 추지는 않을 겁니다. 지금 제가 먼저 일어나서 춤을 추러 가면 오늘 밤 내내 헤어져 있게 될 테니까요."

캐서린은 이 친절에 감사했고, 그들은 약 3분 정도 더 그런 상태로 앉아 있었다. 그때까지 옆에 앉은 제임스와 계속 이야기를 하고 있던 이사벨라가 캐서린에게 속삭이듯 말했다.

"어쩌지, 어쩔 수 없이 가야 될 것 같아요. 당신 오빠가 너무 조급해 하는 것 같아서요. 내가 춤을 추러 가도 화내지 않을 거지요? 존 오빠가 곧 올 테고 그러면 우릴 금방 찾을 수 있을 거예요."

캐서린은 약간 실망하긴 했지만 상냥한 성격 때문에 뭐라고 이의를 제기하지는 못했다. 이사벨라와 제임스가 자리에서 일어났고 이사벨라는 아주 잠깐 캐서린의 손을 잡아 주고는 급히 자리를 떴다.

이사벨라의 동생들 역시 춤을 추고 있었기 때문에 캐서린은 양옆에 앉은 소프 부인과 알렌 부인과 함께 자리를 지켜야만 했다. 춤을 추고 싶기도 했지만 그녀가 이렇게 앉아 있는 이유를 다른 사람이 알 수 없는 상황에서 아직까지 같이 춤을 출 파트너를 구하지 못하고 앉아 있는 다른 아가씨들과 비슷한 입장으로 여겨질 수밖에 없다는 생각에, 캐서린은 나타나지 않는 존에게 점점 짜증이 나기 시작했다. 사람들로부터 창피를 당하는 일, 자신의 마음과 행동은 순수와 순진함 그 자체이지만 모욕스런 모습을 보이게 되는 일, 그리고 그런 모욕이 순전히 다른 사람의 잘못 때문인 일은 특히 주인공에게 자주 일어나는 일 중 하나이다. 이런 상황을 꿋꿋하게 견뎌내는 용기가 주인공의 인격을 더욱 돋보이게 하기 마련이다. 물론 캐서린 역시 그런 용기를 가지고 있었기에 비록 힘들긴 했지만 어떠한 불평도 쏟아내지는 않았다.

약 10분 정도가 지났을 때 이런 굴욕스런 분위기가 갑자기 변했다.

기다리고 있던 존이 아니라 틸니 씨를 자신의 자리에서 3야드도 채 떨어지지 않은 곳에서 본 캐서린은 기분이 갑자기 변했다. 그는 그리 멀지 않은 곳에서 움직이고 있었지만 그녀를 보지는 못했다. 다행히 그를 보자마자 캐서린이 띠운 미소와 붉어진 얼굴을 들키지 않고 지날 수 있어 주인공의 위엄은 크게 손상되지 않았다.

그의 모습은 지난번처럼 멋있고 활기에 넘쳐 보였고, 아름다운 드레스를 입은, 예쁜 얼굴을 한 젊은 아가씨와 이야기를 나누고 있었다. 그 아가씨는 그의 팔에 몸을 기대고 있었는데 캐서린의 생각에는 틸니 씨의 여동생인 것 같았다. 캐서린은 언젠가 한번 들었던 여동생 얘기를 기억해냈다. 그런 기억을 들추어내면서 그가 혹시 유부남이어서 영원히 만날 수 없는 사이가 될 수도 있다는 가능성은 아예 제외시켜 버렸다. 캐서린은 한번도 틸니 씨가 결혼을 했을 수도 있다는 생각을 해본 적이 없었다. 지금까지 아내에 대해 말한 적도 없었고 그녀가 그동안 만났던 유부남과는 언행이 확실히 달랐던 것이다.

여동생 얘기는 한 적이 있었다. 그런 상황을 감안해 볼 때 지금 그 사람 곁에 있는 사람이 여동생일 것이라는 생각은 의심의 여지가 없어 보였고, 그러니 죽은 사람처럼 창백해질 이유도, 알렌 부인의 가슴에 안겨 쓰러질 듯이 울어야 할 이유도 없었다. 캐서린은 균형 감각을 잃지 않기 위해 집중력을 동원하면서, 두 볼은 약간 붉은 듯했지만 꼿꼿이 앉아 있었다.

천천히 다가오고 있던 틸니 씨와 여동생 앞으로 소프 부인이 아는, 한 부인이 있었고, 이 부인이 소프 부인과 말을 하려고 멈추는 바람에 두 사람도 걸음을 멈추게 되었다. 그때 캐서린은 틸니 씨의 눈을 보았고 곧 그녀를 알아본 그가 보내는 미소를 받았다. 그녀 역시 즐거운 마음으로 조용히 웃어 보였다. 그들에게 다가온 그는 이미 알고 있는 알렌 부인과 그녀에게 말을 걸었다.

"다시 만나게 돼서 정말 기쁘군요. 바스를 떠난 건 아닐까 걱정했습니다."

그녀의 말에 감사의 뜻을 전한 그는 그녀를 본 바로 다음날부터 일주일 동안 바스를 떠나 있었다고 말했다.

"그렇군요. 다시 오게 돼서 기쁘겠군요. 뭐라 해도 이곳은 젊은이들을 위한 곳이니까요. 사실 모든 사람을 위한 곳이지만요. 알렌이 이곳이 지겹다고 말했을 때 그렇게 불평하면 안 된다고 말해주곤 하지요. 이렇게 좋은 곳이 또 어디 있겠어요. 게다가 이 계절엔 집에 있어도 따분할 따름이니까요. 건강 때문이긴 하지만 남편이 여기로 휴양을 오게 된 건 정말 행운이라고 늘 말해요."

알렌 부인이 말했다.

"알렌 씨가 이곳을 좋아했으면 좋겠군요. 건강에 많은 도움이 되셨으면 합니다."

"고마워요. 분명히 좋아하게 될 거예요. 우리 이웃인 스키너 박사도 지난겨울을 이곳에서 보냈는데 집으로 갈 때는 아주 살이 쪄서 돌아갔어요."

"그런 얘기를 들으면 상당한 힘이 되겠는걸요."

"그래요, 스키너 박사 가족들은 여기에 세 달 동안 머물렀어요. 제가 남편에게 빨리 떠날 생각은 아예 하지 말라고 하는 이유이지요."

이때 소프 부인이 알렌 부인에게 휴즈 부인과 틸니 양이 앉을 수 있도록 자리를 조금 옮겨달라는 부탁을 하는 바람에 대화가 끊겼다. 알렌 부인은 그들을 위한 자리를 마련해 주었지만, 틸니 씨는 여전히 그들 앞에 서 있었다. 그는 잠시 생각한 후 캐서린에게 같이 춤을 추자고 제안했다.

이 제안은 기분 좋은 것이긴 했지만 이 순간 캐서린에게는 너무나도 당황스러웠다. 어쩔 수 없이 거절을 하는 캐서린의 말투가 너무 슬프게 들렸기 때문에, 그 말을 한 뒤 얼마 지나지 않아 돌아온 존이 조금만 일찍 와서 그 장면을 목격했다면 그녀가 고통스러워하는 모습에 놀랐을지도 모른다. 존은 기다리게 해서 미안하다고 말했지만 별 대수롭지 않은 듯 말하는 태도 때문에 캐서린에게 전혀 위안이 되지 않았다.

그들이 춤을 추러 가는 동안 그가 해준 친구의 말이나 개 얘기, 사냥개를 교환하기로 했다는 얘기도 전혀 그녀의 흥미를 끌지 못해 그녀는 어쩔 수 없이 틸니 씨가 서 있던 쪽으로 자주 눈길을 주고는 했다. 오랫동안 틸니 씨를 보고 싶어한 사람은 바로 이사벨라였지만 지금은 전혀 그를 볼 수 없는 상황이었다. 그들은 멀리 떨어져 있었다. 이사벨라는 동행인들과 완전히 떨어져 아는 사람이라고는 아무도 없는 곳까지 가 버렸다.

한 번 수치스런 일을 겪고 나자 그것은 또 다른 일로 연결되었고, 캐서린은 이 상황에서 중요한 교훈을 배웠다. 무도회에 가기 전에 미리 파트너를 정해 두는 것이 그리 즐거워할 만한 일도 아닐 뿐더러 체면 유지에도 별로 도움이 안 된다는 사실이었다. 이렇게 다시 생각을 정리하느라 긴장하고 있는데 갑자기 누가 어깨를 건드리는 바람에 놀라 뒤돌아보았다. 바로 그녀 뒤에 휴즈 부인이 서 있었고 그 옆에는 틸니 양과 한 신사가 있었다.

"실례해요, 몰랜드 양. 이사벨라 양을 찾을 수가 없어서요. 소프 부인이 당신이라면 기꺼이 이 아가씨와 춤추는 곳을 함께 가 주실 것이라고 해서요."

휴즈 부인은 이 무도회장에서 캐서린을 가장 기쁘게 해줄 사람을 데리고 온 것이다. 휴즈 부인은 곧 두 사람을 소개했고 틸니 양은 아주 예의바르게 인사를 건넸으며 캐서린 역시 관대한 마음에 밝아진 태도로 인사를 했다. 자신이 후견인으로 데리고 온 틸니 양을 이렇게 맡긴 휴즈 부인은 만족해하며 다시 일행이 있는 곳으로 갔다.

틸니 양은 아름다운 몸매를 가지고 있었고 얼굴이 예쁜 만큼이나 피부색도 맑았다. 그녀의 분위기는, 누가 보아도 유행의 첨단을 펼쳐 보이는 이사벨라의 모습처럼 완연히 드러나지는 않았지만 왠지 훨씬 더 우아해 보였다. 행동에서도 훌륭한 교육을 받았다는 걸 느낄 수 있었다. 수줍어하지도, 그렇다고 일부러 아무렇지도 않은 듯 행동하지도 않았다. 그녀는 젊고 매력적이었다. 무도회에서도 주위의 모든 남자들의 시선을 받지 못해 안달하지도 않고, 조그마한 일이 일어날 때마다 호들갑스럽게 기뻐하거나 마구 짜증을 내는 따위의 감정을 과장하지도 않았다. 이런 그녀의 외모와 오빠의 존재에 관심을 느낀 캐서린은 그녀와 사귀고 싶다는 생각에 호기심이 유발할 때마다 즉시 말을 걸었다. 말을 건네려면 물론 용기와 시간이 필요했다. 그런데 이야기를 할 만한 틈을 제대로 찾지 못해서 빨리 친해지지는 못했다. 두 사람은 처음 만나는 사람이 거치게 되는 일반적인 단계를 뛰어넘지는 못했다. 서로에게 바스를 어떻게 생각하냐고 묻고, 건물이나 주위 풍경이 얼마나 아름다운지 말하고, 그림을 그리는지, 어떤 놀이를 즐기는지, 노래를 잘하는지 물어보고, 자신은 말 타기를 아주 좋아한다고 말한 것이 전부였다.

춤이 끝나기가 무섭게 어디서 나타났는지 이사벨라가 캐서린의 팔을 부드럽게 잡아 당겼다. 그녀는 무엇엔가 완전히 흥분해서 들떠 있는 상태였다.

"아, 캐서린, 드디어 찾았네요. 한 시간 내내 당신을 찾고 있었는데. 도대체 내가 저쪽에 있는 걸 알면서 왜 이쪽에 와 있는 거예요? 당신이 없어서 얼마나 허전했는지 몰라요."

"이사벨라, 어떻게 당신을 찾을 수 있었겠어요? 어디 있는지 보이지도 않던데."

"그래요? 안 그래도 그럴까 봐 당신 오빠한테 당신을 보러 가야 한다고 계속 말했는데 내 말을 듣질 않는 거예요. 아예 꿈쩍도 안 하더라고요. 그랬죠, 몰랜드 씨? 남자들은 정말 너무 게을러서 탈이라니까요. 내가 얼마나 야단을 많이 쳤는지, 당신이 봤으면 아마 까무러쳤을 거예요. 나는 마음에 안 드는 사람들을 그냥 두고 보지 못하는 성격인 걸 잘 알지요?"

"저기 목에 흰 구슬을 한 아가씨를 봐요, 틸니 씨의 여동생이에요."

이사벨라를 오빠에게서 떼어놓으며 캐서린이 말했다.

"세상에, 말도 안 돼! 다시 한 번 봐야겠어. 정말 멋져 보이는데! 저렇게 아름다운 아가씬 본 적이 없어. 그런데 당신 마음을 온통 사로잡은 청년은 어디 있는 거예요? 그 청년도 이 방에 있어요? 그럼 지금 당장 어디 있는지 가르쳐 줘요. 정말 보고 싶어 죽겠다구요. 몰랜드 씨, 이 말은 못 들은 걸로 해야 돼요. 당신 얘길 하고 있는 것이 아니니까요."

"그럼 도대체 왜 이렇게 속삭이며 얘기하는 겁니까? 무슨 일이지요?"

"오, 시작이군요. 이럴 줄 알았다구요. 남자들은 항상 이렇게 궁금증이 많은 것이 문제예요. 그러면서도 항상 여자들만 호기심이 많다고 하지요. 여자들 호기심과는 비교도 되지 않는데도 말예요. 몰랜드 씨, 이 문제에 대해서는 아무것도 몰라도 되니까 신경 좀 꺼주세요, 알았죠?"

"천만에! 그 정도 말에 제가 고분고분할 것이라고 생각하는 건 아니겠죠?"

"정말 당신 같은 사람은 한 번도 본 적이 없어요. 이게 왜 당신에게 중요해요? 우리가 무슨 얘길 하고 있다고 생각하는 거예요? 아마 당신 얘길 한다고 생각하나 보죠? 어쩜! 그러니까 듣지 말라고 하는 거예요. 안 그러면 좀 기분 나쁜 얘길 듣게 될지도 모르니까요."

이런 수다가 한동안 계속되는 바람에 원래 화제는 완전히 잊혀졌다. 물론 잠시 동안 화제를 돌린 사실에 대해서는 아무런 불만도 없었지만 캐서린은 어쩔 수 없이 틸니 씨를 보고 싶다던 이사벨라의 말에 의심을 품지 않을 수 없었다. 오케스트라가 다시 음악 연주를 시작하자 제임스는 아름다운 파트너의 팔짱을 끼고 가서 춤을 추고 싶어했다. 그렇지만 이사벨라는 단호하게 거절했다.

"몰랜드 씨, 무슨 일이 있어도 이번에는 추지 않을 거예요. 어쩜 이렇게 절 괴롭힐 수 있어요? 캐서린, 생각해 봐요, 오빠가 뭘 하려는지 알아요? 또 춤을 추자는 거예요. 내가 이건 정말 말도 안 되는 일이라고 했는데, 세상에 이런 일은 있을 수 없다고 말했는데도 말이에요. 우리가 파트너를 바꾸지 않고 또 같이 춤을 추면 사람들이 전부 우리 얘기만 하고 다닐 거예요."

"제 명예를 걸고 말하지만, 이런 일도 종종 있으니 걱정 안 해도 됩니다."
제임스가 말했다.
"말도 안 돼요. 어쩜 그런 말을 할 수 있죠? 남자들이 뭔가 하겠다고 마음을 먹으면 아무도 못 말린다니까요. 캐서린, 제발 내 편을 좀 들어줘요. 오빠한테 이번에는 춤을 추면 안 된다고 말해줘요. 내가 오빠와 춤을 추는 것을 본다면 당신은 충격을 받을 것이라고요, 그렇지 않아요?"
"아니오, 전혀 아닌걸요. 그렇지만 오빠 제인이 좋지 않다고 생각하면 안 추는 것이 좋겠어요."
"아, 제임스, 동생이 하는 말을 좀 들어봐요."
이사벨라가 흥분해서 말을 이었다.
"그래도 동생을 미워하지는 말아요. 바스에 있는 모든 부인들이 난리법석을 떨어도 이건 제 잘못이 아니에요. 오, 내 사랑하는 캐서린, 곧 따라와요. 내 옆에서 같이 춰요."
그들은 춤추는 대열로 가서 아까 섰던 자리를 찾아갔다. 그러던 사이에 존 소프는 어디론가 사라지고 없었다. 이미 같이 춤을 추자는 제안으로 그녀를 한없이 기쁘게 만들었던 틸니 씨에게 다시 한 번 기회를 주고 싶다는 생각이 든 캐서린은 빠른 걸음으로 알렌 부인과 소프 부인이 있는 곳으로 발걸음을 옮기면서 틸니 씨가 아직 그곳에 있기를 간절히 바랐다. 그러나 틸니 씨는 벌써 가고 없었고 그제야 캐서린은 자신이 얼토당토않은 생각을 했다는 걸 깨달았다.
"오, 캐서린, 파트너가 마음에 들었으면 좋겠구나."
소프 부인이 아들에 대한 칭찬을 기대하며 말했다.
"정말 좋았어요, 부인."

"그 말을 들으니 안심이 되네. 존은 정말 매력 있는 청년이야, 그렇지?"

"틸니 씨를 만났니?"

알렌 부인이 물었다.

"아니오, 어디 있나요?"

"방금 전까지만 해도 우리와 같이 있었는데. 여기 이렇게 서 있는 것이 너무 지겨워서 춤추러 가야겠다고 말하더라. 널 만나면 네게 또 춤 신청을 할 것이라고 생각했는데……."

"어디 있을까요?"

캐서린이 주위를 돌아보며 말했다. 곧 그가 한 아가씨와 춤을 추기 위해 나가는 걸 보았다.

"어머! 벌써 파트너를 구했네. 네게 신청했으면 좋았을 텐데."

"정말 괜찮은 젊은이야."

잠시 후 알렌 부인이 덧붙였다.

"그렇지요? 알렌 부인. 내 아들이라 하는 말이 아니라 세상에 그렇게 괜찮은 사람을 보기가 어디 쉽나요."

만족한 웃음을 띠며 소프 부인이 말했다.

이 말에 언뜻 이해가 되지 않는 사람이 있을지도 모르겠다. 그렇지만 알렌 부인에게는 별로 어려운 문제가 아니었다. 잠시 생각한 후 캐서린에게 낮은 목소리로 말했다.

"내가 자기 아들 얘길 하고 있는 줄 알았나 봐."

캐서린은 실망한 데다 짜증까지 났다. 바로 눈앞에 보이는 그 사람을 너무 안타깝게 놓쳤다는 생각이 들었기 때문이다. 이런 생각 때문에 잠시 후 존 소프 씨가 다가와 말을 건넸을 때 명랑하고 싹싹한 대답을 할 수가 없었다.

“몰랜드 양, 이제 다시 한 번 나가서 흔들어 볼까요?”

“아니에요, 같이 보낸 시간은 참 좋았지만 벌써 두 번이나 춤을 춘 걸요. 그리고 좀 피곤해서 더 이상 춤은 못 추겠어요.”

“그래요? 그럼 좀 걸으면서 얘기나 하지요. 절 따라 오세요. 아주 이상한 사람들을 보여줄게요. 바로 내 여동생 두 명하고 걔들 파트너 인데요, 지금 한 반 시간 동안 보고 있는데 웃지 않을 수가 없어요.”

캐서린은 다시 미안하다고 말했다. 그러자 그는 혼자서 여동생들을 구경하러 갔다.

그날 저녁 내내 너무 지겨웠다. 틸니 씨는 같이 차를 마시다가 파트너를 보살피기 위해 다시 가야만 했다. 틸니 양은 비록 같이 있기는 했지만 멀리 떨어져 앉아 있었고 제임스와 이사벨라는 둘만의 이야기에 폭 빠져 있었다. 이사벨라는 단 한 번 웃어 보이면서, 손을 쥐어주고 “사랑하는 캐서린” 이라고 말했을 뿐 아예 그녀의 존재를 잊어버린 것 같았다.

9

이날 밤 캐서린의 상황은 썩 좋지 않았다. 무도회장에 있는 동안 처음에는 주위의 모든 사람이 불만스러웠다. 이것은 곧 지루함으로 이어졌고 갑자기 집으로 돌아가고 싶어졌다.

풀트니 가에 도착하자마자 그것은 다시 배고픔으로 바뀌었다. 이 배고픔이 충족된 다음에는 졸음의 집중 사격이 시작되었다. 캐서린이 가장 참지 못하는 것 중의 하나가 지금 이 순간이었다. 캐서린은 무거워지는 눈꺼풀을 어쩌지 못한 채 잠자리에 들었고, 아홉 시간 동안 깊은 잠을 자고 일어난 아침에야 비로소 활기찬 기분으로, 새로운 희망과 계획을 가슴 가득히 품을 수 있었다.

제일 먼저 머리에 떠오른 것은 틸니 양과 더 친해지고 싶다는 것이었다. 이 생각은 너무 간절하고 확고해서 그날 정오쯤에 틸니 양을 만날 목적으로 광천수 홀로 가기로 했다. 그곳이라면 바스에 새로 온 사람들 누구라도 만날 수 있었다. 자신도 이미 경험한 바대로 그곳은 새로운 친구를 만나고 교제를 넓혀가는 데는 더할 나위 없이 좋은 장소였다. 조용히 단둘이 이야기를 나누거나 허물없이 비밀을 털어놓기에 가장 적합한 장소였다. 따라서 새 친구를 그곳에서 만날 기대로 가슴이 부풀어 오를 만도 했다.

아침 동안에 무얼 할지는 이미 다 정해 놓았으니, 캐서린은 아침을 먹고 조용히 앉아서 책을 읽으면서 1시가 될 때까지 집에 머무를 생각이었다. 보통이었다면 알렌 부인이 말을 걸거나 소리를 지르거나 해서 방해를 하는 일은 적은 편이었다. 사실 부인의 이성은 말 그대로 높이 평가하기 어려웠고 생각을 깊이 해야 하는 일에서는 아예 접어 버렸기 때문에 그리 할 말이 많지도 않았다. 그렇다고 절대 조용한 편에 속하는 여성도 아니었다. 일을 하다 바늘을 잃어버리거나 부러뜨린 경우나, 집 밖으로 지나가는 마차 소리를 듣거나 아니면 드레스에 조금이라도 흠이 난 걸 찾아낸 경우에는 옆에 대답할 사람이 있건 없건 상관하지 않고 큰소리로 말하고는 했다.

12시 30분쯤에, 유난히 크게 들리는 말굽 소리에 깜짝 놀라 부인은 창가로 달려갔고 문밖에 두 대의 무개 마차가 대기하고 있는 걸 보자마자 캐서린에게 알렸다. 첫 마차에는 하인만 타고 있었고 두 번째 마차에는 이사벨라가 타고 있었는데 말은 제임스가 몰고 있었다. 존 소프 씨는 마차에서 내려 위층으로 뛰어 올라오면서 소리쳤다.

"몰랜드 양, 제가 왔습니다. 오래 기다렸나요? 더 일찍 올 수도 있었는데. 망할 목수가 마차에 맞는 걸 찾아 끼우는 데 너무 오래 걸려 놔서요. 그리고 예상치 못했던 일이 일어났지 뭡니까. 미처 거리로 나서기도 전에 부러졌답니다. 안녕하세요, 알렌 부인? 아주 멋진 무도회였죠? 몰랜드 양, 서두르세요. 밖에서 얼마나 급하게 서두르고 있는지, 다들 한껏 기대하고 있습니다."

"무슨 말이에요? 어디로 간단 말예요?"

캐서린이 물었다.

"어디로 가냐고요? 무슨, 어제 한 약속을 벌써 잊었나요? 오늘 아침에 마차 타고 드라이브하기로 했잖아요. 머리가 어떻게 되기라도 한 겁니까? 지금 클레버턴 다운으로 가고 있어요."

"어제 말을 듣긴 했지만, 오늘 실제로 오리라고는 생각도 못 했어요."

캐서린은 알렌 부인을 쳐다보며 무슨 말이라도 해주길 은근히 기대하고 말했다.

"생각도 못 했다고요? 이런! 그럼 제가 오지 않았다면 도대체 뭘 하려 했습니까?"

캐서린이 알렌 부인에게 눈으로 던진 호소는 완전히 묵살되었다. 시선으로 의견을 전달하는 방법에 전혀 익숙하지 않은 부인이 캐서린의 의도를 알아챌 리가 없었다. 다시 생각해 보니 틸니 양을 만나고 싶어 하는 캐서린의 희망이 강렬하긴 했지만 드라이브 이후로 연기할 수도 있을 것 같았고 이사벨라가 오빠와 같이 가는 마당에 소프 씨하고 같이 간다고 해서 그리 이상할 것도 없을 것이라는 데 생각이 미치자 평이하게 대답을 해야 한다고 생각했던 것이다.

"아주머니, 어떻게 하지요? 한 두 시간 기다릴 수 있으시겠어요? 가도 될까요?"

"네가 좋을 대로 하렴."

알렌 부인은 아무런 관심도 없다는 듯 말했다.

캐서린은 그 충고를 받아들여 나갈 준비를 하기 위해 위층으로 뛰어 올라갔다. 그리고 단 몇 분 만에 다시 나타났다. 상당히 짧은 시간이어서 알렌 부인이 소프 씨의 마차에 대해 찬사의 말을 겨우 전하고,

밖에 있는 이사벨라와 제임스는 몇 마디도 나누지 못한 채였다. 둘은 알렌 부인의 배웅을 받으며 밖으로 나왔다.

"캐서린, 준비하는 데 적어도 세 시간은 걸린 것 같아요. 혹시나 병이라도 난 줄 알고 걱정했지 뭐예요. 어제 무도회는 정말 최고였어요, 그렇게 생각하지 않아요? 정말 할 말이 너무 많아요. 그건 그렇고 서둘러요. 캐서린, 어서 타요. 빨리 출발해야 하니까요."

그녀를 발견한 이사벨라가 충실한 우정으로 재촉했다.

캐서린은 그녀가 시키는 대로 또 다른 마차를 향해 걸어갔다. 마차에 막 오르는 중에 캐서린은 이사벨라가 큰소리로 제임스에게 말하는 소리를 들었다.

"캐서린은 정말 너무 좋은 친구에요. 난 완전히 반해버렸다고요."

"겁낼 필요는 없어요, 몰랜드 양."

소프 씨는 손을 내밀어 마차에 오르는 것을 도와주면서 말했다.

"처음 출발할 때는 속이 조금 울렁거릴 수도 있지만 한두 번 그러고 말 겁니다. 길어봤자 일 분도 안 걸릴 거예요. 그 정도 지나면 말(馬)이 곧 주인 말을 잘 듣게 됩니다. 이 말은 너무 힘이 넘쳐서 문제긴 하지만 그래도 악마가 그 안에 도사리고 있지는 않으니 걱정 마세요."

앞으로 할 여행을 머릿속에 그려보니 그리 멋질 것 같진 않았지만 그렇다고 집으로 돌아가기에도 이미 너무 늦어 있었다. 아직 너무 어리다고밖에 할 수 없는 캐서린은 완전히 겁에 질려 있었다. 어쩔 수 없이 자신의 운명에 몸을 맡기고, 소프 씨가 늘 자랑해 마지않는 말에 대한 뛰어난 지식을 믿으며 얌전하게 앉아 있을 수밖에 없었다. 소프 씨가 그녀 옆에 앉았다. 모든 것이 준비되었고, 말 옆에 서 있던 하인이 꽤나 엄숙한 목소리로 말했다.

"자, 출발하시지요."

말은 갑자기 뛰어오르거나 해서 놀라게 하지 않았다. 거칠지도 않았을 뿐더러 상상외로 너무 조용히 앞으로 나아가는 것이 오히려 불안할 정도였다. 이 예상치 못한 사실에 기분이 좋아진 캐서린은 소프 씨에게 감사하다고 말했다. 그는 이렇게 안전하게 갈 수 있게 된 것은 순전히 자신이 말을 잘 몰기 때문이라고 간단하게 대답해서 순진한 캐서린을 완전히 믿게 만들었다. 그는 고삐를 쥐는 방법이나 채찍을 휘두를 때 자신만이 갖고 있는 독특한 기술을 자랑하듯 말했다.

캐서린은 그렇게 말을 잘 다루는 사람이라면 처음부터 그렇게 겁을 줄 필요도 없었을 것이라고 생각하면서 어쨌든 이렇게 뛰어난 마부의 손에 운명을 맡기게 된 사실을 자축했다. 앞으로의 여행도 계속해서 별 동요 없이 평화롭게 진행될 것이며, 속도도 생각만큼 빠르지 않다는 생각이 들자(그녀가 알기로는 한 시간에 10마일 정도를 가는 것 같았다.) 비로소 그녀는 2월의 이 화창한 날의 야외 나들이를 즐길 기분이 되었다. 얼굴 표정도 활기차고 생명감이 넘쳤으며 자연의 아름다움을 만끽하고 있었다. 이런저런 생각에 몇 분이 말없이 흘러갔다. 갑자기 소프 씨가 말을 꺼내는 바람에 캐서린의 즐거운 사색도 중단되었다.

"그런데 노인네인 알렌 씨는 보통 부자가 아니라던데, 맞습니까?"

캐서린이 무슨 말인지 이해를 못 하고 쳐다보고만 있자 그가 설명을 덧붙였다.

"지금 같이 지내고 있는 분들 말입니다."

"아! 알렌 씨 말이군요. 그래요, 아주 부자인 것 같아요."

"자식도 없다지요?"

"네, 그런 줄 알고 있어요."

"상속자는 대단하겠는걸요. 그가 몰랜드 양의 대부라면서요, 맞나요?"

"나의 대부라고요? 아니에요, 누가 그런……."

"그렇지만 그 부부하고 늘 같이 다니지 않습니까?"

"그렇긴 해요."

"그러니 하는 말입니다. 알렌 씨는 좋은 사람처럼 보이고, 이제 살 날도 그리 오래 남은 것 같진 않던데. 제 말은, 건강 상태가 아주 엉망인 것 같단 말입니다. 지금도 하루에 한 병씩 술을 마시나요?"

"아니에요. 말도 안 돼요. 왜 그런 말을 하는 거죠? 알렌 씨는 정말 온유한 분이세요. 어제도 알렌 씨는 전혀 술에 취하지 않으신 걸요."

"맙소사. 여자들은 항상 남자들이 술에 취한 것만 생각한다니까요. 설마 술 한 병에 취해 뒤로 넘어지기라도 하는 걸로 생각하는 건 아니겠죠? 몰랜드 양, 이건 제 말을 믿어요. 남자들이 하루에 한 병 정도만 마신다면, 이 세상이 두 배는 더 평화로워질 거예요. 아주 좋아질 거란 말입니다."

"믿을 수가 없어요."

"세상에! 내 말을 믿지 않는군요. 단지 좀더 조용해지는 것뿐만 아니라 수천 병은 절약하게 될 겁니다. 그래도 이 나라에서 소비되는 포도주의 백분의 일도 안 되겠지만요. 이 안개 낀 날씨 때문에 사람들은 항상 술을 필요로 하는 법이죠."

"옥스퍼드에서도 포도주를 상당히 많이 마신다고 하던걸요."

"옥스퍼드? 지금은 그렇지 않아요. 옥스퍼드에는 술 마시는 사람이 거의 없다고 해도 과언은 아닐 겁니다. 아무리 많이 마셔도 2리터를 넘게 마시는 사람은 만날 수 없을 거예요. 지난번에 제 방에서 마지막 파티를 할 때 우리가 평균 마신 술이 한 명당 2.8리터였는데, 그 정도면 상당히 놀랄 만한 양이라고 할 수 있어요. 예외적인 일이었습니다. 사실 저도 술은 꽤나 하지요. 그렇지만 옥스퍼드에서라면 그런 일은 절대 일어나지 않습니다. 이 정도면 제가 무슨 말을 하려는지 조금은 아시겠죠? 제 주량도 어느 정도 짐작할 수 있을 겁니다."

"그런 것 같군요. 다시 말하면 제가 생각하는 것보다 남자들이 술을 훨씬 더 많이 마신다는 뜻이죠? 그래도 제임스 오빠는 그렇게 많이 마시지 않을 거예요."

캐서린이 부드럽게 말했다.

이 말에 대한 그의 대답은 다시 소란스럽고 과장의 연속으로 이어졌다. 그 대답 중 어느 부분도 특이할 만한 부분은 없었다. 맹세에 가까우리만큼 자주 반복되는 감탄사를 제외하면 말이다. 대답이 끝날 때쯤 캐서린은 옥스퍼드에서 상상외로 포도주를 많이 마신다는 확신을 가지게 됐고 오빠는 그런대로 술을 가까이하지 않는 편이라고 믿었다.

소프 씨는 다시 자신의 마차에 대해 칭찬을 늘어놓기 시작했다. 캐서린은 말이 얼마나 힘차고 자유롭게 움직이는지, 아무런 동요도 없이 잘 달리는지, 뿐만 아니라 마차 스프링이 얼마나 뛰어난지에 대해서까지 칭찬을 해야만 했다. 하지만 그녀는 끝까지 그의 말을 경청할 수밖에 없었다. 소프 씨보다 먼저 말을 하거나 말을 더 많이 하기란 거의 불가능했다. 말(馬)에 관해서라면 모르는 것이 없을 정도인데다 캐서린은 아는 것이 아무것도 없었고, 그가 하도 빠르게 말을 했기 때문에 제대로 이해할 수도 없었던 캐서린은 그런 점에서 자신이 없었기 때문이다. 사실 캐서린으로서는 새로운 점을 들어서 칭찬을 할 수는 없었지만, 그가 좋다고 말하는 부분이면 잊지 않고 그 부분을 칭찬해 주었다. 그러다 보니 그의 마차는 영국에서 최고로 멋있고 훌륭했으며, 말은 가장 힘이 좋을 뿐만 아니라 그는 가장 유능한 마부가 되어 있었다.

"오빠가 타고 있는 마차가 설마 부서지지는 않겠죠?"

이제 그의 마차에 대한 이야기는 완전히 끝났다는 확신이 들자 캐서린은 화제를 좀 바꿔볼까 하고 질문을 던졌다.

"부서지고말고요. 세상에! 저렇게 작은 걸 본 적이나 있습니까? 어디 한 군데라도 튼튼한 데가 없어요. 바퀴도 얼마나 낡았는지 아마 한 십 년은 굴렀을 겁니다. 게다가 몸체는 더하구요. 내 맹세코, 저 마차는 살짝만 건드려도 가루가 되어 버릴 겁니다. 내가 본 거래 중에서 최악의 사기였어요. 하느님 맙소사. 다행히 우린 좀 낫지요. 저 같으면 오만 파운드를 준다고 해도 저걸 타고는 2마일도 안 갈 겁니다."

"세상에! 그럼 얼른 돌아가요. 그런 줄 알면서 이렇게 계속 간다면 사고가 날 게 틀림없잖아요. 소프 씨, 다시 돌아가야 해요. 얼른 멈춰요, 오빠한테 말해야겠어요, 저 마차가 얼마나 위험한지 알려야 한다구요."

"위험하다니요! 맙소사. 도대체 그 안에 뭐가 있기에? 마차가 무너져도 그냥 구르는 정도예요. 물론 흙이야 많이 묻겠지만, 그래도 그리 나쁘진 않을 겁니다. 젠장! 제대로 말을 몰기만 하면 안전할 겁니다. 그러니 걱정하지 마세요. 다 낡았다 싶은 저런 마차도 잘만 다루면 한 20년은 넘게 굴러갈 테니까요. 어디 한 군데 다치지 않고 요크까지 몰고 갔다 오는데 5파운드를 걸 수도 있어요."

이런 말을 들으면서 캐서린은 경악을 금치 못했다. 하나의 마차를 두고 전혀 상반된 의견을 말하고 있는 그를 도무지 어떻게 이해해야 할지 머리가 복잡했다. 그녀가 자란 환경으로 볼 때 이렇게 수다를 떠는 사람을 본 적도 없을 뿐더러 오직 허풍뿐인, 말도 안 되고 신중하게 검증도 안 된 확언을 일삼는 그의 말을 얼마나 더 참고 있어야 할지 몰랐기 때문이다.

캐서린의 가족은 단순하고 직설적인 사람들이었다. 위트나 유머를 섞어서 말하는 일이 없었다. 아버지는 기껏해야 약간의 재담을 즐길 뿐이었고, 어머니는 속담을 좋아하는 정도였다. 이런 환경에서 자랐기 때문에 자신을 돋보이게 하려고 거짓말을 늘어놓는다거나 방금 전에 한 말을 바로 뒤집는 따위의 언동은 결코 상상도 할 수가 없었다. 캐서린은 혼란스러워 하며 이 일을 곰곰이 생각하고 나서 소프 씨에게 진짜로 어떻게 생각하는 건지 그것을 여러 차례 물어보고 싶었지만 묻지 않았다. 그가 분명한 의견을 제시하는 데는 서툴 것 같았고, 벌써 애매모호하게 말해 버린 얘기들을 다시 쉽게 설명할 수 있을지 의문이 가기도 했다.

또한 마음만 먹으면 손쉽게 막을 수 있는 그런 위험에 자기 동생과 친구를 빠뜨리지는 않을 것이라는 데까지 생각이 미치자 캐서린은, 마차는 전혀 부서질 염려가 없고 그러니 더 이상 걱정할 필요도 없다는 결론을 내려버렸다.

그런데 소프 씨는 이 문제는 벌써 완전히 잊어버린 것 같았다. 모든 대화—그가 혼자 하는 말이 대부분이지만—는 그가 시작해서 그가 끝냈고, 모든 주제도 한결같이 그의 관심사일 뿐이었다. 그는 싼값에 싸서 비싼 값을 받고 판 말에 대한 얘기나 자신의 판단이 한 치의 오차도 없이 승자를 예측한 경마 경기, 동료들 사이에서 제일 뛰어난 성적을 올린 사냥 게임(비록 한 발도 명중시키진 못했지만)에 대해서 말했다. 또한 한때 유명했던 사냥에 대해서도 말했는데, 그때는 네 마리의 사냥개를 몰고 갔었고 자신이 뛰어난 예지와 기술로 개들을 몰았기 때문에, 가장 능숙하다고 소문이 난 사냥꾼들이 한 실수도 만회할 수 있었다고 했다. 그때 그가 워낙 대담하게 말을 몰아서 비록 자신은 조금도 위험하지 않았지만 주위의 모든 사람이 놀랄 정도였고 결국에는 목이 부러진 사람도 있다고 했다.

캐서린이 아직 혼자서 판단을 내리기에는 미숙한 점이 많고 남자들에 대해서도 아는 바가 없었지만, 이 끝도 없이 이어지는 자랑이 지겨울 뿐만 아니라 그가 그렇게 괜찮은 사람은 아니라는 생각이 들자 더 이상은 참을 수가 없었다.

그가 이사벨라의 친오빠인데다, 제임스 오빠도 그의 인격에 대해서는 여자들에게 소개시켜 줘도 무방할 만큼 믿는다고 말했기 때문에 그런 생각은 대담성을 요구하는 것이었다.

그렇지만 여행을 떠나는 순간부터 시작하여 집에 도착할 때까지 계속된, 아니 점점 더 심해진 이 지루함은 누가 어떤 말로 구슬린다 해도 쉽게 풀릴 것 같지 않았다. 그런 상황이니만큼 그의, 이런 식의 권위적인 태도에 대한 저항과 그가 만족할 만한 사람이 아니라는 불신으로 이어질 수밖에 없었다.

알렌 부인의 집에 도착했을 때 이사벨라는 캐서린을 데려다 주기로 한 시간보다 훨씬 시간이 많이 지났다는 걸 알고는 놀라움을 감추지 못했다.

"세상에, 3시가 넘었어요!"

정말 상상도 할 수 없는, 말도 안 되는, 스스로도 믿을 수 없는 일이라는 투였다. 자기 시계를 믿지 못하고, 오빠나 하인의 시계도 믿지 못했다. 결국 몰랜드 씨가 직접 시계를 꺼내서 사실임을 확인시켜주자 그때야 진정했다. 그런데도 계속해서 의심을 했다면 그 자체가 아마도 상상도 할 수 없는, 말도 안 되는, 믿을 수 없는 일이었을 것이다. 이사벨라는 이제 두 시간하고 30분이라는 시간이 그렇게 빨리 흘러갈 수가 있느냐며 계속해서 같은 말만 반복했고 결국에는 캐서린을 불러 확인하기까지 했다.

캐서린은 좋아하는 친구인 이사벨라를 아무리 기쁘게 해주기 위해서라 하더라도 거짓말을 할 수는 없었다. 그러나 이사벨라는 캐서린의 대답을 들으려 하지도 않았기 때문에 사실 그녀의 생각이 잘못된 거라고 말해줄 필요도 없었다.

이사벨라는 온통 자신의 감정에만 몰두하고 있었다. 그녀에게 가장 슬픈 일은 바로 집으로 돌아가야 한다는 사실이었다. 사랑하는 친구 캐서린과 둘만의 대화를 나눈 지도 꽤 오래된 듯했다. 아무리 캐서린에게 하고 싶은 말이 수천 가지라고 해도 둘은 같이 있을 시간이 단 일 초도 없는 것 같았다. 가장 슬퍼하는 표정을 짓고 실망스러움이 가득한, 그러나 웃고 있는 눈으로 이사벨라는 친구에게 작별의 인사를 하고는 즉시 돌아가 버렸다.

알렌 부인은 오전 내내 별것 아닌 일로 바쁘게 보낸 뒤여서 반갑게 캐서린을 맞이했다.

"캐서린, 이제 왔구나."

집에 돌아온 것만은 엄연한 사실이었다.

"어때, 즐거웠니?"

"예, 아주머니. 너무 좋았어요."

"그래, 소프 부인도 그렇게 말하더구나. 너희들이 모두 함께 가서 너무 좋았다고 하던걸."

"소프 부인을 만났어요?"

"그래, 네가 떠나자마자 광천수 홀에 갔었단다. 거기서 소프 부인을 만나 오랫동안 얘기를 나누었단다. 오늘 아침엔 시장에 송아지 고기가 거의 나오지 않았다는 말도 하더라. 이상할 정도로 물건이 적었다고 말이야."

"다른 사람도 봤어요?"

"그래, 소프 부인과 난 크레센트에서 방향을 바꾸었는데 거기서 휴즈 부인과 틸니 남매를 만났지. 산책하고 있던걸."

"정말이에요? 같이 얘길 했나요?"

"그래, 한 30분 동안 같이 걸었어. 정말 좋은 사람들 같더라. 틸니 양은 오늘 점무늬 옥양목으로 만든 드레스를 입었는데 너무 예뻤어. 내가 보기엔 옷맵시가 보통이 아니야. 휴즈 부인이 그 가문에 대한 얘길 많이 해줬어."

"그래요? 무슨 얘기였어요?"

"정말 많은 얘길 했어. 사실 거의 그 얘기만 했으니까."

"글로우세스터셔의 어느 지방 출신인지 아세요?"

"그럼, 휴즈 부인이 말했는데. 그런데 생각이 안 나는구나. 어쨌든 아주 좋은 사람들인데다 상당히 부자래. 틸니 부인은 결혼 전 이름이 드럼몬드였는데, 휴즈 부인하고 학교 친구였대. 그때의 드럼몬드 양은 굉장한 부자여서 결혼할 때 아버지가 옷 사는 데만 이만오백 파운드를 줬대. 휴즈 부인도 그 옷들을 전부 봤다고 하더라."

"틸니 씨 부부도 바스에 있나요?"

"그래, 그런 것 같아. 아니 그게 꼭 확실한 것은 아니야. 지금 생각이 났는데 둘 다 죽었을지도 몰라. 적어도 틸니 부인은 그래. 맞아, 틸니 부인은 죽은 것이 틀림없어. 휴즈 부인이 그러는데, 드럼몬드 씨가 딸의 결혼식 때 아름다운 진주 세트를 선물로 줬대. 그걸 지금 틸니 양이 가지고 있다고 했어. 어머니가 돌아가실 때 딸에게 줬다고 했으니까."

"그럼 제 파트너였던 틸니 씨가 외아들인가요?"

"그 점은 잘 모르겠네, 아마 그럴지도 몰라. 어쨌든 틸니 씬 정말 좋은 사람이야. 그리고 굉장한 부자이기도 하구."

캐서린은 더 이상 묻지 않았다. 알렌 부인이 줄 수 있는 정보는 이미 충분히 들었다는 생각이었고 틸니 씨와 그의 여동생을 만날 수 있는 기회를 놓쳤다는 사실에 특히 운이 나빴다는 생각뿐이었다. 그들을 만나리라 예견할 수만 있었다면 그 누가 왔던들 같이 외출하진 않았을 것이다. 지금은 자신에게 닥친 이 불행을 한탄할 수밖에 없었다. 자신이 놓친 것이 무언지 곰곰이 생각하다 마침내 드라이브 자체는 상당히 좋았다는 결론을 내렸지만 존 소프 씨는 정말 불쾌했다.

10

그날 밤에 극장에서 알렌 부부와 소프 가족, 몰랜드 남매가 만났다. 캐서린과 이사벨라는 나란히 앉았기 때문에 그들이 함께 하지 못한 시간 동안 이사벨라가 하고 싶었던 수많은 얘기 중에 몇 가지라도 할 수 있는 기회가 생긴 셈이었다.

"세상에, 캐서린, 드디어 함께 있게 됐네요."

캐서린이 박스로 들어와서 옆에 앉자마자 이사벨라가 말했다.

"몰랜드 씨, 오늘 밤 당신한테는 한 마디도 안 할 거예요. 그러니까 기대도 하지 마세요. 캐서린, 헤어진 뒤에 뭘 했어요? 참, 물어볼 필요도 없겠네요. 이렇게 아름답게 꾸민 걸 보면. 오늘 특히 머리가 예쁜 것 같아요. 이런 장난꾸러기 같으니라구, 도대체 누구를 유혹하려는 속셈이에요? 내가 보기엔 우리 오빠가 벌써 당신한테 반한 것 같던데. 틸니 씨는 말예요, 맞아요, 그 감정은 확실한 거예요. 아무리 겸손하게 말하더라도 틸니 씨의 감정을 의심할 수는 없을 거예요. 그 사람이 바스로 다시 돌아온 것만 봐도 틀림없다고요. 어머, 그 사람을 보지도 못했잖아요. 정말 보고 싶어 죽겠는데……. 어머니가 그러시는

데 세상에서 제일 멋진 사람일 거래요. 오늘 아침에 틸니 씨를 만났다고 하시더라구요. 나한테 소개시켜 줘야 해요, 알았지요? 그 사람, 지금 여기에 있어요? 좀 살펴봐요. 그 사람을 꼭 봐야겠는데 말예요."

"없어요, 여긴 없어요. 어디에서도 그를 볼 수가 없어요."

캐서린이 말했다.

"세상에! 그럼 그 사람을 만날 수도 없단 말예요? 내 드레스는 어때요, 캐서린? 그렇게 나쁘진 않은 것 같은데. 이 소매는 전부 내가 생각해낸 거예요. 전에도 말했지만 난 이젠 바스가 지겨워 죽겠어요. 당신 오빠하고 난 그 점에서 생각이 똑같아요. 이곳에서 몇 주간 지내는 건 괜찮지만 계속 살지는 않을 거예요. 그런 걸 얘기하다 보니 우리 둘 다 시골을 좋아한다는 걸 알게 되었어요. 정말로 우리 의견은 너무 똑같지 뭐예요. 너무 웃기지 않아요? 모든 부분에서 우린 똑같이 느껴요. 사실 이런 건 정말 싫을 때도 있지만 말예요. 당신은 정말 장난이 심해요, 이 얘기 가지고 놀릴 거지요?"

"아니에요, 절대 그러지 않을 거예요."

"아냐, 그럴 거예요. 난 당신 자신보다 당신을 더 잘 아니까요. 당신은 우리 두 사람이 정말 천생연분이라든가 아니면 말도 안 되는 얘기라고 말했을 거예요. 아, 그랬으면 정말 슬펐을 거야. 내 뺨도 새빨개지고 말았을 거예요. 이런 얘긴 절대로 하지 말았어야 했는데."

"그건 말도 안 돼요. 어떤 일이 있어도 그런 부당한 말은 하지 않을 거예요. 게다가 그런 생각은 하지도 못한 걸요."

이사벨라는 믿을 수 없을 정도로 한껏 미소를 띠고는 그날 저녁 내내 제임스와 이야기했다.

틸니 양을 다시 만나려는 캐서린의 결심은 다음날 아침에 새롭게 시작되었다. 광천수 홀에 가는 시간까지 어제처럼 예상치 못했던 일이 생길까 조마조마했다. 그러나 아무 일도 일어나지 않았고 갑작스런 방문객이 나타나 출발을 지연시키지도 않았다. 알렌 부부와 캐서린 세 사람은 함께 시간을 넉넉히 두고 일상적인 일과 대화가 있는 광천수 홀을 향해 출발했다. 알렌 씨는 광천수를 한 잔 마시고 나서 몇몇 신사들과 합세해 그날의 정치 주제에 대해서 이야기하거나 신문기사를 서로 비교했다.

알렌 부인과 캐서린은 그곳에서 처음 보는 얼굴들과 새 모자를 일일이 눈여겨보았다. 15분쯤 지나자 소프 가의 여자들이 제임스 몰랜드의 보호를 받으며 나타났고 캐서린은 늘 그랬듯이 친구 옆에 섰다. 이제 소프 양이 가는 곳이라면 어디라도 같이 나타나는 제임스도 비슷한 자세를 취했다. 이렇게 세 사람은 다른 사람들과 약간의 거리를 두고 자연스럽게 걸어다녔다.

캐서린은 이사벨라와 제임스가 육체적으로는 가까이 있었지만 그녀는 사실 두 사람의 관심을 끌 수가 없었다. 두 사람은 어떤 민감한 토론을 하거나 서로 활발하게 논쟁을 할 때조차 속삭이는 목소리로 서로 얘기할 뿐만 아니라 웃음소리가 끊어질 줄 몰랐다.

두 사람이 번갈아 가며 캐서린의 의견을 묻고는 했지만 그녀는 뭐라고 한 마디도 대답할 수 없었다. 그들이 나누는 대화가 무슨 내용인지 한마디도 들을 수 없었기 때문이다.

마침 캐서린은 휴즈 부인과 함께 방으로 들어오고 있는 틸니 양을 보았다. 너무나 기쁜 나머지 그녀와 이야기하고 싶은 열망에 친구와 떨어질 용기가 생겼다. 어제 맛본 실망감이 없었더라면 결코 결행하지 못했을 단호함으로 벌떡 일어난 캐서린은 틸니 양이 있는 곳으로 갔다.

틸니 양은 아주 예의바르게 그녀에게 인사했고 캐서린 역시 호의를 보이며 답했다. 그리고 두 사람은 그곳을 떠나기 전까지 계속 함께 얘기를 나누었다. 해마다 바스에서 이 계절이면 수천 번도 넘게 볼 수 있고, 들을 수 있는 표현은 한 번도 오가지 않았지만, 두 사람이 서로 친밀감을 나누며 진실하게, 서로 뽐내려 하지 않고 주고받는 말들은 참으로 보기 드문 것이었다.

"오빠가 춤을 정말 잘 췄어요."

대화가 끝날 때쯤에 캐서린은 꾸밈없이 말했다. 이 말에 틸니 양은 처음엔 놀라더니 곧 재미있어 했다.

"헨리 오빠 말인가요? 그래요, 상당히 춤을 잘 추지요."

"지난번에 무도회에서 만났을 때 벌써 파트너를 정했다고 말해서 이상하다고 생각했을 거예요. 그렇지만 그날은 정말 소프 씨하고 선약을 했었거든요."

틸니 양은 단지 고개를 끄덕일 뿐이었다.

"그때 그분을 다시 보고 얼마나 놀랐는지 아마 상상도 못 할 거예요. 전 아주 떠났다고 생각했으니까요."

캐서린이 덧붙였다.

"처음 헨리 오빠가 당신을 만났을 때는 바스에 이틀만 머물렀어요. 우리가 머물 숙소를 정하러 온 거였거든요."

"그런 생각은 전혀 못 했어요. 그냥 그분이 보이지 않았기 때문에 떠난 것이라고 생각했어요. 월요일에 같이 춤 춘 사람이 혹시 스미스 양이 아닌가요?"

"맞아요. 휴즈 부인이 아는 아가씨예요."

"아주 행복해 보였어요. 그 아가씨가 예쁘다고 생각해요?"

"별로요."

"틸니 씨는 광천수 홀에는 안 오시는 것 같아요."

"가끔 오기는 해요. 보통은 아버지와 함께 아침에는 말을 타러 나가요."

그때 휴즈 부인이 그들에게 다가와서 틸니 양에게 가도 좋겠냐고 물었다.

"곧 다시 볼 수 있기를 바랄게요. 내일 있을 코티용 무도회에 올 건가요?"

"아마도요……. 아니, 꼭 갈 거예요."

"다행이군요. 그럼 내일 그곳에서 만나겠네요."

틸니 양은 이 말에 정중히 답하고는 헤어졌다. 틸니 양은 새 친구의 움터 오르는 사랑의 감정에 대해서 알게 됐지만, 캐서린으로서는 그런 감정을 드러냈다는 생각은 꿈에도 하지 못했다. 캐서린은 행복해하며 집으로 돌아왔다.

이날 아침은 그녀가 희망했던 대로 흘러갔고 이제는 내일 저녁에 대한 기대로 가득 차 있었다. 어떤 드레스를 입고 머리는 어떻게 다듬어야 할지가 주된 관심사가 됐다. 물론 이런 행동을 잘한다고 할 수는 없었다. 옷은 어쩌면 하찮을 수 있는 문제였고, 때로 지나치게 신경을 쓰게 되면 오히려 망치고 만다. 캐서린도 이 사실을 잘 알고 있었다. 이모할머니가 크리스마스 전날에 그것을 주제로 강의를 하기도 했었다.

그렇지만 수요일 밤에는 점무늬 드레스를 입을까 수로 무늬를 새긴 드레스를 입을까 걱정하면서 몇 분 동안 누워 있었다. 시간만 좀더 충분했다면 그날 입을 드레스 한 벌을 새로 샀을 것이다. 사실 그랬다면 잘못 판단한 것으로 평가됐을 것이다. 물론 이런 실수가 흔히 벌어지기는 하지만 커다란 실수인 것은 틀림없다. 이모할머니가 아닌 오빠였다면, 남자들은 여자들이 새 드레스를 입었는지 어땠는지 전혀 무감각하니까 새 옷을 사지 말라고 충고했을 것이 분명하다. 여자들이 비싼 돈을 들여 산 옷에 남자들이 얼마나 관심이 없는지, 아름다운 드레스 천의 감촉에 얼마나 둔감한지, 드레스가 점무늬나 나뭇가지 무늬, 얇고 부드러운 무명이든 무엇이든 간에 남자들은 특별히 좋아하는 것이 없다는 걸 알게 되면 많은 여자들이 굴욕스럽게 느낄 것이다.

여자란 혼자서 만족해도 좋은 존재이긴 하지만 그러나 더 값비싼 옷을 입었다고 해서 남자들이 그 여자에게 더 많은 찬사를 보내는 일도, 다른 여자들이 그녀를 더 좋아하는 일도 없다면 분명 유쾌한 일은 아니리라. 남자에게라면 단정하고 유행에 벗어나지 않는 정도면 충분할 거고 여자들에게는 차라리 누추하거나 눈에 띌 정도로 못난 옷을 입는 것이 오히려 더 많은 사랑을 받을 것이다. 그러나 이런 심각한 생각들은 전혀 캐서린의 마음을 혼란스럽게 만들지 않았다.

캐서린은 목요일 저녁이 되자 지난 월요일과는 상당히 다른 기분으로 무도회장으로 들어섰다. 그때는 소프 씨와 선약을 했기 때문에 기뻤고 가슴이 뛰었지만 지금은 그가 다시 신청을 해 올까 두려워 그의 시선을 피하기 위해 가슴 졸이고 있었다. 감히 틸니 씨가 세 번째 춤을 추자고 신청하리라고 기대할 수는 없었지만, 캐서린의 마음과 관심은 온통 그에게 고정되어 있었다.

여성이라면 누구나 한 번쯤은 이런 흥분과 기대감을 가져본 적이 있을 테니 캐서린의 마음을 이해할 것이다. 그리고 누구라도 만나고 싶지 않은 사람으로부터 피하려고 노력해 본 적이 있거나 적어도 그렇게 믿고 행동한 적이 있을 것이다. 소프 가(家) 사람들이 합석을 할 때부터 캐서린의 고통은 시작되었다. 존 소프가 자신에게 다가올까 안절부절못하면서 가능한 한 그가 잘 볼 수 없도록 몸을 숨겼고 심지어 말을 걸 때도 못 들은 척했다. 코티용이 끝나고 컨트리 댄스가 시작됐지만 아직 틸니 씨는 보이지도 않았다.

"너무 걱정하지 마세요, 캐서린. 난 당신 오빠하고 이번에도 같이 춤을 출 생각인데, 물론 상당히 놀랄 거예요. 당신 오빠한테는 부끄러운 줄 알아야 한다고 말했어요. 당신도 우리 오빠와 함께 춤을 출 거지요? 빨리 준비하고 우리가 있는 곳으로 와요. 오빠가 어디 잠깐 갔는데 금방 돌아올 거예요."

이사벨라가 속삭이듯 말했다.

캐서린이 대답할 시간도 주지 않았지만 시간이 있었어도 별로 말할 기분이 아니었다. 두 사람은 멀어져 갔고, 존 소프 씨는 그리 멀지 않은 곳에 있었다. 캐서린은 그의 눈에 띄지 않으려고 애썼다. 그렇지만 자신이 혹시라도 존을 바라보고 있다거나 존이 춤 신청하기를 기다리고 있는 것처럼 보일 수도 있기 때문에 계속해서 시선을 부채에 고정시키고 있었다.

이렇게 사람이 많은 걸 보면, 이제 틸니 가(家) 사람들도 곧 만날 수 있지 않을까 생각하면서도 몸을 사릴 수밖에 없는 자신을 비난하고 있는 바로 그때 틸니 씨가 그녀를 부르더니 춤을 신청했다. 그의 목소리를 듣자마자 캐서린이 두 눈을 반짝이며 떨리는 가슴을 안고 그와 함께 춤을 추러 나갔다는 것은 그리 어려운 상상이 아닐 것이다.

소프 씨를 간발의 차로—적어도 캐서린은 이렇게 느꼈다—피했고,

마치 일부러 그녀를 찾고 있었던 것처럼 틸니 씨로부터 바로 춤 신청을 받았다는 사실에, 캐서린은 이보다 더 큰 행복은 없을 것이라는 생각이 들 정도였다.

그러나 틸니 씨와 함께 조용히 앞으로 나가기도 전에 뒤에 서 있던 소프 씨가 말을 걸었다.

"어, 몰랜드 양! 이건 도대체 무슨 의미이지요? 저하고 같이 춤을 추는 걸로 생각했는데요."

"저한테 묻지도 않고 혼자서만 그렇게 생각했나요?"

"그래요, 여기에 오자마자 물었잖아요. 그리고 다시 한 번 더 신청하려고 했는데 돌아보니까 당신이 없어졌어요. 무슨 농간이 있지 않고서야 이게 가능한 얘긴가요. 제가 여기 온 이유는 오로지 당신과 같이 춤추기 위해서입니다. 월요일 이후로 우린 계속 파트너라고 확고히 믿고 있었어요. 맞아요, 로비에서 당신이 망토를 벗어 주려고 기다리고 있을 때 신청했던 기억이 나요. 여기 있는 모든 사람들한테 이 무도회에서 제일 아름다운 아가씨와 춤을 출 것이라고 말했는데, 제가 아닌 다른 사람하고 춤을 추러 가는 걸 보면 사람들이 절 얼마나 놀리겠습니까?"

"그럴 리가요, 당신이 그렇게 표현했다면 사람들은 그 여자가 저라고는 결코 생각하지 않을 거예요."

"그렇게 생각하지 않는다구요? 그러면 가만두지 않겠어요. 그런데 이 친군 누굽니까?"

캐서린이 친절하게 대답해 주었다.

"틸니라, 모르는 이름이군요. 잘 생겼는걸요, 잘해 보세요. 그건 그렇고 저 사람, 혹시 말이 필요하다고 하지 않던가요? 여기 내 친구 샘

플레처 씨라고, 아주 괜찮은 말을 한 마리 팔려고 하는데. 길눈이 보통 밝은 놈이 아닌데, 그것도 단 40기니에 내놨지요. 나라면 50기니라도 주고 사고 싶은 말인데 말이죠. 아무리 좋은 말이라도 50기니 이상을 주고 사지는 않기로 했거든요. 그런데 제 목적에는 별로 맞지가 않아서요. 사냥을 하러 다닐 때는 별로일 것 같아요. 사냥에 뛰어난 말이라면 얼마가 되었든 최상가로 살 수도 있지만 말이죠. 제게는 지금 세 마리가 있는데, 그 말들처럼 편안한 말들을 아직 못 봤어요. 누가 800기니를 준다고 해도 절대 팔지 않을 겁니다. 다음 학기쯤에는 플래처와 같이 레이세스터셔에 집을 하나 장만하려 합니다. 그게, 여관에서 지낸다는 것이 얼마나 불편한지 몰라요."

이것이 캐서린을 지루하게 만든 그의 마지막 말이었다. 길게 줄을 서서 지나가는 아가씨들에 밀려 더 이상 서 있을 수 없었기 때문이다. 그때 다시 캐서린의 파트너가 가까이 다가와서 말했다.

"저 신사가 일 분만 당신 옆에 더 머물렀다면 아마 못 참았을 거요. 내게서 당신의 관심을 떼놓아서는 안 되지요. 우린 오늘 저녁에 같이 시간을 보내기로 서로 동의함에 따라 약속을 했으며 그 시간은 우리 두 사람에게만 속한 거예요. 그러니 누가 우리 가운데 한 사람의 관심을 끌려고 한다면 파트너의 권리를 침해하는 것이 된다고 생각해요. 그건 그렇고, 이 컨트리 댄스는 결혼의 상징처럼 보여요. 성실과 순종은 두 사람이 지켜야 하는 기본적인 의무죠. 그러니 그 여자와 춤을 추거나 결혼을 할 생각이 없는 남자라면 같이 파트너가 되지도 않겠지요."

"제 생각에는 완전히 다른 문제 같은걸요."

"두 가지를 비교할 수 없다고 생각하는군요."

"확신한 건 아니지만……. 결혼을 한 사람들은 결코 헤어질 수 없어요. 무슨 일이 있어도 함께 가정을 지켜나가야 해요. 그렇지만 여기서 같이 춤을 추는 사람들은 단 30분 동안 서로 상대편이 되어 줄 뿐인걸요."

"그건 당신이 내린 결혼과 춤에 관한 정의지요. 그런 관점에서 보면 결혼과 춤이 놀랄 정도로 비슷한 점이 많다고는 할 수 없겠죠. 하지만 제 말은 그런 식으로 볼 수도 있다는 겁니다. 조금 더 말해도 될까요? 남녀 관계를 보면, 남자는 선택할 수 있는 특권이 있고 여자는 거절할 수 있는 권한밖에 없어요. 그러니까 남자가 선택을 하고, 여자가 받아들이는 건 서로가 약속을 하는 것이라고 할 수 있지요. 일단 약속을 하고 나면 그 시간이 끝날 때까지는 서로에게만 속한 겁니다. 다른 사람에게 관심을 두는 일이 없도록 서로에게 잘해주고, 주위에 아무리 완벽하게 보이는 쌍이 있어도 오직 상대에게 최대의 관심을 보이면서 자신들만의 얘기에 충분히 몰두해야 해요. 또 다른 사람을 선택했으면 더 좋았을 것이라는 생각을 해서는 안 되는 것이 서로에 대한 의무라고 생각합니다. 제 말에 동의하나요?"

"예, 그럼요, 아주 타당한 말씀인 것 같아요. 그렇지만 춤추는 것하고 결혼은 별개의 문제라고 생각해요. 똑같은 관점에서 볼 수도 없는 문제고, 춤출 때 상대방에게 지켜야 하는 예의를 결혼의 의무로 생각할 수는 없을 것 같아요."

"한 가지 점에선 분명히 달라요. 결혼을 하면 남자는 여자가 생계를 꾸려나갈 수 있도록 모든 지원을 하고, 여자는 남자를 위해 행복한 가정을 가꾸어 나가야 합니다. 쉽게 말하면, 남자는 식량을 조달하고 여자는 웃어야 한다는 거지요. 그렇지만 춤을 출 때는 두 사람의 의무가 완전히 바뀌지요. 여자는 부채와 라벤더 향수를 가지고 오고, 남자들은 듣기 좋은 말을 골라서 하고 여자들이 원하는 대로 가능한 한 따르는 법이거든요. 제 생각에는 이런 차이 때문에 당신이 결혼과 춤은 비교할 수 없는 대상이라고 생각한 것 같은데요."

"아뇨, 그런 문제는 한 번도 생각해 본 적이 없어요."

"그러면 앞으로는 어떻게 해야 할지 도통 모르겠군요. 그래도 제 생각은 말해야 할 것 같군요. 당신이 보여준 성격은 약간은 위험할 수도 있다는 생각이 듭니다. 당신은 결혼과 춤에서 남녀가 가지는 의무가 조금도 비슷한 점이 없다고 계속해서 강조했어요. 그게 제 생각에는, 당신이 생각하는 파트너에 대한 의무가 제가 당신에게 가지는 것만큼 강하지 않다는 뜻이 아닐까요? 만약 아까 당신에게 말을 걸었던 신사가 다시 돌아오거나, 아니 다른 어떤 사람이라도 말을 걸었을 때, 당신이 그 사람에게 마음이 끌린다면 그 사람하고도 웃으며 춤을 출 수도 있다는 것으로 해석이 되는데, 제가 틀렸나요?"

"소프 씨는 제 오빠의 아주 절친한 친구예요. 그 사람이 다시 말을 걸면, 웃으며 말을 해야 해요. 그리고 이곳에서 제가 아는 사람이라고는 소프 씨를 제외하고는 거의 없어요."

"그게 제가 안심할 만큼 유일한 이유가 되어 줄까요, 이런 세상에."

"아니에요. 그것보다 더 합당한 이유가 있어요. 저는 아는 사람이 없기 때문에 다른 사람에게 말을 걸거나 관심을 가지는 건 불가능해요. 아까 제가 소프 씨의 춤 신청을 거절하느라 애먹는 걸 보셨잖아요. 게다가 당신이 아닌 다른 사람들하고는 얘기하고 싶지도 않고요."

"이제야 만족할 만한 대답을 하는군요. 그럼 자신감을 가져도 되겠죠? 전에 제가 물었을 때만큼 지금도 바스가 마음에 드시나요?"

"예, 사실 그때보다 더 마음에 들어요."

"더 마음에 든다고요! 그래도 어느 정도 시간이 지나고 나면 지겨워질 겁니다. 아마 6주 정도쯤 지나면 그럴 거예요."

"저는 전혀 그럴 것 같지 않아요. 6주가 지난다 해도 결코 지겹지는 않을 거예요."

"런던하고 비교하면 바스는 상당히 단조로운 도시예요. 그건 해마다 사람들이 합의해 내는 결론 도출이라고 할 수 있죠. 6주를 머물면, 바스는 아주 좋은 곳이지만 그 이상 머무르게 되면, 세상에서 제일 지루한 곳이 되곤 하니까요. 이건 일반론적인 것이기 때문에 누구에게 물어봐도 같은 말을 할 겁니다. 대개의 사람들이 겨울에 6주 정도를 계획하고 왔다가 바스에 머무는 것이 괜찮다는 생각이 들어서 10주나 12주로 늘리기도 하지요. 하지만 더 있다 보면 지겨워서 못 견딜 지경이 되어서는 마침내 돌아가고 말지요."

"그렇지만 모든 사람이 다 똑같은 생각을 하는 건 아니잖아요. 사람마다 입장이나 살아온 환경이 다르다 보면 생각하는 것도 당연히 다르지 않을까요. 런던에 사는 사람들한테 바스는 아무것도 아닐지 몰라도 저처럼 시골의 작은 마을에 사는 사람은 이곳의 모든 것이 얼마나 좋게 생각되는지 몰라요. 볼 것도 많고 하고 싶은 일도 많고, 고향에서는 상상도 할 수 없는 것들이 정말 많다고요."

"시골을 별로 좋아하지 않으시는군요."

"물론 좋아해요. 항상 거기서 살았고 아주 행복했어요. 그렇지만 여기 생활에 비교하면, 시골생활은 매일 똑같아요. 하루하루가 조금도 다를 것이 없으니까요."

"그럼 시골에서 있을 때 시간을 더 합리적으로 보냈다는 말이 되겠군요."

"그런가요?"

"아닌가요?"

"제 생각에는 별로 다른 것 같지 않은걸요."

"여기서는 하루종일 재미있는 일만 찾아다니잖아요."

"집에서도 그랬어요. 단지 재미있는 일이 그다지 많지 않을 뿐이죠. 여기서도 산책을 자주 해요. 시골에 있을 때도 그랬고요. 산책을 할 때 여기서는 다양한 사람을 만날 수 있지만, 고향에 있을 때는 방문할 곳이 알렌 부인밖에 없었다는 것이 다르다고 할 수 있죠."

틸니 씨는 아주 흥미 있어 했다.

"알렌 부인만 방문했다고요? 세상에, 어쩜! 빈약한 대화의 실마리를 이번에는 풀어나갈 수 있을 거예요. 다시 그 나락으로 떨어지더라도 할 말이 무척 많을 테니까 말예요. 여기에서 겪었던 모든 일들을 화제삼아 지적인 빈곤을 해소해 보세요."

"그래요, 맞아요. 알렌 부인이든 누구에게든 얘깃거리가 바닥나는 일은 없을 거예요. 집에 가면 항상 바스 얘기만 할 것 같아요. 바스가 정말 마음에 들어요. 부모님과 다른 가족들도 같이 있었으면 더 바랄 것이 없을 거예요. 사실 큰오빠인 제임스가 온 것만도 정말 행복해요. 게다가 우리가 유일하게 친해진 사람들이 오빠 친구 가족이라니! 어떻게 바스를 지겹다고 하겠어요?"

"당신처럼 그렇게 신선한 생각으로 바스에 오는 사람이면 그렇지 않겠죠. 그렇지만 바스를 자주 찾는 사람들은 늘 부모님이나 형제들 혹은 친한 친구들처럼 이미 아는 사람들하고 같이 오게 되지요. 그러니 무도회나 연극 또는 매일 보는 광경들이 반복되는 일상사처럼 지겨워지는 거죠."

여기서 그들의 대화는 중단되었다. 다른 문제에 너무 신경을 쓰느라 춤을 제대로 출 수가 없었기 때문이다.

두 사람은 춤추는 대열 아래쪽으로 갔다. 캐서린은 틸니 씨 바로 뒤쪽에 서서, 구경하는 사람들 중에 한 신사가 관심을 가지고 자신을 지켜보고 있는 걸 알았다. 아주 잘생긴 사람으로 비록 한창 나이는 지났지만 아직도 삶의 힘을 느낄 수 있는 그런 사람이었다. 그 사람의 두 눈은 캐서린을 향한 채 틸니 씨에게 익숙한 듯 뭐라고 귀엣말을 했다. 그의 시선에 당황한데다 자신의 외모에 뭔가 잘못된 점이 있을지도 모른다는 생각에 얼굴까지 붉어진 캐서린은 마침내 고개를 돌려버렸다. 그러는 동안 그 신사는 뒤로 물러났고, 틸니 씨가 가까이 다가와 말했다.

"저 신사 분이 방금 뭘 물었는지 맞춰 보겠어요? 당신 이름을 알고 있으니, 당신도 알 권리가 있어요. 틸니 장군이세요, 제 아버지이기도 하고요."

캐서린은 단지 '아…….' 라고 대답했을 뿐이다. 그렇지만 그것으로 충분했다. 그가 한 말에 대한 관심을 나타낼 뿐만 아니라 그 말을 완전한 사실로 받아들였다는 것이 그 한마디로 모두 드러났을 테니까. 이제 캐서린은 진짜 관심과 존경심을 가지고 그 신사를 보았다. 사람들 속으로 들어가는 그를 보면서 '가족들이 하나같이 잘생겼구나!' 하고 생각했다.

무도회가 끝나기 전에 틸니 양과 이야기를 나누면서 캐서린은 새로운 행복감에 젖었다. 바스에 온 이래로 한 번도 야외를 산책한 적이 없었다. 사람들이 자주 가는 곳이라면 어디든지 한 군데도 빠지지 않게 잘 알고 있는 틸니 양이 하는 말을 들으면서, 캐서린은 그곳을 산책하고 싶다는 생각이 들었다. 캐서린이 혼자서 산책하는 것은 솔직히 두렵다고 털어놓자 두 사람이 함께 동행하겠다는 새로운 제안을 내놓았다.

"아, 너무 좋아요. 그럼 미룰 것 없이 내일 아침으로 하는 것이 어때요?"

의기가 상통한 두 사람은 흔쾌히 동의했다. 틸니 양은 비가 오지 않을 경우라는 단서를 달았지만, 캐서린은 그 문제에 대해서는 전혀 걱정하지 않았다. 12시에 두 사람이 풀트니 가로 캐서린을 데려오기로 했다.

"잊지 말아요, 12시예요."

헤어지면서 캐서린은 새 친구에게 속삭였다.

또 다른 친구이자 지난 2주 동안 지대한 관심과 성실성을 보여줬던 이사벨라는 그날 저녁 내내 어디 있는지 볼 수도 없었다. 하지만 새 친구와 사귀게 되었다는 기대감에 만족한 캐서린은 알렌 씨가 일찍 집으로 돌아가자는 말에 이의를 달지 않았다. 집으로 오는 동안에도 캐서린은 너무 기뻐서 의자에 바로 앉아 있을 수가 없을 정도였고 마음은 즐겁게 춤을 추고 있었다.

11

다음날 아침 날씨가 상당히 고르지 못한 데다 해는 잠시 얼굴을 내밀었을 뿐이었다. 캐서린은 이것을 자신이 원하는 대로 해석했다. 아침 일찍부터 해가 눈부시게 빛나게 되면 보통 비가 올 징조라고 생각했고, 아침에 구름이 끼면 시간이 지날수록 점점 더 맑아질 것이라고 믿었다. 그런 기대감으로 캐서린은 알렌 씨에게 물어 봤다. 날씨에 대해서 별로 아는 것이 없는 그로서는 날씨가 화창할 것이라는 확실한 믿음을 줄 수 없었다. 캐서린은 알렌 부인에게 물었고, 알렌 부인의 대답은 훨씬 긍정적인 것이었다.

"오늘은 틀림없이 날씨가 좋을 거야. 저 구름만 걷히면 태양이 나올 테니까."

그러나 11시가 가까워지자 캐서린은 창문에 부딪치는 작은 빗방울을 걱정스런 눈으로 보고 있었다.

"세상에! 이럴 수가. 비가 오네."

캐서린은 실망에 찬 목소리로 말했다.

"비가 올지도 모른다고 생각했었는데……."

알렌 부인의 말이었다.

"오늘 산책은 못 할 것 같네요. 그렇지만 저러다 말 수도 있고, 아니면 12시가 되기 전에 그칠 수도 있을까요?"

캐서린이 한숨을 쉬며 물었다.

"그럴지도 몰라. 그래도 땅이 아주 질어질 텐데."

"그건 중요하지 않아요. 전 그런 건 상관하지 않아요."

"그렇지, 그건 내가 잘 알지."

아주 차분한 목소리로 알렌 부인이 말했다.

"빗방울이 점점 더 굵어지고 있어요."

창밖을 지켜보고 있던 캐서린이 잠시 후 창가로 다가가며 말했다.

"그렇구나. 계속 비가 내리면 길이 아주 질척거릴 텐데."

"벌써 네 명이나 우산을 썼어요. 우산이 이렇게 보기 싫을 수가 있을까요?"

"그래, 우산을 들고 다니는 건 별로 유쾌한 일은 아니지. 차라리 의자를 들고 다니는 것이 나을 것 같아."

"아침에는 날씨가 너무 좋았었는데. 비가 올 것이라고는 생각도 못 했어요."

"누구라도 그렇게 생각했을 거야. 그건 그렇고 아침 내내 비가 오면 광천수 홀에 들르는 사람도 별로 없을 텐데. 아저씨가 방한 코트를 입었으면 좋으련만, 아마 또 안 입으려고 할 거야. 방한 코트 입고 산책하는 건 무엇보다 싫어하니까. 왜 그런지 모르겠어, 참 편할 텐데 말야."

비는 계속해서 내렸다. 퍼붓는 정도는 아니지만 계속해서 쏟아졌다. 캐서린은 5분마다 시계를 보았다. 앞으로 5분 안에 비가 그치지 않으면 이제는 산책을 포기할 생각이었다. 시계가 12시를 쳤지만 비는 여전히, 점점 강하게 내리고 있었다.

"이젠 못 갈 것 같구나, 캐서린."

"아직 희망을 버리진 않았어요. 12시 15분까지는 포기하지 않을 거예요. 보통 이만큼 내렸으면 비가 그치고는 했잖아요. 그러고 보니 비가 좀 가늘어진 것 같기도 해요. 어머, 벌써 12시 20분이네요. 이젠 완전히 포기해야겠어요. 우돌포나 아니면 투스카니나 남부 프랑스처럼 그런 날씨면 얼마나 좋을까요. 성 오빈이 죽은 날 말이에요. 정말 아름다운 날이었는데."

12시 30분이 되자 캐서린은 날씨에 대한 걱정을 끝냈다. 날씨가 갤 것이라고는 더 이상 기대할 수 없었다. 그런데 갑자기 햇살이 비쳐서 깜짝 놀라 밖을 내다보니 구름이 서서히 걷히고 있었다. 곧 창가로 뛰어가서 자세히 살펴보니 날씨가 점점 더 좋아질 것 같았다. 10분이 지나자 화창한 오후를 기대해도 좋을 정도였다. 결국 알렌 부인 말이 맞았다.

"내가 그랬지, 맑게 갤 것이라고 말야."

그렇지만 비가 너무 많이 왔기 때문에 틸니 양이 이곳에 반드시 온다는 보장은 없는 상태였다.

알렌 부인은 거리가 너무 지저분해서 남편과 같이 광천수 홀에 갈 수가 없었다. 알렌 씨는 혼자서 출발했고 캐서린은 그가 거리를 걸어가는 모습을 보고 있다가, 며칠 전에 갑자기 나타나 그녀를 놀라게 했던 세 사람이 그때와 같은 무개 마차를 타고 오고 있는 걸 보았다.

"이사벨라하고 오빠와 소프 씨가 오고 있어요. 아마 저를 보러 오는 것 같은데, 같이 갈 수는 없을 거예요. 아직 틸니 양이 올지 안 올지 알 수 없잖아요."

알렌 부인도 그 말에 동의했다. 존 소프 씨의 목소리가 먼저 들려왔고 곧 그가 모습을 드러냈다. 계단에서부터 캐서린에게 서두르라고 소리치고 있었던 것이다.

"몰랜드 양, 빨리 준비하세요."

"얼른 모자를 가져와요. 시간이 없다구요. 지금 브리스톨로 가는 중이에요. 안녕하세요, 알렌 부인."

존 소프 씨가 문을 열어젖히면서 말했다.

"브리스톨이라구요? 너무 멀지 않나요? 그렇지만 어쨌든 오늘은 갈 수가 없어요. 선약이 있거든요. 친구들이 금방 올 거예요."

이 말은 물론 합당한 이유로 받아들여지지 않았다. 소프 씨는 알렌 부인에게 협조를 부탁했고, 결국 밖에서 기다리고 있던 두 사람까지 들어와서 거들었다.

"캐서린, 정말 재미있지 않겠어요? 오늘은 세상에서 최고로 멋진 드라이브가 될 거예요. 이런 계획을 세운 당신 오빠와 내게 감사하게 될 거예요. 아침을 먹는 도중에 갑자기 생각이 난 건데, 이 짜증스런 비만 안 왔으면 두 시간 전에 출발했을 거예요. 그래도 별 차질은 없을 거야. 밤에도 달빛이 있으니까. 정말 좋을 거라구요. 신선하고 조용한 시골 공기를 즐긴다고 생각하니 얼마나 흥분되는지 몰라요. 2류 무도회에 가는 것과는 비교도 안 될 거예요. 클리프턴으로 바로 가서 그곳에서 저녁을 먹을 거예요. 저녁을 먹고 나면 또 킹스웨스턴으로 바로 갈 거고."

"그렇게 많은 일을 할 수 있을 것 같진 않은데."

제임스가 말했다.

"이런, 친구를 봤나? 그것보다 열 배 이상은 많은 일을 할 수 있어. 킹스웨스턴, 블래이즈 성이나, 뭐, 우리가 들어본 거라면 어디든 다 가볼 수 있다구. 그런데도 자네 동생이 계속 안 가겠다고 하니 말이야."

"블래이즈 성! 그게 뭐예요?"

캐서린이 큰소리로 물었다.

"영국에서 제일 멋진 곳이죠. 여기서 오십 마일밖에 안 걸려요."

"정말 성이란 말이죠, 그것도 오래된?"

"영국에서 제일 오래된 성이죠."

"책에서 읽은 것이 맞을까요?"

"한 치도 틀리지 않아요. 아주 똑같습니다."

"그럼 정말 탑이나 긴 복도를 볼 수 있을까요?"

"그런 것도 아주 많아요."

"어머, 정말 가고 싶긴 한데, 그래도 갈 수는 없어요, 정말이에요."

"갈 수 없다니, 무슨 말이에요, 캐서린?"

"갈 수가 없어요. 오늘 틸니 양과 그 오빠와 같이 산책을 나가기로 했거든요. 12시에 온다고 했는데 이렇게 비가 내려서. 하지만 지금은 날씨가 좋아졌으니까 곧 올 거예요."

캐서린은 이사벨라의 미소에 대한 두려움을 감추지 못해 시선을 밑으로 내리면서 말했다.

"그럴 리가. 우리가 브로드 가로 들어설 때 그 사람들을 봤어요. 그 구렁말이 모는 쌍두 사륜마차를 타고 있던 사람 아닌가요?"

"그건 잘 모르겠어요."

"아니, 맞아요. 제가 봤다고요. 어젯밤에 같이 춤췄던 사람 맞죠?"

"그래요."
"아주 영리하게 생긴 아가씨와 같이 랜스다운 가로 가는 걸 봤는걸요."
"정말요?"
"맹세할 수 있어요. 이제야 알겠군요. 아주 튼튼한 소도 갖고 있는 것 같더군요."
"정말 이상하네요. 아마 산책하기엔 너무 땅이 질다고 생각했나 보죠?"
"아마 그런 것 같군요. 오늘처럼 땅이 엉망인 건 본 적도 없으니까요. 이런 날에 산책이라니요! 숫제 걷는 것도 불가능할 겁니다. 겨울 내내 이렇게 땅이 진 날은 없었는데, 오늘은 여기저기 패인 곳마다 물들이 고여 있어요."
"그래, 캐서린. 진흙 때문에 산책은 생각도 못 할 거야. 우리랑 같이 가야만 해. 그러지 말고 이제 가자."
이사벨라가 오빠의 말을 증명이라도 하듯 말했다.
"그래요, 온통 땅이 다 팼다니까요."
"만약 땅이 좀 마르기를 기다리는 정도로, 한 시간 동안만 잠깐 어디를 들르는 거라면 어떡하지요, 나중에 찾아올지도 모르잖아요."
"너무 그렇게 생각하지 말아요. 그런 걱정은 안 해도 될 겁니다. 그 틸니 씨가 말 타고 지나가는 사람에게 윅 록스까지 간다고 말하는 걸 들었으니까요."
"그럼 같이 가겠어요. 그래도 돼요, 아주머니?"
"네가 좋을 대로 하려무나."
"가라고 설득해 주세요."

세 사람이 동시에 소리쳤다. 물론 이 말을 듣지 않을 부인이 아니었다.

"그래, 캐서린, 아마 가는 것이 좋겠구나."

채 2분도 지나지 않아 그들은 함께 출발했다.

마차를 타고 가는 동안 캐서린은 아주 불안했다. 기대해마지 않았던 즐거움이 사라진 슬픔과 또 다른 즐거움에 대한 희망이 거의 같은 강도로 섞여 있었다. 틸니 양이 메시지도 보내지도 않고 그렇게 쉽게 약속을 깼다는 사실은 그렇게 옳은 행동은 아니라는 생각이 들었다. 그들이 산책을 시작하기로 한 시간에서 겨우 한 시간이 지났을 뿐이었다. 길이 말도 못 할 정도로 엉망이 되었다는 말을 듣기는 했지만 그녀가 직접 목격한 바로는 산책하는 데 큰 지장을 줄 것 같지는 않은 그런 상태에 불과했다. 틸니 남매가 그녀에게 함부로 행동했다는 생각이 들자 가슴이 아팠다. 그러나 한편으로는 우돌포에 나오는 성과 비슷할 것 같은 블래이즈 성을 살펴보게 된다는 게 무척 기대가 되는 일이라, 작은 위로가 되어 주기도 했다.

풀트니 가를 급히 떠나 로라 궁전을 지나가는 동안 그들은 별로 말이 없었다. 소프 씨는 말에게 말하고 있었고, 캐서린은 깨진 약속과 부러진 나무 조각들, 쌍두 사륜마차, 틸니 남매, 들창문 등 이런저런 생각들이 머릿속을 휘젓고 다녔다. 그런데 아길 빌딩으로 들어갈 때 소프 씨가 갑자기 말을 꺼내서 흠칫 놀랐다.

"저기 지나가면서 당신을 뚫어져라 쳐다보는 아가씨가 누굽니까?"

"누구요? 어디 말예요?"

"저기 오른쪽에요. 지금쯤은 아마 안 보일 거예요."

캐서린이 돌아보자 틸니 양이 오빠 팔짱을 낀 채 천천히 걸어가고 있었다. 두 사람 모두 고개를 뒤로 돌린 채 그녀를 보고 있었다.

"멈춰요, 멈춰요, 소프 씨. 틸니 양이에요. 정말이에요. 틀림없어요. 저 사람들이 다른 데로 갔다고 말했잖아요. 어떻게 그럴 수가 있어요. 멈춰요. 멈추라니까요. 지금 당장 내려서 만나야 해요."

캐서린은 계속해서 소리쳤다.

그러나 무슨 소용이 있을까? 소프 씨는 채찍을 휘날려 더 빨리 갈 뿐이었다. 틸니 남매는 더 이상 뒤로 돌아보지 않고 롤라 궁전 쪽으로 코너를 돌아가 버렸다. 그녀가 탄 마차는 시장 쪽으로 빠른 속도로 접어들었다. 캐서린은 다음 거리로 들어설 때까지도 계속해서 애원했다.

"제발 멈춰요, 소프 씨. 이렇게 떠날 수는 없어요. 틸니 양에게 가야 해요. 가서 설명을 해야 해요"

그러나 소프 씨는 웃음을 날리며 다시 한 번 채찍을 휘두르고는 이상한 소리를 내면서 계속 앞으로 나아갈 뿐이었다. 캐서린은 잔뜩 화가 나고 짜증이 났지만 혼자서 마차를 멈추게 할 수 없었기 때문에 포기해 버렸다. 그러나 그녀의 비난만은 계속되었다.

"어쩜 그렇게 감쪽같이 속일 수가 있지요, 소프 씨? 어떻게 틸니 남매가 랜스다운 가로 마차를 몰고 가는 걸 봤다고 거짓말을 할 수 있죠? 세상에 그런 일은 상상조차 할 수 없어요. 그 사람들이 날 어떻게 생각했을지, 정말 무례하다고 생각했을 것이 틀림없어요. 게다가 한마디 말도 없이 그렇게 그 사람들 옆을 지나치다니! 지금 제가 얼마나 화가 나 있는지 모르시는 것 같군요. 클리프턴이나 그 어딜 간다고 해도 하나도 즐겁지 않을 거예요. 차라리 지금 당장 마차에서 뛰어내려 그 사람들한테 가고 싶다구요. 쌍두 사륜마차를 타고 가는 걸 봤다고요?”

소프 씨는 조금도 기가 죽지 않은 목소리로 변명했다. 그렇게 닮은 사람은 본 적이 없었는데, 아마도 잘못 본 모양이라고.

비록 이 사건은 끝났지만 드라이브는 더 이상 즐겁지 않았다. 아까의 기분으로 돌아갈 수가 없었다. 어쩔 수 없이 소프 씨가 하는 말을 듣고 있었고 대답도 아주 짧게, 예의에 어긋나지 않을 정도로만 했을 뿐이다. 블래이즈 성을 볼 수 있다는 사실이 그런 대로 위안을 주었다. 그 성으로 가는 길에는 잠깐씩 즐거워 보이기도 했다. 어긴 약속 때문에 마음이 불편했고, 틸니 남매가 자신을 어떻게 생각할까 걱정이 되기도 했지만 블래이즈 성은 그런 슬픈 생각들을 잊게 할 만했다. 높은 천장을 가진 방들 사이를 거닐고 수년 동안 누구의 손길도 받지 못한 채 버려져 있었어도 아직 웅장한 모습을 그대로 드러내고 있는 가구들을 살펴볼 수 있을 테니까. 구불구불하게 늘어선 길고 좁다란 복도가 창살문이 달린 문 때문에 막혀 있고, 하나밖에 없는 램프가 갑자기 불어온 바람에 꺼져 완전한 어둠 속에 남겨질 수도 있었지만 그 성은 많은 기쁨을 가져다주었을 것이다.

케인슬램이 멀리 보이는 곳까지 갈 때만 해도 그들의 여행에는 아무런 장애가 없었다. 그런데 그곳에서 제임스가 소리치자 소프 씨는 무슨 일인지 알아보려고 마차 속도를 늦췄다. 서로 이야기를 주고받을 만큼 가까워지자 제임스가 말했다.

“돌아가는 것이 낫겠어, 존. 오늘은 계속 가기엔 너무 늦은 것 같아. 이사벨라도 그렇게 생각하고. 풀트니 가에서 아직 한 시간밖에 안 달려왔고 아마 7마일 정도 온 것 같은데. 앞으로 가려면 8마일도 넘게 남았어. 그건 불가능할 것 같아. 너무 늦게 출발한 거야. 다음날로 미루고 오늘은 돌아가기로 하지."

"나한테는 식은 죽 먹긴데 말야."

소프는 화난 목소리로 대답하고는 바스를 향해 곧 말을 돌렸다.

"당신 오빠가 조금이라도 나은 짐승을 몰았다면 아마 이런 일은 없었을 거예요. 내 말은 이 정도 시간이면 벌써 클리프턴까지 갔을 거라고요. 혼자서 갔다면 말이죠. 저 허약해 빠진 말 속도에 맞추느라 고삐를 얼마나 많이 잡아당겼던지 팔이 다 부러질 지경이라니까요. 몰랜드가 말이나 마차를 갖고 있지 않다니 이 얼마나 어리석은 일이냐고요?"

"그건 오빠가 어리석어서 그런 것이 아니에요. 아마 돈이 충분하지 않기 때문일 거예요."

캐서린이 부드럽게 말했다.

"어떻게 돈이 없을 수 있단 말예요?"

"그냥 돈이 많지 않으니까요."

"그럼 그건 도대체 누구 잘못이라고 생각하죠?"

"아무 잘못도 아니라고 생각해요."

소프는 큰소리로, 모든 구두쇠를 욕하더니 자주 그랬듯이 앞뒤 맞지 않는 말을 쏟아냈다. 돈이 남아도는 사람이 돈이 없어서 할 수가 없다니 도저히 이해가 안 된다고 말했지만 캐서린은 이해하려고 노력하지도 않았다. 첫 번째 실망에 이어 위안이 될 것이라 생각했던 두 번째 일까지 실망을 안겨주자 캐서린은 그에게 잘 보일 생각도 없었을 뿐더러 소프 씨가 어떻다는 생각 자체를 하기 싫었다. 그녀는 단 몇 마디 대꾸조차 하지 않은 채 풀트니 가로 돌아왔다.

집으로 들어서자 하인이 그녀가 떠난 지 얼마 되지 않아 한 신사와 숙녀가 찾아와서는 그녀에 대해 물었다고 말했다. 소프 씨와 같이 떠났다고 말하자 그 숙녀는 혹시 자기 앞으로 남긴 메시지가 있는지 물어 보았다고 했다. 메시지가 없다고 하자 카드를 찾더니 가진 것이 없어서 메모를 남길 수 없다고 하면서 갔다고 했다.

이 가슴 아픈 얘기를 들은 캐서린은 곰곰이 생각을 되씹으며 위층으로 올라갔다. 위층에서 알렌 씨를 만나 왜 이렇게 빨리 돌아왔는지 설명했다.

"네 오빠가 생각이 깊고 그나마 상식 있는 사람이라는 생각이 드는구나. 이렇게 돌아와서 다행이다. 그건 좀 별나고 지나친 계획이었어."

그들은 함께 소프 가에서 저녁을 보냈다. 캐서린은 마음이 어지러운데다 기분도 좋지 않았다. 그러나 이사벨라는 클리프턴 여관에서 조용하고 상쾌한 시골 공기를 즐기지는 못했어도 몰랜드와 함께 있을 수 있어서 그런지 모든 일이 즐거운 듯 보였다. 2류 무도회에 가지 않게 되어서 너무 행복하다는 말도 여러 번 했다.

"그곳에 다니는 사람들은 정말 안 됐어요. 내가 그 사람들 가운데 있지 않다는 것이 얼마나 다행인지 몰라요. 그곳에서도 화려한 무도회를 여는지 궁금해요. 아직 춤을 시작하진 않았을 거예요. 무슨 일이 있어도 그런 곳에 가지 않을 거예요. 이렇게 우리끼리 가끔 저녁을 보내는 것이 얼마나 좋은지 몰라요. 2류 무도회는 별거 아닐 거예요. 미첼 가 사람들도 그곳에 가지 않았을 거예요. 거기 참석한 사람들은 정말 불쌍해요. 몰랜드 씨, 그래도 당신은 거기 가고 싶어하는 거 아닌가요? 정말 그런 것 같군요. 여기 있는 사람 때문에 못 가는 일은 없어야 해요. 남자들은 항상 그런 식으로 생각한다니까요. 하지만 당신이 없어도 우린 정말 잘 지낼 수 있다고요."

캐서린은 자신이나, 자신의 친구 기분이 어땠을지 따위에는 전혀 신경 써 주지 않는 이사벨라를 비난할 뻔했다. 이사벨라는 캐서린은 생각하지도 않았으며 그저 위로삼아 던진 말도 전혀 위안이 되지 못했다.

"그렇게 지루해 하지 말아요, 캐서린. 그러면 내가 너무 슬퍼져요. 아까 그 일은 정말 충격적이었지만 틸니 남매가 잘못한 거예요. 왜 시간을 좀더 잘 지키지 않았냐는 거지요. 날씨도 좋지 않긴 했지만 그게 그렇게 중요했을까요? 오빠나 나라면 그 정도 날씨라면 전혀 꺼리지 않았을 거예요. 친구 일이라면 난 뭐든지 열심히 하는 거 알잖아요. 그게 바로 내 성격이에요. 오빠도 마찬가지예요, 얼마나 감정이 풍부한지 몰라요. 세상에, 당신 손이 정말 아름다워요. 난 이렇게 행복했던 적이 없었던 것 같아요. 나보다는 당신이 행복할 수 있으면 정말 얼마나 좋을까."

이제는 내 주인공을 잠 못 이루는 밤으로, 눈물로 얼룩지고 바늘이 박힌 듯한 베개로 옮겨야 할 것 같다. 이렇게 잠 못 이루는 것 역시 주인공의 몫이니까. 앞으로 석 달 동안 하루라도 깊은 잠을 잘 수 있다면 그것도 캐서린에게는 행운으로 느껴질지도 몰랐다.

12

"아주머니, 오늘 틸니 양을 방문하면 어떨까요? 모든 걸 직접 설명하기 전에는 편안하게 지낼 수가 없어요."

다음날 캐서린이 물었다.

"그래, 그러려무나. 흰 드레스를 입고 가. 틸니 양은 항상 흰색을 입으니까."

캐서린은 그 말을 흔쾌히 받아들여 적당하게 옷을 차려입었다. 틸니가(家)가 밀섬 가(街)에 머무르고 있는 것 같기는 했지만 확신이 서지 않는 데다 알렌 부인의 확실하지 못한 얘기를 듣고 나니 집을 잘 찾을 수 있을지 걱정스러워 그 어느 때보다도 광천수 홀에서 그들을 만날 수 있기를 바랐다. 어쨌든, 캐서린은 밀섬 가로 가는 길로 들어서 번지를 확인하고 틸니 양을 방문해 어제 일어난 일을 설명하고 용서를 받기 위해 두근거리는 가슴으로 서둘러 갔다.

교회 경내를 지나면서 발이 넘어질 뻔했지만 결의에 찬 눈으로 주위를 둘러보며 걸어가면서 아마도 가까운 상점에 있을 것으로 생각되는 사랑하는 친구 이사벨라와 그녀의 가족들을 보지 않는 것이 좋겠다는 생각이 들었다. 마침내 별다른 장애 없이 목적지에 도착한 캐서린은 번지를 확인하고 문을 두드려 틸니 양이 있는지를 물었다.

하인은 틸니 양이 집에 있는 것 같긴 한데 확실하진 않다며 명함을 주면 전해 주겠다고 했다. 그녀는 명함을 건네주었고 몇 분이 지나고 하인은 돌아와서는 무슨 말을 해야 할지 망설이는 표정으로 알고 보니까 틸니 양은 벌써 산책을 나가고 없더라고 말했다.

캐서린은 모욕감으로 얼굴을 붉힌 채 그곳을 떠났다. 틸니 양은 집에 있지만 그녀를 만나기를 거부했다는 생각이 들었다. 그 집에서 나와 거리를 내려오면서 혹시라도 틸니 양이 창가로 내다보고 있을지도 모른다는 생각에 뒤돌아보지 않을 수 없었다.

그렇지만 아무도 보이지 않았다. 거리를 다 걸어 내려왔을 때쯤에 다시 한 번 돌아보았는데 창문이 아니라 문에서 틸니 양이 나오는 걸 보았다. 그녀 뒤로 곧 한 신사가 따라 나왔는데, 캐서린 생각에는 틸니 양의 아버지인 것 같았다. 둘은 에드가 빌딩 쪽으로 향했다. 더욱 심한 모욕감을 느끼며 캐서린은 가던 길을 재촉해 갔다. 이런 불친절에 화를 낼 수도 있었지만 일단은 감정을 누르고 자신이 틸니 양에게 한 일을 생각했다. 그 일이 이런 모욕을 당할 만큼 무례한 일이었는지, 이렇게까지 단호하게 그녀가 용서를 거절할 일인지, 그리고 어느 정도의 무례함을 견뎌야 다시 그녀를 받아들일지 도무지 아무것도 알 수가 없었다.

실망과 모욕감으로 풀이 죽은 캐서린은 오늘 밤에 다른 친구들과 극장에 가는 일까지 포기할까 하는 생각을 했지만 우선은 집에 있을 이유를 설명할 수가 없을 것이라는 생각에 곧 마음을 고쳐먹었다. 게다가 오랫동안 기다려 온 연극이었다. 따라서 그들은 모두 극장으로 갔다. 틸니 남매를 보았으면 괴로웠거나 기쁠 수도 있었겠지만 아무도 보이지 않았다.

틸니 가(家)는 그 많은 취미 중에서 연극은 별로 좋아하지 않는 것 같았다. 아니면 런던 무대에서 열리는 더 화려하고 좋은 연극에 익숙해 있기 때문일지도 모른다. 그녀는 잘 알지 못했지만 이사벨라가 했던 이야기에 따르면 런던의 연극은 너무 뛰어나서 다른 곳에서 열리는 것과는 비교도 안 될 정도라고 했다.

연극은 기대한 만큼 재미있었다. 코믹에 박진감까지 곁들여져 있어서 처음 4막이 진행되는 동안 캐서린을 본 사람이라면 그녀가 슬픈 일로 힘들어하고 있다는 건 생각도 못 했을 것이다. 그런데 제 5막이 시작될 때 헨리 틸니 씨와 그의 아버지가 반대편 박스에 앉는 것을 보았다. 캐서린의 가슴속으로 갑자기 불안감과 걱정이 되살아났다.

무대는 더 이상 즐거움을 주지 못했을 뿐 아니라 캐서린의 신경은 완전히 다른 곳에 가 있었다. 무대와 반대편 박스를 번갈아 쳐다보았는데, 5막과 6막이 완전히 끝날 때까지도 그녀는 틸니 씨와 눈길이 마주치지 않았다. 이쯤 되고 보니 캐서린은 그가 연극에 관심이 없다고 생각할 수 없었다. 그는 연극에 완전히 몰두해 있었다. 마침내 그가 그녀 쪽으로 고개를 돌리더니 인사를 했다. 세상에, 그런 인사가! 웃음도 아무런 표정도 없는 고갯짓일 뿐이었다.

그는 곧 무대 쪽으로 시선을 옮겼다. 이제 캐서린은 비참한 지경에까지 이르렀다. 그가 앉아 있는 박스로 달려가서 그에게 강제로라도 그녀의 설명을 듣게 하고 싶었다. 자연적인 감정의 폭발이 그녀를 사로잡았던 것이다. 그의 이런 태도 때문에 오히려 자신의 체면이 손상되었다고 생각하지 않았다.

거만한 태도로 그녀의 분노에 대해 조금이라도 느끼고 있을 수도 있는 그에게 직접 분노를 표출하거나, 그가 왜 그런 태도를 취했는지 설명하도록 다그치게 하거나 그도 아니면 그의 시선을 피하거나 다른 남자와 어울려서 지난 일에 대해 그녀가 느꼈던 감정을 알려주고 싶지 않았다. 그 대신에 그녀는 자신의 잘못된 행동, 적어도 겉으로는 그렇게 보이는 행동 때문에 생긴 모든 수치감을 혼자 받아들이기로 하고, 단지 그에게 사정을 설명할 수 있는 기회만을 찾고 있었다.

연극이 끝나고 커튼이 내려왔다. 그런데 그때까지 앉아 있던 헨리 틸니 씨가 보이지 않았다. 그의 아버지는 아직 그곳에 남아 있으니까 아마 그녀가 있는 곳으로 지금 그가 오고 있는지도 몰랐다. 그녀가 옳았다. 잠시 후 틸니 씨가 벌써 앞서 나간 사람들 때문에 조금은 공간이 생긴 좌석들 사이를 비집고 그들이 있는 곳으로 와서는 차분하고 정중하게 알렌 부인과 캐서린에게 인사를 했다. 캐서린은 다소 흥분한 목소리로 그를 맞이했다.

"어머, 틸니 씨, 이렇게 말할 기회가 생겨서 얼마나 기쁜지 몰라요. 사과도 해야 하고요. 절 너무 무례하다고만 생각했을지 모르겠군요. 사실 그건 제 잘못이 아니었어요, 그렇죠, 아주머니? 제 친구들이 틸니 씨와 여동생이 마차를 타고 다른 곳으로 갔다고 그랬지요? 그런데 제가 어떻게 할 수 있었겠어요? 마음이야 당신과 같이 산책하고 싶었지만 말예요. 아주머니, 그렇죠?"

"오, 캐서린, 내 드레스를 밟았어."

비록 알렌 부인에게서 아무런 대답을 얻지 못했지만, 캐서린의 노력이 수포로 돌아간 것은 아니었다. 그 말을 듣고 난 틸니 씨는 부드럽고 자연스러운 미소를 띠면서 조금은 신중을 기한 목소리로 대답했다.

"아길 가에서 우릴 지나치긴 했지만 저희와 함께 산책하고 싶어했다는 것만으로도 우리는 참으로 기뻤습니다. 당신은 일부러 뒤돌아볼 정도로 친절한 마음도 보였고요."

"전 정말 같이 산책하기를 바랐어요. 이런 일이 일어나리라고는 상상도 못 했어요. 소프 씨에게 마차를 멈춰 달라고 그토록 애원했는데, 거리에서 본 다음부터 계속 말했어요. 아주머니, 그렇죠? 맞아요, 아주머닌 그때 없었군요. 어쨌든 소프 씨가 마차를 세우기만 했더라면 곧 내려서 달려갔을 거예요."

이런 말을 들었을 때 목석이 아니고서야 어떤 사람인들 무심할 수 있겠는가? 물론 헨리 틸니 씨는 그러지 않았다. 조금 전보다 더 부드러운 미소를 띠면서 캐서린에 대한 여동생의 걱정과 후회에 관해 자세하게 전했다.

"틸니 양이 화난 것이 아니라고 말하는 건 아니겠죠? 전 벌써 알고 있다고요. 오늘 아침에 제가 집으로 찾아갔는데 틸니 양이 절 보지 않으려 했어요. 제가 떠나자 곧 산책하러 가는지 밖으로 나오는 걸 봤다구요. 너무 가슴이 아팠지만 모욕이라고는 생각하지 않았어요. 당신도 제가 온 걸 몰랐나요?"

"전 그때 집에 없었습니다. 나중에 엘리너에게서 들었는데, 엘리너는 당신에게 그런 무례를 범할 수밖에 없었던 이유를 설명하고 싶어해요. 제가 대신 설명할 수도 있을 것 같네요. 당신을 돌려보낼 수밖에 없었던 이유는 아버지 때문이었지요. 아버지와 여동생은 바로 그때 산책을 나가려고 준비하고 있는데 아버지가 시간이 없어서 상당히 서두르고 있었다더군요. 그래서 더 이상 지체할 수 없다고 했다더군요. 그게 답니다. 절 믿어도 됩니다. 엘리너도 상당히 걱정하고 있는 데다 빨리 사과를 하고 싶다고 말하더군요."

이 말을 들은 캐서린은 마음이 풀어졌지만 그녀가 던진 다음 질문에서는 근심이 여전히 느껴졌다. 틸니 씨에게는 조금은 걱정이 되는 질문이긴 했지만 꾸밈없는 질문이었다.

"그런데 틸니 씨는 왜 동생만큼도 마음이 넓지 않나요? 제가 나쁜 뜻으로 그런 것이 아니라고 느꼈다면, 실수였다고 생각했다면 왜 그렇게 기분 나쁘게 받아들일 수가 있었죠?"

"제가요? 기분이 상했다고요?"

"전 알 수 있어요. 당신이 박스로 들어왔을 때, 저를 보는 표정이 잔뜩 화가 나 있었다고요."

"제가 화가 나다니요! 제게 그럴 권리가 있나요?"

"당신 얼굴을 본 사람이라면 누구라도 그렇게 생각했을 거예요."

그는 캐서린에게 앉을 자리를 내달라고 말하며 연극 얘기를 했다. 비록 잠시 동안 앉아 있었지만 너무 호의적으로 대했기 때문에 그곳을 떠날 때 캐서린의 마음은 완전히 풀려 있었다. 두 사람이 헤어지기 전에 계획했던 산책을 다시 한 번 하자고 약속했다. 그가 그곳을 떠날 때 느낀 아쉬움을 제외하고는 그녀는 세상에서 가장 행복한 사람이 되어 있었다.

두 사람이 얘기를 나누는 동안 캐서린은 10분도 채 같이 있지 않았던 소프 씨가 틸니 장군과 얘기를 나누고 있는 걸 보고 상당히 놀랐다. 두 사람이 자신에 대한 얘기를 하고 있다는 느낌이 들자 놀라움 이상의 느낌이 들었다. 그녀에 대해서 그 두 사람이 무슨 할 얘기가 있을까? 혹시 틸니 장군이 캐서린의 외모를 마음에 들어 하지 않는 건 아닐까 하는 걱정까지 괴롭혔다. 그가 산책을 몇 분 늦추지 않고 딸에게 그녀를 그냥 돌려보내도록 한 걸 보면 그런 느낌이 더욱 강했다.

"소프 씨가 당신 아버지를 어떻게 알죠?"

캐서린은 두 사람을 가리키며 초조하게 물었다.

헨리 틸니 씨는 아무것도 모르고 있었다. 단지 그의 아버지 역시 군인이니 아는 사람이 많다고 말했을 뿐이었다.

이야기를 마친 소프 씨는 숙녀들이 나가는 걸 돕기 위해 그들이 있는 박스로 다가왔다. 그는 모든 예의를 갖추어 캐서린을 보살펴 주었다. 로비에서 빈 의자가 나기를 기다리는 동안 캐서린은 조금 전부터 준비하고 있던 질문을 언제 꺼낼까만 집중하고 있는 틈에, 소프 씨는 자신이 틸니 장군과 이야기를 나누었는데 혹시 그 장면을 보았는지 먼저 물어 왔다.

"틸니 장군님은 정말 좋은 사람입니다. 풍채도 좋고 활동적인 데다 아들만큼 젊어 보일 정도니까요. 전 그분을 정말 존경합니다. 아마 그분처럼 신사답고 훌륭한 사람도 드물 겁니다."

"그런데 어떻게 그분을 알게 됐나요?"

"알게 됐냐고 물었나요? 제가 이곳에서 모르는 사람이라고는 손에 꼽을 정돕니다. 예전에 배드포드에서 만났지요. 오늘 당구장에 그분이 들어오시는 걸 보자 바로 알아봤어요. 어쨌든 당구라면 또 그분만큼 잘 치는 사람이 없어요. 처음에는 약간 걱정했었는데 거의 저와 비슷한 수준이더군요. 5대 4 정도로 제가 불리하다고 생각했지요. 제가 사람들이 보고 다들 입을 벌릴 정도로 뛰어난 솜씨를 보이지 않았다면 말이죠, 사실 정확하게 장군님 공을 맞췄거든요. 이거, 당구 테이블이 없으니 자세히 설명할 수가 없군요. 어쨌든 제가 이겼어요. 아주 좋은 사람이지요. 게다가 그야말로 끝내 주는 부자라더군요. 언제 같이 저녁이라도 할까 해요. 아마 꽤나 멋진 성찬을 준비할 거예요. 그건 그렇고, 조금 전 우리가 무슨 얘기를 했는지 맞춰 보겠어요? 바로 당신 얘기였어요. 그래요, 장군님도 당신이 바스에서 가장 아름다운 숙녀라고 하더군요."

"정말요? 말도 안 돼요. 그 말은 믿을 수가 없어요."

"제가 뭐라고 했을 것 같습니까?"

그가 목소리를 낮추면서 말했다.

"잘 보셨습니다. 저도 바로 그렇게 생각합니다, 그랬죠."

소프 씨의 칭찬에는 별로 고마움을 느끼지 못한 캐서린은 알렌 부인이 부르자 다행스럽게 생각했다. 그런데도 소프 씨는 그녀가 마차에 오를 때까지 계속해서 의자까지 마련해 주면서 그녀의 미모에 대한 칭찬을 늘어놓았다.

틸니 장군이 그녀를 싫어하는 것이 아니라 마음에 들어 한다는 사실은 정말 기분 좋은 얘기였다. 이제 틸니 가문 사람들 가운데서 두려워할 사람은 아무도 없다는 생각이 들었다. 이날 밤은 기대한 것보다 훨씬 기분 좋은 밤이었다.

13

지금까지 월요일, 화요일, 수요일, 목요일, 금요일, 토요일이 흘러갔다. 매일 캐서린이 겪은 일과 그에 따른 희망과 두려움, 모욕감과 기쁨에 대해서 개별적으로 설명했고 지금은 일요일에 겪은 고통만 설명하면 일주일을 마감할 수 있을 것 같다. 클리프턴으로 가려던 계획은 취소가 아니라 연기되었다. 바로 토요일 저녁에 다시 이 문제가 제기되었다. 특히나 그 여행에 대한 강한 애착을 보이고 있는 이사벨라와 그녀를 기쁘게 하는 일이라면 무엇이든 마다하지 않는 제임스 두 사람이 따로 의논을 한 결과, 날씨만 좋다면 다음날에 다시 시도하기로 결정한 것이다.

이번에는 넉넉한 시간에 집으로 돌아올 수 있도록 아침 일찍 출발하기로 했다. 이렇게 그날 오후로 날짜는 잡혔고 소프 씨의 동의도 받았다. 단 하나 남은 일은 캐서린에게 알리는 일이었다. 캐서린이 잠시 동안 틸니 양과 얘기하러 자리를 떠난 사이에 이 모든 계획이 결정됐기 때문이다. 캐서린이 돌아오자마자 그들은 그녀의 의견을 물어왔다. 그러나 이사벨라가 기대했던 흔쾌한 승낙이 아니라 캐서린은 같이 갈 수 없어서 미안하다는 말을 전했다. 전에 이 여행 때문에 지킬 수 없었던 약속을 다시 잡았기 때문에 이번에는 정말로 같이 갈 수 없다고 말했다. 그들이 여행 계획을 짜고 있는 동안 캐서린은 틸니 양과 함께 그 다음날 산책을 하기로 약속하고 온 것이다. 이미 결정된 일이었고 캐서린은 어떤 경우라도 약속을 미룰 생각이 없었다. 그러나 이사벨라와 그녀의 오빠는 계속해서 그녀가 선약을 미뤄야 한다고 주장했다. 그들은 꼭 내일 클리프턴으로 가야 하는데, 캐서린과 같이 가야 할 뿐만 아니라, 산책을 겨우 하루 정도 미루면 되는 일이니 자신들의 요구를 거절해서는 안 된다는 말이었다. 캐서린은 괴로웠지만 그 말에 굴복하지는 않았다.

"이렇게 조르지 말아요, 이사벨라. 난 이미 틸니 양과 약속을 했어요. 무슨 일이 있어도 그 여행은 갈 수 없어요."

그러나 아무 소용이 없었다. 똑같은 주장이 반복되었다. 캐서린은 꼭 가야 하고, 가야만 하고, 거절할 생각은 아예 하지도 말라는 것이었다.

"틸니 양에게 선약이 있는 걸 잊어버리고 약속을 잡았다고 말하는 것이 뭐가 어렵겠어요? 화요일 정도로 약속을 미루면 될 텐데요."

"아니, 그렇게 쉬운 일이 아니에요. 그런 일은 할 수도 없고요. 왜냐하면 선약이 없었으니까요."

그러나 이사벨라는 가능한 한 모든 애정을 담아, 가장 사랑스런 호칭으로 캐서린을 불러가면서 계속해서 졸랐다. 그녀는 캐서린이 자신을 그렇게 아껴주는, 사랑하는 친구의 청을 그런 사소한 이유로 거절할 수 없다는 데 확신을 갖고 있었다. 캐서린은 마음이 약하고 부드러운 성격을 가지고 있기 때문에 그녀가 좋아하는 사람이 설득하면 쉽게 수긍할 것이라는 걸 확고히 믿고 있었다. 그러나 소용없었다. 캐서린은 자신이 옳다고 생각했고 그런 부드럽고 듣기 좋은 말을 거절하기가 고통스럽기는 했지만 여전히 동의할 수는 없었다. 그러자 이사벨라는 다른 방법을 시도했다. 갑자기 냉정하고 무관심한 태도로 일변하면서 자신과 비교해서 사귄 지도 얼마 되지 않는 틸니 양을 더 좋아하고 있다는 이유로 캐서린을 비난했다.

"당신이 잘 알지도 못하는 사람 때문에 나를 이런 식으로 취급한다고 생각하니 정말 너무 질투가 나서 가만히 있을 수가 없어요. 내가 얼마나 당신을 사랑하는지 알잖아요. 난 한 번 좋아한 사람이면 어떤 일이 있어도 그 감정을 바꾸진 않아요. 내 감정은 그 누구보다도 강하니까요. 사랑하는 사람들을 위하는 마음은 나 자신의 안녕과는 비교도 안 될 만큼 중요하게 생각해요. 그런데 이렇게 내 우정이 다른 알지도 못하는 사람 때문에 무시된다면 정말 가슴이 찢어지는 것처럼 아플 거예요. 게다가 틸니 남매는 그 정도 약속은 미룬다거나 취소할 수도 있는 것처럼 보이는데도 말예요."

캐서린은 이런 비난이 이상할 뿐만 아니라 예의에 어긋난다고 생각했다. 자신의 감정을 다른 사람들이 모두 알 수 있도록 보여주는 것이 우정인가? 이사벨라가 뭐라고 말하든 캐서린에게는 인색하고 이기적으로 보였다. 비록 아무 말도 하지는 않았지만 캐서린은 이런 생각을 하고 있었다. 그러자 이사벨라는 손수건을 꺼내 눈으로 가져갔다. 이 광경을 보자 걱정을 한 제임스도 한 마디 하지 않을 수 없었다.

"캐서린, 더 이상 버티면 안 될 것 같다. 별로 큰 희생이 따르는 것도 아니고 말야. 이런 친구의 호소를 거절하면 너무 무례하다고 생각하지 않니?"

오빠가 캐서린이 아니라 다른 사람 편을 드는 일은 처음이었다. 오빠의 마음을 상하게 하고 싶지 않았기 때문에 캐서린은 다른 타협안을 제시했다. 그 여행 계획을 화요일로 미룰 수 있으면 같이 가겠다고 했다. 그 계획은 그들이 결정할 수 있는 일이기 때문에 별로 어려운 일이 아니라고 생각했기 때문이다.

"안 돼, 그건 안 돼!"

말이 떨어지기가 무섭게 나온 대답이었다.

"존은 화요일에 시내에 볼 일이 있을지도 모르기 때문에 그렇게 할 수는 없어."

캐서린 역시 유감이었지만 더 이상 어떻게 할 도리가 없었다. 잠시 동안 아무도 말이 없었다. 곧 이사벨라는 분노에 찬 차가운 목소리로 이 침묵을 깼다.

"좋아, 그럼 모든 것이 끝이에요. 캐서린이 안 가면 나도 갈 수 없어요. 저만 갈 수는 없다고요. 어떤 일이 있어도 그렇게 말도 안 되는 일만큼은 할 수 없어요."

"캐서린, 같이 가야만 해."

제임스가 말했다.

"소프 씨가 다른 여동생과 함께 가면 어때요? 아마 여동생들도 좋아할 거예요."

"어, 고맙군요. 그렇지만 여동생이나 태워 주려고 바스까지 온 건 아니라고요. 모두들 날 멍청이로 생각할 겁니다. 안 돼요. 당신이 안 가면 저도 안 갑니다. 제가 가는 이유는 당신 때문인걸요."

소프 씨가 큰소리로 대답했다.

"그건 아무런 기쁨도 주지 못하는 칭찬이군요."

그러나 소프 씨는 캐서린의 말에 아무런 대답도 하지 않은 채 갑자기 자리를 떴다.

남은 세 사람은 불편한 발걸음을 옮기면서 불쌍한 캐서린에게 같은 요구를 반복했다. 한 마디도 안 할 때도 있었지만 대개는 호소나 비난으로 계속해서 그녀를 공격했다. 두 사람의 마음은 서로 대결을 벌이고 있었지만 이사벨라는 여전히 캐서린의 팔짱을 끼고 있었다. 이사벨라는 부드러운 말과 분노 사이를 왔다 갔다 했다. 계속해서 고통스러워하고 있었지만 차분하기도 했다.

"캐서린, 당신이 이렇게 고집이 센 줄은 몰랐어요. 항상 말을 잘 들었는데 말예요. 예전에는 가장 친절하고 가까운 친구였잖아요."

"지금도 변하지 않았다고 생각해요. 그렇지만 그곳에 같이 갈 수는 없어요. 난 내가 옳다고 믿는 일을 하고 있으니까요."

캐서린이 다정한 목소리로 말했다.

"내 생각엔 그리 대단할 일 같지도 않은걸요."

이사벨라가 목소리를 낮춰 말했다.

캐서린은 감정이 격해져서 팔짱을 끼고 있던 팔을 뺐다. 이사벨라도 아무런 제지를 하지 않았다. 이렇게 길고 긴 10분이 흘렀고 그때 소프 씨가 한층 밝아진 얼굴로 그들에게로 다가왔다.

"이 문제를 해결했습니다. 이제 편안한 마음으로 내일 같이 여행을 갈 수 있게 됐어요. 틸니 양을 만나서 당신 대신 설명했어요."

"세상에, 그럴 수가!"

캐서린이 놀란 얼굴로 소리쳤다.

"정말이에요. 방금 그녀와 헤어진걸요. 당신이 내일 우리와 같이 클리프턴으로 가기로 약속한 걸 잊었다고 말해 달라고 절 대신 보냈다고 말했습니다. 산책은 화요일로 미루기로 하자고요. 그랬더니 좋다고 했어요, 화요일이면 틸니 양도 별 일이 없다더군요. 그러니 모든 문제가 해결된 거지요? 어때요, 제 생각, 괜찮았죠?"

이사벨라는 한순간 미소와 행복감을 드러냈고, 제임스 역시 만족한 듯 보였다.

"정말 어쩜 그렇게 좋은 생각을 했어요? 캐서린, 이제 모든 고통은 끝났어요. 당신은 이제 아무런 상처도 입지 않고 약속을 미룬 거예요. 정말 멋진 여행이 될 거예요."

"이건 안 돼요. 이런 식으로 일을 해결할 수는 없어요. 지금 당장 틸니 양에게 달려가서 다시 얘기하겠어요."

그러나 이사벨라는 캐서린의 한 손을 잡았고, 소프 씨는 다른 손을 잡았다. 세 사람이 한꺼번에 캐서린을 비난하기 시작했다. 제임스까지도 상당히 화가 난 것처럼 보였다. 모든 문제가 해결됐는데, 틸니 양도 화요일이면 괜찮다고 동의했는데 더 이상 반대한다는 건 말도 안 될 뿐만 아니라 어리석은 일이라고 했다.

"상관없어요. 그런 메시지를 전하는 건 소프 씨가 할 일이 아니었어요. 산책을 연기하는 것이 좋겠다고 생각했다면 제가 직접 틸니 양에게 말했을 거예요. 이건 그 무엇보다 무례한 방법이라고요. 소프 씨가 그런 일을 할 것이라고는 상상도 못 했어요. 전에도 그러더니 지금 또다시 실수를 한 거예요. 이미 금요일에 실수한 일 때문에 저를 무례한 사람으로 여기고 있다고요. 소프 씨, 놔주세요. 이사벨라, 날 잡지 말아요."

소프 씨는 조금 전 틸니 남매를 만났을 때 브록 가를 지나고 있었으니까 지금 따라가 봤자 그들을 만날 수 없을 것이라고 말했다. 그들은 벌써 집에 도착했을 것이라고 했다.

"그래도 가야겠어요. 지금 어디에 있든 가서 만나야 해요. 말하는 것이 중요한 것이 아니에요. 제 판단으로 잘못된 일을 하도록 설득당하지 않아야 잘못된 일을 하지 않을 수 있는 거라고요."

이 말을 남긴 채 그녀는 팔을 뿌리치고는 급히 떠났다. 그녀를 따라 뛰어가려는 소프 씨를 제임스가 저지했다.

"가게 내버려 둬. 가야 된다고 생각한다면 갈 거야. 저렇게 고집이 세서야……."

소프 씨는 적절한 비유를 찾지 못했다. 그런 비유에 적절한 말은 사전에도 없으니까.

캐서린은 아주 흥분한 상태로 가능한 한 빠르게 사람들을 헤치고 걸어갔다. 누가 따라와서 붙잡을까 걱정이 되긴 했지만 그러나 가야 한다는 마음은 더욱 확고했다. 걸어가면서 그녀는 조금 전의 일들을 다시 생각했다. 특히 사랑하는 오빠를 실망시키고 불쾌하게 했다는 생각에 가슴이 아팠지만 결정을 후회하지는 않았다. 자신의 성격은 차치하더라도 두 번씩이나 틸니 양과 약속을 깰 수는 없는 데다, 더구나 거짓 핑계를 대고 방금 전에 한 약속을 취소한다는 건 잘못된 행동임에 틀림없었다.

그녀 자신의 이기적인 욕심만으로 그들의 제안을 거절한 것이 아니었다. 자신의 만족을 위해 행동한 것이 아니었다. 그랬다면 아마 어느 정도는 블래이즈 성을 보고 싶다는 생각에 여행 쪽으로 이끌렸을지도 모른다. 그런 것이 아니었다.

캐서린은 항상 다른 사람뿐만 아니라 자신의 판단에 따라 옳다고 생각되는 일을 했다. 그러나 옳은 행동을 했다는 확신만으로 침착성을 회복하기에는 역부족이었다. 틸니 양에게 설명을 하기 전까지는 불안할 수밖에 없었다.

크레센트에 가까이 오자 캐서린은 점점 더 발걸음을 재촉해 밀섬 가까지는 거의 뛰어갔다. 얼마나 빨리 걸었는지 틸니 남매가 한참 먼저 출발하기는 했지만 그들이 집으로 들어가려는 순간에 만날 수 있었다. 하인이 아직 문을 닫지 않아서 캐서린은 틸니 양을 지금 당장 만나야 한다는 말만 하고는 위층으로 올라갔다.

앞에 보이는 첫 번째 문을 열자 다행히 맞는 문이었는지 틸니 장군과 틸니 남매가 응접실에 앉아 있었다. 불안한 마음과 숨이 차서 제대로 설명을 할 수 없었다는 점만 제외하고는 별다른 방해 없이 이렇게 달려온 이유를 설명할 수 있었다.

"너무 급하게 달려와서요. 모든 것이 잘못된 거예요. 같이 여행을 가기로 약속한 적이 없는데, 처음부터 같이 갈 수 없다고 말했거든요. 그래서 이렇게 서둘러서 설명하러 온 거예요. 저를 어떻게 생각하든 상관하지 않겠어요. 하인을 기다릴 여유가 없었어요."

처음엔 이 설명이 그리 완벽한 것은 아니었지만 그들은 곧 이해했다. 캐서린은 존 소프 씨가 그 메시지를 전했다는 사실을 알렸고, 틸니 양은 놀라움을 그대로 표현했다. 그녀의 해명이 본능적으로 두 사람 모두를 향한 것이긴 했지만 틸니 씨가 화가 많이 났었는지는 알 수가 없었다. 그러나 캐서린이 도착하기 전에 그들이 어떤 감정이었든지 간에 이렇게 열렬한 해명을 듣고 나자 모든 사람의 얼굴과 말은 캐서린이 바랐던 것 이상으로 친절해졌다.

이렇게 해서 이 문제는 해결되었고 틸니 양은 캐서린을 아버지에게 소개시켰다. 틸니 장군은 소프 씨가 말한 대로 최대한의 예의를 다해 그녀를 맞이했고, 그 때문인지 캐서린은 그를 믿을 만한 사람으로 생각했다. 이렇게 예의와 친절을 다해 신경을 써준 장군은 캐서린이 아주 황급히 건물 안으로 들어왔다는 사실을 몰랐기 때문에 숙녀가 직접 문을 열게 만든 하인의 불찰을 나무랐다.

"도대체 윌리엄은 무얼 하고 있었는지 모르겠군. 무슨 일인지 물어봤어야 옳았는데 말이오."

캐서린이 그의 잘못이 아님을 다시 한 번 강조하지 않았더라면 윌리엄은 자신의 잘못 때문이 아니라 그녀의 급한 행동 때문에 주인에게 상당한 질책을 받았을 것이다.

약 15분 동안 그들과 함께 앉아 있다 캐서린이 떠나려고 일어섰을 때 틸니 장군이 좀더 머물러, 저녁을 함께 하면서 쉬었다 가라는 제안을 했다. 캐서린은 그 제안을 듣고 너무도 기분이 좋아졌다. 틸니 양도 그렇게 하라고 덧붙였다. 그 제안에 너무 행복하긴 했지만 알렌 부부가 그녀를 기다리고 있기 때문에 어쩔 수가 없었다. 장군은 더는 부탁할 수 없다고 생각하고 알렌 부부를 걱정하게 하는 것보다는 다른 날에 미리 약속을 정하고 알렌 부부가 반대하지 않으면 함께 저녁을 하자고 했다.

"그런 일은 없을 거예요. 알렌 부부는 반대하지 않을 거예요, 그렇죠, 캐서린? 캐서린도 즐거워할 테고요."

틸니 양이 말했다.

장군은 직접 문가까지 배웅을 나오면서 계단을 내려오는 동안 그녀의 탄력적인 걸음걸이는 춤출 때 보였던 활기찬 모습과 같다는 등 이런저런 칭찬을 하고 헤어질 때는 캐서린이 아주 우아하게 답례의 인사를 했다. 지금까지 그렇게 멋진 인사는 받아 본 적이 없을 정도였다.

일이 잘 마무리되자 캐서린은 즐거운 마음으로 풀트니 가로 향했다. 전에는 한 번도 생각한 적이 없었지만 지금 자신의 걸음걸이가 상당히 탄력적이라는 생각을 하면서. 화가 난 친구들 가운데 아무도 만나지 않고 집에까지 올 수 있었다.

자신의 판단이 옳았고, 하고자 했던 일도 모두 해결했을 뿐만 아니라 걸음걸이에 대한 칭찬까지 받은 캐서린은 흥분이 조금 가라앉고 나서야 자신의 행동이 완벽하게 옳은 것이었는가에 대한 의문이 생겼다. 누군가를 위해서 희생을 한다는 건 언제나 고귀한 일이다. 그들이 원하는 대로 결정을 바꾸었다면 적어도 친구와 오빠를 화나게 하는 일이나 즐거운 계획을 엉망으로 만들지는 않았을 것이다.

캐서린은 마음도 안정시키고 객관적인 사람으로부터 자신의 행동이 옳았는지 정당한 평가를 듣기 위해 알렌 씨에게 오빠와 다른 친구들이 다음날 계획했던 여행에 대해서 말했다. 알렌 씨는 직접적으로 말했다.

"그럼 너도 갈 생각이니?"

"아니오, 전 그 얘길 하기 전에 벌써 틸니 양하고 산책하기로 약속했어요. 그래서 같이 갈 수가 없었어요, 제가 같이 가야 하나요?"

"아니야, 그건 아니지. 네가 안 가기로 했다니 다행이구나. 그런 일은 별로 보기 좋지 않아. 젊은 남녀가 무개 마차를 타고 시골을 여행하고 다닌다고? 가끔 그 정도는 괜찮을 수도 있지만 여관이나 공공장소에서도 함께 다닌다는 건 옳지 않아. 소프 부인이 허락해 주지 않을지도 모르지. 어쨌든 네가 가지 않기로 해서 다행이구나. 몰랜드 부인도 그 얘길 들었다면 별로 좋아하지 않았을 거야. 부인, 당신 생각은 어떻소? 그런 계획은 마땅히 거절해야 되지 않겠소?"

"그럼요, 두말할 나위도 없죠. 무개 마차는 정말 끔찍해요. 새 옷을 입고 타면 5분도 안 돼서 엉망이 되니까요. 타고 내릴 때면 온통 진흙이 다 튀고 바람에 머리와 모자가 사방으로 휘날리잖아요. 전 생각도 하기 싫어요."

"당신이 무개 마차를 싫어하는 건 아는 일이지만 지금 그 얘길 하고 있는 것이 아니잖소. 젊은 아가씨들이 자주 젊은이들—특별한 사이도 아닌—하고 같이 놀러 다니는 것이 보기 흉하지 않느냐는 거요."

"물론 그렇지요. 정말 보기 흉한 일이지요. 생각도 하기 싫군요."

"아주머니, 그럼 왜 전엔 그렇게 말씀하지 않으셨나요? 그런 일이 부적절하다는 걸 알았다면 소프 씨하고 같이 드라이브 가는 일 따위는 하지 않았을 거예요. 제가 잘못하는 일이 있으면 아주머니가 지적해 주셨으면 해요."

"그래, 그래야지. 걱정하지 마라. 우리가 떠날 때 몰랜드 부인에게 한 얘기처럼 내가 할 수 있는 최선을 다해서 너를 보살필 거야. 그렇지만 너무 지나치게 하는 건 좋지 않아. 젊은이들 나름대로의 방식도 있으니까. 네 어머니도 그렇게 말씀하셨단다. 우리가 여기 처음 왔을 때 난 그 나무 무늬 옥양목을 사지 말라고 했는데 어쨌든 넌 샀잖니. 젊은이들이 하는 일에 사사건건 방해하는 건 별로 좋지 못해."

"그렇지만 이건 정말 중요한 일이잖아요. 제가 무조건 고집만 부리는 타입이 아니라는 건 누구보다도 잘 아시잖아요."

"아직은 나쁜 일이 일어나지 않았으니까 너무 걱정하지 않아도 될 것 같구나. 캐서린, 내가 충고할 수 있는 말은 소프 씨와 나들이하는 일을 삼가라는 것이란다."

알렌 씨가 말했다.

"그래, 내가 하려던 말이 바로 그 말이야."

알렌 부인이 덧붙였다.

이제 한시름 놓긴 했지만 이사벨라 때문에 불편한 마음은 여전했다. 알렌 씨에게, 이사벨라에게 편지를 써서 오늘 그렇게 무례하게 행동할 수밖에 없었던 이유를 설명하는 것이 어떻겠느냐고 물어 보았다. 그러나 그들 사이에 무슨 일이 있었건 간에 이사벨라가 클리프턴으로 갈지도 모른다는 생각에서 그런 일을 하려고 했지만 알렌 씨는 그녀를 제지했다.

"그냥 놔두는 것이 나을 것 같구나. 그만큼 나이도 먹었고, 그렇게 성숙하지 않다 하더라도 소프 부인이 있으니까 걱정하지 않아도 될 거다. 그러니 넌 관여하지 않는 것이 좋겠다. 이사벨라와 네 오빠가 같이 가기로 했다면 가는 거고, 괜히 네가 끼어들면 좋지 않은 얘길 듣게 될 것 같구나."

캐서린은 그 말을 듣기로 했다. 이사벨라가 옳지 않은 일을 하려는 것 같아서 걱정이 되기는 했지만 알렌 씨가 자신의 행동이 옳았다고 말했기 때문에 무척 안심이 되었을 뿐만 아니라 그의 충고로 잘못된 행동에 빠지지 않게 되어 정말 기뻤다. 친구들로부터의 탈출은 정말 탈출이 되었다. 옳지 않은 일을 하면서 약속을 깼더라면, 올바르게 행동하지 못했던 예전의 죄책감이 아직도 가시지 않았는데 이번에 또 그런 일을 저질렀다면, 틸니 남매가 자신을 어떻게 생각할까? 그런 일은 상상할 수도 없는 일이었다.

14

다음날은 날씨가 화창했다. 캐서린은 이사벨라와 오빠가 또 올지도 모르겠다는 생각이 들었지만 알렌 씨가 이미 자신의 입장을 지지했기 때문에 설사 그들이 온다 해도 별로 두렵지는 않았다. 그러나 그런 논쟁에서 이기는 것 자체도 고통스럽고 슬픈 일이었기 때문에 될 수 있으면 만나지 않기를 바랐다. 다행히 그들은 전혀 모습을 보이지 않았다.

틸니 남매는 약속한 시간에 왔다. 새롭게 발생한 문제도 없었고, 잊고 있다 갑자기 생각이 난 약속도, 예상하지 못한 손님의 방문이나 그 어떤 방해도 없었기 때문에 캐서린은 약속을 지킬 수 있었고, 물론 틸니 씨도 마찬가지였다. 그들은 비천 클리프로 산책을 가기로 했다. 그곳은 아름다운 신록과 절벽과 매달리다시피 자란 관목 수풀이 있어 바스의 어느 곳에서 보더라도 눈에 확 띄는 곳이었다.

"저곳만 보면 남부 프랑스 생각이 나요."

강가를 걸으면서 캐서린이 먼저 말했다.

"외국에 다녀온 적이 있나요?"

약간 놀란 목소리로 틸니 씨가 물었다.

"아니에요. 제가 읽은 책 이야기를 하는 거예요. 우돌포 미스터리에서 에밀리와 그녀의 아버지가 여행을 한 나라니까요. 그건 그렇고, 소설은 읽지 않겠죠?"

"왜요?"

"남자들에게 별로 적합하지 않잖아요. 더군다나 신사들은 좀더 나은 책들을 읽잖아요."

"여자건 남자건 훌륭한 소설에서 기쁨을 발견하지 못하는 사람은 정말 어리석은 사람입니다. 전 래드클리프 부인의 소설은 전부 읽었어요. 대부분 아주 재밌었답니다. 지금도 생각나는데 처음 우돌포 미스터리를 읽기 시작했을 때 아예 손에서 떼놓을 수가 없더라구요. 이틀 만에 다 읽었어요. 그 시간 내내 머리털이 온통 거꾸로 설 정도였지요."

"맞아요, 맞아요. 오빠가 저한테 읽어주다가, 잠깐 일을 보러 다녀온 새에 아예 책을 가지고 허미티지 워크로 가 버렸지 뭐예요. 그래서 오빠가 다 읽을 때까지 어쩔 수 없이 그냥 기다려야 했어요."

"고맙다, 엘리너. 아주 멋진 증언이었어. 몰랜드 양, 아까 한 말이 얼마나 잘못된 판단인지 아시겠죠? 저만 해도 단 5분도 동생을 기다리지 못하고 읽어 주겠다는 약속까지 깨면서 혼자서 계속 읽을 수밖에 없었어요. 제가 책을 가지고 가버리는 바람에 엘리너는 가장 재미있는 부분에서 어쩔 수 없이 멈춰야 했지요. 사실 그 책도 동생 책이었는데 말입니다. 그걸 생각하면 아주 자랑스러워요, 그러니 이제 절 좀 좋게 생각해 주셔야 합니다."

"그 얘길 들으니 정말 기뻐요. 이젠 우돌포를 좋아하는 걸 부끄러워 하지 않을 거예요. 남자들은 모두 소설이라면 질색을 한다고 생각했어요."

"놀랍군요. 그렇다면 정말 놀랄 일이지요. 남자들도 여자들만큼 소설을 많이 읽습니다. 저도 지금까지 읽은 소설이 수백 권도 넘는걸요. 그러니 줄리어스나 루이지아에 대해서 저보다 많이 안다고 말하진 마세요. 자세한 얘기로 들어가, '이건 읽었나요, 저건요?' 하고 묻기 시작하면 아마 저보다 한참 뒤떨어지게 될 겁니다. 음, 좀 괜찮은 비유를 하고 싶은데……. 엘리너가 이모와 함께 이탈리아로 갔을 때 불쌍한 발란코트를 놔두고 갔어요. 그러니 제가 엘리너보다 몇 년이나 앞섰는지 생각해 보세요. 엘리너, 네가 집에서 연습 작품을 읽으면서 놀고 있을 때 난 옥스퍼드에서 공부했다는 거 알지?"

"그렇게 좋은 비유는 아니군요. 그건 그렇고, 우돌포가 좋은 책이라고 생각해요?"

"최고라고 생각하지요. 제일 깔끔한 책이냐는 얘기지요? 그건 어떻게 장정이 되어 있느냐에 따르는 거 아닙니까?"

"오빠, 정말 계속 장난만 하는군요. 캐서린, 오빠가 저한테 하는 것처럼 당신까지 놀리고 있군요. 오빤 늘 제가 하는 일에 흠만 잡아요. 특히 잘못된 단어를 사용했을 때 그러는데 이제 캐서린에게까지 똑같은 일을 하고 있군요. 당신이 사용한 '좋은' 이라는 형용사가 별로 마땅치 않다고 생각하는 것 같아요. 그 단어를 곧 바꾸는 것이 좋을 거예요. 그렇지 않으면 내내 설교를 듣게 될지도 몰라요."

"틀린 단어를 사용했다고 생각하지는 않아요. 어쨌든 우돌포는 정말 좋은 책인데 왜 그렇게 부르면 안 된다는 말이죠?"

캐서린이 물었다.

"물론 그렇게 불러도 됩니다. 오늘은 좋은 날이고 우린 좋은 산책을 하고 있지요. 그리고 당신들은 아주 좋은 숙녀들입니다. 그러고 보니 정말 좋은 단어군요. 이 '좋다' 라는 형용사는 어디에나 다 쓸 수 있는 말이에요. 원래는 단정함, 예의바름, 우아함, 세련됨과 같은 의미로 쓰이지요. 예를 들어 사람들 드레스나 감정이나 선택에서 좋을 수 있다는 말입니다. 그러니까 어떤 주제에 상관없이 모든 칭찬의 의미가 그 단어에 들어 있다는 말입니다."

"그런데 오빠한테 말할 때는 전혀 칭찬이라는 의미가 없다는 거 알지? 오빤 현명한 사람이기보다는 좋은 사람이야. 캐서린, 이 단어 선택을 두고 더 이상 우리의 실수에 대해서 생각하지 말아요. 우린 우리가 가장 좋아하는 말로 우돌포를 칭찬하면 그만이니까요. 그 책은 정말 재미있어요. 그런 소설을 좋아하나요?"

"사실 다른 책은 별로 읽지도 않아요."

"그래요?"

"시나 희곡 같은 작품을 읽기도 하고, 여행기도 싫어하진 않아요. 그런데 역사에 관한 책은 정말 재미없어요. 당신은 어때요?"

"전 역사를 좋아해요."

"저도 그러고 싶어요. 의무감에서 어쩔 수 없이 읽기는 했지만 나한테는 지루하고 따분하게만 느껴져요. 교황이나 왕들 사이의 싸움이나 전쟁 그도 아니면 돌림병 얘기만 하고 있으니까요. 남자들은 모두 옳고 잘난 사람으로만 표현되어 있는데 여자들 얘기는 아예 언급도 하지 않고 있잖아요. 정말 지루하기 짝이 없어요. 대부분의 역사책 내용도 창작에 바탕을 둔 것일 텐데 어떻게 그렇게 따분할 수 있는지 이상하게 생각될 때도 있어요. 영웅들이 하는 말이나 생각, 그 대부분이 만들어 낸 이야기가 틀림없어요. 그런데 다른 책에서의 창작은 정말 재미있거든요."

"역사학자들은 그런 상상의 날개를 펴는 걸 별로 좋아하지 않아요. 흥미를 불러일으키지 않으면서 상상을 펼쳐 보이는 것이라고 할 수 있죠. 전 역사책을 아주 좋아하는데, 지어낸 이야기와 함께 사실을 알 수 있어서 특히 좋아요. 이전의 역사 기록에서 자료를 수집해요. 꼭 직접 목격한 건 아니라 하더라도 믿을 수는 있는 거죠. 당신이 말한 약간의 미화는 그야말로 아름답게 꾸민 이야기지만 전 그것도 괜찮다고 생각해요. 예를 들어, 아주 잘 쓴 연설문이 있으면 누가 썼는가에 상관없이 전 재미있게 읽어요. 캐락투스나 애그리콜라 아니면 앨프레드 대왕이 실제 한 말보다 흄이나 로버트슨 씨가 표현한 연설이 훨씬 아름답게 느껴지고 더 재미있기도 해요."

"정말 역사책을 좋아하시나 봐요. 알렌 씨나 아버지도 그렇긴 해요. 남자 형제들 중에서도 두 명은 역사를 좋아하고요. 그러고 보니 내가 아는 몇 안 되는 사람들 가운데서 역사를 좋아하는 사람이 매우 많군요. 그러면 나도 역사 서술가를 그렇게 싫어하기만 해서는 안 되겠다는 생각이 드네요. 사람들이 그런 책 읽기를 좋아한다면 정말 좋은 책일 것 같아요. 예전에도 이런 생각을 했지만 그렇게 방대한 책을 쓰기 위해 얼마나 많은 노력을 들였겠어요? 그런데 아무도 제대로 살펴보려고도 하지 않고 어린 아이들을 고문하는 데만 사용하려 든다면 그것은 정말 서글픈 운명처럼 느껴져요. 역사책이 좋고 필요하다는 건 알지만 일부러 시간을 내서 그런 책들을 읽으려면 그만큼의 용기가 필요할 거라는 생각이 들어요."

"어린 아이들이 고문을 당해야만 한다는 사실은 문명국에서 인간의 본성을 배운 사람이라면 누구도 부인할 수 없을 것입니다. 유명한 역사가들을 대신해서 제가 한마디 해야 할 것 같군요. 그들이 저술한 책이 아이들 고문용 이상의 가치가 없다고 생각한다는 걸 알면 상당히 기분 나빠 할 겁니다. 서술 방법이나 문체를 보면 최고의 지성과 완숙미를 갖춘 사람들까지 충분히 고문할 만한 수준이거든요. 지금은 당신이 사용한 '고문하다' 라는 동사를 '가르치다' 와 같은 뜻으로 이해하고 얘기하는 거예요."

"교육을 고문한다고 말했다고 해서 절 어리석다고 생각하는가 본데 저처럼, 불쌍한 아이들이 글자를 익히고 철자를 처음 배우는 모습을 자주 봤다면, 오전 내내 그렇게 공부하면서 보내는 모습이 얼마나 어리석은지, 불쌍한 어머니가 아이들을 가르치고 나서 얼마나 지쳐 힘들어하는지 봤다면, 때로는 '고문하다' 는 말이 '가르치다' 는 말과 비슷하게 쓰일 수도 있다는 제 뜻을 이해할 거예요."

"그런 것 같군요. 그렇지만 역사책이 어려운 것이 역사가들 책임은 아니에요. 아주 무겁고 심각한 주제를 다룬 책에는 별로 관심이 없어 보이는 사람들도, 물론 당신도 그렇긴 합니다만, 2~3년 정도는 다른 사람들의 삶에 대해서 배우느라 고문을 받을 가치가 있다고 생각이 변할지도 모르지요. 아이들이 책읽기를 배우지 않는다면, 래드클리프 부인 같은 사람도 글을 쓸 필요가 없을 거예요. 아니, 아예 쓰지 않았을지도 모르지요."

캐서린은 그의 말에 동의했다. 그리고 여성의 장점이라고 할 수도 있는 따뜻한 찬사의 말로 그 문제를 마무리했다. 틸니 남매는 곧 다른 얘기를 했지만 그녀는 할 말이 없었다. 그들은 미술을 잘 알고 있는 사람의 눈으로 시골풍경을 즐겼고 그들의 심미안에 바탕을 둔 그림으로 옮기고 싶어했다.

캐서린은 그림이라면 아는 것이 없었다. 심미안에 대해서도 몰랐다. 관심을 가지고 그들이 하는 말을 듣긴 했지만 아무 소용이 없었다. 그들이 하는 말이 무슨 뜻인지조차 이해하기가 힘들었기 때문이다. 그러나 대화를 들으면서 몇 가지 이해할 수 있었고 이전에 그림 그리기에 대해 가지고 있던 생각과는 많이 다르다는 사실을 알게 되었다.

좋은 전망은 높은 언덕 꼭대기에서만 얻을 수 있는 것이 아니고, 맑고 푸른 하늘은 화창한 날만을 의미하는 것이 아니라는 내용이었다. 캐서린은 자신의 무지(無知) 때문에 부끄러워 몸 둘 바를 몰랐다. 그러나 그렇게 수치스러워 할 일만은 아니었다. 사람들의 마음을 끄는 상대에게는 무지라는 면이 항상 존재한다. 모르는 것이 없는 박식한 사람은 오히려 다른 사람들의 허영심을 채워 줄 수 없기 때문에, 현명한 사람이라면 드러내 놓고 아는 체를 하지 않는 법이다. 특히 여성이라면, 이해할 수 없는 경우라도, 가능한 한 그 사실을 감추어야만 한다.

아름다운 여인에게서 보이는 자연스런 어리석음은 이미 한 여류 작가의 화려한 문장력으로, 오히려 장점이 된다고 설명된 적이 있다. 이 문제와 관련해 남성들의 입장을 고려해 조금 덧붙이고 싶다. 남성들 중 대부분이, 그들 대부분이 그다지 진지한 사람은 못 된다 해도 여성들의 어리석음이 오히려 매력을 더 돋보이게 한다고 생각하는 사람도 있다. 반면에 여성들에게 무지 이상을 기대하는 합리적이고 학식 있는 사람들도 있다.

캐서린은 자신이 갖고 있는 장점에 대해서 전혀 모르고 있었다. 상황이 특히 나쁜 경우가 아니라면, 따뜻한 마음과 아직 아는 것이 별로 없는 순진함을 가진 아름다운 외모의 여성은 영리한 남자의 마음을 사로잡을 수밖에 없다는 생각은 할 수가 없었다. 따라서 틸니 남매와 함께 산책을 하면서 캐서린은 사실 아는 것이 거의 없다고 솔직히 털어놓고 무슨 일이 있더라도 그림을 배우겠다고 말했다.

그러자 곧 틸니 씨는 미술에 대한 강의를 시작했다. 그가 쉽고 명확하게 설명했기 때문에 캐서린은 곧 그가 찬미하는 모든 아름다움을 함께 느낄 수 있었고, 그녀가 진지하게 관심을 가지고 배우려 했기 때문에 틸니 씨는 캐서린이 상당한 심미안을 가지고 있다는 걸 알고 만족해했다.

전경, 원경, 측면과 투시도 같은 2차 거리, 빛과 그림자에 대해 설명했다. 캐서린은 짧은 시간 내에 많은 내용을 배워 비천 클리프 정상에 도착하자 아예 바스 도시 전체가 풍경화의 일부로써는 가치가 없다고 혼자서 판단을 내리기도 했다. 이런 빠른 진도에 만족한 틸니 씨는 한꺼번에 너무 많은 내용을 가르쳐 오히려 지루해 할까 두려워 다른 주제로 화제를 돌렸다.

정상 옆에 가져다 놓은 돌멩이나 시든 떡갈나무에서 여기저기 보이는 싱싱한 나무들, 숲, 자신들의 고립, 버려진 땅, 왕국, 정부 등 손쉬운 대로 이리저리 주제를 옮기다 보니 결국 정치 얘기까지 꺼내게 되었다. 정치라면 침묵하기엔 가장 좋은 주제였다. 국가 현황에 대해서 잠깐 말한 다음 그가 입을 다물자 이번에는 캐서린이 엄숙한 목소리로 말했다.

"런던에서 아주 충격적인 것이 곧 나올 것이라고 들었어요."

캐서린의 말을 들은 틸니 양은 깜짝 놀라서 곧 물었다.

"정말요? 어떤 건데요?"

"그건 저도 몰라요. 저자가 누군지도 모르고요. 지금까지 우리가 알고 있는 것보다 훨씬 끔찍한 것이라고만 들었어요."

"세상에! 어디서 그런 얘길 들었어요?"

"절친한 친구 한 명이 어제 런던에서 편지를 보냈어요. 아주 끔찍할 거래요. 살인과 같은 모든 잔인한 일이 벌어질 것이라고 했어요."

"그런데 어쩜 그렇게 차분한 목소리로 말할 수가 있어요? 어쨌든 친구 말이 좀 과장된 것이길 바라요. 그 사실이 미리 알려졌다면 아마 정부가 그 일을 막기 위한 적절한 조치를 취할 거예요."

"정부는 그런 일에 관여하지도 않을 거고 그럴 수도 없을 텐데. 아무리 많은 살인이 발생해도 정부는 간섭하지 않을 거야."

웃음을 억지로 참으며 틸니 씨가 말했다.

두 사람이 빤히 쳐다보자 그는 큰소리로 웃고는 덧붙였다.

"당신들이 이해하도록 해줄까요, 아니면 직접 이해하도록 놔둘까요? 아니, 좀더 신사답게 행동해야겠군요. 자, 지금부터 저의 넓은 마음이 지성에 결코 뒤지지 않는다는 걸 보여주겠습니다. 여자들보다 더 이해력이 낮은 남자들은 도저히 참을 수가 없거든요. 아마 여성들의 능력이란 것이 그리 탄탄하지도 뛰어나지도 않을지도 모르지요. 열성을 보이지도 않고 영민하지도 않지요. 관찰력이나 분별력, 판단력, 열정, 재능과 위트가 부족한 것 같기도 하고요."

"몰랜드 양, 오빠가 하는 말에 신경 쓰지 마세요. 그렇지만 이 끔찍한 폭동과 관련해서 절 이해시킬 만큼 좋은 사람인 건 틀림없어요."

"폭동이라고요? 무슨 폭동 말인가요?"

"엘리너, 그런 폭동은 없을 거야. 네가 엄청나게 혼동하고 있는 거란다. 몰랜드 양은 아주 끔찍한 내용의 새 책이 곧 나올 것이라는 말이었어. 12절판으로 세 권이 출판될 예정이고 각 이백칠십오 페이지 정도 될 거라더라. 첫 번째 책 속표지에 묘지와 랜턴이 그려져 있대. 이제 알겠니? 몰랜드 양, 당신이 정확하게 설명했지만 제 어리석은 누이가 잘못 이해한 거예요. 런던에서 곧 나올 괴기 소설 얘기를 했던 거죠? 누구라도 그게 책 이야기인지 알아차렸을 텐데, 엘리너는 성 조지 필즈에 삼천 명의 폭도가 모여서 싸움이라도 일으킨다고 생각한 모양입니다. 은행이 공격받고, 탑이 점령당하고, 런던 거리는 피로 물들고, 놀샘턴에서는 열두 번째 빛, 용들(영국의 수호신)에게 도움을 요청해 폭도들을 진압하라고 알리고, 용감한 프레드릭 틸니 장군은 군대 선두에서 진격하다 위쪽 창문에서 날아온 벽돌 조각에 맞고 말에서 떨어지는 그런 상상을 했었나 봅니다. 너그럽게 봐주세요. 그렇지 않아도 약한데다가 두려움까지 겹쳤던 거지요. 그래도 바보는 아니랍니다."

캐서린은 비참한 표정이 되었다.

"오빠, 이제 무슨 말인지 모두 이해됐으니까 이번엔 몰랜드 양에게 오빠를 이해시킬 차례인 것 같은데. 안 그러면 오빠가 여동생에게 지나치게 무례하고 여자들을 형편없이 생각한다는 비난을 면치 못할 테니까. 몰랜드 양은 아직 오빠의 그런 이상한 말들에 익숙하지 않다구."

"몰랜드 양이 이런 데 익숙해지면 정말 좋겠는데……."

"물론 그렇겠지, 그렇지만 지금은 어쩔 수 없어."

"내가 어떻게 해야 하지?"

"알고 있잖아. 다시 좋은 인상을 만들어야지. 오빠가 사실은 여자들에 대해서 잘 이해하고 있을 뿐만 아니라 그들을 존중한다고 말해."

"몰랜드 양, 전 세상 그 누구보다도 여자들을 이해하는 것이 중요하다고 생각합니다."

"그것으로는 충분하지 않아. 좀더 진지하게 말해야 해."

"몰랜드 양, 저보다 여자들을 더 잘 이해하고 있는 사람은 아마 없을 겁니다. 여자들은 너무 많은 재능을 타고났기 때문에 평생을 살면서 능력의 반만 이용해도 충분하다고 생각합니다."

"지금 더 진지한 얘기는 들을 수 없을 것 같아요, 몰랜드 양. 제정신이 아닌가 봐요. 그렇지만 여자들에 대해서 불합리한 말을 하거나 제게 무례하게 행동하는 것처럼 보였더라도 오해가 없기를 바랍니다."

캐서린은 틸니 씨 말이 결코 틀리지 않다고 믿고 있었다. 그의 태도에 가끔 놀라기는 했어도 그 의도만은 항상 옳다는 것을 알고 있었기 때문에 그녀가 이해할 수 없었더라도 마치 이해한 것처럼 받아들일 수 있었다.

산책은 즐거웠다. 비록 너무 빨리 끝나긴 했지만 끝도 좋게 끝났다. 틸니 남매는 캐서린을 집까지 바래다주었고 틸니 양은 헤어지기 전에 예의를 갖추어 알렌 부인과 캐서린을 다음날 저녁식사에 초대했다. 알렌 부인은 반대하지 않았고 캐서린에게 어려운 일이라면 행복감을 드러내지 않는 것뿐이었다.

이날 아침은 너무 즐겁게 지나가 캐서린은 우정이나 애정 따위는 완전히 잊고 있었다. 산책하는 동안 이사벨라나 제임스 생각을 한 번도 떠올리지 않았던 것이다. 틸니 남매가 가고 나자 캐서린은 다시 불안해졌지만 한동안은 아무런 소용이 없었다. 알렌 부인은 불안감을 달래 줄 만한 얘기를 해줄 수가 없었기 때문이다.

캐서린은 오전이 끝나갈 무렵 급히 장만해야 할 리본을 사기 위해 시내로 나가던 길이었다. 에드가 빌딩 근처에서 두 명의 예쁜 소녀들과 얘기를 나누고 있는 이사벨라의 동생을 발견하고는 그들에게로 다가갔다. 그들은 오전 내내 함께 시간을 보낸 것 같았다. 캐서린은 앤에게서 다른 사람들이 모두 클리프턴으로 떠났다는 얘기를 들을 수 있었다.

"아침 8시에 떠났어요. 그래도 하나도 부럽지 않아요. 같이 가지 않아서 오히려 다행이에요. 이맘때 클리프턴에는 사람이라고는 볼 수 없으니까 아마 지겨운 여행이 될 것이 틀림없어요. 이사벨라 언니는 제임스 오빠와, 존 오빠는 마리아와 함께 갔어요."

캐서린은 그들이 계획을 실행에 옮겼다는 얘기를 듣고 기분 좋게 말했다.

"그래요. 마리아가 갔어요. 정말 가고 싶어 안달이더라고요. 아주 멋질 것이라고 생각하는 것 같았어요. 전 개 취향을 별로 좋아하지 않지만요. 저한테 같이 가자고 그렇게 졸랐지만 전 처음부터 안 가겠다고 했어요."

이 말이 사실이 아니라는 생각이 들긴 했지만 대답을 하지 않을 수는 없었다.

"같이 갔으면 좋았을 텐데요. 모두가 함께 가지 않았다니 유감이군요."

"걱정은 고마워요. 그렇지만 전 그런 일에는 관심 없어요. 무슨 일이 있었어도 같이 가진 않았을 거예요. 그러잖아도 에밀리와 소피아에게 그 이야기를 하고 있던 참이었어요."

캐서린은 여전히 믿을 수 없었다. 그러나 앤이 에밀리와 소피아와 함께 있을 수 있어 위안이 되겠다는 생각에 마음이 놓였다. 이젠 마음이 좀 편해져서 그들에게 인사를 하고는 볼일을 끝내자마자 집으로 돌아왔다. 자신 때문에 계획이 취소되지 않아서 정말 다행이었고 아주 즐거운 여행이 되어서 제임스와 이사벨라가 더 이상 화를 내지 않기를 바랐다.

15

다음날 아침 이사벨라가 메시지를 보내왔다. 줄마다 사랑과 우정이 가득 적힌 쪽지는 중요한 일이 있으니 캐서린에게 지금 급히 와 달라는 내용이었다. 캐서린은 이사벨라의 화가 풀린 것이 틀림없다는 생각과 호기심에 즐거운 마음으로 그녀의 숙소로 갔다.

이사벨라의 두 여동생은 거실에 앉아 있었다. 앤이 이사벨라를 부르러 가자마자 캐서린은 마리아에게 어제 있었던 여행에 대해 자세히 물어 보았다. 마리아는 더할 나위 없이 기분이 좋아 보였다. 캐서린은 여행이 생각했던 것보다 훨씬 더 좋았다는 걸 알 수 있었다.

그것이 처음 5분 동안 그녀가 얻은 정보였다. 다음으로 마리아는 좀 더 자세히 일러주었다. 그들은 요크 호텔로 곧장 가서 수프를 먹고 이른 저녁을 예약하고는 광천수로 가서 물을 마시고 지갑에서 몇 실링을 꺼내 소파에 놓아두고 왔다. 그런 후에는 패스트리 요리사 집으로 가서 아이스크림을 먹고 다시 호텔로 돌아와서, 어둡기 전에 떠나기 위해 급하게 저녁을 먹은 후 집으로 바로 돌아왔다고 했다. 달이 뜨고 비가 약간 내리기는 했지만 돌아오는 여행 역시 즐거웠다. 단 제임스의 말이 너무 지쳐 있어 겨우 집으로 돌아올 수 있었다고 했다.

캐서린은 정말 기쁜 마음으로 이 얘기를 들었다. 블레이즈 성은 생각조차 하지 않은 것처럼 보였지만 나머지는 모두 완벽하게 들렸다. 마리아는 같이 가지 못하게 되자 참지 못하고 화를 내버린 앤에 대해 유감이라고 말했다.

"언닌 날 용서하지 않을 거예요. 그렇지만 제가 할 수 있는 일이라고는 아무것도 없었어요. 앤 언니는 발목이 너무 굵기 때문에 절대로 같이 갈 수 없으니까 내가 같이 가야 한다고 했어요. 이번 달 내내 앤 언니는 기분이 좋지 않을 거예요. 좀 조심해서 행동하려고 해요. 여간해서 화를 내는 성격이 아니기도 하지만요."

그때 이사벨라가 급한 걸음으로 아주 행복한 일이 있다는 표정을 지으며 거실로 들어왔기 때문에 캐서린의 관심은 그녀에게 집중되었다. 마리아는 허물없이 물러갔고 이사벨라는 캐서린을 껴안으면서 말을 시작했다.

"캐서린, 이건 정말이에요. 아직 당신 통찰력을 그대로 간직하고 있네요. 여기 이 동그란 눈 좀 봐요! 모든 걸 꿰뚫어보는 것만 같아요."

캐서린은 무슨 일이냐는 표정을 지을 뿐이었다.

"무슨 일이 생긴 건 아녜요, 캐서린. 당신은 정말 제일 소중한 친구예요. 진정해요. 당신도 느끼겠지만 난 지금 굉장히 흥분하고 있어요. 우리 여기 앉아서 편안하게 얘기해요. 그래, 내 메시지를 받았을 때 아무 생각도 떠오르지 않았어요? 이런 능청꾼 같으니라구. 캐서린, 당신은 내 마음을 알고 있는 유일한 사람이니까 지금 내가 얼마나 행복한지 알 수 있을 거예요. 당신 오빠는 정말 너무 멋진 남자예요. 내가 그에게 부족하지 않아야 할 텐데. 당신 부모님은 뭐라고 말씀하실까요? 세상에! 그 생각만 하면 너무 불안해져요."

캐서린은 그제야 이해하기 시작했다. 무슨 일이 일어나고 있는지 갑자기 깨달았던 것이다. 한 번도 겪어 보지 못한 감정 때문에 자연스럽게 얼굴을 붉히면서 큰소리로 말했다.

"이사벨라, 무슨 말이에요? 그럼 제임스 오빠를 사랑하는 건가요?"

캐서린에게는 이 정도의 추측도 대담한 것이긴 했지만 사실에는 결코 미치지 못하는 것이었다. 캐서린이 이사벨라의 모든 표정이나 행동에서, 계속해서 보였던 사랑에 대한 열망을 목격한 것으로, 이사벨라는 어제 여행 중에 제임스로부터 역시 똑같이 자신에게 사랑을 느끼고 있다는 고백을 받았다고 했다. 이사벨라의 마음은 모두 제임스에게로 향해 있었다.

캐서린은 지금까지 그런 열렬한 관심과 경이로움, 기쁨의 탄성을 들어본 적이 없었다. 오빠와 친구가 약혼을! 이런 상황은 처음인 데다 이 일이 너무 중요하다고 생각한 캐서린은 거대한 행사쯤으로 생각하고 일상적인 말로 얘기하는 건 부족하다는 생각이 들었다. 캐서린 자신조차 제대로 표현할 수 없을 만큼 강렬한 감정이 이사벨라를 기쁘게 만들었다. 서로가 친인척 관계로 맺어진다는 사실이 우선 가장 기뻐서 아름다운 두 여인은 눈물까지 흘리면서 서로에게 기쁨의 포옹을 해주었다.

앞으로 맺어질 관계에 캐서린 역시 너무도 기쁘긴 했지만 이사벨라는 캐서린과 비교할 수 없을 정도로 기뻐하는 것 같았다.

"캐서린, 당신은 앤이나 마리아보다 나한테 더 잘해 줄 거예요, 그렇지요? 내 가족들보다 몰랜드 가족에게 더 많은 애정이 갈 것 같아요."

이 말은 캐서린이 생각하는 우정의 정도를 뛰어넘는 것이었다.

"당신은 오빠를 너무 닮았어요. 처음 당신을 볼 때 난 아주 반해 버렸으니까요. 하긴 난 항상 그렇긴 하지만 말예요. 언제나 첫인상이 모든 걸 결정해 버려요. 몰랜드 씨가 지난 크리스마스 때 우리 집에 처음 왔거든요. 그때였어요. 그를 처음 본 그 순간부터 내 마음은 어쩔 수 없이 그 사람에게 빠져 버렸어요. 그날 난 노란 드레스에 머리는 땋아서 두 갈래로 내려뜨리고 있었던 것 같아요. 응접실로 들어갔는데 존이 그 사람을 소개시켜 줬어요. 세상에 그렇게 잘생긴 사람은 처음이었어요."

이 말을 듣고 캐서린은 사랑의 힘을 실감했다.

사실 오빠를 무척이나 좋아하고 오빠가 갖고 있는 모든 재능을 특히 존경하긴 했지만 한 번도 오빠가 잘생겼다고 생각한 적은 없었다.

"참, 그날 저녁에 앤드류스 양도 함께 차를 마셨어요. 그때 짙은 갈색 비단으로 만든 드레스를 입고 있었는데, 너무 아름다워 보여서 난 당신 오빠가 앤드류스 양을 마음에 들어 한다고 생각했어요. 그래서 그날 밤 내내 그 생각을 하면서 잠 한 숨 못 잤어요. 캐서린, 내가 그 사람 생각하면서 얼마나 많은 밤을 지새웠는지 알아요? 내가 어떤 고통을 겪었는지 상상도 못 할 거예요. 난 점점 더 야위어 갔어요. 그렇지만 그런 얘기들로 당신을 괴롭히고 싶지는 않아요. 이미 충분히 봤을 테니까요. 이런, 내가 내 마음을 완전히 다 드러내 버렸네. 교회에서조차도 이 사랑을 말하는 것이 불안하게 느껴졌는데……. 그래도 당신한테만은 내 비밀을 말해도 안전할 것 같아서 얘기하는 거예요."

더 안전한 사람은 없을 것이라고 스스로 생각하긴 했지만, 이렇게까지 눈치를 채지 못하고 있었다는 사실에 당황해서 뭐라고 대꾸를 하지도 못했을 뿐만 아니라 이사벨라가 생각하는 것처럼 모든 걸 알고 있었던 것도 아니라고 말할 수도 없었다.

오빠는 부모님에게 이 일을 알리고 허락을 받기 위해 플러톤으로 당장 달려갈 준비를 하고 있었다. 이 문제가 이사벨라에게는 가장 걱정스러웠다. 캐서린은 부모님이 오빠가 원하는 대로 해줄 것이라고 이사벨라를 안심시키면서 사실은 스스로도 그렇게 생각하려고 노력했다.

"부모라면 자식의 행복을 바라지 않는 사람은 없을 거예요. 그러니 난 어머니 아버지가 오빠의 청을 들어줄 것이라고 확실히 믿어요."

"몰랜드 씨도 똑같은 말을 하긴 했지만 그렇게만 생각할 수는 없는 것 같아요. 난 재산도 얼마 없고, 아마 허락해 주지 않을지도 몰라요. 당신 오빠라면, 원하는 사람이라면 누구와도 결혼을 할 수 있을 테니까요."

이 말을 듣고 캐서린은 다시 한 번 사랑의 힘을 실감했다.

"이사벨라는 정말 겸손하군요. 재산 같은 건 중요하지 않아요."

"그래요, 캐서린. 당신은 워낙 관대하니까 그런 걸 중요하게 생각하지 않는다는 거 알고 있지만, 그렇게 사욕이 없는 사람이 많지는 않아요. 우리 상황이 뒤바뀔 수만 있으면 얼마나 좋을까요? 내가 백만장자라면, 이 세상에서 제일 부자라 해도, 그래도 난 당신 오빠만을 사랑했을 거예요."

감정뿐만 아니라 고귀함까지 느껴지는 이 말은 캐서린에게 자신이 알고 있는 소설 속의 여주인공들에 대한 행복한 기억을 떠올리게 했다. 지금 이 말을 하고 있는 이사벨라는 자신에게 찬사의 말을 건넬 때의 모습보다 훨씬 더 아름다워 보였다.

"부모님은 틀림없이 허락하실 거예요. 이사벨라를 보면 너무 기뻐할 거예요."

캐서린은 계속해서 이렇게 이사벨라를 안심시켰다.

"내 소망은 결코 대단한 것이 아네요. 아무리 적은 재산이라도 내겐 충분할 거예요. 서로 정말 사랑하는 사람들 사이에는 가난 그 자체도 재산이니까. 사치라고요? 난 그런 건 혐오해요. 그리고 런던에서 살 생각은 추호도 없어요. 어디 조용한 시골에 작은 집을 짓고 살 수 있으면 만족이지요. 리치몬드 부근에 작은 마을들이 있다고 들었어요."

"리치몬드라구요? 플러톤 가까이 있어야만 해요. 우리하고 가까이 말이에요."

"그래요, 멀리 떨어져 있으면 정말 슬플 거예요. 난 당신 곁에만 있을 수 있으면 행복하니까. 아, 이런 한가한 얘기를 할 때가 아니에요. 당신 부모님의 허락을 받기 전까지는 이런 일도 생각해서는 안 돼요. 몰랜드 씨는 오늘 밤에 솔즈베리로 편지를 보내면 내일쯤에는 도착할 것이라고 했어요. 내일이에요, 캐서린. 아, 두려워서 그 편지를 열어볼 수나 있을지 몰라. 정말 가슴 떨려 아무것도 못 할 것만 같아요."

이 말을 마치고 이사벨라는 몽상에 빠져 있는 것처럼 보였다. 다시 말을 시작하자, 이사벨라는 결혼 예복을 어떤 것으로 하면 좋겠느냐고 물었다.

두 사람은 제임스가 윌셔로 떠나기 전에 아쉬운 작별 인사를 하기 위해 들어오자 잠시 이야기를 멈추었다.

캐서린은 축하해 주고 싶었지만 무슨 말부터 해야 할지 도무지 아무 말도 떠오르지 않았다. 단지 눈으로만 그녀의 감정을 보여줄 수 있을 뿐이었다. 그러나 비록 말은 없지만 수백 마디의 말로 넘쳐 나는 그녀의 눈을 보고 제임스는 충분히 짐작할 수 있었다.

집에 가서 해야 할 일이 너무 많고 급했기 때문에 제임스는 곧 인사를 하고 떠났다. 이사벨라가 그의 출발을 재촉한답시고 몇 번인가 그를 되돌려 세우지 않았다면 더 빨리 출발할 수 있었을 것이다. 이사벨라는 열렬한 마음에 문가에서 그를 두 번이나 불러 세웠던 것이다.

"몰랜드 씨, 제가 바래다주겠어요. 당신 혼자서 그렇게 먼 길을 떠나야 하는데, 이렇게 앉아 있을 수만은 없어요. 세상에, 이렇게 지체할 시간이 없어요. 얼른 가세요, 지금 당장이오. 어서……."

캐서린과 이사벨라는 그 어느 때보다 서로의 마음을 이해하고 한마음이 되어 그날은 헤어질 수가 없었다. 앞으로의 일들을 얘기하다 보니 시간은 날개를 단 것처럼 빨리 지나갔다. 소프 부인과 존은 이사벨라가 최대의 행운을 잡았다고 생각하면서 오로지 몰랜드 씨의 허락만을 기다렸다. 그 두 사람까지 의미심장하고 알 수 없는 표정을 짓자 무슨 일인지 전혀 모르고 있는 이사벨라의 두 여동생은 점점 더 궁금해 했다.

캐서린은 단순하게 생각해서 그런지 그들에게 말해주지 않는 이사벨라의 행동이 좋게 보이지 않았다. 더군다나 그런 상황을 더 이상 지켜보기도 힘들었다. 그들로부터 앞뒤가 맞지 않는 행동을 이전에 종종 목격하지 않았다면 캐서린은 아마 직접 말을 해주고 말았을 것이다. 그러나 앤과 마리아는 영리하게 곧 무슨 일인지 알아챈 것 같아 보였다. 캐서린은 조금이나마 마음을 놓을 수 있었다.

그날 저녁은 소프 가족들 특유의 기지가 넘치는 말들로 채워졌다. 한쪽은 비밀을 부풀려서 묘한 분위기를 연출했고 다른 쪽은 확실히 증명되지는 않았지만 어떤 일인지 대충은 알고 있다는 암시를 보이고 있었다. 캐서린의 눈에는 그 광경이 마치 치열한 전쟁처럼 보였다.

다음날 캐서린은 편지가 도착하기 전까지 이사벨라를 달래주고 기다리는 동안 지루한 시간을 함께 보내기 위해 소프 가로 다시 찾아갔다. 이사벨라는 편지가 도착할 시간이 다가오자 계속되는 긴장으로 점점 더 우울해지더니 결국에는 고통스런 상태까지 가고야 말았다. 마침내 편지가 도착했다. 그러자 이사벨라의 고통은 흔적도 없이 사라져 버렸다.

"부모님은 아주 선선히 허락해 주셨어요. 그리고 우리의 행복을 위해서 당신들이 할 수 있는 모든 뒷받침을 해주겠다고 약속까지 해주셨어요."

처음 세 줄의 내용이었다. 일순간 모든 사람이 안도하며 기뻐해마지 않았다. 이사벨라는 곧 환한 미소를 띠었다. 걱정과 불안감은 언제 그랬던가 싶게 연기처럼 사라졌고 다시 활기찬 분위기로 돌아와 있었다. 그녀는 자신을 세상에서 가장 행복한 사람이라고 거리낌 없이 말하기도 했다.

소프 부인은 너무 기뻐 눈물까지 흘리며 모든 아이들과, 캐서린을 껴안았다. 지금의 기분이라면 아마 바스에 있는 사람들 전부라도 껴안을 기세였다. 그녀는 너무도 행복해서 사람들을 부를 때마다 '사랑하는 존', '사랑하는 캐서린' 이라고 불렀고, 곧 '사랑하는 앤', '사랑하는 마리아' 로까지 이어졌다.

소프 부인이 가장 아끼는 이사벨라를 부를 때는 '사랑하는' 을 두 번씩 갖다 붙이기도 했다. 존 역시 감정을 감추는 사람이 아니라 드러내놓고 기뻐하며 제임스가 지금까지 만난 친구 가운데서 가장 멋진 사람이라고 말하며 연이어 칭찬을 거듭했다.

이 모든 행복을 가져다 안겨준 편지 내용은 짧았다. 단지 허락을 받았다는 말만 적혀 있을 뿐이었다. 다른 자세한 얘기는 제임스가 다시 편지를 쓸 때까지는 알 수 없을 것 같았다. 그러나 그 정도라면 이사벨라는 편안한 마음으로 기다릴 수 있었다. 가장 중요한 것은 이미 제임스의 편지에 모두 들어 있었으니 그것으로 충분했다. 제임스는 모든 일을 잘 처리하고 돌아가겠다고 맹세했던 것이다.

생활비는 어떤 식으로 마련하고, 얼마만큼의 소유지와 재산을 물려받을지는, 사욕이 없다고 말한 이사벨라에게 있어 근심거리가 될 리 없었다.

이사벨라는 모든 것이 신속하고 바람직한 방향으로 해결되자 앞으로 벌어질 일들에 대한 행복한 상상의 나래를 펼쳤다. 몇 주쯤 지나면 플러톤 사람들로부터 많은 찬사와 부러움의 시선을 받을 테고, 풀트니에 있는 오랜 친구들은 하나같이 그녀를 부러워할 것이다. 그녀에게 자신 소유의 마차가 생기고 명함에는 새 이름을 새겨 넣어야 할 것이다. 손에 눈부시고 값비싼 반지를 끼고 있는 상상을 하면서 거울을 바라보니 정말 눈이 부셨다.

편지 내용을 확인한 존은, 그때까지는 런던으로 떠날 시간을 미루고 있었지만 곧바로 떠날 준비를 서둘렀다.

"몰랜드 양, 작별 인사하러 왔습니다."

응접실에 혼자 앉아 있는 캐서린을 발견하고는 다가와 말을 걸었다. 캐서린도 좋은 여행이 되기를 바란다는 인사를 정중하게 건넸다. 그러나 존은 캐서린의 말은 듣지도 못했는지 왠지 안절부절못하는 표정으로 창가로 걸어갔다. 그는 콧노래를 불렀다. 무슨 생각에 빠져 있는 것인지 주위를 잊고 완전히 자신 속으로 들어가 있는 것처럼 보였다.

"데비시즈에 늦지 않겠어요?"

그는 대답이 없었다. 잠시 그대로 침묵을 지키다가 갑자기 물었다.

"이 결혼은 아주 잘된 일인 것 같지 않습니까? 몰랜드와 이사벨라는 정말 보기 좋은 한 쌍이지요. 어떻게 생각하세요, 몰랜드 양? 제가 보기엔 참 좋은 것 같은데요."

"저도 그렇게 생각해요."

"그래요? 그렇군요. 당신이 결혼에 반대하지 않는다는 말을 들으니 다행이군요. 옛날 노래 중에 '한 사람의 결혼식은 다른 사람의 결혼식을 만든다'라는 가사가 있는데 들어본 적 있습니까? 무슨 말이냐면, 이사벨라 결혼식에 올 건가요?"

"그럼요. 벌써 이사벨라에게 약속한걸요. 특별한 일이 없는 한 절대 빠지지 않을 거예요."

"그러면 그 뭐냐. 우리도 그 노래 가사가 진실인지 아닌지 한 번 시도해 볼 수도 있겠군요."

그는 수줍은 듯이 몸을 꼬면서 억지 미소를 지으며 말했다.

"우리가요? 전 노래는 안 불러요. 어쨌든 즐거운 여행이 되셨으면 해요. 저는 오늘 틸니 양과 저녁 약속이 있어서 지금 나가봐야 할 것 같아요."

"아니, 그렇게까지 서두를 건 없잖습니까. 우리가 언제 다시 만나게 될지도 모르는데. 물론 2주 뒤에 다시 오긴 하겠지만……. 아, 그 시간을 어떻게 보내야 할지 정말 너무 길게 느껴지는군요."

"그런데 왜 그렇게 오랫동안 런던에 머무르는 거죠?"

그가 어떤 대답이든 기다리고 있다는 걸 알고 어쩔 수 없이 말했다.

"당신은 참 친절하군요. 친절하고 착하시고. 오랫동안 잊지 못할 겁니다. 누구보다도 착한 심성을 지니고 있어요. 정말 너무 착해요. 아니 단지 착하기만 한 것이 아니라, 모든 걸……. 그래요, 모든 걸 다 갖추고 있는 것 같아요. 당신은……. 다시 한 번 말하지만 당신 같은 사람은 세상에 둘도 없을 겁니다."

"아니에요. 저 같은 사람이 이 세상에는 정말 많아요. 훨씬 좋은 사람들이오. 그럼 안녕히 가세요."

"몰랜드 양, 싫지만 않으면 곧 풀트니에 가서 인사드리겠습니다."

"그러세요, 제 부모님이 당신을 만나면 좋아하실 거예요."

"그래요? 그러길 바랍니다. 몰랜드 양, 절 다시 만나는 것이 싫지는 않겠죠?"

"싫다니오, 무슨 그런 말씀을요. 전혀 아니에요. 세상에서 제가 보고 싶어하지 않는 사람은 거의 없어요. 누굴 만난다는 건 언제나 기분 좋은 일이니까요."

"저도 그렇게 생각합니다. 그렇게 즐거운 사람들과 만날 수 있으면 얼마나 좋을까요? 제가 사랑하는 사람들, 제가 좋아하는 곳에서 그들과 함께 있을 수 있었으면 좋겠어요. 나머지는 말고요. 당신과 제 마음이 똑같다는 걸 알고 나니 정말 기쁘군요. 몰랜드 양, 당신과 전 비슷한 점이 아주 많다는 생각이 드는군요."

"그럴지도 모르죠. 그렇지만 제가 생각했던 것보다 조금 오버하시는 것 같아요. 비슷한 점이 아주 많다는 것 말예요. 사실 저는 스스로에 대해서도 모르는 점이 많거든요."

"그런 점에서는 제가 더 그렇죠. 이런 문제로 당신을 괴롭힐 생각이 아니었는데. 전 보통 일들을 아주 단순하게 보고 파악합니다. 제가 좋아하는 여자를 만나서 편안하게 살 수 있는 집을 장만하면 그걸로 만족인 거죠. 나머지는 전혀 상관없어요. 재산 따위는 중요한 것이 아니라고 생각해요. 전 충분한 돈을 벌 수 있을 테니까요. 만약 결혼할 여자가 무일푼이라고 해도, 그럼 어떻습니까, 더 좋죠."

"그 점에서는 저도 동감이에요. 한 사람이 충분한 재산이 있으면 다른 사람까지 꼭 부자일 필요는 없어요. 누가 부자이든 상관없다고 생각해요. 제가 정말 싫어하는 건 돈 많은 사람이 부자를 만나기 위해 애쓰는 모습이에요. 돈 때문에 결혼한다는 건 세상에서 가장 사악한 일이에요. 안녕히 가세요. 언제라도 시간이 나면 풀트니로 오세요. 모두 기뻐하실 거예요."

이 말을 남기고 캐서린은 자리를 떴다. 아무리 용기 있는 사람이라지만 존은 그녀를 제지할 수가 없었다. 새롭게 전해야 할 얘기와 저녁 약속까지 있는 사람에게 가지 말라고 만류할 수는 없었다. 캐서린은 급히 떠났고 존은 자신의 말솜씨와 캐서린의 따뜻한 격려에 행복해하며 서 있었다.

오빠의 약혼 소식을 듣고 캐서린 역시 상당히 흥분했기 때문에 알렌 부부에게 이 멋진 소식을 전하면 얼마나 놀랄지 충분히 짐작이 갔다. 알렌 부인이 얼마나 실망할까? 많은 준비를 하고 이 일을 알렸지만 알렌 부부는 제임스가 도착한 이래로 이런 일을 미리 예상하고 있었던 것 같았다. 그들이 이 일에 대해—알렌 씨는 이사벨라의 미모에 대해서, 알렌 부인은 이사벨라의 행운에 대해 덧붙여 한 말까지—모두 통틀어 두 사람의 행복을 위한 말이라고 생각되긴 했지만 그런 말은 너무 심할 정도로 냉담한 반응이라는 생각이 들었다.

제임스가 벌써 풀트니로 떠났다는 말을 듣자 알렌 부인은 그때야 굉장한 반응을 보였다. 얼마나 놀랐는지 침착한 표정을 지을 수도 없었다. 제임스가 풀트니로 갈 것이라는 걸 미리 알았다면 몰랜드 부부에게 인사를 전하는 것뿐만 아니라 스키너 가족들에게도 안부를 전할 수 있었을 것이라고 안타까워했다.

16

캐서린은 밀섬 가(街)를 방문할 일에 잔뜩 기대를 모으고 있었기 때문에 실망 따위는 생각할 수도 없었다. 이런 그녀의 기대만큼 틸니 장군으로부터 정중한 환대를 받았고 틸니 양이 친절하게 맞이해 주었다.

틸니 씨도 집에 있었지만 그로부터는 그 이상의 환대를 받진 못했다. 캐서린이 집으로 돌아와 잠시 생각해 본 결과 너무 많은 기대를 하고 갔기 때문에 그런 느낌을 받은 것이라는 결론을 내렸다.

그날 틸니 양과 대화를 나누긴 했지만 서로의 친밀감이 더해졌다기보다는 그전만큼도 안 되는 것 같았다. 가족끼리 함께 하는 식사라는 편안한 분위기임에도 불구하고 틸니 씨는 그녀에게 호의를 나타내기보다는 말도 몇 마디 건네지 않았고 별로 즐거워 보이지도 않았다. 감사의 표시나 초대, 칭찬의 말은 건네지도 않았을 뿐더러 오히려 빨리 자리를 파하고 싶어하는 눈치였다.

왜 분위기가 이럴까 도무지 헤아릴 수가 없었다. 틸니 장군의 잘못은 아니었다. 그는 더할 나위 없이 호의적이었고 멋진 사람이라는 건 의심의 여지가 없었다. 키도 크고 잘생기고 게다가 틸니 씨의 아버지였다. 그가 자식들의 축 처진 분위기나 그리 즐겁지 않은 그녀의 마음을 책임질 수는 없는 일이었다. 그래서 고심한 결과 틸니 남매의 태도는 우연일 뿐이었고 재미있는 저녁을 보내지 못한 것은 순전히 자신의 어리석음 때문이라는 결론을 내렸다. 그러나 자세한 얘기를 들은 이사벨라의 설명은 완전히 달랐다.

"그게 모두 자존심, 거만함에서 오는 태도라고 봐야 해요. 틸니 가(家) 사람들이 오만한 사람들일 것이라고 생각은 했었는데, 이걸로 증명이 된 셈이네. 나는 오늘 틸니 양의 행동 같은 거만한 태도는 들어본 적도 없어요. 아무리 훌륭한 환경과 좋은 집에서 살았다고 하더라도 말예요. 손님을 초대해 놓고 어쩜 그럴 수가 있어요? 얘기조차 하지 않다니요!"

"그렇게까지 나쁘지는 않았어요, 이사벨라. 거만함 같은 건 느껴지지 않았어요. 틸니 양은 아주 예의바르게 행동했어요."

"그녀를 변호할 생각도 하지 마세요. 틸니 씨만 해도 그래요, 당신에게 그렇게 관심 있는 것처럼 행동하더니. 그러면서도 어쩜 하루종일 한 마디도 안 할 수 있어요?"

"그렇다고 말하진 않았잖아요. 그냥 다들 기분이 안 좋아 보였다고 말했을 뿐이에요."

"내가 세상에서 제일 싫어하는 것이 지조 없는 거라는 것, 캐서린도 알죠. 다시는 그 사람 생각도 하지 마세요, 캐서린. 당신이 좋아할 만한 가치도 없어요."

"가치가 없다고요! 그 사람이 날 생각한다고 말할 수도 없는걸요."

"그래요, 내 말이 바로 그 말이라고요. 아마 당신 생각은 하지도 않았을 거예요. 그런 변덕이 어디 있어요. 당신 오빠나 나와는 얼마나 다르냐고요. 존 오빠도 한 번 마음을 주면 결코 변하지 않는 사람이구 말예요."

"그렇지만 틸니 장군은 누구라도 더 이상 기대할 수 없으리만큼 예의와 관심을 다해서 환대해 줬어요. 날 기쁘고 행복하게 하려고 무척 노력했어요."

"물론 그 사람까지 비난하는 건 아녜요. 그는 자존심을 내세우는 사람이라고 생각하진 않아요. 오히려 상당히 신사다운 면이 많은 것 같아요. 존도 아주 훌륭한 사람이라고 말하면서……."

"오늘 그들이 왜 그렇게 행동했는지 곧 알 수 있을 거예요, 무도회에서 만날 테니까요."

"나도 가야만 해요?"

"안 가려고 해요? 같이 가는 줄 알았는데."

"그래요, 당신이 그런 말을 하는데 더 거절할 수도 없죠. 그래도 내가 아주 친절하게 행동할 거라고는 생각하지 마세요, 내 마음은 천리 밖에 있으니까요. 그리고 춤 얘긴 아예 꺼내지도 마세요. 춤을 춘다는 건 말도 안 돼요. 찰스 호즈가 아마 상당히 귀찮게 굴 것 같아요. 아무리 그래도 한 마디로 거절할 거예요. 그런데 그럼 아마 그도 왜 그럴까 한번 생각해 보겠지요? 틀림없어. 그건 내가 제일 싫어하는 건데, 계속 궁금해 하도록 놔두고 싶거든요."

이사벨라가 틸니 남매에 대해서 아무리 좋지 않은 말을 했다 하더라도 캐서린의 마음은 변함없었다. 스스로 생각하기에 그들이 무례하게 행동한 점은 찾을 수 없었던 것이다. 뿐만 아니라 그들이 오만하다는 생각도 들지 않았다.

그런 점에서 그날 저녁은 다시 한 번 캐서린의 생각이 옳았다는 걸 확인시켜 주었다. 그들은 지금까지와 마찬가지로 친절한 자세로 그녀를 대했고 세심하게 관심을 써 주었다. 틸니 양은 캐서린과 함께 있으려고 노력했으며 틸니 씨는 춤을 신청했다.

그저께 밀섬 가를 방문했을 때 틸니 씨의 형이자 첫째 아들인 틸니 대령이 곧 올 것이라고 말했기 때문에 한 번도 보지는 못했지만 아주 멋진 모습에 잘생긴 남자가 함께 어울리게 됐을 때 바로 그 사람이 틸니 대령이라고 생각했다. 그를 만난 캐서린은 감탄을 감추지 못했다.

틸니 씨보다 훨씬 미남이라 할 정도로 잘생겼지만, 그래도 캐서린이 보기에 그의 태도에서는 약간 건방진 점이 있는 데다 외모도 틸니 씨만큼 호감을 주는 스타일은 아니었다. 게다가 그의 취향이나 예의범절은 의심할 나위 없이 틸니 씨와 비교도 안 되었다. 우선 그녀에게 다 들릴 만큼 반감을 표시하면서 춤을 춘다는 이유로 틸니 씨를 드러내 놓고 비웃었다.

이런 상황을 감안해 볼 때 캐서린이 그에 대해서 어떻게 생각하느냐와 관계없이—그 역시 캐서린에게 그리 반하지 않은 건 사실인 것 같았다—적어도 그녀가 형제간에 싸움을 일으키거나 형제간의 불화를 조장하는 일은 없을 것 같았다. 그러니 무섭게 생긴 마부들을 시켜 강제로 그녀를 마차에 태워서 어디론가 납치를 할 만한 일은 걱정하지 않아도 되었다.

이런 걱정으로부터 벗어난 캐서린의 유일한 불만이라면 춤이 너무 짧게 끝났다는 것이다. 그 짧은 시간에 틸니 씨가 하는 얘기를 두 눈을 빛내며 듣고 있었고 그와 함께 있는 동안은 행복하게 보냈다. 다시 한 번 틸니 씨의 매력을 확인하며 행복한 기분에 도취되었다.

첫 번째 춤이 끝나자 틸니 대령이 다시 그들에게로 다가와 틸니 씨를 끌고 가는 바람에 캐서린은 기분이 나빠졌다. 두 사람은 뒤쪽으로 가서 뭐라고 속삭였다. 캐서린의 예민한 감각으로도 틸니 대령이 그녀에 대해 좋지 않은 얘길 듣고 두 사람을 떼어놓으려고 틸니 씨에게 급히 전하려는 것이라고 생각하기는 어려웠다. 하지만 두 사람을 바라보는 순간 불안한 마음으로 가슴을 졸일 수밖에 없었다. 그렇게 5분 동안을 긴장한 상태로 있어야 했다. 마치 그 5분이 한 시간이라도 된 것처럼 느껴질 때 두 사람은 다시 돌아왔고, 형이 이사벨라와 인사를 나누고 같이 춤을 추고 싶어하는데 어떻겠냐고 묻는 틸니 씨의 눈빛을 확인하고 나서야 다시 안심할 수 있었다.

그 말에 캐서린은 조금도 망설임 없이 이사벨라는 오늘 춤추지 않을 것이라고 대답했다. 틸니 씨가 형에게 이 말을 전하자 그는 곧 자리를 떠났다.

"그래도 형이 기분 나빠하지는 않을 거예요. 조금 전에 춤을 싫어한다는 말을 들었거든요. 그러면서도 춤을 출 생각을 했다니……. 어쨌든 아주 잘된 일이에요. 아마 이사벨라가 혼자 앉아 있는 걸 보고 누군가 춤 신청하기를 기다리고 있다고 생각한 모양이지만 잘못 생각하신 거예요. 오늘 이사벨라는 무슨 일이 있어도 춤은 절대 추지 않겠다고 했거든요."

이 말에 틸니 씨는 미소를 지으며 말했다.

"당신은 사람들이 행동하는 동기를 쉽게 생각하는군요."

"예? 무슨 뜻이에요?"

"당신에게는 해당되지 않지만, 보통 사람들이 어떤 행동을 보일 때 그 동기가 무엇인지, 어디서 어떻게 영향을 받는지, 그 사람의 나이,

상황, 습관까지 고려할 때 어떤 동기에서 유발된 행동인지……. 사람들이 어떤 특별한 행동을 할 때 어떤 영향을 받고, 또 그렇게 행동하게 되는 그 동기는 뭘까요?"

"무슨 말씀인지 모르겠군요."

"그럼 이거 당신이 불리하겠는걸요. 저는 당신을 완벽하게 이해하고 있거든요."

"저를요? 저는 당신처럼 이해할 수 없을 정도로 뛰어나게 말하는 솜씨는 없어요."

"오! 훌륭한 풍자인데요."

"무슨 뜻인지 제발 말씀해주세요."

"정말 그러길 원하세요? 정말인가요? 어떤 결과가 나타날지 모르는 것 같은데, 정말 잔인할 정도로 당황하게 될 테고 우리 사이에 불화가 생길 수도 있어요."

"아니에요. 그렇지 않을 거예요."

"그럼 말하죠. 형이 소프 양과 같이 춤을 추고 싶어하는 이유를 좋은 성격 때문이라고 생각하는 것을 보면 당신은 이 세상에서 제일 착한 사람이라는 걸 알 수 있다는 말이에요."

캐서린은 얼굴을 붉히며 그렇지 않다고 말했지만 틸니 씨의 예상이 곧 맞는 것으로 확인됐다. 어쨌든 그의 말속에는 한순간 혼란스러웠던 캐서린의 마음을 다 보상하고도 남는 그 무언가가 있었다. 너무도 강렬하게 마음을 사로잡아 한동안은 무슨 말을 해야 할지도 잊은 채, 다른 사람들이 하는 얘기도 듣지 못한 채 심지어 자신이 지금 어디에 있는지조차 잊은 채로 정신을 잃고 서 있었다. 그때 이사벨라의 목소리를 듣고 정신을 차린 캐서린은 소리가 난 쪽으로 고개를 돌렸다. 틸니 대령이 이사벨라에게 손을 내밀고 있는 모습이 보였다. 이사벨라는 어깨를 으쓱해 보이고는 미소를 지어 보였다. 아마도 이 엄청난 변화에 대한 유일한 설명이었을 것이다. 그러나 캐서린은 여전히 이해할 수가 없어 틸니 씨에게 꾸밈없이 놀라움을 표시했다.

"정말 믿을 수가 없어요. 이사벨라는 절대 춤을 안 추겠다고 말했거든요."

"전에 이사벨라가 마음을 바꾼 적이 없었나요?"

"그렇지만 그래도……. 게다가 당신 형은 또……. 당신이 제 말을 분명히 전했는데도 어떻게 이사벨라에게 가서 춤을 추자고 신청할 수 있을까요?"

"정말 아직도 이해를 못 했다니 놀라지 않을 수 없군요. 당신 친구 때문에 제가 놀라기를 바라나 본데, 사실 놀랐습니다. 그리고 형으로 말할 것 같으면 세상에서 교제 수완이 형만큼 뛰어난 사람을 아직 본 적이 없어요. 게다가 소프 양의 미모는 틀림없이 사람들의 관심을 끌게 되어 있고, 그녀의 의지는 음, 당신이 더 잘 아시겠죠."

"비웃고 있군요. 그렇지만 이사벨라는 보통 때라면 아주 단호한 사람이에요."

"누구에게나 있는 정도겠지요. 항상 단호하다는 건 어떤 때는 고집이 세다는 말이기도 합니다. 적당하게 긴장을 풀 때를 판단하기는 어려운 일이지만요. 형 얘기를 굳이 하지 않더라도 소프 양이 지금 나쁜 선택을 했다고는 생각하지 않아요."

캐서린은 춤이 끝날 때까지 따로 얘기를 나눌 시간이 없었다. 나중에 두 사람이 함께 걸을 수 있는 기회가 생기자 이사벨라는 팔짱을 끼면서 설명했다.

“당신이 놀라는 것도 당연해요. 아, 정말 피곤해 죽겠어요. 그 사람이 어찌나 말을 많이 하던지. 물론 내가 자유로웠다면 재미있기는 했겠지만 말예요. 그래도 나는 정말 자리에 가만히 앉아 있고 싶었어요.”

“그런데 왜 그렇게 하지 않았어요?”

“캐서린! 그럼 너무 까다롭게 보였을 거예요. 내가 그렇게 보이는 거 얼마나 싫어하는지 알잖아요. 할 수 있는 만큼 계속 거절했는데 어디 말을 들어야 말이지요. 얼마나 날 괴롭혔는지 상상도 못 할 거예요. 제발 날 좀 혼자 있게 두고 다른 파트너를 찾아보라고 그렇게 애원했는데도 내 말을 듣질 않았어요. 나와 같이 춤을 추길 원했으니까 아마 누구라도 그 사람은 만족하지 않았을 거예요. 그 사람은 나하고 같이 춤을 추기만 원한 것이 아니에요, 나와 같이 있고 싶어했거든요. 정말 말도 안 돼요! 내가 그런 방법으로 날 유혹하는 건 실수라고 말했어요. 난 좋은 말이나 찬사 같은 건 싫어하니까요. 그래서 음, 그러고 나서 같이 춤추지 않으면 계속 괴롭힐 것이라는 생각이 들었어요. 게다가 휴즈 부인이 그 사람을 소개시켜 줬는데 내가 거절하면 휴즈 부인이 기분 나쁘게 생각할 수도 있고 말예요. 제임스도 내가 혼자서 내내 앉아 있었다고 말하면 슬퍼했을 거예요. 어쨌든 모든 것이 끝나서 너무 기뻐요. 그 말도 안 되는 소릴 듣느라고 완전히 질리긴 했지만, 아주 영리한 사람이라 그런지 사람들이 전부 우리만 바라보더라구요.”

“정말 잘생기긴 했어요.”

“잘생겼다고요? 그래요, 그럴지도 모르지요. 보통 사람들이 그렇게 말하긴 하겠지만 내 스타일에는 그렇게 맞는다고 할 수는 없어요. 난 얼굴색이 불그레하고 짙은 색의 눈을 가진 남잔 싫어해요. 그래도 그 사람은 꽤 멋있긴 해요. 얼마나 잘난 체를 하는지 몇 번씩이나 면박을 줬어요. 알잖아요, 내 방식이 어떤지."

캐서린과 이사벨라가 다음번에 만났을 때는 훨씬 중요한 문제를 얘기해야 했다. 제임스가 보낸 두 번째 편지가 도착했기 때문이다. 아버지의 관대한 생각에 대해서 자세히 설명한 편지였다. 지금 현재 몰랜드 씨가 소유하고 있는 연간 약 사백 파운드 정도 나가는 재산을 제임스가 물려받을 수 있을 나이가 되면 그에게 주겠다는 내용이었다. 그 정도면 몰랜드 가의 수입에서 결코 작은 재산이 아닐 뿐만 아니라 자식이 열이나 된다는 걸 감안한다면 더욱 그랬다. 또한 비슷한 가치의 토지까지 유산으로 물려주기로 약속했다고 한다.

제임스는 감사하는 마음을 가득 담아 편지를 썼다. 그러나 두 사람이 결혼하기 전까지 이삼 년 정도를 기다려야 한다는 전제는 그리 반가운 것만은 아니었지만 제임스 자신도 어느 정도는 예상했던 일이기 때문에 불만을 표시하지는 않았다. 캐서린은 아버지의 수입이 얼만지 전혀 모르기 때문에 전적으로 오빠의 판단을 믿었고 오빠만큼이나 만족하며 이렇게 일이 잘 해결되어서 감사하는 마음으로 이사벨라를 축하했다.

"물론 정말 멋진 일이야."

그러나 이사벨라의 얼굴에는 근심스러운 표정이 역력했다.

"몰랜드 씨가 정말 관대한 결정을 내린 것 같아."

소프 부인은 불안한 얼굴의 딸을 보면서 부드럽게 말했다.

"나도 이 정도만 해줄 수 있으면 얼마나 좋겠니. 몰랜드 씨에게 더 이상을 바랄 수는 없어. 아마 더 해줄 수 있었다면 틀림없이 해주셨을 거야. 아주 관대한 분들이라고 하니까. 사백 파운드가 새 살림을 시작하기엔 적은 돈이긴 하지만 그래도 이사벨라, 넌 욕심이 없는 아이니까 재산이 아무리 적어도 중요하게 생각하진 않지?"

"제가 더 많은 재산을 바라는 건 저 때문이 아니에요. 어쨌든 생활에 필요한 물건들조차 충분히 살 수 없어서 제임스가 괴로워하는 건 정말 참을 수가 없어요. 난 아무 문제도 없어요. 절대 나를 중요하게 생각해서 하는 말은 아니에요."

"물론 그건 안단다. 얘야, 게다가 주위의 모든 사람들이 너를 아끼고 사랑하니까 그것만으로도 많은 위안이 될 거다. 너처럼 모든 사람에게서 사랑을 한 몸에 받는 여자는 없을 거다. 몰랜드 씨가 널 보면 아마……. 그래, 이런 얘기를 해서 캐서린을 괴롭혀서는 안 되지. 어쨌든 몰랜드 씨는 아주 신속하게 일을 처리하셨구나. 내가 듣기로는 훌륭한 분이라고 하더라. 그러니 이사벨라, 우리가 좀더 돈이 많았다면 몰랜드 씨가 더 많은 재산을 줬을 것이라는 생각은 하지 말거라."

"저만큼 몰랜드 씨를 높이 사는 사람은 없을 거예요. 그렇지만 사람은 누구나 결점이 있는 법이고, 누구나 자기 돈으로 하고 싶은 일을 할 권리는 있어요."

이 말이 암시하는 바를 생각하자 캐서린은 가슴이 아팠다.

"전 아버지가 할 수 있는 만큼 최선을 다한 것이라고 생각해요."

이사벨라는 다시 생각이라도 난 듯 말을 이었다.

"캐서린, 그건 의심의 여지가 없는 사실이에요. 이것보다 훨씬 적은 돈이라 하더라도 난 충분히 만족했을 것이라는 거 잘 알잖아요. 지금 내가 약간 기분이 좋지 않은 건 돈이 부족해서가 아니에요. 난 돈을 혐오해요. 우리가 일 년에 오십 파운드의 수입만으로 살아야 한다 하더라고 난 너무 행복했을 거예요. 캐서린, 내가 무슨 말하는지 알겠어요? 아주 가슴 아픈 문제가 있어요. 당신 오빠가 이 재산을 물려받기까지 2~3년씩이나 기다려야 한다고요."

"그래, 이사벨라. 무슨 말인지 충분히 알겠다. 넌 감정을 숨기는 애가 아니니까. 지금 네가 무슨 문제로 고민하고 그렇게 기분이 좋지 않은지 이제야 알겠구나. 그런 고귀하고 솔직한 성격 때문에 넌 더 많은 사랑을 받을 거다."

캐서린의 불편한 마음이 조금씩 가라앉기 시작했다. 단지 결혼이 연기되었다는 사실 때문에 이사벨라가 행복해 하지 않는 것이라고 믿고 싶었다. 다음번에 두 사람이 만났을 때 이사벨라의 쾌활하고 호의적인 태도를 보자 아예 다른 생각은 잊어버리려고 노력했다. 제임스는 곧 돌아왔고 최상의 환대를 받았다.

17

알렌 부부가 바스에 온 지 벌써 5주가 지났다. 두 사람은 6주 동안 머물기로 한 계획을 연장할지에 대해 의논을 했고 캐서린은 두근거리는 마음으로 그 얘길 듣고 있었다. 틸니 남매와 이렇게 빨리 헤어져야 한다는 건 그 어느 것과도 비교할 수 없이 슬픈 일이었다.

알렌 부부가 일정을 논의하고 있는 동안 캐서린은 자신의 행복이 온통 그 계획에 달려 있다는 생각이 들었다. 마침내 2주를 더 머무르기로 결정이 나자 모든 것이 해결되었다. 이 연장된 시간 동안 틸니 씨를 가끔 만나는 것 이상의 즐거움이 또 있을지는 아예 생각하지도 않았다.

제임스 오빠의 약혼으로 인해 앞으로 어떤 일들이 생겨날지 알게 된 캐서린은 혼자서 한두 번 자신의 비밀스런 미래에 대해 '만약' 이라는 가정을 달고 행복한 상상을 해보았다. 하지만 앞으로도 한동안은 더 틸니 씨를 만날 수 있을 거라는 그 행복감 외에는 다른 아무 생각도 할 수 없었다.

그 한동안은 3주라는 시간이고 그 기간 동안 그녀의 행복은 보장된 것이나 다름없었다. 그 이후는 너무 먼 시간이라 아예 신경조차 쓰고 싶지 않았다. 이 결정이 내려진 날 오전에 캐서린은 틸니 양을 방문해서 이 기쁜 소식을 알려주었다.

그러나 이날은 시련의 날이었다. 알렌 부부의 새 계획을 알리자마자 틸니 양은, 다음 주말에 아버지가 바스를 떠나기로 결정을 내렸다고 말했다.

어쩜 이런 불행한 일이! 오전 내내 그녀를 긴장하게 만들었던 흥분감은 이제 이 실망스런 소식 때문에 완전히 사려져 버렸다. 캐서린의 표정이 어두워졌고 근심을 가득 담은 목소리로 틸니 양의 마지막 말을 반복할 뿐이었다.

"다음 주말이라고요?"

"그래요. 아버지는 내가 합당하다고 생각하는 만큼 광천수에 신경을 쓰지 않거든요. 게다가 여기서 몇몇 친구들을 만나기로 했는데 친구 분들이 오지 않았기 때문에 아주 많이 실망하셨어요. 이제 몸도 많이 좋아지셨으니까 빨리 집으로 가셔야 한대요."

"정말 너무나 유감이네요, 미리 이 사실을 알았더라면 좋았을 걸……."

캐서린이 풀이 죽은 목소리로 말했다.

"아마……."

틸니 양은 약간 당황한 태도로 말을 이었다.

"만약 캐서린이 내 말을 듣고 좋다고 하면, 나는 너무 행복할 거예요. 혹시……."

미처 말을 끝내기도 전에 틸니 장군이 들어왔다.

캐서린은 틸니 양이 편지를 교환하자는 말을 하려는 것이 아닐까 생각하고 있었다.

틸니 장군은 늘 그렇듯이 아주 정중하게 캐서린에게 인사를 한 다음에 딸을 향해 물었다.

"엘리너, 이 아름다운 친구 분에게 긍정적인 대답을 받은 것 같은데 축하해야겠구나."

"저, 사실 아버지가 들어오실 때 그 얘길 꺼내려던 중이었어요."

"그래, 그럼 계속해야지. 네가 얼마나 그 일을 원하는지 안단다. 몰랜드 양, 내 딸아이가 아주 대담한 계획을 준비했어요. 아마 엘리너에게서 이미 들었는지 모르겠지만 우린 다음주 토요일에 여길 떠날 겁니다. 내 집사가 편지를 보냈는데 빨리 집으로 가야 할 것 같아요. 게다가 롱타운에 사는 마퀴스 가(家) 사람들이나 코트니 장군이, 참, 둘 다 내 친한 친구죠, 이곳에 온다고 했었는데 그것도 이젠 불가능하니 더 이상 바스에 머무를 필요가 없어졌어요.

우리의 이기적인 생각을 들어줄 수 있으면 좋겠는데. 참, 분명하게 설명해야겠군요. 간단히 말하면, 이곳에서 지내는 즐겁고 다양한 생활을 포기하고 글라우세스터셔로 우리와 함께 가줄 수 있겠어요?

다른 사람들은 너무 주제 넘는다고 생각할 수도 있어서 이런 제안을 한다는 것이 약간 걱정스럽긴 해요. 캐서린 양처럼 겸손한 사람은……. 물론 공개적으로 칭찬을 해서 괴롭히려는 생각은 아닙니다. 어쨌든 우리 초대에 기꺼이 응해 준다면 우린 정말 형용할 수 없을 정도로 기쁠 것 같군요. 이곳 생활처럼 즐거운 일들을 제공할 수 없는 건 사실입니다. 흥미나 호화로운 생활 따위로 관심을 끌려는 건 물론 아닙니다.

우리 생활 자체도 워낙 단조롭고 꾸밈없는 것이니까요. 그렇지만 노생거 사원에서 생활이 가능한 한 즐거울 수 있도록 우린 최선을 다할 작정이지요."

노생거 사원! 너무도 가슴 떨리는 이 말을 듣는 순간 캐서린은 환희의 절정에 이르는 것만 같았다. 감사와 더없는 기쁨이 어우러진 마음은 차분한 말로 대답을 할 수 없을 지경이었다. 이렇게 기분 좋은 초대를 받다니! 이다지도 따뜻하게 그녀의 동행을 청하다니! 그 초대는 존중과 따뜻함, 현재의 모든 즐거움과 앞으로의 희망까지 모든 걸 포함하고 있었다.

캐서린은 즉시 부모님의 허락이 있다면……. 이라는 단서를 달긴 했지만 그녀 스스로는 이미 이 제안을 흔쾌히 받아들였음을 감추지 않았다.

"지금 곧 집에 편지를 쓰겠어요. 부모님이 반대하지 않으시면, 제 생각에는 반대하시지 않으리라 확신하지만……."

틸니 장군은 벌써부터 낙관적인 생각으로, 풀트니 가에 머물고 있는 캐서린의 친구 알렌 부부에게는 벌써 이 제안을 알리고 그들로부터 승낙을 받아 두었다.

"알렌 부부도 캐서린 양을 떠나보내는 데 반대하지 않았으니 그리 큰 걱정은 하지 않아도 될 것 같긴 한데."

그때까지 말없이 앉아 있던 틸니 양 역시 비록 부드러운 태도이긴 했지만 열렬한 반응을 보여 캐서린 부모님이 허락한다는 조건만 빼면 모든 것이 해결되었다.

오전에 있었던 이 모든 일들로 캐서린은 긴장감과 안도감 그리고 실망감을 차례차례로 겪었다. 그러나 이제 모든 일이 행복하게 마무리

되었다. 황홀한 기분에, 틸니 씨에 대한 사랑을 마음속에 담아 두고 노생거 사원에 대한 기대로 가슴이 벅차올라, 집으로 가는 발걸음을 재촉해야만 했다.

몰랜드 부부는 이미 딸을 맡길 정도로 알렌 부부의 분별력을 믿었기 때문에 알렌 부부가 직접 틸리 장군을 만나고 판단을 내렸다는 사실에 만족하며 주저 없이 받아들여 캐서린이 글라우세스터셔로 가는 일을 허락해 주었다.

부모님의 이런 결정은, 물론 캐서린이 기대한 이상은 아니었지만, 친구나 행운, 주변 상황이나 기회와 같은 많은 일에 있어서 그 누구보다 자신이 행복한 처지에 있다는 생각을 더욱 확신시켜 주었다. 모든 일이 그녀가 원하는 대로 되는 것 같았다. 알렌 부부의 친절로 그녀는 처음으로 다양한 즐거움을 누릴 수 있는 상황에 놓이게 된 것이다. 사람들에게 어떤 호의를 베풀었을 때 돌아오는 행복감이 어떤 것인지 알게 되었다. 자신이 애착을 느끼는 곳이면 어디서라도 그만큼의 애정을 만들어 냈다.

이사벨라와의 애정은 이제 오빠의 결혼으로 더욱 확고해질 것이며 그녀가 소중해 마지않는 틸니 가 사람들의 애정은 기대했던 것을 훨씬 넘어서는 수준이었다.

서로를 대하는 태도 역시 너무 기꺼운 것이기 때문에 그들 사이의 친밀감은 시간이 갈수록 깊어 가리라는 확신이 있었다. 캐서린은 바로 그들이 함께 하기로 선택한 사람이었고 그녀가 무엇보다도 소중하게 생각하는 사람과 몇 주일간 함께 있을 수 있게 되었다. 그것도 다른 곳이 아니라 사원에서.

고대 건물에 대한 그녀의 관심은 틸니 씨를 향한 열정을 제외하고는 그 무엇과도 비교할 수 없으리만큼 강했다. 성이나 사원은 항상 틸니 씨에 대한 상상이 채워 줄 수 없는 환상적인 부분을 더욱 빛나게 만들었다. 오랫동안 성을 둘러싸고 있는 벽이나 성채 또는 사원의 수많은 복도를 이리저리 걸어 보고 싶은 소원이 이루어지게 된 것이다. 그것도 단지 한두 시간 방문 이상은 꿈에서조차 실현할 수 없는 일이었지만 이제 이 꿈이 실현되는 것은 시간문제였다.

그냥 평범한 집이나 홀, 공원, 뜰, 별장 등 그 많은 가능성 가운데서 노생거는 사원이었고 이제 캐서린은 그곳에서 지낼 수 있게 되었다. 길고 어두컴컴한 통로, 작은 방, 쓰러져 가는 기도실을 매일같이 찾아볼 수 있었다. 상처 입은 불행한 영혼의 수녀에 대한 끔찍한 기록들과 오래된 전설을 살펴볼 수 있다는 기대감에 한껏 부푼 가슴을 가라앉히기가 힘들었다.

틸니 남매가 그런 멋진 집에서 살면서도 우쭐대는 기색을 보이지 않을 뿐만 아니라 그런 사실을 의식조차 하지 않는다는 것이 놀라울 정도였다. 어릴 때부터 그곳에서 살았기 때문인 것 같았다. 태어난 집이 아무리 훌륭하다 하더라도 그 사실로 거들먹거리는 법도 없었다. 그들이 보여주는 사람 됨됨이는 노생거 사원의 매력만큼이나 훌륭했다.

틸니 양에서 하고 싶은 질문이 너무 많았다. 잔뜩 기대에 찬 캐서린에게 해준 틸니 양의 대답은 더욱 관심을 끌었다.

노생거 사원은 종교 개혁시대에 많은 기금을 모아 지어졌으며 사원이 해체될 때 틸니 가문의 조상이 손에 넣게 되었다고 한다.

아직 고대 건물의 많은 부분이 그대로 남아서 현재 틸니 가문이 거주하고 있으며 사용하지 않는 부분은 방치된 상태이거나 마을 속에 그대로 남아 있지만 북동쪽에서 한껏 자라난 느티나무로 대부분이 가려져 있다고 했다.

18

캐서린은 행복감에 들떠 이사벨라와 제대로 얘기조차 나누지 못한 채 이삼일이 지났다는 사실조차 깨닫지 못하고 있었다. 알렌 부인과 함께 서로 해줄 얘기나 들어줄 얘기도 없이 광천수 홀을 거닐다 이사벨라를 떠올리고 그녀와 얘기를 했으면 하고 간절히 바랐다. 그러나 이사벨라 생각을 한 지 채 5분도 안 되어 이사벨라가 나타났다. 그녀는 둘이서만 나누어야 할 비밀스런 얘기가 있다며 그녀의 소매를 잡아끌더니 한 곳에 자리를 잡고 앉았다.

"여기가 내가 제일 좋아하는 곳이에요. 아무런 방해 없이 앉아 있을 수 있는 곳이니까요."

이사벨라는 문 사이에 있는 긴 의자에 앉으면서 말했다. 양쪽 문으로 들어오는 모든 사람을 살펴볼 수 있는 장소였다.

이사벨라가 계속해서 두 개의 문 사이를 오가며 살펴보는 모습을 본 캐서린은 이사벨라가 자신을 엉큼하다고 놀렸던 생각을 떠올리며 지금이야말로 정말로 그렇게 행동해 볼 만한 절호의 기회라고 생각하고 즐거운 목소리로 말했다.

"불안해하지 말아요, 이사벨라. 오빠가 곧 올 테니까요."

"세상에! 캐서린, 오빠를 항상 내 곁에 묶어 두려고만 하는 바보라고 생각하는 거예요? 항상 붙어 있으면 정말 끔찍할 거예요. 사람들이 모두 우릴 비웃을 거란 거 몰라요? 참, 노생거로 간다고 했지요, 정말 잘됐어요. 영국에서 제일 멋진 성이라던데 어떻게 생겼는지 자세하게 편지로 알려줘야 해요."

"걱정하지 말아요. 최대한 신경 써서 편지를 보낼 테니까요. 그런데 누굴 찾고 있는 거예요? 동생들이 오기로 했어요?"

"아니, 사람을 찾는 것이 아녜요. 어쨌든 눈은 어딘가에 둬야 하니까 그런 거지요. 내 생각은 백 마일 밖에 가 있는데 어디다 눈을 두겠어요? 세상에서 나만큼 공허한 사람은 없을 거예요. 틸니 대령이 그러는데 언제나 마음이 공허한 사람이 있대요."

"참, 이사벨라, 나한테 할 얘기 없어요?"

"그래요, 있지요. 있고말고요. 이게 바로 내 마음이 공허하다는 증거예요. 이렇게 정신을 딴 데 팔고 있으니. 완전히 잊고 있었잖아요. 무슨 말이냐면, 존 오빠한테서 방금 전에 편지를 받았는데, 물론 무슨 내용인지야 잘 알겠지요."

"전혀요, 무슨 얘긴지 제가 어떻게 알아요?"

"이런, 그렇게 보기 싫을 정도로 아닌 척하지 마세요. 오빠가 당신 얘기말고 누구 얘길 적었겠어요? 오빠가 완전히 당신한테 쏙 빠져 있다는 거 알잖아요."

"나한테? 이사벨라!"

"캐서린, 이건 정말 웃기네요. 겸손이라, 그래요. 어떤 면에서는 물론 좋지만, 어떤 때는 조금은 솔직해지는 것이 보기 좋을 때도 있어요. 어쩜 이렇게까지 할 수가 있어요? 마치 칭찬을 들으려고 일부러 그러는 것처럼 보이잖아요. 존 오빠가 누구한테 관심을 갖고 있는지는 세 살 먹은 아이라도 훤히 알 수 있는 사실이에요. 게다가 오빠가 바스를 떠나기 전에 한 30분 동안 같이 있으면서 서로에 대해 아주 긍정적으로 말했다던데요. 편지에 그렇게 적혀 있고 오빠가 결혼 신청을 했을 때도 아주 친절하게 대답했다면서요? 오빤 벌써 나한테 옷도 한 벌 준비하라고 하면서 당신에 대한 칭찬만 잔뜩 적었어요. 그러니 더 이상 아닌 척해도 소용없다고요."

진실을 전달하고 싶은 답답한 마음에 캐서린은 이런 공격에 대한 놀라움을 드러내면서 소프 씨가 자신을 사랑하고 있다는 건 꿈에도 몰랐으며 그를 사랑한다는 건 정말 상상할 수도 없는 일이라고 항변했다.

"다시 한 번 말하지만 소프 씨가 어떤 관심을 가지고 있었는지에 대해서는 조금도 알지 못했던 건 사실이에요. 처음 만났을 때 마차에 대해 말을 한 기억밖에 없다고요. 게다가 결혼 신청이라니, 그건 정말 무슨 착오가 있는 것이 틀림없어요. 내가 어떻게 그런 걸 오해할 수 있단 말이에요? 다시 한 번 솔직히 말하지만 그런 종류의 말은 한 마디도 오간 적이 없어요. 떠나기 전에 30분 동안이라니! 이건 정말 보통 심각한 오해가 아니에요. 그날 오전에는 하루종일 얼굴 한 번 본 적이 없는데."

"아니, 틀림없이 만났어요. 그날 당신 아버지가 우리 약혼을 허락한다는 편지가 도착한 날이었고, 그날은 오전 내내 우리 집에서 보냈으니까요. 그리고 당신이 떠나기 전에 응접실에서 존 오빠와 단둘이 있었던 건 내가 확실히 기억한다구요."

"확실해요? 그렇게 말한다면 아마 그렇겠죠. 그렇지만 아무리 생각해도 그런 일은 없었다고요. 아, 이제 생각이 나는군요. 그날 그분을 보기는 했지만 그건 한 5분도 안 되는 시간이었고……. 어쨌든 이건 이렇게 논쟁할 필요도 없어요. 소프 씨가 뭐라고 말을 하든 생각을 하든 내가 그 일이 기억도 나지 않는 걸 보면 그런 생각은 하지도 않았고 기대도 못 했을 뿐만 아니라 바라지도 않았다는 걸 알 수 있을 테니까요. 소프 씨가 나에 대해서 어떤 생각을 갖고 있었는지 모르겠지만 내 쪽에서는 정말 의도하지 않은 일이에요. 정말 그런 일은 생각도 못 했다고요. 이사벨라, 가능한 한 빨리 그분에게 사실을 알리고 내가 사과한다고 전해주세요. 아, 사실 뭐라고 말해야 할지도 모르겠지만 적절하게 내가 하는 말을 전해 줘요. 이사벨라, 내가 당신 오빠에 대해서 뭐, 좋지 않게 생각하는 것이 아니라는 건 알겠죠? 솔직히 내가 다른 사람보다 더 많이 생각하는 사람이 있다면 그 사람은 소프 씨가 아니에요."

이사벨라는 아무 말 없이 앉아 있었다.

"나한테 화를 내지 않기를 바라요. 정말 소프 씨가 나를 남달리 생각하고 있다는 건 생각도 못 했어요. 그리고 우리 오빠와 결혼하면 곧 가족이 될 거잖아요."

"그래, 맞아요.(얼굴을 붉히며) 사실 우리가 가족이 된다는 것 외에도 여러 가지 길이 있기는 하지요. 왜 이렇게 정신없는 말을 하는 건지……. 사랑하는 캐서린, 어쨌든 당신은 불쌍한 오빠에 대해서는 반대하는 것이 틀림없는 것 같은데, 그렇지요?"

"그분의 애정에 답한다는 건 분명히 불가능해요. 그리고 그런 관계를 고무시킨 적도 없고요."

"그게 사실이라면 더 이상 이런 일로 당신을 괴롭히지는 않겠어요. 오빠가 이 문제에 대해서 당신과 얘기를 나누었으면 했기 때문에 말을 했던 거예요. 솔직히 말하면 오빠 편지를 읽으면서 이 일은 정말 어리석고 불합리한 일이라고 생각했어요. 서로에게 좋은 일도 못 되고. 생각해 봐요, 두 사람이 합친다 하더라도 어떻게 살아갈 거예요? 둘 다 재산이 어느 정도 있는 상태라 하더라도 요즘 한 가족을 부양한다는 건 정말 장난이 아니잖아요. 서로 사랑하는 사람들도 그렇게들 말하더군요. 돈 없이는 아무것도 안 된다고. 난 오빠가 그런 것까지 충분히 생각을 해본 건지 궁금해요. 아마 내 마지막 편지를 못 받았을 거예요."

"그럼 이제 내가 잘못했다고 생각하지 않는 거예요? 내가 소프 씨를 속이려 한 것도 아니고 지금까지 날 좋아했다는 것도 몰랐다는 말을 믿는 거죠?"

"아, 그 문제라면, 과거에 당신 생각이나 의도가 어땠는지 결론적으로 말할 생각은 없어요. 당신 자신이 가장 잘 알 테니까요. 약간 바람을 핀다고 해도 별로 문제 될 건 없을 거예요. 어떤 때는 그게 상대방에게 생각지 않은 긴장감을 가져다주기도 하니까요. 그래도 이 세상에서 나만은 당신을 비난하지 않을 거란 걸 명심해요. 젊고 혈기 왕성한 시절에는 모든 것이 허락될 수 있어요. 어제 했던 말이 다음날에는 사실이 아닐 수도 있고, 뭐, 그런 식으로 계속 상황도 변하고 생각들도 바뀌니까요."

"그렇지만 이사벨라, 소프 씨에 대한 내 생각은 한 번도 변한 적이 없어요. 처음부터 지금까지 똑같았어요. 지금 이사벨라가 하고 있는 말은 한 번도 일어난 적도 없는 일이에요."

이사벨라는 캐서린의 말을 전혀 들으려 하지 않고 말을 이었다.

"캐서린, 당신이 어떤 생각을 갖고 있는지 확실히 알기 전에 절대로 성급하게 당신을 약혼하도록 몰아넣는 일은 없을 거예요. 단지 내 오빠를 기쁘게 하기 위해서 모든 당신의 행복을 포기하라고 한다는 건 말도 안 돼요. 사실 존은 내 오빠고 결국 당신 없이도 언제라도 행복할 수도 있을 테니까요. 사람들은 자신을 잘 모를 때가 많잖아요? 특히 젊은이들이 변화무쌍하고 앞뒤가 안 맞을 정도로 왔다 갔다 하는 건 말할 필요도 없고 말예요. 내 말은, 내 친구의 행복보다 오빠의 행복이 더 중요할 수는 없단 얘기이지요. 내가 친구를 얼마나 소중하게 생각하는지 알 거예요. 어쨌든 캐서린, 무엇보다 명심해야 할 것은 서두르지 말아야 한다는 거예요. 내 말을 새겨들어요. 혹시라도 성급한 결정을 내리게 되면 분명히 후회할 일이 생길 거예요. 틸니 대령이 그러는데 사람들의 애정만큼 스스로를 기만하는 것이 없대요. 그 점에서는 나도 동감이에요. 어머, 마침 저기 틸니 대령이 오고 있네요. 우릴 못 보고 지나칠 거예요."

고개를 들자 틸니 대령이 보였다. 이사벨라는 비록 말은 그렇게 했지만 그에게 강렬한 시선을 주었기 때문에 곧 틸니 대령은 이사벨라를 알아보았다. 그는 곧 두 사람이 있는 곳으로 다가와 이사벨라가 자연스럽게 손짓한 곳에 앉았다. 그의 첫 마디에 캐서린은 너무나 놀랐다. 비록 낮은 목소리로 속삭이듯 말하긴 했지만 무슨 말인지 알아들을 수 있었다.

"이거야 원, 본인 아니면 다른 사람을 시켜서 항상 쳐다보고 있으니……."

"세상에, 말도 안 돼요."

이사벨라 역시 속삭이듯 대답했다.

"세상에, 어쩜 내가 그런 생각을 할 것이라고 생각할 수 있어요? 내가 그런 말을 믿을 수 있다면 ……. 아시겠지만, 내 정신은 상당히 독립적이라고요."

"당신 마음도 독립적이길 바라겠어요. 그러면 제겐 충분하니까요."

"내 마음도 물론 그래요. 그런데 당신이 마음과 도대체 무슨 상관이 있나요? 남자들은 마음 따위는 가지고 있지도 않으면서."

"우리가 마음이 없다면, 적어도 눈은 가지고 있어요. 그것만으로도 충분한 고통을 받아요."

"그래요? 그건 유감이군요. 당신이 나한테서 보기 싫은 점이라도 발견했다면 난 다른 쪽을 보겠어요. 이러면 행복한가요?"

이사벨라는 그에게서 등을 돌렸다.

"이제 두 눈이 고통 받지 않겠죠?"

"조금도 나아지지 않았어요. 그 빨간 볼 가장자리가 아직도 보이거든요. 너무 많으면서도 너무 적어요."

캐서린은 이 말을 모두 듣고는 너무 당황해서 더 이상 들을 수가 없을 지경이었다. 이사벨라가 이 모든 말을 참고 있다는 사실에 놀라고 오빠에 대한 연민이 일어 그녀는 자리에서 일어나서 이사벨라에게 알렌 부인에게 가야겠으니 같이 산책이나 하자고 말했다. 그러나 이사벨라는 이 말에 아무런 호의도 보이지 않았다. 너무 피곤하기 때문에 광천수 홀을 걸어 다닌다는 생각은 할 수도 없다는 것이었다. 게다가 동생들을 기다리고 있기 때문에 여기서 자리를 옮기면 그들이 들어오는 걸 못 보게 될 것이라고 말했다.

이런 말을 들은 캐서린은 어쩔 수 없이 그 말들을 듣기 위하여 말없이 다시 자리에 앉았다. 그러나 캐서린 역시 고집을 부릴 만한 여건이 마련되었다. 바로 그때, 알렌 부인이 나타나서 그만 집으로 가자고 했던 것이다. 캐서린은 부인과 함께 집으로 가겠다고 말하고는 재빨리 그곳을 떠났다.

이사벨라와 틸니 대령은 여전히 그곳에 앉아 있었다. 캐서린은 불안감을 잔뜩 안고 그들을 떠날 수밖에 없었다. 틸니 대령이 이사벨라를 사랑하고 있는 것처럼 보였고 이사벨라는 무의식적으로 그 사랑을 부추기고 있었다. 틀림없이 무의식적으로여야 한다. 오빠에 대한 이사벨라의 사랑은 너무도 확고했으며 그러니까 두 사람이 약혼을 했을 것이다.

이사벨라의 진실이나 의도를 의심한다는 건 불가능했다. 그렇지만 두 사람이 나누는 얘기를 듣고 있는 동안 이사벨라의 태도에는 이상한 점이 있었다. 이사벨라가 보통 때의 그녀처럼 말했으면 얼마나 좋았을까. 그렇게 돈 얘기를 많이 하지도 않고, 틸니 대령을 보고 그렇게 좋아하지도 않았다면……. 그의 감정이 어떤지 모르겠지만 그녀를 향하고 있음은 또 얼마나 이상한 일인가! 캐서린은 정말 조금이라도 눈치를 줘서 틸니 대령을 경계하도록 충고해, 이사벨라의 너무도 자유분방한 행동 때문에 틸니 대령이나 오빠가 받을 수 있는 고통을 사전에 예방할 수 있기를 바랐다.

존 소프가 열렬히 자신을 사랑한다고 말하긴 했지만 그건 이사벨라의 이 무분별한 행동을 조금도 보상할 수는 없었다. 캐서린은 그 말이 사실이기를 바라지도 않았지만 그 말의 진실성을 믿지도 않았다.

캐서린은 아직 소프 씨가 어떤 실수를 했다는 걸 잊지 않았을 뿐만 아니라 약혼 신청이나 캐서린이 그 사랑을 더욱 부추겼다는 그런 확신에 찬 말들을 생각할 때 그의 착각이 때로는 정말 끔찍할 정도라는 느낌이 들었다. 그러니 그가 자신을 사랑한다는 말을 들어도 조금도 기분이 좋지 않았다. 오히려 놀랐을 뿐이다. 소프 씨 자신이 캐서린을 사랑할 정도로 멋진 사람이라고 생각했다는 사실은 정말 보통 놀랄 만한 일이 아니었다.

이사벨라는 그의 관심에 대해서 말했지만 캐서린은 한 번도 그런 관심을 느껴본 적이 없었다. 그러나 이사벨라는 그렇게 성급하게 말하지 말았어야 하고 앞으로도 다시는 듣고 싶지 않은 말들을 너무 많이 했다. 어쨌든 현재로서는 모든 일이 그저 편안하게 마무리 지어졌다는 사실에 안도할 뿐이었다.

19

그로부터 며칠이 지났다. 캐서린은 친한 친구를 의심하려는 건 아니었지만 어쩔 수 없이 이사벨라를 유심히 살펴보게 되었다. 그리고 그런 관찰은 좋지 않은 결과를 가져다주었다. 이사벨라는 완전히 딴 사람이 된 것 같았다.

소프 가나 알렌 부부의 숙소에서 가까운 친구들과 함께 어울릴 때는 그런 태도의 변화는 미미했기 때문에 아무도 눈치 채지 못한 채 넘어갈 수도 있었다. 단지 전에는 한 번도 들어보지 못했던 알 수 없는, 지루한 무관심이나 거만한 공허함 같은 말들을 생각나게 했다. 더 이상의 나쁜 징조는 나타나지 않았다. 그런 변화를 보였다 하더라도 그건 전에 없던 우아함을 높여주고 따뜻한 관심을 이끌어 냈을 것이다.

그러나 다른 사람들과 함께 있을 때, 특히 틸니 대령의 관심을 사려는 것처럼 행동을 하면서 그에게 제임스와 동등한 관심과 미소를 보내는 걸 보면 그 변화의 정도를 무심코 지나칠 수가 없었다. 이런 변덕스런 행동은 무엇을 의미하는 것이며 도대체 이사벨라는 어떤 생각을 하고 있는 건지 캐서린으로서는 도무지 이해할 수가 없었다.

이사벨라는 자신의 행동이 주위 사람들에게 어떤 고통을 주고 있는지에 대해 전혀 모르고 있는 것 같았다. 그러나 이런 사악한 무분별함에는 캐서린이라도 분노하지 않을 수 없었다.

무엇보다 제임스 오빠가 고통 받게 될 것이 걱정스러웠다. 그는 우울하고 불안해 보였다. 그러나 이사벨라가 지금 현재로서는 제임스에게 관심을 두지 않는다 해도 그녀가 사랑을 약속한 사람은 제임스였고, 그건 너무도 명백한 사실이었다.

여기에 생각이 미치자 캐서린은 또 틸니 대령이 불쌍하게 느껴졌고 너무나 걱정이 되었다. 비록 생김새가 마음에 들지는 않았지만 그가 틸니 사람이기 때문에 회의에 빠지지 않을 수 없는 데다 그가 겪게 될 실망을 생각하면 더욱 더 동정이 갔다.

광천수 홀에서 이사벨라와 그가 나누는 대화를 듣긴 했지만 이사벨라의 약혼 사실을 안다면 그의 행동이 지나친 수준이었기 때문에 캐서린은 아무리 생각해 봐도 그가 그 사실을 모르고 있다는 결론을 내릴 수밖에 없었다. 그는 오빠를 연적으로 생각하고 있는지도 몰랐다. 그 이상의 느낌이 들었다면 그건 자신이 지나치게 걱정하고 있기 때문인지도 몰랐다.

캐서린은 부드러운 충고로 이사벨라에게 자신의 위치를 상기시키고 그녀 때문에 두 사람이 고통 받을 수 있다는 사실을 알리고 싶었다. 그러나 충고를 할 만한 기회조차 얻을 수 없었다. 게다가 눈치를 줘도 이사벨라는 전혀 이해하지 못했다.

이런 상황에서 틸니 가가 곧 바스를 떠난다는 사실만이 유일한 희망이었다. 단 며칠 후면 그들은 글라우세스터셔를 향해 떠날 것이다. 틸니 대령이 떠나면 그 자신이야 가슴 아프겠지만 다른 사람들의 마음은 예전의 평화를 되찾을 수 있을 것이다. 그런데 틸니 대령은 전혀 떠날 생각이 없었다. 그들과 함께 노생거로 떠나지 않고 계속 바스에 머무를 계획이었다.

캐서린은 이 사실을 알고 나서 곧 마음을 굳혔다. 그녀는 틸니 씨에게 이 문제를 꺼내 소프 양을 향한 틸니 대령의 노골적인 관심에 대한 유감을 표시하고 이사벨라의 약혼 사실을 그가 알게 해달라고 부탁했다.

"형은 이미 알고 있어요."

"그래요? 그럼 왜 여기에 머무르려는 거죠?"

그는 대답을 회피하고는 다른 얘기를 꺼내려고 했다. 그러나 캐서린은 망설이지 않고 말을 이었다.

"왜 떠나라고 설득하지 않는 거예요? 그분이 이곳에 오랫동안 머무를수록 결국에는 더 큰 고통만 안게 될 거예요. 대령님과 다른 사람들을 위해서 이곳을 반드시 떠나라고 말해주세요. 시간이 흐르면 그분도 곧 마음의 안정을 찾을 거예요. 어쨌든 여기선 아무런 희망도 없고, 이곳에 머무른다는 건 비참한 일일뿐이에요."

이 말에 틸니 씨는 조용히 웃어 보였다.

"당신 오빠도 그걸 원하지는 않을 거예요."

"그럼 틸니 대령님이 여길 떠나도록 설득할 건가요?"

"설득은 아무 곳에서나 쓸 수 있는 것이 아니에요. 형을 설득하기 위해 노력할 수 없다 해도, 용서해 주세요. 제가 직접 소프 양은 약혼했다고 말했어요. 형은 자신이 어떤 행동을 하는지 알고 있고 그 책임도 자신이 질 겁니다."

"아니에요, 어떤 일을 하고 있는지 모르고 있어요. 자신이 제 오빠에게 어떤 고통을 안겨 주고 있는지 모른다고요. 제임스 오빠가 그렇게 말하지는 않았지만 괴로워한다는 걸 알 수 있어요."

캐서린이 큰소리로 말했다.

"오빠가 힘들어한다는 것이 확실합니까?"

"그래요."

"당신 오빠에게 고통을 주는 것이 소프 양에 대한 형의 관심입니까? 아니면, 그 관심을 소프 양이 받아들였다는 사실입니까?"

"둘 다 같은 말 아닌가요?"

"내 생각에는 몰랜드 씨는 그 차이점을 알고 있을 겁니다. 자신이 사랑하는 여성이 다른 남자들로부터 관심을 끄는 사람이라고 해서 기분 나빠할 남자는 없을 겁니다. 그를 고통스럽게 하는 것은 바로 여자지요."

캐서린은 친구에 대한 좋지 않은 말을 들은 것 같아 얼굴을 붉혔다.

"이사벨라가 잘못한 건 사실이에요. 그렇지만 고통을 주려고 일부러 그런 건 아닐 거예요. 우리 오빨 정말 사랑하고 있으니까요. 그 두 사람은 처음 만난 순간부터 사랑에 빠졌어요. 그리고 우리 아버지 허락이 떨어지기 전에 이사벨라가 얼마나 걱정하고 안절부절못했는지 저는 큰 병이라도 나는 줄 알았다고요. 그런 것만 봐도 이사벨라가 얼마나 오빠를 사랑하는지 알 수 있을 거예요."

"물론 이해합니다. 그렇지만 그녀는 제임스를 사랑하고 형과는 일종의 바람을 피우고 있는 거죠."

"세상에, 그렇지 않아요. 한 사람을 사랑하는 여자가 어떻게 다른 사람과 그런 짓을 할 수가 있단 말이에요?"

"사랑만 하거나 바람만 피우려는 것이 아니라 한꺼번에 둘을 따로 따로 할 수도 있죠. 그러면 남자들이 조금씩 양보해야겠죠."

잠시 조용히 듣고 있던 캐서린이 말했다.

"그러면 이사벨라가 우리 오빠를 깊이 사랑하지 않는다는 말인가요?"

"그 문제에 대해서는 어떤 의견도 제시할 수가 없군요."

"그럼 당신 형은 어떤 뜻으로 그렇게 행동하는 거죠? 이사벨라가 약혼한 사실을 알고 있다면 그 행동은 무슨 의미죠?"

"정말 주도면밀하게 질문하는군요."

"그런가요? 전 듣고 싶은 얘길 물어본 것뿐이에요."

"제가 얘기할 수 있다고 생각하는 걸 물어보는 겁니까?"

"그래요, 그렇지 않나요? 당신은 형의 마음을 알고 있지 않나요?"

"당신 말처럼, 우리 형의 마음에 관해서라면 특히 이 문제와 관련해서 제가 얘기할 수 있는 건 추측뿐입니다."

"그래요?"

"그렇다니까요. 어차피 추측을 해야 한다면 우리가 함께, 같이 하는 것이 나아요. 게다가 확실한 사실도 모른 채 추측만 한다는 건 정말 무모한 일입니다. 가정밖에 없는 거죠. 제 형은 활기찬 젊은이고 때로는 무분별하다는 말도 듣습니다. 지금까지 일주일 동안 소프 양과 만났고 그녀가 약혼했다는 사실도 처음부터 알고 있었어요."

캐서린은 잠시 생각을 하고 나서 말했다.

"그럼 이 모든 정황을 살펴볼 때 형이 어떤 의도를 갖고 있는지 생각해 볼 수 있잖아요. 그렇지만 전 잘 모르겠어요. 그건 그렇고 당신 아버지가 이 일을 아신다면 좋아하지 않겠죠? 그러면 틸니 대령한테 이곳을 떠나라고 하지 않을까요? 아버지가 말씀하신다면 틸니 대령도 말을 들을 거예요."

"몰랜드 양, 당신이 진정으로 오빠를 위해 이렇게 부탁하는 건 정말 좋은 일일 수도 있지만, 이건 조금 지나친 거 아닌가요? 약혼녀의 애정이, 적어도 소프 양이 틸니 대령을 더 이상 볼 수 없기 때문에 다시 자신에게 돌아온 걸 알면 오빠가 고맙게 생각할까요. 자신을 위해서나 소프 양을 위해서 말입니다. 단둘이만 있어야 안전한 겁니까? 아니면 소프 양에게 관심을 두는 사람이 아무도 없을 때만 그녀가 오빠를 사랑한다는 말인가요? 그렇다고 생각하지는 않겠죠? 아마 오빠는 당신의 이런 생각을 원하지 않을 거예요. 그렇지만 전 당신을 잘 알고 있으니 걱정하지 말라는 말은 안 할 겁니다. 지금 제가 할 수 있는 말은 가능한 한 조금만 걱정하라는 것입니다. 오빠와 친구 사이의 사랑을 믿는다면 둘 사이에 심각한 질투는 존재하지 않을 겁니다. 그렇다면 불화 역시 없을 거구요. 두 사람의 마음은 당신에게가 아니라 서로를 향해 열려 있어요. 그들만이 서로에게 무엇을 원하고 있는지, 어떤 일에 대해서 얼마만큼 참아낼 수 있는지 알고 있을 겁니다. 상대방이 정말로 불쾌하게 느낄 정도로 괴롭히는 일은 없을 것이라고 믿어도 될 겁니다."

아직 캐서린이 의심을 풀지 않고 우울한 표정을 짓고 있는 걸 본 틸니 씨는 덧붙여 말했다.

"형이 우리와 함께 바스를 떠나지는 않지만 그래도 단 며칠 더 머무르는 것에 지나지 않아요. 휴가도 곧 끝날 테니까 부대로 다시 귀대해야 하거든요. 그러면 두 사람 사이는 어떻게 되겠습니까? 형은 다시 배를 타면 그 사람들에 섞여 2주일도 지나지 않아 소프 양을 잊을 테고 소프 양도 길다 해도 한 달이면 당신 오빠와 함께 형의 열정을 옛

말 삼아 얘기하며 지낼 겁니다."

캐서린은 더 이상 버틸 수가 없었다. 그가 말하는 동안 내내 무심한 척했지만 그의 말에 굴복한 건 사실이었다. 틸니 씨는 잘 알고 있었다. 캐서린은 그렇게 무작정 걱정만 한 자신을 원망했고 더 이상 이 문제에 대해서 그렇게 심각하게 생각하지 않기로 결심했다.

캐서린은 자신의 여행을 위해 마련된 이별 만찬에서 이사벨라의 행동을 보자 그런 결심을 한 것이 잘했다는 생각이 들었다. 소프 가족들은 알렌 부부 숙소에서 마지막 저녁을 함께 보냈고, 그 시간 내내 두 연인들 사이에서 그녀를 불안하게 만들거나 혹은 여전히 근심을 안고 떠나야 할 만큼의 염려스러운 일은 없었다.

제임스는 기분이 아주 좋아 보였고 이사벨라 역시 예전처럼 애교 떤 모습이었다. 캐서린 자신에게도 부드러운 태도로 잘해 주었다. 이런 순간에는 그런 대로 봐줄 만했지만 그렇지 않을 때도 있었다. 한 번은 제임스의 말을 정면으로 반박하고 나섰고 또 한 번은 잡고 있던 손을 잡아 빼기도 했다. 그러나 캐서린은 틸니 씨의 말을 기억하고는 모든 일을 두 사람의 현명한 판단에 맡기기로 했다. 아름다운 두 여인의 작별은 포옹과 눈물과 많은 약속으로 끝났다.

20

알렌 부부는 착하고 쾌활한 성격으로 좋은 친구가 되어 주었던 캐서린이 먼저 떠나게 돼서 유감이었다. 캐서린 덕분에 바스에서 한층 즐겁게 보낼 수 있었기 때문이었다. 그러나 틸니 양과 함께 여행을 떠난다는 사실에 캐서린이 너무 기뻐했기 때문에 떠나보내지 않을 수도 없었다. 게다가 일주일 후면 그들도 바스를 떠날 예정이었기 때문에 그런대로 참을 만했다.

알렌 씨는 아침 식사 약속이 되어 있는 틸니 씨 숙소에까지 캐서린을 직접 바래다주고 새 친구들로부터 친절한 환대를 받는 걸 보고 돌아갔다. 그러나 캐서린 자신은 틸니 사람들 속에 혼자 남게 되자 상당히 불안해진 데다 혹시 좋지 못한 행동을 해서 나쁜 인상이라도 남기게 될까 봐 두렵기까지 했다. 처음 5분 동안은 이런 걱정 때문에 알렌 씨를 따라 다시 풀트니 가로 돌아갔으면 좋겠다는 생각도 들었다.

틸니 양의 친절한 태도와 틸니 씨의 미소가 곧 불편한 마음을 일부 가시게 했지만 여전히 편안하게 앉아 있을 수는 없었다. 틸니 장군의 끊임없는 관심 역시 그녀를 완전히 안심시키지는 못했다. 그들이 이렇게 신경을 써 주지 않았더라도 불안감은 가실 것 같지 않았다.

틸니 장군은 이것저것 먹으라고 권해 주고 혹시 음식이 캐서린 입맛에 맞지 않을까 걱정하는 등 끊임없이 신경을 썼다. 이렇게 극진한 관심은 고마운 것이었지만 그녀가 방문객이라는 사실을 계속해서 상기시키는 것이기도 했다.

캐서린 자신은 이런 대접을 받을 사람이 아니라고 느꼈으며 어떻게 처신해야 할지 곤란한 지경이었다. 뿐만 아니라 장군은 큰아들이 나타나기를 조급하게 기다렸고 마침내 틸니 대령이 나타났을 때도 게으르다고 핀잔을 주었기 때문에 캐서린으로서는 더욱 아무렇지 않은 듯 앉아 있기가 힘들었다.

틸니 대령이 지나칠 정도로 야단을 맞는 걸 보니 가슴이 아픈 데다 방문객인 캐서린에게 충분한 예의를 차리지 못했기 때문에 장군을 더 화나게 했다는 걸 알고 나서부터는 모두 자신이 이런 결과를 불러온 것 같아 더욱 몸 둘 바를 몰랐다. 캐서린은 점점 더 불편해졌고 틸니 대령이 호의를 보일 것이라고는 기대조차 할 수도 없었지만 어쨌든 그에 대해 애틋한 연민을 느껴야 했다.

그는 조용히 아버지가 하는 말을 듣고 있었고 아무런 변명도 하지 않았다. 이걸 보자 캐서린은 그가 이사벨라 생각에 밤새 잠을 못 이루고 늦잠을 잔 것이라고 확신했다. 캐서린으로서는 처음으로 그의 입장을 이해하는 처지가 되었고 이젠 그에 대한 나름대로의 의견을 가질 수 있기를 바랐다. 그러나 틸니 장군이 함께 있는 동안은 그는 거의 말 한마디 하지 않았다. 장군이 자리를 뜬 다음에도 그의 태도는 상당히 인위적이라는 느낌을 지울 수가 없었다. 그녀가 유일하게 들은 말이라고는 그가 엘리너에게 '너희들 모두 빨리 떠났으면 정말 좋겠다.' 하고 속삭이듯 건넨 한 마디뿐이었다.

출발 준비를 하느라 바쁜 것도 별로 기쁘지 않았다. 틸니 장군은 10시에 출발하기로 계획을 세웠는데 짐들이 아래로 운반되는 동안 시계가 10시를 알렸다. 하인은 그가 바로 입을 수 있도록 방한 코트를 직접 가져오지 않고 그가 틸니 씨와 함께 타고 갈 마차에 펼쳐놓은 데다, 앞 마차에는 세 사람이 타고 가야 하는 데도 가운데 좌석이 미처 준비되어 있지 않았고, 틸니 양의 하녀는 짐을 너무 많이 꾸려서 캐서린이 앉을 자리가 없을 정도였다. 이런 상황에서 캐서린이 마차에 오르도록 도와주는 동안에도 장군은 이런저런 문제로 지나치게 걱정을 하고 있었기 때문에 하마터면 캐서린의 새로 산, 글 쓰는 책상이 거리에 떨어질 뻔했다.

어쨌든 3명의 여인이 마차에 모두 오르고 문이 닫혔다. 보통 30마일 정도의 여행은 거뜬히 해내는 살이 오른 4마리의 멋진 말이 일정한 속도를 유지하며 달리기 시작했다. 바스에서 노생거까지의 거리가 바로 30마일이었고 그들은 중간 지점에서 한 번 쉬었다 갈 예정이었다.

밀섬 가를 지나면서 캐서린은 훨씬 기분이 좋아졌다. 틸니 양과 함께 있으면 별로 불편하지 않았고 처음 달려 보는 길은 흥미로웠으며 사원과 뒤에서 따라오는 쌍두 이륜마차에 대한 기대감으로 가득 차, 아무런 미련 없이 마지막으로 바스를 뒤돌아보았다. 가는 동안 새로 나타난 이정표들을 찬찬히 살펴보았다. 그리고 페티 프랑스에서 지루한 시간을 보내야 했다.

그곳에서는 별로 시장기가 느껴지지 않았지만 식사를 했고 구경거리도 없는 거리를 걸으며 2시간을 보내야 했다. 최신 유행의 쌍두 사륜마차와 멋지게 차려입은 기수장에 많은 기마 시종까지 함께 하는 틸니 장군의 이 호화로운 여행 행렬을 보고 처음에 캐서린이 가졌던 놀라움은 이후에 이런 불편함 때문에 조금 사라졌다. 같이 가는 사람들이 모두 즐거웠다면 그 정도의 지연은 아무것도 아니었을 테지만 틸니 장군은(물론 좋은 사람이었지만) 끊임없이 자식들의 기분을 탐색하는 것처럼 보였다. 그를 제외하고는 어느 누구도 별 말이 없었다.

중간 숙소에 머물 때 무엇 때문인지 계속 불만스러워 하는 틸니 장군의 모습과 식당의 하인들에게 화를 내며 재촉하는 모습을 본 캐서린은 그가 점점 더 멀게 느껴졌다. 도중에 머문 2시간이 마치 4시간이라도 되는 듯 길게 느껴졌다.

마침내 다시 출발하자는 명령이 내려졌다. 캐서린은 틸니 장군으로부터 뒤에 있는 마차로 자리를 옮겨 틸니 씨와 함께 타고 가는 것이 어떻겠느냐는 제안을 듣고 상당히 놀랐다.

"날씨도 좋고, 게다가 틸니는 이런 경치말고도 몰랜드 양을 보고 싶어하니까 말이오."

지난번에 알렌 씨가 젊은이들이 함께 무개 마차를 타고 다니는 모습에 대해 좋지 않은 말을 했기 때문에 그 제안을 듣고 캐서린은 얼굴을 붉히며 처음에는 거절할 생각이었다. 그러나 다시 생각해 보니 틸니 장군의 판단을 존중하는 것도 좋을 것 같다는 생각이 들었다. 그가 자신에게 좋지 않은 제안을 하리라고는 생각할 수 없었기 때문이다. 그녀는 뒤따르는 마차로 옮겨 앉았다. 그 이후부터는 틸니 씨 곁에서 더할 수 없는 행복감에 흠뻑 젖어들고 있었다.

쌍두 이륜마차에 앉은 지 얼마 되지 않아 캐서린은 이 마차가 세상에서 제일 멋진 마차라는 생각을 했다. 쌍두 사륜마차는 물론 웅장해 보이는 맛이 있지만 너무 무겁고 거추장스러울 때도 있었다. 페티 프랑스에서 2시간 동안이나 쉬어야 했던 것만 봐도 알 수 있다. 아마 이 마차였다면 1시간만 쉬어도 충분했을 것이다. 뿐만 아니라 말들 역시 아주 가볍게 달렸기 때문에 장군이 타고 있는 쌍두 사륜마차가 앞서서 달리고 있지만 않다면 훨씬 빠른 속도로 앞지를 수도 있었다.

그러나 이 쌍두 이륜마차의 장점이 말들만은 아니었다. 틸니 씨의 말 모는 솜씨는 보통이 아니었다. 아무런 흔들림 없이 달려서 캐서린을 놀라게 하는 일도 없었고 말에게 욕을 퍼붓지도 않았다. 그녀가 비교할 수 있는 단 한 사람과 비교하면 그야말로 비교의 대상이 되지 않았다. 모자도 제자리에 놓여 있었고 방한 외투에 달린 망토도 아주 잘 어울려서 멋지게 보였다. 이렇게 그가 모는 마차를 타고 가는 건 그와 함께 춤을 추는 것만큼이나 큰 즐거움이었다. 이런 즐거움 외에도 자신에 대한 칭찬까지 들었다. 틸니 양을 대신해서 이렇게 초대에 응해줘서 고맙다는 말과 그런 호의를 진정한 우정으로 생각하며 더할 나위 없이 감사하게 느끼고 있다는 말이었다.

틸니 씨는, 동생은 주위에 함께 시간을 보내며 지낼 수 있는 여자가 아무도 없고, 아버지마저 때때로 자리를 비우기 때문에 대화를 나눌 상대가 없는 외로운 처지라고 말했다.

"어떻게 그럴 수가 있죠? 그럼 당신과는 함께 있지 않나요?"

"노생거는 이제 더 이상 내 집이라고 할 수 없어요. 우드스턴에 집을 마련해서 그곳에서 살고 있어요. 아버지 집에서 약 20마일 정도 떨어진 거리죠. 그곳에서 할 일이 있거든요."

"정말 안됐군요."

"엘리너를 혼자 놔두게 되어서 더 그렇습니다."

"그래요, 동생에 대한 사랑뿐만 아니라 당신은 사원도 참 좋아할 것 같은데. 그런 집에서 살다가 평범한 집으로 옮겼으니 아주 불편하겠어요."

그는 조용히 웃으며 말했다.

"사원을 아주 좋아하는군요."

"그래요. 보통 책에서 읽는 그런 오래되고 멋진 성 아닌가요?"

"보통 책에서 읽는 내용처럼 그런 건물에서 생기는 끔찍한 일들을 겪을 준비도 돼 있나요? 강한 심장이 필요할 겁니다. 무서운 것이 많을 거예요."

"그래요? 그렇게 쉽게 겁먹거나 하지는 않을 거예요. 집에는 사람들도 많을 테니까요. 게다가 한 몇 년간 사람이 안 살았을 뿐이잖아요. 사람들이 돌아왔을 때도 별다른 이상을 발견하지도 못했고요."

"그렇긴 하죠. 다 꺼져 가는 불을 들고 다니면서 여기저기 살펴볼 필요는 없었죠. 게다가 창문도 문도 가구도 없는 방에까지 침대들을 들여놓을 필요도 없었고요. 그렇지만 젊은 여인이 오면 보통 다른 종류의 방으로 안내된다는 걸 알고 있어야 할 겁니다. 다른 가족들과는 떨어진 침실을 쓰게 되죠.

제일 끝 방을 수리하는 동안 늙은 하녀 도로시는 다른 층계를 올라가서 어두컴컴한 복도를 지나 약 20년 전에 사촌인가 하는 친척이 죽은 뒤로는 한 번도 사용하지 않은 곳으로 손님을 안내하지요. 이런 걸 견딜 수 있겠어요? 혼자서 그 어두운 방 안에 있어도 걱정이 안 될까요?

천정은 끝없이 높고 방은 너무 크고 그 방에 비해 아주 작은 램프는 희미한 빛만 비출 뿐이죠. 벽에 걸려 있는 태피스트리(색색의 실로 수놓은 벽걸이)에 비친 사물들은 실물과 크기가 똑같고 짙은 초록색이나 자주색 벨벳으로 꾸며진 침대는 마치 장례식 같은 분위기를 연출할지도 모르는데요? 그런데도 무서워서 마음을 졸이지 않을까요?"

"그렇지만 그런 일은 일어나지도 않을 거예요."

"방에 있는 가구들을 살펴볼 때 얼마나 두려운지, 뭐가 있는지 아세요? 테이블도 화장대도 옷장도 서랍장도 없어요. 단지 벽 한쪽에 부러진 류트(14~17세기의 기타와 비슷한 현악기)가 있을 뿐이고 다른 쪽에는 아무리 열려고 해도 열리지 않는 커다란 상자가 있죠.

벽난로 위에는 아주 멋진 전사의 초상화가 걸려 있는데 그 얼굴만 봐도 너무 놀라서 아마 그냥 눈을 돌릴 수가 없을 겁니다. 게다가 당신 모습에 똑같이 놀란 도로시는 아주 불안한 표정으로 당신을 지켜보다 몇 가지 이해할 수 없는 말들을 남기겠죠. 그리고 기분을 바꿔준다고 도로시는 당신이 지내야 하는 이곳이 왜 사람들이 살지 않는 곳인지 말해 주고 아무리 소리쳐서 불러도 들을 수 있는 거리 내에는 사람이 없다는 것도 말해 줄 겁니다. 이 말만 남기고 도로시는 인사를 하고 떠나지요. 그러면 당신은 그녀의 발소리가 들리지 않을 때까지 듣고 있다 겁이 나기 시작해서 문을 잠그려고 하는데, 더욱 놀랍게도 문에는 열쇠가 달려 있지 않은 겁니다."

"세상에, 너무 무서워요, 틸니 씨. 정말 책에 나오는 내용하고 비슷하군요. 그렇지만 그런 일은 없을 거예요. 그리고 하녀 이름도 도로시가 아니라는 걸 안다고요. 그런 다음엔 어떻게 되나요?"

"첫날밤에는 다른 걱정할 만한 일은 안 일어날 수도 있죠. 안으로 들어가기도 무섭지만 일단 침대에 대한 두려움을 극복하고 이불 속으로 들어간 다음에도 몇 시간 동안 뒤척이며 제대로 잠을 잘 수가 없을 거예요. 그리고 도착한 지 이틀, 아무리 늦어도 사흘 째 되는 날이면 거친 비바람이 불지도 몰라요. 천둥소리가 어찌나 큰지 건물을 뿌리째 흔들어 놓는 것 같고 주위의 산들까지 요동을 치는 것 같죠. 이 비바람이 몰고 온 거센 바람에 비록 램프가 꺼지지는 않았지만 벽 한쪽이 다른 쪽보다 심하게 흔들린다는 걸 알게 되죠. 호기심을 누를 수가 없어서 곧 자리에서 일어나 잠옷을 내던지고 이 미스터리를 풀기 위해 그쪽으로 가는 겁니다. 잠깐 살펴본 후에 태피스트리에 갈라진 곳이 있는데 아주 교묘하게 만들었기 때문에 자세히 살펴보지 않으면 그냥 지나쳤을 그런 거죠. 그걸 열면 곧 문이 나타납니다.

거대한 막대기와 맹꽁이자물쇠로만 채워져 있는 문이라 당신은 잠시 만지작거린 후에 쉽게 문을 여는데 성공합니다. 한 손에는 램프를 들고 그곳으로 들어가자 작은 창고 같은 방이 나타납니다."

"전 너무 무서워서 그런 일은 할 수도 없을 거예요."

"그래요? 도로시가 당신 방과 성 안토니 예배당 사이에 약 2마일도 안 되는 비밀 지하통로가 있다는 걸 알려줬기 때문일까요? 그렇게 간단한 모험에도 겁을 먹고 뒤로 물러선단 말입니까? 아니죠, 당신은 이 작은 방으로 들어갈 겁니다. 그리고 다른 여러 개의 방을 지나지만 별로 특이할 만한 건 없습니다.

어떤 방에는 단검이 있고 또 어떤 방에는 핏자국이 남아 있죠. 세 번째 방에는 고문 기구가 널려 있기도 하죠. 램프가 거의 다 꺼져가기 때문에 다시 방으로 돌아갑니다. 그런데 처음에 본 그 작은 방을 다시 지나가는데 아까는 보지 못했던 구식의 커다란 장을 발견하게 되죠. 흑단과 금으로 장식이 된 장인데 처음엔 자세히 살폈는데도 보이지 않았던 거죠. 또다시 억누를 수 없는 예감에 끌려 그 장이 있는 곳으로 다가가서 문을 열고 안에 있는 모든 서랍을 살펴봅니다.

처음엔 별로 중요한 걸 찾지 못하죠. 있다 해도 다이아몬드 한 주먹 정도뿐이죠. 그런데 마침내 비밀 스프링을 만지자 장 안쪽이 열리는 겁니다. 그러고는 돌돌 말려 있는 종이가 나타나고 당신은 그걸 손에 그러쥡니다. 여러 장에 손으로 쓴 글씨로 무언가 씌어져 있습니다. 당신은 그 소중한 보물을 들고 방으로 돌아와 읽습니다. 겨우 해독이 가능한 그런 글이죠. '당신이 누구든 상관없이 당신은 이제 비참한 마틸다의 기록을 가진 것입니다…….' 그때 갑자기 램프가 꺼지고 당신은 완전한 어둠 속에 혼자 남게 되는 겁니다."

"말도 안 돼요. 그런 말씀은 하지 마세요. 그렇지만 그 뒤는 어떻게 되나요?"

자신이 재미삼아 꾸민 이 이야기에 스스로도 너무 흥이 난 틸니 씨는 더 이상 계속할 수가 없었다. 계속 엄숙한 목소리를 내면서 말을 할 수가 없는데다 그 뒤 마틸다 얘기는 캐서린의 상상에 맡겨야 할 것 같았다. 마음을 가라앉힌 캐서린은 지나치게 열정을 보인 걸 부끄러워하며 방금 그가 말한 것과 같은 일이 일어날 것이라는 걱정은 조금도 하지 않는다고 말했다.

"틸니 양이 절 그런 방에 머물게 할 리가 없어요. 그러니 조금도 두렵지 않다고요."

여행이 거의 끝나가자 한동안 다른 얘기를 하느라 잊고 있었던 노생거 사원에 대한 관심이 되살아났다. 마차가 구부러진 길을 꺾을 때마다 잔뜩 기대감에 부풀어서 오래된 느티나무 사이에 서 있는 노생거 사원의 회색 석조 벽과 높은 고딕식 창문에 마지막 남은 햇살이 아름답게 비치는 장관을 기다렸다. 그러나 사원 건물은 아주 낮게 서 있었기 때문에 고풍의 굴뚝조차 알아보지 못한 채 마차가 노생거 사원의 거대한 문을 통과할 때에야 사원에 도착했다는 사실을 알았다.

자신이 놀랐는지는 잘 알 수 없지만 적어도 사원에 들어서는 방식에는 미처 생각하지 못한 무엇이 있었다. 현대적인 외양을 갖춘 숙소를 지나면서, 작은 조약돌로 다듬어진 평탄한 길을 따라 방해물이나 위험 혹은 무엇에도 제지받지 않고 이렇게 빨리 달려와 지금 자신이 사원 내에 들어와 있다는 걸 알게 되자 놀랐을 뿐만 아니라 뭔가 이상한 느낌조차 들었다.

그러나 갑자기 뿌리기 시작한 비가 얼굴로 몰아치기 시작했다. 더 이상 아무것도 볼 수 없고 새로 산 밀짚으로 만든 모자가 어떨지 그것만이 걱정이 되었다. 마침내 사원 안으로 들어오자 캐서린은 틸니 씨의 도움으로 마차에서 내렸다. 마차는 오래된 정원의 보호막 아래에 멈춰 있었다. 조금 걸어가자 홀이 나왔고 그곳에서는 틸니 장군과 틸니 양이 그녀를 맞이하러 기다리고 서 있었다.

앞으로 다가올 불행에 대한 전조나 이 엄숙한 건물 내에서 일어났던 참혹한 장면들 따위는 전혀 느껴지지 않았다. 마침 불어온 산들바람을 타고 죽은 사람들이 내쉬는 한숨 소리가 들려오지도 않았다. 그 바람이 가져온 것은 단지 굵은 빗줄기였을 뿐이다. 예전 버릇대로 몸을 떨고 서 있던 캐서린은 이제 평범하게 보이는 응접실로 안내되었고 다시 한 번 자신이 어디에 있는지 생각했다.

사원! 정말로 사원에 들어왔다는 이 사실이 얼마나 행복한가! 그러나 응접실을 둘러본 캐서린은 지금 보이는 것 중 어느 것도 그 사실을 상기시킬 만한 건 없다는 생각이 들었다. 방 안에는 가구들이 많았고 모두 우아한 현대식이었다. 예전에 볼 수 있었던 넓고 육중한 느낌의 조각을 기대했던 벽난로도 비록 멋진 대리석에다 그 위의 장식으로 예쁜 영국식 도자기를 배치하긴 했지만 평범한 모양의 속판으로 만들어진 럼포드식(전형적인 영국식 벽난로)일 뿐이었다. 틸니 장군이 존경하는 마음으로 고딕 형태 그대로 간직했다고 말했기 때문에 캐서린이 특히 관심을 가지고 살펴 본 창문들 역시 머릿속으로 그렸던 것만큼은 아니었다. 물론 형태는 고딕식이었고 두 짝 여닫이 창문인 것도 같았지만 창은 하나같이 너무 크고 깨끗하고 밝았다.

좀더 작은 창과 육중한 모양에 색이 칠해진 유리와 먼지나 거미줄까지도 예상했었기 때문에 너무 완벽한 차이점은 오히려 실망스러운 정도였다.

캐서린이 여기저기 살펴보는 걸 보자 장군은 방이 작고 가구가 지나치게 단조롭다고 설명하면서 매일 사용하는 곳이라 모든 걸 사용하기 편하도록 해놓았기 때문이라고 말했다.

그리고 사원에는 그녀가 볼 만한 몇몇 방이 있다고 스스로 기꺼운 듯이 말하면서 방 하나 하나가 얼마나 값진 물건들로 치장이 되어 있는지 자세하게 얘기를 하려다 시계를 꺼내 보고는 너무 놀라 하마터면 5시 20분전이라고 소리쳐 말할 뻔했다. 이건 헤어질 때가 되었다는 얘긴 것 같았다. 틸니 양은 캐서린을 재촉하기 시작했다. 그녀의 모습에서 노생거에서는 가족들이 미리 정해 둔 시간을 철저하게 지켜야 한다는 걸 알 수 있었다.

넓고도 높은 홀로 다시 돌아가 두 사람은 윤이 나도록 잘 닦인 느티나무로 만들어진 넓은 계단을 올랐다. 긴 계단을 오르자 길고 넓은 복도가 나타났다.

한쪽에는 방들이 죽 늘어서 있었고 다른 쪽의 창문에서 들어오는 빛이 환하게 비추고 있었지만 창문 모양조차 제대로 살펴보지 못한 채 틸니 양이 이끄는 방으로 들어가야 했다. 틸니 양은 편안하게 지냈으면 좋겠다는 말과, 옷 갈아입는 데 너무 많은 시간을 소비하지 말라는 부탁만 남기고 방을 나갔다.

21

첫눈에 살펴본 방은 틸니 씨가 자세하게 설명해서 경계하게 만들었던 그 방과는 전혀 다른 모습이어서 캐서린은 우선 안심했다.

지나치게 큰 방도 아니었고 태피스트리나 벨벳도 보이지 않았다. 벽은 벽지로 장식되어 있었고 바닥에는 카펫이 깔려 있었다. 창문은 아래층에서 본 것처럼 아름다웠고 환한 빛이 들어오고 있었다. 최신 유행을 따르는 모양은 아니었지만 가구들 역시 멋스럽고 편안해 보였으며 전체적인 방 분위기는 아주 상쾌했다.

캐서린은 다시 마음이 편안해져 하나하나 자세히 살펴보고 싶었지만 혹시라도 저녁 시간에 늦어서 장군이 기분나빠할 수도 있다는 걱정이 앞서자 평소의 습관을 우선은 모두 뒤로 미루기로 했다.

캐서린이 도착하자마자 마차에서 옮겨온 옷 가방을 서둘러 풀다 벽난로 한쪽 옆의 벽 쪽으로 밀착되어 붙어 있어서 그때까지 보이지 않았던 크고 높은 상자를 발견했다. 그 상자를 보고 흠칫 놀란 캐서린은 하던 일을 잠시 잊고 미동조차 없이 바라보며 이런 생각들을 떠올렸다.

‘정말 이상하네! 이런 것이 있으리라고는 생각도 못 했는데. 이렇게 거대한 상자라니. 도대체 뭐가 들어 있을까? 왜 여기 있는 걸까? 게다가 일부러 보이지 않도록 놓은 것처럼 이렇게 뒤쪽으로 밀어 놨으니. 무슨 일이 있어도 환한 낮에 한번 살펴봐야겠다. 밤까지 기다리다 촛불이 꺼지면 볼 수도 없을 테니까.’

상자로 다가가서 자세히 살펴보았다. 삼목으로 만들어진데다 좀더 짙은 색깔의 나무로 이상한 무늬가 새겨져 있었다. 그리고 같은 무늬로 새겨진 받침대 위에 얹혀 있었다. 자물쇠는 오래되어서 그런지 색깔이 변하긴 했지만 은으로 만들어져 있었다. 양쪽 끝에는 역시 은으로 만들어진 손잡이가 있었는데 아마도 바깥에서 억지로 열려고 하는 바람에 조금씩 망가진 것 같았다. 뚜껑 가운데에도 역시 알 수 없는 글자가 은으로 새겨져 있었다.

캐서린은 허리를 숙여 유심히 살펴보았지만 무슨 글자인지 확실히 알아볼 수가 없었다. 여러 방향에서 살펴본 결과 마지막 글자는 틀림없이 T자인 것 같았다.

사실 이 집에 있는 물건이라면 무엇이든 그녀에게는 상당한 놀라움을 불러일으킬 만한 상황이었다. 틸니 씨가 물건이 아니라면 어떤 일로 이 집에 다시 들어오게 된 것일까?

두렵긴 했지만 호기심은 점점 더 커져 캐서린은 떨리는 손으로 열쇠를 쥐고는 어떤 위험이 있더라도 그 안에 뭐가 들어 있는지 정도는 살펴봐야겠다고 마음먹었다.

뚜껑이 제대로 올라가지 않아서 힘들게 겨우 약간만 올리는 순간, 누군가 노크를 하는 바람에 깜짝 놀라 뚜껑을 잡고 있던 손을 놓아버렸고 뚜껑은 큰소리를 내며 다시 닫혔다. 하필 이때 그녀를 방해한 사람은 틸니 양의 하녀로 캐서린을 도와주라고 그녀가 보냈던 것이다. 캐서린은 곧 아무 도움도 필요치 않다고 말하긴 했지만 어떻게 처신해야 하는지 다시 생각해 보고는 당장이라도 상자를 살펴보고 싶은 마음을 누르고 다시 옷을 입기로 했다. 그러나 생각과 시선이 온통 그녀의 호기심과 두려움을 불러일으킨 그 상자에 집중되어 있어서 옷단장하는 속도가 아무래도 늦었다. 내용물을 살펴보는 것은 포기했지만 여전히 그 상자 가까이서 왔다 갔다 했다.

마침내 드레스를 걸치고 화장도 거의 다 끝나자 이 호기심을 충족시켜도 되리라는 생각이 들었다. 아주 잠시 동안 살펴만 보는 정도는 괜찮을 것 같았다. 이렇게 절실한 마음으로 힘을 다한다면 무슨 마법으로 잠겨 있지 않는 한 뚜껑은 열릴 것이라는 생각이 들었다. 캐서린은 상자 있는 곳으로 가서 뚜껑을 뒤로 열어젖혔다. 그 순간 캐서린은 상자 한쪽에 자리를 잡고 있는, 잘 개서 정리된 흰 침대 덮개를 보고 놀라지 않을 수 없었다.

저녁 식사 준비가 다 됐는지 살펴보러 온 틸니 양이 문을 열고 들어왔을 때 캐서린은 놀라움으로 약간 얼굴을 붉힌 채 그 안을 들여다보고 있었다. 그렇게 말도 안 되는 기대를 잠시라도 했다는 생각에 부끄러움이 일었고 물건을 뒤져볼 작심을 했었다는 데 생각이 미치자 곧 수치심까지도 생겼다.

"좀 이상하게 생긴 상자예요, 그렇죠?"

캐서린이 서둘러 뚜껑을 닫고 돌아서자 틸니 양이 말했다.

"얼마나 오래됐는지, 누가 여기에 옮겨놨는지도 모르겠어요. 어쨌든 모자 같은 걸 넣어두면 되겠다 싶어서 여기다 그냥 놔둔 거예요. 게다가 어찌나 무거운지 뚜껑을 열기조차 힘들고 그렇게 뒤로 밀어두면 눈에 거슬리지도 않으니까요."

캐서린은 아무 말도 못 한 채 얼굴을 붉히고는 드레스 끈을 마저 묶고 재빨리 생각들을 정리했다. 틸니 양이 저녁 식사에 늦을지도 모르겠다는 걱정을 비쳐 두 사람은 뛰다시피 계단을 내려갔다.

식당으로 들어가니 틸니 장군이 손에 시계를 쥐고 왔다 갔다 하고 있었다. 그 모습을 보자 틸니 양의 걱정이 근거 없는 것은 아니었다는 생각이 들었다. 두 사람이 들어오는 모습을 보고 장군은 세차게 벨을 잡아당기면서 지시를 내렸다.

"당장 저녁 준비해!"

캐서린은 그런 그의 말과 태도에 적잖이 놀라 창백해진 얼굴로 움직이며 자리에 앉았다. 아주 조심스러운 태도로 그 상자를 원망하고 있었다. 그런 모습을 본 장군은 다시 정중함을 회복해 식사가 준비되기 전까지 틸니 양에게 뭐가 그리 급한 일이 있다고 손님을 그렇게 사정없이 서두르게 만들었냐고 야단을 쳤다. 자신의 멍청한 행동 때문에 친구까지 야단을 듣게 되자 캐서린은 기분이 많이 상했지만 다시 식탁에 앉자 식욕도 느껴졌고 장군의 만족스런 미소에 마음의 안정도 찾았다.

식당은 우아하게 꾸며져 있었다. 크기에 있어서는 흔히 보는 응접실보다 훨씬 큰 규모에 잘 어울릴 것 같았다. 모두 값비싼 최고급 가구로 장식되어 있는데다 이렇게 넓은 방과 많은 하인들이 시중드는 모습을 보며 캐서린은 거의 말을 잃었다. 이 크기에 캐서린이 감탄을 연발하자 장군은 더욱 우아한 표정을 지으며 결코 작은 방은 아니라고 말했다. 그리고 이런 문제라면 대부분의 사람들이 그렇듯이 자신도 그리 신경을 쓰지 않지만 그래도 큰 식당은 생활에 꼭 필요한 요소라고 생각한다고 덧붙이며 말했다.

"그래도 알렌 씨 저택은 이것보다 훨씬 더 좋을 텐데요?"

"그렇지 않아요. 알렌 씨 식당은 이곳의 반 정도 크기밖에 안 돼요."

사실 이렇게 큰 방은 본 적이 없다고 캐서린은 솔직하게 말했다. 장군은 더욱 기분이 좋아진 것 같았다. 이런 방들을 이용하는 것이 그렇게 쉽지만은 않다고 말했다. 사실 크기가 반 정도라면 훨씬 편할 거라면서 알렌 씨 집은 아주 합리적인 것 같고 행복하게 살 수 있을 것이라고 말했다.

더 이상 기분 나쁜 일 없이 저녁시간은 지나갔고 틸니 장군이 두 사람 곁을 떠나 있을 때면 훨씬 더 즐거운 시간이 되었다. 그럴 때는 긴 여행을 했지만 피로가 가시는 것 같았다. 물론 약간의 육체적인 피로에 긴장감 때문에 힘든 점이 아주 없는 건 아니었지만 전체적으로 행복한 시간을 보냈기 때문에 바스에 두고 온 친구들에 대한 그리움조차 떠올릴 새가 없었다.

그날 밤에는 비바람이 몰아쳤다. 저녁이 되면서부터 바람은 점점 더 세차게 불어대기 시작해 각자 잠자리로 돌아갈 때쯤에는 거친 비까지 마구 쏟아졌다.

홀을 지나면서 캐서린은 휘몰아치는 비바람 소리에 놀라움을 금치 못했다. 오래된 건물 저쪽 끝에서 윙윙대는 소리와 저기 멀리서 갑자기 문이 쾅하고 닫히는 소리를 들으면서 처음으로 사원에 있다는 사실을 실감했다. 바로 사원에서만 들을 수 있는 소리였다. 이 소리에 캐서린은 특히 이런 날씨에 이런 곳에서 오랜 세월 일어났을 수많은 끔찍하고도 흉측한 일들을 떠올렸다.

같은 건물이지만 이렇게 좋은 환경 속에 머물 수 있어 정말 다행이라고 생각했다. 한밤의 살인이나 술 취한 무사들 따위는 전혀 걱정할 필요가 없었다. 낮에 틸니 씨가 한 말은 물론 농담일 것이다. 이렇게 잘 꾸며진 훌륭한 집에는 더 이상 살펴볼 곳도 없을 뿐더러 이상한 일이 일어날까 봐 두려워할 것도 없었다. 자신의 집에서처럼 편안한 마음으로 잠자리에 들 수도 있을 것이다.

이렇게 마음을 다잡으면서 캐서린은 위층으로 올라가며 틸니 양 방은 바로 다음다음 방이라고 생각하자 마음이 훨씬 더 편안해졌다. 방 안으로 들어가자 벽난로에 불이 피워져 있어서 더욱 기분이 좋아졌다.

'정말 다행이다.' 라고 생각하며 캐서린은 벽난로 쪽으로 걸어갔다.

'가족들이 다 잠자리에 들 때까지 추운 데서 떨고 있지 않고 이렇게 불이 피워져 있으니 얼마나 좋아! 가난한 집에서는 이런 건 상상도 못하는데 말야. 늙은 하인이 장작불 하나만을 손에 들고 와서는 사람을 놀라게 하고 말야. 노생거가 이런 집이라니 정말 다행이야. 이런 곳이 아니었다면 이렇게 비바람이 몰아치는 밤에 얼마나 두려움에 떨었을까. 그래, 정말 여기에서는 무서워서 떨 이유가 전혀 없어.'

캐서린은 방 안을 한 바퀴 둘러보았다. 창문 커튼이 움직이는 것처럼 보였다. 창문 틈 사이로 바람이 불어 들어오기 때문인 것 같았다. 캐서린은 아무렇지도 않다는 듯 작은 소리로 노래를 부르며 창 쪽으로 용감하게 걸어가서 그 사실을 확인하고 커튼을 하나하나 들어서 뒤쪽을 살펴보는 용기까지 부렸다. 두려워할 만한 건 아무것도 없다는 걸 확인하고 창틈에 손을 갖다 대보고는 그 격렬한 바람의 세기에 흠칫 놀랐다. 창가에서 돌아서면서 캐서린은 그 낡은 상자를 보았지만 여전히 두렵거나 하지는 않았다. 스스로 근거 없는 두려움은 모두 한가한 상상에 지나지 않는다고 다독이며 다시 행복한 기분이 되어 잠잘 준비를 했다.

'차근차근히 해야 해. 서두르지 말아야지. 내가 이 집에서 제일 늦게 잠든다 해도 그건 중요하지 않아. 그래도 불을 피워놓고 자지는 않을 거야. 잠자면서도 불이 있어야 안심할 수 있는 겁쟁이로 보일 테니까 말야.'

이런 생각을 하며 캐서린은 불을 끄고는 잠옷으로 갈아입고 막 침대로 들어가려 했다.

그때 다시 한 번 더 방 안을 둘러보았는데 이상할 정도로 그때까지는 전혀 있는 줄도 몰랐던 아주 오래되고 커다란 옷장을 발견하고는 흠칫 놀랐다. 언뜻 틸니 씨가 말한 흑단으로 만들어진 옷장 생각이 떠올랐다. 안에 아무것도 없을 수도 있지만 그래도 혹시 모르는 일인데다 이건 정말 이상한 우연의 일치라는 생각이 들었다. 그래서 캐서린은 초를 들고 옷장을 자세히 살펴보았다. 틸니 씨가 말한 것처럼 흑단과 금으로 만들어진 건 아니었다. 아주 훌륭하게 검은색과 노란색으로 옻칠을 한 옷장이었다.

촛불을 가까이 비춰서 그런지 노란색은 마치 황금색과 비슷해 보였다. 문에는 열쇠가 꽂혀 있었지만 이상하게 안을 살펴보고 싶었다. 열어 봤자 이 안에는 아무것도 없을 것이라고 생각했지만 틸니 씨가 그런 말을 해서인지 이상한 느낌을 감출 수가 없었다. 궁금증을 풀 때까지는 잠을 잘 수가 없을 것 같았다. 그래서 조심스럽게 촛대를 의자 위에 내려놓고 떨리는 손으로 열쇠를 쥐고 돌렸다.

아무리 힘을 줘도 열리지 않았다. 조금 놀라기는 했지만 아직 용기를 잃지 않은 캐서린은 반대 방향으로 열쇠를 돌렸다. 그랬더니 열쇠가 열리는 소리가 났고 이제 성공했다고 생각했는데 그래도 여전히 열리지는 않았다. 한동안 캐서린은 숨죽인 채 가만히 서 있었다.

바람은 굴뚝 아래로 휘몰아치고 비는 세차게 창문을 두드리고 있었다. 모든 것이 끔찍한 상황을 연출하고 있었다. 그렇지만 이 시점에서 다시 침대로 돌아가 눕는다는 건 있을 수 없었다. 그렇게 한다 해도 이 옷장이 바로 옆에 있다는 사실에 밤새 잠을 못 이룰 것이 뻔했기 때문이다. 마음을 다져먹은 캐서린은 열쇠를 다시 넣어서 이리저리 여러 방향으로 돌려보다 마지막으로 희망을 걸고 노력해 본 결과 마침내 문이 열렸다. 한순간 너무 기뻐서 소리를 지를 뻔했다.

재빨리 양쪽 문을 열었다. 안에도 빗장이 채워져 있었지만 이번에는 훨씬 간단했다. 안에서 별반 이상한 건 찾을 수 없었다. 작은 서랍들이 양쪽으로 나 있었고 제일 위쪽과 아래쪽 서랍은 크기가 굉장히 컸다. 옷장 가운데쯤에 작은 문이 또 하나 있었는데 이것 역시 자물쇠로 잠겨 있었고 열쇠가 꽂혀 있었다. 중요한 걸 넣어두는 곳처럼 느껴졌다.

캐서린의 심장이 빠르게 뛰기 시작했지만 아직은 용기가 있었다. 뭔가 기대하는 심정으로 뺨은 붉어졌고 두 눈은 호기심으로 잔뜩 긴장한 채 캐서린은 두 손으로 서랍 손잡이를 쥐고는 앞으로 당겼다. 완전히 비어 있었다. 두 번째나 세 번째, 네 번째 서랍에도 놀라운 물건이나 특별히 호기심을 끌 만한 건 없었다. 모두가 하나같이 비어 있었다. 서랍들을 모두 다 뒤졌지만 아무것도 찾지 못했다.

그러나 책에서 보물을 숨길 때 사람들이 얼마나 신중을 기하는지 이미 알고 있는 캐서린은 서랍 안쪽에 사람들을 속이기 위해 만든 곳이 있을 것이라고 생각하고 다시 자세히 뒤져보았지만 역시 소용없었다. 이제 가운데 한 곳만 남겨두고 있었다. 이 옷장에서 뭔가를 찾아낼 것이라는 생각은 처음부터 하지도 않았고 또 아무것도 발견하지 못해도 조금도 실망할 건 없다고 생각했지만 그래도 완전히 찾아보지 않는 건 말도 안 된다는 생각이 들었다. 그래서 조금 망설이다가 캐서린은 가운데 문을 열기로 했다. 바깥문을 열 때처럼 잘 열리지 않았다. 그러나 마침내 문을 열고 살펴보자 헛수고는 아니었다. 사람들 눈에 잘 띄지 않게 뒤쪽으로 밀쳐 둔 종이 뭉치가 있었고 그때 기분은 정말 말로 표현할 수가 없는 것이었다. 가슴은 뛰기 시작하고 무릎까지 흔들리는 데다 얼굴은 창백해졌다. 여전히 떨리는 손으로 종이를 잡았다. 첫눈에도 뭔가 글씨가 적혀 있다는 걸 알 수 있었다. 틸니 씨가 한 말과 일치한다고 생각하면서 잠자기 전에 하나하나 자세히 읽어보리라 결심했다.

불빛이 너무 어두워진 것 같아 놀라서 살펴보았지만 아직은 조금 더 탈 수 있을 것 같았다. 아무리 짧아도 몇 시간 정도는 괜찮을 것이라고 생각했다. 고문서가 해독하기는 어렵지만 이건 의외로 간단한 내용일 수도 있다는 생각을 하며 급히 책장을 넘기는데 세상에, 갑자기 불이 꺼져 버린 것이다. 어쩜 이렇게 끔찍한 상황을 만들며 불이 꺼질 수가 있을까!

잠시 동안 캐서린은 두려움에 떨며 그곳에서 가만히 서 있었다. 불은 완전히 꺼졌다. 그러나 다시 불어서 불씨를 살리기도 불가능했다. 어둠이 온 방 안을 가득 채웠다. 갑자기 세차게 불어오는 한줄기 바람이 두려움을 더 가중시켰다. 캐서린은 온몸을 바들바들 떨며 서 있었다. 한동안 저기 멀리서 발자국 소리와 문이 닫히는 소리가 들리는 것도 같았다.

이런 때 사람의 존재는 더욱 무섭게 느껴진다. 이마에 식은땀이 나기 시작했고 캐서린은 쥐고 있던 종이를 바닥에 떨어뜨리고는 침대 쪽을 더듬더듬 찾아가 급히 이불 속으로 뛰어 들어갔다. 그리고 이불 깊숙이 몸을 웅크린 채 두려움에 질린 표정으로 고통을 멈추기 위해 노력했다.

이런 밤에 잠을 잔다는 건 정말 불가능한 것처럼 느껴졌다. 그 상자가 호기심을 잔뜩 유발시킨 데다 모든 감각이 이렇게 예민해진 상태에서 다시 휴식을 취할 수는 없었다. 비바람까지 너무 거셌다. 바람을 무서워한 적은 없었지만 지금은 불어칠 때마다 모든 끔찍한 기억을 함께 몰고 오는 것처럼 느껴졌다.

틸니 씨가 말한 것과 일치했다는 것이, 종이를 찾았다는 것이 이상할 정도로 머릿속을 맴돌고 있었다. 이걸 어떻게 설명할 수 있을까? 그 속에는 뭐가 적혀 있을까? 누구에게 쓴 어떤 내용일까? 어떻게 이렇게 오랫동안 숨겨져 있었을까? 하필 그녀가 발견하게 되다니 이 얼마나 놀랍고도 이상한 운명인가! 그 내용을 알기 전에는 절대로 잠을 잘 수 없을 것이다. 그러나 아직 그걸 살펴보기까지 몇 시간 동안 지루한 시간을 보내야만 했다.

캐서린은 침대 속에서 떨면서 조용히 잠에 빠진 다른 사람들을 부러워했다. 비바람은 여전히 거세게 불고 있었고 바람 소리 외에도 뒤섞인 듯한 맹렬한 여러 소리에 제대로 잠을 이룰 수가 없었다.

한 번은 침대 커튼이 움직이는 것처럼 보이더니 그 다음에는 누군가 문을 열고 들어오려는 것 같았다. 복도를 울리며 낮은 목소리로 누군가가 중얼거리는 소리와 멀리서 들려오는 신음소리 때문에 온몸의 피가 얼어붙는 것만 같았다.

이렇게 시간은 흘러갔고 마침내 지쳐버린 캐서린은 시계가 3시를 알리는 소리를 들었다. 그 후에는 비바람도 잦아들었고 캐서린은 자기도 모르는 사이에 깊은 잠에 빠져들었다.

22

다음날 아침 8시에 하녀가 창문 커튼을 젖히는 소리에 캐서린은 잠이 깼다. 언제 눈을 감았는지도 모른 채 잠이 들었던 캐서린은 상쾌하게 자리에서 일어났다. 벽난로에는 벌써 불이 지펴져 있었고 어젯밤의 비바람은 걷히고 밝은 아침이었다.

갑자기 현실로 돌아온 캐서린은 그 종이를 기억해내고는 하녀가 나가자마자 여기저기 바닥에 흩어져 있는 종이를 주워 찬찬히 읽어보려고 침대에서 내려왔다. 한눈에 이 종이들은 책에서 읽은 그런 긴 장문의 비밀스런 내용이 아니라는 걸 알았다. 종이 뭉치는 낱장으로 나뉘어 있었고 크기도 생각했던 것보다 상당히 작았다.

캐서린은 잔뜩 기대에 부푼 눈으로 종이를 읽어 내려가기 시작했다. 곧 내용을 알 수 있었다. 혹시 뭔가 잘못된 것이 아닐까? 어쩜 이럴 수가 있을까. 이건 아주 조악한 현대어로 씌어진 옷가지들에 관한 것일 뿐이었다. 그 생긴 모양으로 보아 세탁 영수증 정도 같았다.

다른 종이도 보았지만 내용에서 약간 차이가 있을 뿐 여전히 똑같은 종류였다. 세 번째, 네 번째, 다섯 번째까지 모두 비슷비슷했다. 셔츠,

스타킹, 목도리, 남자용 조끼 등이었다. 같은 필체로 적힌 다른 두 장에는 역시 별 관심을 끌지 못하는 헤어 파우더, 신발 끈, 반바지 가격들이 적혀 있었다. 더 큰 종이는 첫줄에 아무렇게나 갈겨 쓴 '암갈색 경마'로 보아 편자공 영수증이었다. 어쩜 이런 종이 때문에 그렇게 기대하고 두려워한데다 잠까지 제대로 못 잤단 말인가! 이제 생각해 보니까 하인이 부주의로 이곳에 잘못 놓아둔 영수증 같았다.

온몸에서 힘이 쏙 빠지는 느낌이었다. 어제 낮에 상자를 살펴보고도 아무것도 느끼지 못했단 말인가? 그것이 놓여 있던 궁벽한 장소가 캐서린의 판단을 더욱 흐리게 한 것 같았다.

어제 한 상상들은 그야말로 너무 어리석은 내용이었다. 이렇게 현대적으로 잘 꾸며 놓고 항상 사람이 드나드는 방에서 이상한 내용의 종이가 발견되지 않은 채로 있었다고 상상한 거나 누구라도 열 수 있도록 열쇠까지 마련되어 있는 옷장을 자신이 처음으로 열었을 것이라고 생각한 것 자체가 말도 안 되는 생각이었던 것이다.

어쩜 그런 상상을 할 수 있었을까? 틸니 씨가 자신의 이런 어리석음을 알아서는 안 된다. 틸니 씨가 마차를 타고 오면서 한 말과 정확하게 일치하지 않았더라면 그런 옷장이나 상자에는 조금도 관심을 가지지 않았을 테니 이건 틸니 씨 때문이라는 생각이 들었다.

지금으로서는 이것만이 유일한 위안이었다. 자신의 어리석음을 증명이라도 하듯 침대 여기저기에 흩어져 있는 종이들을 얼른 치워버리고 싶은 마음에 캐서린은 서둘러 종이들을 처음 있던 모양대로 가지런히 모아서 옷장 안의 그 장소에 가져다 놓았다. 운 나쁘게 우연히 이 종이들을 다시 보게 돼서 자신을 모욕할 만한 일이 생기지 않기를 간절히 바라면서.

지금은 열쇠가 이렇게 쉽게 열리는데 어젯밤에는 왜 그렇게 열리지 않았는지는 여전히 풀리지 않는 의문이었다. 이것만은 신비스런 무언가가 있을 것이라는 생각에 잠시 동안 기분이 나아지긴 했지만 곧 자신이 이미 열려 있는 자물쇠를 다시 잠갔기 때문에 열리지 않았던 것이라는 생각이 들자 얼굴을 붉히지 않을 수 없었다.

그런 좋지 않은 생각 때문에 캐서린은 가능한 한 빨리 준비를 하고 방을 나서서 어제 저녁에 틸니 양이 가르쳐 준 아침 식사를 할 응접실로 재빨리 걸어갔다. 그곳에는 틸니 씨 혼자 앉아 있었다. 그는 이 건물의 특징에 대해 얘기하면서 어젯밤 비바람 때문에 잠자리가 불편하지 않았는지 걱정을 했지만 캐서린에게는 이 말이 오히려 짜증스럽게 했다. 어떤 일이 있어도 자신의 약점을 드러내지 않겠다는 생각에 캐서린은 아주 약간 잠을 설쳤을 뿐이라고 말했다.

"그래도 오늘은 정말 좋은 아침이잖아요. 비바람이나 몰아칠 때는 좀 무섭지만 끝나고 나면 아무것도 아닌걸요. 이 히아신스 정말 예뻐요. 이 꽃을 좋아하는 방법을 배운 지 얼마 되지 않았어요."

다른 얘기를 하고 싶은 마음에 캐서린은 얼른 화제를 돌렸다.

"어떻게 배우게 됐죠? 우연인가요, 아니면 논쟁을 통해선가요?"

"틸니 양이 가르쳐 줬어요. 저도 그 방법은 모르겠어요. 알렌 부인이 몇 해 동안이나 제가 꽃을 좋아하게 만들려고 애썼지만 전 전혀 좋아할 수가 없었어요. 바로 그저께 밀섬 가에서 그 꽃을 보기 전까지는 말예요. 전 천성이 그런지 꽃에는 아무런 관심도 없었어요."

"그런데 이젠 히아신스를 좋아한다 그 말이죠? 잘됐어요. 아주 좋은 취미를 가지게 된 거죠. 행복을 찾을 수 있는 방법을 많이 알고 있다는 건 좋은 거예요. 게다가 꽃을 좋아하는 건 여자들에게 특히 좋은 일이에요. 그래야 밖에도 더 자주 나가게 되고 산책도 즐기게 될 테니까요. 물론 히아신스는 집 안에서 키우는 꽃이긴 하지만 누가 압니까, 한번 꽃을 좋아하기 시작했으니 곧 장미도 좋아할 수 있죠."

"그렇지만 전 언제나 밖으로 나가는 걸 즐기는걸요. 산책을 하고 신선한 공기를 마시는 걸 전 너무 좋아해요. 그리고 이렇게 좋은 날씨에는 집 안에 있는 시간보다는 밖에 있는 시간이 더 많은걸요. 제 어머니는 항상 제가 밖에만 있다고 뭐라고 하신답니다."

"어쨌든 당신이 히아신스를 좋아하게 됐다니 기쁩니다. 가장 중요한 건 그 대상에 상관없이 무언가를 사랑하는 걸 배우는 습관이에요. 특히 젊은 아가씨에게 어떤 성향을 가르칠 수 있다는 건 더할 나위 없이 좋은 겁니다. 제 누이가 잘 가르치던가요?"

이때 틸니 장군이 들어오는 바람에 캐서린은 어려운 대답을 피할 수 있었다. 그의 웃는 모습으로 봐서 오늘은 기분이 좋은 것 같았지만 일찍 일어나는 그의 습관은 그녀에게 그다지 편안한 것만은 아니었다.

식탁에 앉았을 때 멋지게 차려진 아침 식사 세트에 캐서린은 한 번 더 놀라지 않을 수 없었다. 모두 장군의 선택이었다. 그의 취향에 대해 캐서린이 칭찬하자 장군은 사실 이 세트가 깨끗하고 검소한 것이라고 말하면서 영국의 도자기 제품은 그 질을 좀 높여야 한다고 했다. 그렇게 뛰어나지 않은 그의 입맛으로 보면 스태포드셔 제품이 드레스덴이나 세브 제품에 비해서 떨어지지 않는다고 했다. 그렇지만 이 세트는 벌써 2년이나 된 오래된 제품이고, 그때 이후로 기술이 상당히 많이 발전했기 때문에 지난번에 시내에 나갔을 때 아름다운 도자기 세트를 구경하고 새 세트를 주문할 뻔했다고 말했다. 어쨌든 자신이 직접은 아니더라도 곧 다른 도자기를 사게 될 것이라고 말했다. 이런 이야기를 들으면서 캐서린을 제외하고는 모두 장군의 말을 이해하는 것 같았다.

아침을 먹고 틸니 씨는 곧 우드스턴으로 떠났다. 그곳에서 한 2~3일간 머무르면서 처리해야 할 일이 있다고 했다. 그들은 모두 틸니 씨를 배웅하러 홀까지 나갔다가 다시 아침 식사를 하던 곳으로 들어왔지만 캐서린은 그의 모습을 한 번이라도 더 보고 싶은 마음에 창문 쪽으로 걸어갔다.

"오빠에게는 좀 힘든 일일 거야. 오늘 같은 날 우드스턴은 재미없을 테니까."

장군이 엘리너에게 말했다.

"아름다운 곳인가요?"

캐서린이 물었다.

"엘리너, 한번 말해 봐. 어떻게 생각하니? 집이나 남자들에 관해서라면 숙녀들이 훨씬 뛰어난 심미안을 가지고 있잖니. 객관적으로 보면 누구라도 부러워할 만한 점이 많은 집이라고 생각하는데. 집은 남동쪽을 향하고 있고 아주 잘 가꾸어진 풀밭 한가운데 있어요. 채마밭도 아주 멋있고. 틸니를 위해 주위 벽도 내가 직접 짓고 씨도 직접 뿌린 거지요. 한 10년쯤 됐군요. 우리 가문 소유예요. 대부분 내 소유인데, 물론 나쁘지 않게 잘 관리했지요. 틸니가 다른 돈벌이 없이 이 집에만 의지해 살아도 아마 전혀 불편한 점은 없을 겁니다.

아이들도 얼마 없는데 좀 이상해 보일지도 모르지만 난 자식들이 직업이 있어야 한다고 생각해요. 물론 어떤 때는 사업을 하지 않았으면 하는 때도 있지만요. 내 말에 젊은 숙녀들은 동의하지 않을지 모르지만 그래도 몰랜드 양의 아버지는 젊은이가 직업이 있어야 한다는 내 생각에 동의하실 겁니다. 돈은 아무것도 아니에요. 그건 목표가 될 수 없는 거죠. 바로 직업이 그 목표가 되어야 해요. 내 큰아들 프레드릭도 물려받을 개인 재산이 이 나라 누구에게도 뒤지지 않을 만큼 많기는 하지만 직업을 가지고 있잖아요."

이 마지막 말은 그가 기대했던 만큼의 반향을 일으켰다. 캐서린의 침묵이 바로 그 증거였다.

어젯밤에 캐서린에게 집을 구경시켜 주겠다는 말이 오갔는데 장군은 직접 나서서 안내를 하겠다고 했다. 캐서린은 물론 엘리너와 단둘이 가고 싶었지만 집을 구경할 수 있다는 그 제안 자체만으로도 너무 행복한 것이라 기쁘게 받아들이지 않을 수 없었다.

사원에서 머문 지 벌써 18시간이 지났지만 아직 본 건 일부에 지나지 않았다. 캐서린은 시간을 보내느라 끄집어냈던 바느질 상자를 기분 좋게 닫고는 얼른 틸니 장군과 함께 나갈 준비를 했다.

"집을 다 보고 나면 숲과 정원까지 같이 가도록 하죠."

이 말에 캐서린은 알겠다는 듯 고개를 끄덕였다.

"그쪽을 먼저 보는 것이 몰랜드 양에게는 더 좋을지도 모르겠군. 오늘은 참 날씨가 좋은데, 요맘때면 날씨가 언제 어떻게 변할지 모르니 말이오. 어떤 것이 더 좋겠습니까? 난 둘 다 좋은데, 엘리너는 어떤 쪽이 친구에게 더 좋을 것 같니? 내가 좀 알 수도 있을 것 같은데. 그래, 몰랜드 양의 눈을 보니 이렇게 좋은 날을 이용하는 것이 현명한 선택이라고 생각하는 것 같구나. 그래, 몰랜드 양의 판단은 항상 옳으니까. 게다가 사원은 언제나 안전하고 땅이 젖을 일도 없을 테고, 곧 모자를 가지고 올 테니 기다리렴."

틸니 장군은 방을 나갔다. 캐서린은 실망스럽고 불안한 표정으로 틸니 장군이 별로 원하지 않으면 자신을 위해 굳이 밖으로 나갈 필요가 없다고 말하려 했지만 틸니 양의 만류 때문에 그만두었다. 약간은 혼란스러운 상황이었다.

"이렇게 날씨가 좋을 때는 낮 시간을 충분히 이용하는 것이 좋을 거예요. 그리고 아버지에 대해서라면 걱정하지 말아요. 항상 이때쯤에 산책을 하시니까요."

캐서린은 이 말을 어떻게 이해해야 할지 알 수가 없었다. 왜 틸니 양이 당황했을까? 장군이 그녀에게 사원을 구경시켜 주고 싶지 않은 이유라도 있는 걸까? 그 제안은 다른 사람이 아닌 바로 장군이 한 것이었다. 그리고 매일같이 이렇게 이른 시간에 산책을 한다는 건 어딘지 좀 이상하지 않은가? 캐서린의 아버지나 알렌 씨는 한 번도 그런 적이 없었다. 정말로 이상했다. 캐서린은 사원의 내부가 보고 싶었지 바깥에 대해서는 생각도 하지 않았다. 틸니 씨가 같이 있으면 얼마나 좋았을까! 지난번에 잠깐 봤을 때도 뭐가 그리 아름다운지 도무지 알 수 없었다. 이런 생각들이 잠시 괴롭혔지만 캐서린은 모든 걸 가슴에 묻고는 불만스럽지만 참으면서 모자를 썼다.

잔디에서 처음으로 사원을 보았을 때 그 장대함은 정말 상상외였다. 전체 건물 밖으로는 커다란 정원이 있었다. 사면체의 두 면은 고딕 장식으로 현란했으며 가히 감탄을 이끌어낼 만했다. 다른 부분들은 오래된 나무나 잘 자란 식물들이 둘러싸고 있었다. 건물 뒤의 높이 솟아 있는 나무로 뒤덮여 있는 언덕은 사원을 지켜 주고 있을 뿐만 아니라 보통은 푸른 나뭇잎을 볼 수 없는 3월인 지금에도 그렇게 아름다울 수가 없었다. 그 어디에도 비견할 수 없을 것 같았다. 캐서린은 너무 감동해 곧 감탄과 찬사를 쏟아 놓았다. 장군은 동의와 감사를 나타내는 표정으로 듣고 있었다. 마치 캐서린이 이 말을 할 때까지 노생거에 대한 평가를 미루고 있기라도 한 듯.

채마밭 역시 대단했다. 장군은 정원을 가로질러 그곳으로 두 사람을 이끌었다.

그 넓이만 해도 캐서린이 한 번도 보지 못한 수준이었다. 아버지나 알렌 씨의 채마밭보다 배 이상이나 넓어 보였고 아버지의 교회 정원이나 과수원을 합한 크기와 비슷할 정도였다. 벽들만 해도 수없이 많은데다 그 끝이 보이지도 않았다. 온실이 여기저기 솟아올라 있었는데 일하는 사람들이 어찌나 많은지 이 마을에 사는 모든 사람들이 여기서 일하고 있지나 않나 하는 생각이 들었다.

장군은 캐서린의 놀란 표정으로 충분히 기분이 좋아졌지만 캐서린은 곧 한 번도 이렇게 대단한 정원은 본 적이 없다고 다시 표현을 해야 했다. 이 말에 장군은 겸손하게 말했다.

"이런 것에 대해서 그렇게 욕심이 있는 것도 아니고 꼭 원하는 것도 아니지만 아마 이 정도는 영국에서 찾기 힘들 거요. 사실 내 장기가 있다면 바로 이것이었어요. 정원을 아주 좋아했거든. 먹는 거라면 별로 관심이 없지만 그래도 과일을 아주 좋아하지요. 내가 아니라도 아이들이나 친구들도 있으니까 또 그만큼 생각해야 하고. 그래도 이 정도의 밭을 가꾸려면 아주 힘든 일이긴 하지요. 아무리 잘 보살피더라도 어떤 과일은 제대로 커 주지 않을 때도 있으니까요. 파인애플은 작년에 1백 개밖에 안 났어요. 알렌 씨도 아마 이런 심정을 충분히 이해할 거요."

"아니에요. 사실 알렌 씨는 정원에 전혀 관심이 없어요. 한 번도 정원 쪽으로는 들어가지도 않는걸요."

장군은 스스로 만족한 미소를 잔뜩 머금은 채 오히려 알렌 씨가 부럽다고 말했다. 이곳에 올 때마다 항상 계획했던 것에 못 미치기 때문에 실망할 수밖에 없기 때문이라고 했다.

그는 온실로 들어가면서 물었다.

"알렌 씨네 온실은 어떤가요?"

"작은 온실이 하나 있을 뿐이에요. 알렌 부인이 겨울에 나무들을 가꿀 때 이용해요. 가끔씩 불도 피우고요."

"알렌 씨는 행복한 사람인 것 같아요."

만면에 행복한 자부심의 미소를 띠며 틸니 장군이 말했다.

새로운 것을 보고 감탄하는 일에 캐서린이 완전히 지칠 때까지 장군은 여기저기를 데리고 다니며 조목조목 설명을 했다. 그런데 갑자기 사원 밖으로 나가 보자고 하며, 최근 차를 마실 수 있는 정원을 약간 개조했는데, 캐서린이 피곤하지만 않다면 그것도 볼 만할 것이라고 했다.

"엘리너! 너, 어디로 가는 거니? 왜 그렇게 춥고 질척한 길로 가려는 거니? 몰랜드 양 드레스가 엉망이 되면 어쩌려고. 제일 좋은 길은 여기 정원을 가로질러 가는 거야."

오래된 스코틀랜드 전나무가 우거져 작은 숲을 이루고 있는 좁고 굽이친 길이었다. 어두컴컴한 모양에 관심이 끌린 캐서린은 들어가 보고 싶었지만 장군이 반대하고 있었기 때문에 감히 앞으로 발을 떼지 못하고 있었다.

이런 캐서린의 마음을 짐작한 장군은 다시 한 번 더 건강에 좋지 않다는 이유로 그들을 만류하려 했지만 잘 안 되자 더 이상 반대하지 않았다. 그러나 그는 같이 가지 않겠다고 했다.

"난 햇살을 쐬는 것이 아직은 좋은데, 서로 다른 길로 가서 저쪽에서 만나는 것이 좋을 것 같구나."

그리고는 돌아서서 갔다. 캐서린은 그와 헤어지게 된 사실이 얼마나 행복한지 오히려 자신이 민망할 지경이었다. 그건 일종의 안도에 가까운 거였지 결코 나쁜 의미는 아니었다. 캐서린은 이 좁은 숲 속 길을 걸으면서 즐길 수 있는 우울함을 오히려 기분 좋게 받아들이며 말을 건네기 시작했다.

틸니 양은 한숨을 쉬며 말했다.

"난 특히 이곳을 좋아해요. 어머니가 제일 좋아했던 곳이거든요."

이전에는 한 번도 틸니 양이 어머니 얘기하는 걸 들은 적이 없었다. 이 기억이 그녀에게 가져다 준 슬픔이 얼굴 표정에 드러났고 잠시 침묵이 이어졌다. 틸니 양은 조금 더 기다렸다 말을 이었다.

"어머니랑 자주 이 길을 걷고는 했어요. 그땐 이 길을 정말 싫어했지만 그 이후엔 참 좋아해요. 그땐 어머니가 굳이 이 길을 선택해서 걷는다는 사실만으로도 놀라고는 했어요. 그렇지만 이젠 어머니에 대한 기억이 너무 아름다워요."

"아버지한테도 그래야 하는 거 아닌가요? 그런데 장군님은 왜 들어오시지 않은 거예요?"

틸니 양이 아무 말도 하지 않았기 때문에 캐서린은 다시 말했다.

"어머니의 죽음이 너무 큰 고통이라서 그러신가 봐요."

"점점 더 심해지는 고통이에요. 그때 난 열세 살이었어요. 어린애들이 느끼는 것만큼의 슬픔을 느끼긴 했지만 그땐 정말 그 상실감이 어떤 건지 상상도 하지 못했고 알 수도 없었지요."

차분한 목소리였다. 엘리너는 잠시 동안 발걸음을 멈추고는 좀더 힘을 주어 말했다.

"전 언니도 여동생도 없잖아요. 물론 오빠들이, 특히 틸니 오빠가 아주 잘 해주긴 했지만요. 오빠는 고맙게도 여기에 가능한 한 오래 있으려고 하지만 그래도 어쩔 수 없이 혼자일 때가 더 많아요."

"오빠가 많이 보고 싶겠군요."

"어머니라면 항상 같이 있어 줬을 거예요. 언제나 곁에서 함께 하는 친구일 수 있잖아요. 그 어떤 존재도 비교가 되지 않을 거예요."

"어머니가 아주 아름다우셨나요? 매력적이었겠죠? 사원 안에 혹시 초상화라도 있나요? 왜 어머니가 이 길을 특히 좋아하셨을까요? 우울증 같은 것이 있었을까요?"

이런저런 일들에 대해 캐서린은 관심을 가지고 물었지만 처음 세 질문에 대해서만 틸니 양이 긍정적으로 대답했을 뿐 나머지 질문은 그냥 넘어갔다. 하나하나 질문을 할수록, 틸니 양이 대답을 하든 하지 않든 돌아가신 틸니 부인에 대한 관심이 커져 갔다. 왠지 그녀의 결혼생활은 불행했을 것이라는 예감이 들었다.

장군은 틀림없이 상냥한 남편은 아니었을 것이다. 부인의 산책을 좋아하지도 않았다. 그런데 어떻게 그녀를 사랑했겠는가? 게다가 아주 잘생기긴 했지만 그의 성격에는 아내에게 잘해 주지 않았다는 걸 드러내는 어떤 면이 있었다.

"어머니 초상화는 아버지 방에 걸려 있겠죠?"

캐서린은 스스로도 이 질문의 기교에 얼굴을 붉히며 물었다.

"아니에요. 응접실에 놓으려고 했는데, 아버지가 그 초상화를 별로 마음에 들어 하지 않아서 한동안은 걸어두지 않았어요. 어머니가 돌아가시고 나서는 내 침실에 걸어두고 있어요. 나중에 보여줄게요. 아주 비슷하게 생겼어요."

또 다른 증거였다. 초상화, 실물과 아주 비슷하지만 남편이 소중하게 생각하지 않는다? 장군은 아내에게 아주 끔찍하게 대했을 것이 틀림없다.

캐서린은 장군이 아주 세심하게 신경을 써 주기는 하지만 이전에 그에 대해서 느낀 감정을 숨기려 하지 않았다.

이전에는 두려움과 싫다는 감정이 이젠 정말 반감으로 변했다. 그렇다. 반감이었다. 그렇게 매력적인 여성에게 잔인하게 굴었다는 사실은 정말 혐오스러웠다.

책에서 그런 사람들에 대해서 자주 읽었다. 알렌 씨는 그런 소설이 부자연스럽고 지나친 것이라고 하지만 여기에 그렇지 않다는 확실한 증거가 있지 않은가!

캐서린은 길이 끝나는 곳에서 장군이 기다리고 있는 걸 보자 이 점에 대해서 확신을 가졌다. 그에 대해 화가 나 있기는 했지만 그와 함께 산책하면서 얘기를 들었고 그가 미소를 지을 때면 캐서린 역시 미소로 답했다.

그러나 주위 경관을 보며 더 이상 즐거움을 찾을 수 없었던 캐서린은 곧 지루해 하며 걷기 시작했다. 장군은 이걸 눈치 채고 건강에 해로울 수도 있으니까 딸에게 친구와 같이 집으로 돌아가라고 말했다. 이 말을 들은 캐서린은 그에 대해 좋지 않은 생각을 갖고 있는 자신을 마치 야단치는 것처럼 느껴졌다.

그가 곧 뒤따라오겠다고 했기 때문에 그들은 다시 헤어졌다. 그러나 장군은 길을 가려다 곧 엘리너를 불러 그가 돌아올 때까지 둘이서만 사원을 구경하러 가서는 안 된다고 일렀다.

자신이 그렇게도 바라는 사원 구경을 다시 한 번 연기하는 걸 보고 캐서린은 놀라지 않을 수 없었다.

23

1시간이 지나서야 장군은 나타났다. 장군을 기다리면서 캐서린은 그에 대해서 그렇게 좋은 생각만 할 수는 없었다.

"이렇게 안 오시고 혼자서 산책하시는 걸 보면 마음이 불편하거나 화가 나셨나 봐요."

우울한 기분이었는지는 알 수 없었지만 여전히 미소를 띠고 있었다. 친구가 사원 내부를 구경하고 싶어한다는 걸 헤아린 틸니 양은 다시 그 얘기를 꺼냈다. 그러나 캐서린의 기대와는 반대로 장군은 돌아오는 길에 음료수를 방으로 가져다 놓으라고 명령을 하느라 5분간 멈춘 것 외에는 더 이상 연기할 만한 구실을 찾지 못했는지 그들을 안내할 준비를 했다.

그들은 함께 출발했다. 눈길을 끌기는 했지만 책으로 많이 읽어서 익히 알고 있는 캐서린의 의심을 다시 한 번 확인시켜 주는, 왠지 과장이 느껴지는 태도와 우아한 걸음걸이로 장군은 홀을 지나고 평범한 응접실과 별 쓸모없는 대기실을 지나 어떤 방으로 들어갔다. 크기나 갖추어진 가구 모두 장엄하다고 할 수 있는 방이었다. 중요한 사람이

올 때만 이용하는 진짜 응접실이었다.

아주 우아하고 굉장한 데다 멋있었다. 그러나 그런 면에서는 그리 섬세하지 못한 캐서린은 비단의 색깔 따위는 자세히 구별할 수 없었다. 세세한 칭찬 아니, 칭찬이라고 할 만한 모든 칭찬은 캐서린이 아니라 장군에게서 들을 수 있었다. 어떤 방이 얼마나 값비싸고 우아한 물건들로 채워져 있는지는 캐서린에게 중요하지 않았다. 15세기 이후의 것인 가구에는 아무런 관심이 없었다. 장군은 유명한 장식품들을 하나하나 세세히 직접 살피면서 자신의 호기심을 충족시켰고 그런 후 그들은 함께 도서관으로 갔다.

이 역시 장엄했다. 누구라도 자부심을 가질 만한 많은 장서들이 진열되어 있었다. 전에 보았던 방보다는 좀더 관심을 가지고 장군의 말을 조용히 경청하면서 감탄했다. 캐서린은 이 지식의 보고에서 책꽂이 하나를 선택해 책 제목을 대강 읽어보는 것으로 모든 구경을 마치고 다음으로 갈 준비를 했다.

그러나 멋지게 꾸며진 방들은 그녀가 보고 싶어하는 것이 아니었다. 건물은 무척 크고 넓었지만 이미 제일 커다란 방들은 벌써 가보았기 때문이다. 부엌뿐만 아니라 그녀가 지금 본 6개 또는 7개의 방이 정원으로 둘러싸여 있다는 말을 듣긴 했지만 비밀스런 방이 많이 있다는 의심을 없앨 수는 없었다. 어쨌든 그리 중요하지 않은 방들로 돌아가 정원을 보게 되리라는 생각에 약간 안심이 됐다. 이 방들은 통로도 그리 많지 않고 복잡하지도 않게 다른 방들로 연결되어 있었다.

계속 걸어가면서 자신이 지금 지나가고 있는 곳이 한때는 수녀원이었다는 말을 듣자 훨씬 기분이 좋아졌다. 장군은 죽 늘어선 작은 방들을 지적했고 열려 있지도 않고 설명도 해주지 않은 방들은 그냥 밖에서 보기만 했다. 이렇게 당구실을 지났고 또 장군의 개인 방으로 갔다. 어떻게 연결이 되는 건지도 알 수 없었고 그곳을 떠날 때 오른쪽으로 돌 수 있는지 등 방향에 대해서는 감각을 잃어버렸다. 그리고 틸니 씨가 사용하고 있다는 작고 어두운 방도 지났는데 그의 책과 총, 코트들이 널려 있었다.

캐서린이 이미 보았고 또 6시면 항상 보게 될 식당에 와서도 장군은 즐거운지 멈추질 않았다. 캐서린은 별로 관심도 없고 그가 하는 말을 그대로 믿을 뿐인 얘기들이었지만 장군은 그녀에게 더 자세하고 확실한 정보를 주고 싶어했다. 이렇게 해서 그들은 잠시 얘기를 나눈 후 부엌으로 갔다.

수녀원의 오래된 부엌으로, 넓은 벽이 잘 꾸며져 있었고 오래전부터 생겼을 그을음도 볼 수 있으며 스토브와 찬장은 현대식이었다. 장군의 손길이 여기까지는 닿지 않았던 것이다. 요리사들의 노동력을 줄이기 위해 모든 필요한 현대식 가구와 기구들이 그들의 작업실에 다 동원되어 있었다. 다른 사람들이 제안한 의견이 다 실패해도 장군의 생각은 언제나 완벽할 정도로 필요한 부분을 채워 주었다고 했다. 이런 부분에서만 보더라도 장군의 재능은 과거 이 수녀원을 소유한 사람들 가운데서 가장 빼어난 것 같았다.

부엌은 그 벽을 제외하고는 사원의 옛 모습을 찾을 수가 없었다. 벽의 한쪽 면은 낡고 썩어간다는 이유로 장군의 아버지가 없애 버렸고 지금은 새 벽이 세워져 있었다. 더 이상 존경할 만한 건 없었다. 이 새 벽은 단지 새것이라는 사실뿐만 아니라 '새것' 이라는 것이 너무 명백하게 드러났다. 사무실 정도에나 어울릴 법한 모습에 뒤쪽에는 마구간으로 쓰이는 공간으로 연결되어 있었고 동일한 구조는 필요하지 않다고 생각되었던 것 같다.

캐서린은 단지 일하기에 편리하다는 이유로 그 무엇보다 귀중했을 것을 없애버린 사실에 화가 나 소리라도 치고 싶었다. 장군이 허락만 했다면 정말 이런 곳을 구경하고 싶지 않았다. 그가 정말로 자부심을 가지고 있는 곳은 바로 그의 사무실이었다. 장군은 캐서린과 같은 사람에게는 방이나 편리한 도구들을 구경하는 거라면 언제나 반긴다고 확고히 믿고 있었기 때문에 계속해서 그녀에게 구경을 강요함으로써 괴롭히고 있다는 생각은 하지 못했다. 사실 그런 것들은 하인들의 일거리를 줄여줄 뿐이었지만.

그들은 그의 사무실을 빼놓지 않고 잠깐씩 살펴봤다. 물론 캐서린은 그렇게 많은 방이 있다는 사실과 하나같이 편리하게 꾸며져 있어서 기대 이상으로 놀랐다. 몇몇 식품 저장고와 그다지 편리하지는 않더라도 하나의 싱크대 정도면 그녀가 사는 집에서는 충분할 것 같았지만, 방이 넓고 많은 이런 곳에서는 적절하게 구역이 나누어져 잘 배치되어 있었다. 끊임없이 왔다 갔다 하는 하인들의 수 역시 사무실 수만큼이나 놀라웠다. 어디를 가나 덧나막신을 신은 하녀가 멈춰서 인사를 하거나 실내복 차림의 하인이 얼른 자리를 비키고는 했다.

그러나 이곳은 사원이었다. 이런 가사 도구들은 책에서 읽은 것과는 달라도 너무 달랐다. 책에서는 노생거 사원보다 더 큰 사원이나 성에서도 이런 허드렛일들은 기껏해야 2~3명의 하녀 손으로 모두 해결되었다. 알렌 부인은 그렇게 적은 수의 하녀들이 그 많은 일들을 다 해낸다는 사실에 늘 놀라고는 했다. 지금 캐서린은 하녀들이 얼마나 많은 일을 해야 하는지를 보면서 자신도 놀라기 시작했다.

그들은 다시 홀로 돌아왔다. 중앙 계단을 오르며 장군은 계단을 만든 나무나 화려한 조각들 같은 장식물들에 대해서 말했다. 제일 위층에서 그들은 캐서린이 묵고 있는 방이 있는 복도의 반대 방향으로 걸어가 비슷하게 꾸며 놓았지만 좀더 크고 넓은 방으로 들어갔다.

그 방에 이어 거대한 3개의 침실과 화장실을 구경했다. 모두 완벽하고 멋지게 갖추어져 있었다. 돈과 고상한 취미가 만들어 낼 수 있는 모든 것, 편리와 우아함을 갖추기 위한 모든 것을 이 방들에서 볼 수 있었다. 최근 5년 사이에 모두 꾸며진 이 방들은 전체적으로 멋있었지만 캐서린이 원하는 건 아무것도 갖고 있지 않았다.

마지막 방까지 모두 보고 나자 장군은 이 방들을 사용한 몇몇 유명한 사람들의 이름을 들려주며 웃는 얼굴로 캐서린을 돌아보고 이 사원의 아주 초기 거주자들은 '지금은 플러톤에 살고 있는 우리 친구들' 이었으면 한다고 했다.

캐서린은 이 예상치 못한 칭찬에 기분이 좋아져 자신과 자기 가족들에게 이렇게 예의와 친절을 다해 대접하는데도 장군에 대해 너무 좋지 않은 생각을 했다는 사실을 후회했다.

복도 끝에는 접는 문이 있었다. 틸니 양은 문 쪽으로 걸어와 문을 확 열어젖히고는 그 안으로 들어가 왼쪽에 있는 첫 번째 문 역시 열려는 것 같았다. 그 문은 또 다른 긴 복도로 연결되어 있는 것 같았는데 그때 장군이 앞으로 나와 틸니 양을 급히 불러 세웠다. 캐서린이 생각하기에 장군은 약간 화를 누르면서 틸니 양에게 어디를 가려고 하는지, 거기에 뭐 볼 것이 있기에 그리로 가는지, 몰랜드 양이 볼 만한 건 다 보지 않았는지를 다그치듯 물었다. 그리고 이렇게 오랫동안 구경을 하며 돌아다녔으니 이제 친구에게 시원한 음료수 정도는 대접할 때가 되지 않았느냐고 덧붙였다.

틸니 양은 그 말을 듣자 곧 뒤로 물러섰고 육중한 문들은 다시 닫혔다. 캐서린은 당황한 표정으로 아주 잠시 동안 이 문들 사이로 보이는 복도 쪽을 살펴보았다. 좁은 통로가 있었고 많은 길이 보였다. 그건 여러 곳으로 구불구불하게 연결되는 계단인 것 같았다. 이제야 캐서린의 관심을 끌 만한 곳에 가까이 왔다는 생각이 들었다. 그러나 어쩔 수 없이 다시 복도로 왔던 길을 되짚어 가면서 화려하게 장식된 그 방들을 보는 대신에 차라리 그곳을 봤더라면 하고 생각했다. 장군이 그곳을 보지 못하게 막았다는 사실도 흥미를 가중시켰다. 뭔가 숨기고 싶은 것이 있는 것이다. 몇 번씩 실수가 있기는 했지만 이 점에서만은 캐서린의 상상이 틀릴 리가 없었다. 장군과 약간 떨어져 계단을 내려가면서 틸니 양이 간단하게 설명해 주어서 그게 무언지 알게 되었다.

"어머니가 쓰시던 방으로 가려고 했었어요. 어머니가 돌아가신 방 말이에요."

단 두 문장뿐이었다. 그러나 캐서린에게 많은 것을 설명해주기에 충분했다. 장군은 부인 방에 있는 물건들을 보고 싶지 않았던 것이다. 고통 받는 부인의 끔찍한 죽음과 그 이후 양심의 가책 때문에 한 번도 들어가 본 적이 없었던 것이다.

잠시 후 엘리너와 단둘이 있을 때 캐서린은 그곳뿐만 아니라 보지 못한 사원의 반대쪽까지 구경할 수 있도록 허락을 받았으면 좋겠다고 말했다. 틸니 양은 언제라도 시간이 나면 그곳까지 직접 안내하겠다고 약속했다. 캐서린은 그녀를 이해했다. 그들이 어디를 들어가든 장군이 집에서 창문으로 내려다보고 있을 것이다.

"옛날 모습 그대로이겠군요?"

캐서린은 부드러운 목소리로 말했다.

"그래요. 아주 그대로 남아 있어요."

"어머니가 돌아가신 지 얼마나 됐어요?"

"9년 전에 돌아가셨어요."

9년이라면 앓던 아내가 죽고 나서 그 방을 못쓰게 만들기까지 보통 걸리는 시간에 비하면 짧은 시간이었다.

"어머니가 숨을 거둘 때까지 함께 있었겠죠?"

"아니에요, 난 그때 하필 집에 없었어요. 갑자기 병이 나서 곧 돌아가셨어요. 내가 도착했을 때는 벌써 모든 것이 끝나 있었어요."

엘리너는 한숨을 섞어 말했다.

캐서린은 이 말이 자연스럽게 의미하는 끔찍한 장면들을 떠올리고는 피가 얼어붙는 것만 같았다. 그게 가능할까? 틸니 씨의 아버지가……? 그렇지만 이 끔찍한 생각을 증명하는 예가 얼마나 많은가! 저녁에 두 사람이 뜨개질을 하고 있는 동안 장군은 말없이 응접실을 오가며 깊은 생각에 잠겨 있었다. 두 눈은 아래로 향한 채 무슨 생각을 하는지 눈썹을 잔뜩 찡그리고 있었다. 그런 모습을 보면서 캐서린은 자신의 상상이 허황된 것만은 아니라는 느낌이 들었다. 그 모습은 바로 몬타니의 분위기였다. 그것보다 인간적인 면이 모두 사라지지 않은, 과거의 죄악에 대한 두려움에 떨고 있는 우울한 모습을 이보다 확실히 설명하는 것이 어디 있을까? 불행한 사람! 캐서린은 마음이 불안해서 그런지 계속해서 그의 모습을 쳐다보았고 마침내 틸니 양이 그런 모습을 보고는 낮은 목소리로 속삭이듯 말했다.

"아버지는 자주 이런 식으로 방에서 왔다 갔다 해요. 항상 하시는 습관 같은 거니까 별로 이상하게 생각할 건 없어요."

'이거야말로 더 이상해.' 캐서린은 마음속으로 생각했다. 이런 이른 아침 시간에 그가 운동을 하는 것만큼 이상하고 이해할 수 없는 일도 없을 것 같았다. 그런 생각을 하자 별로 좋은 느낌이 들지 않았다.

저녁 식사 후에는 지루하기만 해서 틸니 씨의 중요성이 아주 절실하게 느껴졌다. 방으로 돌아갔을 때는 오히려 기뻤다. 장군은 틸니 양을 보내 벨을 울리게 했다. 캐서린이 보지 않았으면 하는 장면이었겠지만, 집사가 와서 장군 방에 초를 켜려고 했을 때 장군은 제지했다. 지금 방으로 가서 쉴 생각이 아니었던 것이다.

"난 읽어야 할 팸플릿들이 아직 좀 남아 있어서. 아마 몰랜드 양이 잠자리에 들고 나서도 한동안은 계속해서 여러 가지 생각해야 할 일들이 많이 남아 있어요. 이 정도면 우리 두 사람 모두 시간을 아주 적절하게 보내는 거 아닌가요? 내 눈은 다른 사람들을 위해 장님이 되도록 혹사를 당하고 몰랜드 양은 편히 쉬면서 내일을 재미있게 보낼 준비를 하고."

그러나 장군이 주장하는 일이나 그 어떤 관대한 칭찬에도 불구하고 왠지 장군이 완전히 다른 일 때문에 제대로 쉬지 못하는 것이라는 생각을 거둘 수는 없었다. 가족들이 모두 잠자리에 든 후에도 별로 중요하지도 않을 책자들을 보느라 몇 시간씩 잠을 설친다는 말도 그리 믿음이 가지 않았다.

틀림없이 다른 원인이 있을 것이다. 집안사람들이 모두 자는 동안만 할 수 있는 일일 것이다. 틸니 부인이 알지 못할 이유로 갇힌 채 아직 살아서 밤마다 남편이 가져다주는 조악한 음식 덩어리나 받아먹고 있다는 생각이 바로 캐서린이 내린 결론이었다.

물론 아주 충격적인 생각이었지만 불공평하게 급히 세상을 떠나는 것보다는 나았다. 어느 정도 시간이 흐르면 틸니 부인은 틀림없이 바같세상으로 나오게 될 것이기 때문이다. 갑자기 병이 난 거며 그때 틸니 양이나 다른 자식들까지 자리를 비웠다는 사실은 부인의 감금이라는 가정을 더욱 그럴듯하게 보이게 만들었다. 질투 때문인지 아니면 이해할 수 없는 잔인성 때문인지 그 이유는 아직 알 수 없었다.

옷을 갈아입으면서 이런저런 문제를 생각하다 오늘 아침에 불운한 틸니 부인이 감금된 장소를 혹시 지났을 수도 있다는 생각이 들었다. 그녀가 하루하루를 힘들게 보내고 있을 방에서 몇 발짝도 떨어지지 않은 곳에 서 있을 수도 있었을 것이다. 이 사원에서 그런 목적으로 이용할 수 있는 장소 중에, 이전에 수도원 구역이었던 곳보다 더 적합한 곳이 어디 있겠는가?

이상한 느낌에 사로잡혀 걸었던 돌바닥의 높은 천장으로 만들어진 통로를 지나면서 장군은 그곳에 대해선 아무런 설명도 하지 않았다. 이런 가정을 뒷받침하듯이 틸니 부인의 방이 있던, 출입이 금지된 곳은 이 의심스러운 일련의 방들 바로 위쪽이며, 캐서린이 지나면서 잠시 보았던 그 방들 옆에 있던 계단에는 다른 방들로 연결되는 비밀 통로가 있다고 했다. 장군이 이 끔찍한 짓을 하기에 더 없이 좋은 장소라는 생각이 들었다. 그 계단 아래서 그녀는 아마 사전에 준비된 무관심에 던져져 있는지도 몰랐다.

때로는 이 대담한 가정에 스스로도 놀라며 캐서린은 자신의 생각이 지나친 것이 아닌가 걱정이 되기도 했으며 그렇기를 바라기도 했다. 그러나 그냥 무시해 버리기엔 너무나 그럴듯한 상황이었다.

캐서린이 이 끔찍한 일이 일어나고 있다고 의심하고 있는 곳은 바로 그녀가 머무르는 방이 있는 건물의 반대쪽 건물이라는 생각이 들자, 조심스럽게 살펴보면 장군이 아내가 감금된 곳을 통과할 때 아래쪽으로 난 창문을 통해 그가 들고 갈 램프 불빛이 보일 수도 있다는 생각이 들었다. 잠자리에 들기 전에 캐서린은 두 번씩이나 복도로 걸어나가 그곳을 볼 수 있는 창문으로 가 살펴보았지만 바깥은 어두웠다.

너무 이른 시간인 것 같았다. 여기저기서 계단을 오르내리는 소리가 들리는 걸 보면 하인들이 아직 잠자리에 들지 않은 것 같았다. 12시가 되기 전까지는 살펴보려 해도 헛일일 것이다. 시계가 12시를 알리고 사방이 조용해지면 어둠 속에서 용기를 가지고 한 번 더 몰래 방 밖으로 나가 살펴볼 생각이었다. 그러나 12시가 되었을 때 캐서린은 깊은 잠에 빠져들고 말았다.

24

다음날은 그 의심스러운 방들을 살펴볼 만한 기회가 없었다. 일요일이어서 아침과 오후 예배 사이에 시간이 날 때마다 장군은 밖을 산책한다거나 집에서 함께 냉육을 먹자고 제안했다. 호기심에 안달이 나기는 했지만 저녁 식사 후 6시에서 7시 사이나 밤 사이 램프 불빛에 의지해 그 방들을 살펴 볼 수 있을 정도로 용기가 생기지는 않았다. 이 날은 틸니 부인을 기념해서 교회 안 가족석 바로 앞에 세워져 있는 멋진 기념물을 본 걸 제외하면 별로 흥미를 끌 만한 일은 없었다.

캐서린은 이 기념물을 상당한 관심을 가지고 오랫동안 살펴보았다. 매우 절제된 단어로 적혀 있는 묘비명에 어쩌면 그녀의 파괴자였음에 틀림없을 틸니 장군이 달랠 수 없는 슬픔에 쌓여 틸니 부인에 관한 모든 덕을 묘사해 놓았는데, 그걸 읽은 캐서린은 눈물을 흘릴 정도로 감동받았다. 그 기념물을 세웠을 장군이 그걸 마주보고 있다는 사실은 그렇게 이상한 일이 아니겠지만 다시 이 교회에 들어와서도 대담할 정도로 차분하게 비명(碑銘)을 내려다보며 그렇게 기분 좋아할 수 있다는 것과 아무런 두려움을 느끼지 않는 모습에 캐서린은 놀라지 않을 수 없었다. 죄의식에 무딘 사람이라도 그런 행동을 할 수 있는 사람은 그렇게 많지 않을 것이다. 캐서린은 인간미나 죄의식 따위는 전혀 느끼지 않고 모든 죄를 저지르며 아무나 닥치는 대로 사람을 죽이는 수십 명의 사람들을 기억했다. 그들은 비참한 죽음으로 종교에 귀의함으로써 그 악명 높은 범죄 행각을 마치고는 했다.

장군이 죽은 부인을 위해 기념물을 세웠다는 이 사실 자체는 부인의 실제 죽음에 대한 캐서린의 의심을 조금도 풀어주지 못했다. 부인의 유골이 모셔져 있는 가족묘로 직접 내려가 보거나 부인의 관을 직접 본다 하더라도 캐서린의 의심을 없앨 수는 없을 것이다. 캐서린은 책에서 너무 많은 이야기를 읽었기 때문에 밀랍으로 만든 사람의 시체나 가짜 장례식이 얼마나 흔하게 행해지고 있는지 잘 알고 있었다.

다음날 아침은 좀 나았다. 장군은 누가 보아도 이상한 그 아침 산책을 나갔기 때문에 캐서린에게 기회가 생긴 것이다. 장군이 집에서 나갔다는 사실을 확인하자마자 캐서린은 틸니 양에게 그들이 한 약속을 실행하자고 곧 제안했다. 그녀는 그녀의 말에 기꺼이 동의했다. 함께 걸어가면서 캐서린은 다른 한 가지 약속을 더 상기시키면서 우선 첫 번째 약속했던 침실에 걸려 있는 틸니 부인의 초상화를 보러 갔다.

초상화로 본 부인은 온유하고 깊은 생각에 잠긴 듯한 얼굴을 하고 있었는데 캐서린의 기대에 조금도 어긋나지 않는 사랑스러운 여인이었다. 그러나 형체나 머리색, 안색이 틸니 씨를 닮지 않았다면 적어도 틸니 양과는 같을 것이라고 기대하고 있었지만 그 부분에서는 조금도 일치하는 부분이 없었다. 초상화를 보면 항상 어머니와 그 자식들 사이에 닮은 점이 많았기 때문에 평상시 하던 버릇대로 똑같은 기대를 하고 있었다. 한 가족 중 한 명의 얼굴을 보면 몇 세대를 지나도 그 모습은 비슷하게 남아 있게 된다. 그런데 틸니 부인의 초상화를 보면서 캐서린은 닮은 점을 찾으려고 자세히 살펴봐야 할 정도였다. 이런 결점에도 불구하고 캐서린은 이리저리 살펴보며 그녀에 대한 관심은 더욱 증가했지만 틸니 양을 따라 어쩔 수 없이 자리를 떠나야만 했다.

캐서린이 의심했던 그 거대한 복도로 걸어가면서 얼마나 흥분했는지 틸니 양과 대화조차 제대로 나눌 수 없었다. 겨우 바라볼 뿐이었다. 틸니 양은 차분한 표정이긴 했지만 풀 죽어 있는 모습이었다. 그 침착한 모습에서 그녀가 지금 들어가고 있는 곳에서 만나게 될 우울한 분위기에 익숙해 있다는 걸 알 수 있었다.

그때처럼 이번에도 접힌 문을 통해 들어갔다. 틸니 양이 열쇠에 손을 올려놓자 캐서린은 숨까지 죽인 채 조심스럽게 문을 닫으려고 몸을 돌렸다. 그런데 그때 복도 저쪽 끝에 장군의 끔찍한 그림자가 서 있는 것이 아닌가! 바로 그 순간 큰 목소리가, 엘리너를 부르는 소리가 건물 전체를 울렸고 틸니 양은 아버지가 돌아왔음을 알아차렸다.

캐서린은 단지 두려움에 떨고 서 있을 뿐이었다. 그를 보자마자 우선 엄습한 생각은 숨자는 것이었지만 지금 몸을 숨긴다고 해도 별 소용이 없을 것 같았다. 틸니 양은 미안한 표정으로 급히 아버지 쪽으로 달려가 장군과 함께 사라졌고, 캐서린은 안전한 자신의 방으로 뛰어들어가 몸을 숨겼다.

다시는 아래층으로 내려갈 수 없을 것만 같았다. 캐서린은 방 안에서 약 1시간 동안 불안에 떨어야 했고 불쌍한 친구를 걱정하면서 노여움에 찬 장군이 자신을 곧 불러 내릴 거라 생각하고 있었다. 그러나 아무도 데리러 오지 않았다. 마침내 사원 안으로 마차 한 대가 들어오는 것을 본 캐서린은 용기를 내어 방문객들의 보호 아래 장군을 만나기로 하고 내려갔다.

아침 식사를 하기 위한 식당은 손님들로 인해 밝은 분위기였다. 장군은 손님들에게 정중하게 딸의 친구라며 캐서린을 소개시켰다. 속으로야 분노를 삼키고 있을 테지만 겉으로는 전혀 드러내지 않았기 때문에 캐서린은 한동안 편안하게 앉아 있을 수 있었다. 아버지에 대해 캐서린이 걱정하고 있다는 걸 안 틸니 양은 식사 도중에 캐서린에게 일부러 말을 걸어왔다.

"아버진 편지에 답장을 하라고 절 부른 것뿐이에요."

캐서린은 장군이 자신의 모습을 보지 않았기를 바랐고 아니면 그렇게 믿고 싶었다. 이런 희망을 가지며 캐서린은 손님들이 떠난 후에도 계속 장군과 같은 방에 머물렀고 별다른 일은 일어나지 않았다.

아침에 일어났던 일을 생각하면서 캐서린은 다음번에는 혼자서 그 금지된 문으로 들어가 보기로 결심했다. 틸니 양은 특히 이 일에 대해서 아무것도 모르고 있었기 때문에 그녀를 위해서도 이것이 좋은 방법인 것 같았다. 둘이서 같이 들어가다가 다시 한 번 더 들킨다거나 슬픈 기억을 상기시킬 방으로 그녀를 데리고 간다는 건 친구로서 할 일이 못 되는 것 같았다. 장군이 가장 많이 화를 내는 대상은 캐서린이라기보다는 딸일 수도 있었다. 게다가 방을 살펴보는 것뿐이라면 혼자 가는 것이 훨씬 더 좋을 것도 같았다. 지금까지 아무런 의심없이 잘 지내고 있는 틸니 양에게 자신이 갖고 있는 생각을 설명할 수도 없었다. 뿐만 아니라 그녀가 보는 앞에서 모두가 발견하지 못하고 넘긴 장군의 잔인성에 대한 증거들을 찾을 수도 없었다. 이런 생각으로 용기를 내며 찢어진 일기장이라도 하나 발견하리라는 기대를 가졌다.

그 방으로 가는 건 이제 캐서린 자신에게 달려 있었다. 내일 틸니 씨가 오기로 되어 있기 때문에 그전에 끝내려면 시간이 별로 없었다. 아직 날은 환했으니 잔뜩 용기를 모았다. 지금 시간이 4시였기 때문에 해가 지려면 2시간은 족히 남아 있었다. 자신이 좀 일찍 자리를 뜨더라도 보통 때보다 한 30분 빨리 몸단장을 하러 간 것으로 생각할 것이다.

드디어 시작됐다. 캐서린은 4시가 되기 전에 복도로 나갔다. 생각할 시간이 없었다. 발걸음을 서둘러 가능한 한 소리를 내지 않고 접는 문 사이로 들어가서 주위를 둘러보거나 숨쉴 정신도 없이 바로 문제의 방으로 직행했다. 열쇠를 풀었다. 다행히 조용히 열렸으므로 사람들이 아무 소리도 듣지 못했을 것 같았다. 발끝으로 조심조심 방으로 들어갔다. 마침내 방 안으로 들어섰지만 한동안 그대로 서 있다가 겨우 발걸음을 뗐다.

자신을 그곳에 붙들어 놓고 모든 사람을 궁금하게 만들었을 이 방을 구석구석 살펴보았다. 커다란 크기의 잘 짜여진 방이었다. 하녀가 제대로 정돈해 놓지 않은, 멋들어진 침대와 밝고 멋진 욕실, 마호가니로 만든 옷장, 단정하게 색칠된 의자들, 그 위로 서쪽으로 지고 있는 태양이 2개의 새시 창문을 통해 따뜻한 햇살을 기분 좋게 쏟아 놓고 있었다.

캐서린은 잔뜩 동요하리라 기대했었고, 예상대로였다. 맨 처음 든 생각은 놀라움과 의심이었다. 잠시 후에는 지나치게 비약했다는 생각에 끔찍할 정도로 수치심을 느꼈다. 이 방에 대해서 잘못 생각한 것일 리가 없었다. 그러나 다른 모든 일에서도 얼마나 잘못된 생각을 했던가! 틸니 양이 한 말을 자기 멋대로 받아들였던 것이다. 그렇게 오래되고 끔찍한 장소에 위치했다고 한 이 방은 틸니 장군의 아버지가 지은 방의 제일 끝에 위치한 방이었다.

침실에는 옷을 넣어두는 방으로 연결되는 문으로 추정되는 2개의 문이 있었다. 그렇지만 열어 보고 싶지도 않았다. 틸니 부인이 마지막까지 쓰고 있던 베일이나 마지막으로 읽었던 책이, 그 어느 것도 알려주지 못했던 진실을 밝힐 수 있도록 아직까지 남아 있을까?

아니다. 장군이 어떤 죄를 저질렀건 간에 그 사실을 누군가가 알아차릴 수 있도록 놓아두었을 리가 없다. 캐서린은 이렇게 탐험이라도 하듯 살피러 다니는데 완전히 지친 데다 당황했고 이런 실수를 숨기고 싶은 마음에 오직 얼른 방으로 돌아가고 싶은 생각뿐이었다.

그 순간이었다. 들어왔던 곳으로 다시 조용히 돌아가려는 순간에 어디서 들리는지 알 수 없는 발자국 소리가 캐서린의 발목을 잡아두었다. 캐서린은 걸음을 멈추고 그 자리에서 떨며 서 있었다. 하인 가운데 한 명이라고 하더라도 이런 곳에서 발견되는 건 좋은 일이 아니었다. 게다가 만약 장군이라면, 항상 만나지 않기를 바라는 곳에는 언제나 가까이 있었으니, 상황은 더 나쁠 것이다.

캐서린은 귀를 기울이고 발자국 소리를 들었다. 잠시 소리가 멈추는 것 같아, 얼른 방을 빠져나가기 위해 접는 문을 통과해 문을 닫았다. 그 순간 아래쪽에 있는 문이 급히 열리는 소리가 났다. 누군가가 빠른 걸음으로 계단을 올라 캐서린이 복도로 가려면 통과해야 하는 방향을 향해 다가오고 있었다. 캐서린은 움직일 힘조차 없었다. 완전히 공포에 사로잡힌 캐서린은 두 눈을 계단에 주시하고 있었다. 잠시 후에 틸니 씨가 나타났다.

"틸니 씨!"

캐서린은 상당히 놀란 목소리로 소리쳤다.

틸니 씨 역시 놀란 표정이었다.

"세상에, 어떻게 여기에 온 거예요? 왜 저 계단으로 올라오는 거죠?"

캐서린은 틸니 씨의 말은 듣지도 않고 계속해서 말했다.

"내가 왜 이 계단으로 올라오냐구요? 마구간에서 내 방으로 가는 제일 빠른 길이기 때문이에요. 이 계단으로 오면 안 될 이유라도 있나요?"

그 역시 놀란 목소리였다.

캐서린은 정신을 가다듬고 얼굴을 붉히며 더 이상 아무 말도 하지 못했다. 틸니 씨는 캐서린이 차마 말하지 못하는 설명을 찾기라도 하듯 그녀의 얼굴을 살펴보았다.

"음, 그럼 당신은 어떻게 여기에 오게 됐는지 물어봐도 되겠습니까?"

접는 문을 다시 닫으며 말했다.

"이 통로야말로 식당에서 당신 방까지 가는 길과는 상당히 먼 길인 것 같은데요. 물론 마구간에서 제 방으로 가는 길로도 좀 특이하기는 합니다만."

"전 당신 어머니 방을 보러 왔어요."

캐서린은 고개를 떨어뜨리며 말했다.

"제 어머니 방이오? 그곳에 뭐 특이한 거라도 있나요?"

"아니에요, 아무것도. 내일쯤에야 오실 줄 알았는데요."

"저도 출발할 때는 이렇게 빨리 올 줄은 몰랐는데, 3시간 전에 모든 일이 끝나서 더 이상 그곳에 머무를 필요가 없어졌어요. 그런데 안색이 창백하군요. 제가 계단을 너무 급히 올라오는 바람에 놀란 것 같은데, 아마…… 이 계단이 보통 사용하는 사무실과 연결되어 있다는 걸 몰랐나 봐요?"

"예, 전혀 몰랐어요. 오늘 말 타기에 참 좋은 날씨죠?"

"그래요, 엘리너가 혼자서 모든 방들을 살펴보도록 놔둔 겁니까?"

"그렇지 않아요. 토요일에 틸니 양과 함께 대부분 다 살펴봤어요. 이곳에 같이 오려고 했었는데……. (목소리를 낮추며) 당신 아버지가 함께 계셔서요."

"아, 그래서 못 와 봤군요. 이 통로에 있는 방을 다 구경했나요?"

캐서린을 진심으로 위하는 마음에서 말했다.

"아니오, 그냥 보려고만 했을 뿐이에요. 참, 너무 늦진 않았나요? 옷을 갈아입으러 가야 하는데."

"이제 4시 15분인걸요.(시계를 보여주며) 지금은 바스에 있는 것도 아니잖아요. 극장이나 무도회에 갈 필요도 없으니까 여기선 30분이면 충분할 겁니다."

캐서린은 더 이상 할 말이 없는데다 틸니 씨가 다른 질문을 할까 두려워서 그를 만난 후 처음으로 그의 곁을 떠나고 싶은 마음이 들었다. 두 사람은 천천히 복도를 걸었다.

"지난번에 본 이후에 바스에서 무슨 연락이라도 받았습니까?"

"아니오, 사실 저도 궁금해 하고 있어요. 이사벨라가 바로 편지하겠다고 충실히 약속했거든요."

"충실히 약속했다구요? 충실한 약속이라! 좀 혼란스럽군요. 충실한 실행이라는 말은 들어봤는데, 충실한 약속이라, 약속의 충실함! 그런 건 알면 고통스러울 테니 알 가치가 없는 힘이에요. 제 어머니 방은 정말 넓죠? 아주 크고 상쾌한 느낌에 옷장들도 제대로 놓여져 있어요. 이 집에서 제일 편안하게 꾸며진 방이라는 생각이 드는데, 왜 엘리너가 그 방을 쓰지 않는지 모르겠어요. 엘리너가 어머니 방을 보라고 보냈나 보죠?"

"아니에요."

"그럼 정말 혼자서 여기에 왔단 말입니까?"

캐서린은 아무 말이 없었다. 잠시 그녀를 자세히 살핀 후 틸니 씨가 덧붙였다.

"방 안에는 특별히 당신의 호기심을 불러일으킬 만한 물건은 없으니, 어머니에 대한 기억을 상당히 소중하게 간직하고 있는 엘리너가 설명한 걸 직접 확인해 보려는 생각에서 올라온 것 같군요. 제 생각에도 어머니 같은 분은 없을 거예요. 그렇지만 그 사실이 이 정도의 관심을 불러일으키기란 드문 일이죠. 잘 모르는 사람의 가정적인 알뜰한 면이나 꾸밈없는 솔직한 면이 이런 열정을 느끼게 하진 않는단 말이죠. 존경할 만한 부드러움 때문에 이렇게 당신이 혼자서 방문을 할 정도도 역시 아닐 테고. 아마 엘리너가 어머니에 대해서 많은 얘기를 했나 보죠?"

"사실은……. 그렇게 많은 이야기를 한 건 아니지만 무척 흥미로운 이야기였어요. 아주 갑자기 돌아가셨다고 해서요.(천천히 그리고 망설이듯) 그리고 자식들이 아무도 없었다고 하더군요. 거기다가 당신 아버지가 어머니를 그렇게 사랑하지 않았을지도 모른다는 생각도 들었고요."

"그런 상황으로 미루어 보아 일종의 부주의나 일종의(의식하지 못한 채 캐서린이 고개를 저었다.) 잘 이해가 되지 않는 무엇이 있다고 생각한 것 같군요."

날카로운 눈으로 캐서린을 마주보며 말했다. 캐서린의 두 눈은 그 어느 때보다 커져 있었다.

"제 어머니 병은 발작을 일으키는 병이셨어요. 그래서 죽음도 갑자기 맞게 되신 거죠. 그 병 자체로도 자주 고통 받았는데, 담즙 이상에 의한 열병 때문에 더 지속적이었던 거예요. 간단히 말하면 다시 기절을 한 후에 3일째 되는 날 의사가 와서 보살폈어요. 의사 분도 아주 존경할 만한 분이셨어요. 항상 어머니가 믿고 따르셨거든요. 그분이 위험하다는 판단을 내리자 두 분의 의사가 그 다음날 도착해서 24시간 내내 곁에서 보살폈어요. 그리고 5일째 되는 날 돌아가셨어요. 그렇게 아픈 동안 프레드릭 형과 전 집에 있었기 때문에 계속해서 어머니를 볼 수 있었어요. 우리가 보기에도 어머니는 주위 사람들이 줄 수 있는, 아니 어머니 정도의 위치에서 받을 수 있는 모든 애정과 관심은 모두 받으셨어요. 불쌍한 엘리너는 그때 없었지요. 너무 먼 곳에 떨어져 있어서 소식을 받고 급히 도착했을 때는 벌써 어머니를 입관한 다음이었어요."

"그렇지만 당신 아버지는, 많이 힘들어 하셨나요?"

캐서린이 물었다.

"한동안은 아주 힘들어하셨죠. 아버지가 어머니를 좋아하지 않았다고 생각하면……. 아버진 어머니를 사랑했어요. 그렇지만 모든 사람이 똑같은 애정을 가진 건 아닌 것처럼 아버지도 달랐어요. 어머니가 살아 계신 동안 그렇게 많은 사랑을 받진 않았을 수도 있지만, 그리고 아버지의 성격 때문에 어머니가 힘들어하긴 했지만 한 번도 아버지의 행동 때문에 고통스러워하신 적은 없어요. 아버지는 진심으로 어머니를 아꼈어요. 비록 영원히 계속되지는 않았지만 어머니가 돌아가신 후에는 상당히 힘들어하셨지요."

"그 말을 들으니 정말 다행이군요. 아주 충격적일 뻔했어요."

"제가 당신을 제대로 이해한 거라면 당신이 가졌던 의심이 얼마나 끔찍한 건지 감히 표현하지는 못하겠지만 그런 가정을 했던 것 같군요. 어떤 사실에 근거해 판단한 겁니까? 우리가 살고 있는 나라와 시대를 생각해 보십시오. 가능할 수도 있는 일들에 대해 스스로 이해하고 추리하고 주위에 일어나고 있는 일들을 관찰해 보십시오. 이 나라에서 우리가 받은 교육이 그런 끔찍한 일들을 하라고 가르치나요? 법은 그런 일들을 눈감아 줄 수 있나요? 사회적 문학적 언로가 트여 있고, 모든 사람들이 이웃이라는 스파이에 둘러싸여 있고, 도로는 뚫려 있고, 신문들이 모든 사건을 발표하고 있는 이 나라에서 아무도 모르게 그런 끔찍한 일들이 일어날 수 있다고 생각합니까? 몰랜드 양, 도대체 무슨 생각을 하고 있었던 겁니까?"

두 사람은 마침내 복도 끝에 다다랐고 캐서린은 수치스러움에 눈물을 흘리며 방으로 달려갔다.

25

꿈꾸었던 사랑과는 작별을 고해야 했다. 이제 캐서린은 그것을 확실히 알 수 있었다. 틸니 씨의 말은 비록 짧았지만 캐서린은 그전에도 실망으로 끝난 적이 있는 몇 가지를 생각해 보았다. 그러나 자신의 상상이 얼마나 말도 안 되는 어리석음이었는지 이번에는 분명하게 깨달을 수 있었다. 너무도 수치스러웠다. 캐서린은 격심한 고통으로 흐느껴 울었다. 단지 자신의 잘못을 깨달았기 때문이 아닌 틸니 씨와의 관계 때문이었다. 범죄 수준으로까지 확대된 자신의 잘못이 완전히 그에게 탄로가 나고 말았으니 그는 영원히 그녀를 멸시할 것이다. 그녀가 마음대로 상상의 날개를 편 대상이 하필이면 그의 아버지였으니, 어떻게 그녀를 용서할 수 있겠는가?

캐서린은 스스로를 증오했다. 틸니 씨는 오늘 그 일이 있기 전까지는 한두 번 그녀에게 애정 비슷한 것을 보여주었다. 그랬다고 캐서린은 믿었다. 그러나 이제……. 캐서린은 30분 동안 가장 비참해졌으며, 시계가 5시를 알리자 찢어지는 가슴을 안고 아래층으로 내려갔다. 괜찮으냐는 틸니 양의 물음에도 알아들을 만한 대답을 할 수가 없을 정도였다. 이제 무섭게만 느껴지는 틸니 씨가 곧 그녀를 따라 식당으로 들어왔다. 그러나 그녀에 대한 그의 행동에서 확연히 드러나는 차이점이란 보통 때보다 훨씬 많은 신경을 써주는 것뿐이었다. 캐서린에게 지금처럼 위안이 필요한 때는 없었고, 틸니 씨는 그걸 알고 있는 것처럼 보였다.

저녁 내내 틸니 씨는 캐서린을 위로해 주는 정중함으로 일관했다. 캐서린은 기분이 훨씬 좋아져 다시 편안해졌다. 다만 어떻게 지난 일을 잊을 수 있을지 아니면 변명해야 할지 몰랐다. 그러나 그 일이 더 이상의 문제를 일으키거나 그 일로 인해서 틸니 씨가 자신에 대한 생각을 완전히 바꾸는 일은 없기를 바랐다.

생각은 아직 그런 근거 없는 공포로 인해 느끼고 행동했던 일들에 집중되어 있었지만, 그 모든 생각이 자위적이었고 스스로 만들어 낸 공상에 지나지 않았다는 건 너무도 자명했다. 아무것도 아닌 일을 중요한 것으로 지레짐작해 받아들이고 사원에 도착하기 전부터 두려움이나 공포를 갈망하고 있었던 탓에 모든 일을 왜곡해서 받아들인 것이다.

캐서린은 어떤 기분으로 노생거에 올 준비를 했는지 기억했다. 바스를 떠나기 오래전부터 그런 상상에 심취해 있었고 위험한 일들을 미리 만들어 놓았었다. 이 모든 것이 바스에서 심취했던 책들의 영향을 받았기 때문인 것 같았다.

래드클리프 부인의 작품이나 그녀를 흉내 낸 다른 소설가들의 작품까지 모두 매혹적이긴 했지만 적어도 영국 중부 지역에서 그런 책 속에 나오는 사람들을 찾을 수는 없을 것이다. 소나무 숲과 부도덕함이

만연한 알프스 산이나 피레네에 대한 묘사를 한 것일 수도 있었다.

이탈리아, 스위스, 아니면 프랑스 남부라면 그런 끔찍한 일들이 있다 해도 믿을 수 있을 것이다. 자신의 나라, 영국에서는 거의 불가능한 얘기였다. 굳이 들라면 북부나 서부 말단 지역이라면 가능성이 있을 수도 있겠다. 그렇지만 중부 지역에서는, 이 법이 지배하는 땅과 지금과 같은 시대에서는 사랑받지 않는 아내의 존재란 찾기도 힘들 것이다. 살인은 용납되지 않았고, 하인들은 노예가 아니었다. 독약뿐만 아니라 수면제도 아무 약국에서나 손쉽게 구할 수 없었다. 아마 알프스 산맥이나 피레네 지역이라면 선악이 분명한 사람이 있을 수 있을 것이다. 천사가 악마의 영혼을 가질 수 없듯이 그런 곳에서라면 선과 악이 섞인 모습은 생각할 수도 없을 것이다. 그러나 영국에서는 그렇지 않았다. 적어도 영국 사람들은 마음이나 습관에서 보면 일반적으로 정도의 차이는 있지만 선과 악이 섞인 사람들이다.

이런 관점에서 본다면 틸니 씨나 틸니 양으로부터 앞으로 약간의 부족한 점이 보이더라도 놀라지 않을 것이다. 캐서린은 자신이 품었던 정말 끔찍한 의심에서 벗어나긴 했지만 틸니 장군 같은 사람에게서도 실제로 어떤 잘못된 점이 있다는 사실을 인정할 필요가 있다는 관점에서 바라본다면 그 역시 완벽하게 좋기만 한 사람은 아니라고 생각했다.

이런 식으로 생각을 정리하고 앞으로는 실수하지 않고 객관적으로 판단하고 행동하겠다는 결심을 굳히고 스스로를 용서해야 한다는 생각이 들자 그 어느 때보다 행복했다. 하루가 지나자 시간이라는 관대한 손길이 말도 안 되는 상상으로 스스로 고통 받고 있는 캐서린의 마음을 더욱 달래 주었다.

틸니 씨는 캐서린도 놀랄 정도로 관대하고 신사답게 행동했으며 한 번도 지나간 일에 대해서 언급을 하지 않아 커다란 위안이 되었다. 이렇게 힘든 고통이 시작될 때 가능하리라고 생각하지 않았던 평온함이 되살아났고, 틸니 씨의 따뜻한 말에 의해 더욱 기분이 나아졌다. 그러나 아직 상자나 옷장과 같은 몇 가지 얘기가 나오면 기분이 가라앉기도 했고 특히 어떤 물건이든 옻칠을 한 걸 보면 그렇게 싫을 수가 없었다. 그렇지만 자신의 그런 실수가 고통스럽기는 해도 조금은 도움이 되었다고 인정했다.

사랑의 위험 신호가 지나가자 곧 다시 일상생활이 시작되었다. 특히 이사벨라의 편지에 대한 기대는 날이 갈수록 커져 갔다. 바스의 생활은 어떤지, 무도회에서는 어떤 일이 일어났는지 알고 싶어 초초하게 기다리고 있었다. 특히 캐서린을 잔뜩 기대하게 만든, 좋은 그물뜨기 뜨개질에 적당한 걸 찾았을지, 제임스 오빠와는 잘 지내고 있는지에 대한 확고한 대답을 듣고 싶었다. 오빠는 옥스퍼드에 갈 때까지는 캐서린에게 편지를 쓰지 않겠다고 말했었고 알렌 부인은 플러톤에 가면 편지를 쓰겠다고 했다. 그렇지만 이사벨라는 여러 번 거듭 약속했으며, 일단 한 번 약속하면 틀림없이 지킨다고 했다. 그래서 편지가 없는 것이 더 이상하게 여겨졌다.

9일 동안 캐서린은 계속 실망을 더해가며 궁금해 하기만 했다. 시간이 지나면서 궁금증은 더 심해 갔으나 마침내 열흘째 되는 날 아침에 식사하러 식당으로 들어갔을 때 처음 눈에 띈 것이 편지였다. 틸니 씨는 기꺼운 표정으로 그녀에게 편지를 전달해 주었고, 캐서린은 마치 틸니 씨가 편지를 쓴 것처럼 고마운 마음으로 받았다.

"이건 제임스 오빠에게서 온 거군요."

캐서린은 편지봉투를 뜯었다. 제임스가 옥스퍼드에서 보낸 편지였다.

사랑하는 캐서린

편지 따위를 쓰고 싶은 생각은 전혀 없지만 소프 양과 나 사이에 모든 일이 끝났다는 걸 알려 주는 것이 도리일 것 같은 생각이 들어서 펜을 들었다. 난 어제 바스를 떠나왔고 다시는 그곳에 가지 않을 생각이다. 자세한 얘기를 하고 싶지는 않구나. 널 더 고통스럽게 만들 뿐일 테니까. 그렇지 않아도 곧 다른 사람에게서 누구의 잘못으로 이렇게 됐는지 듣게 될 거다. 너무 쉽게 사랑에 빠진 이 오빠를 용서해 주길 바란다. 하느님이 보살펴 주시니, 시간이 지나면 괜찮아질 거다. 그렇지만 정말 힘든 일이구나. 아버지가 그렇게 친절하게 동의를 해주셨는데……. 이 얘기는 이제 그만 해야겠다. 이사벨라는 날 영원히 비참한 지경으로 몰아넣었어! 캐서린, 곧 답장을 하렴. 넌 내 유일한 친구니까. 네 사랑이 지금은 유일한 희망이란다. 틸니 대령이 이사벨라와의 약혼 사실을 알리기 전에 노생거 사원에서 떠났으면 좋겠구나. 아니면 네가 불편한 입장이 될 수도 있을 테니까. 불쌍한 소프는 지금 런던에 있다. 그를 만나게 될까 두려워. 그의 순진한 마음은 많은 상처를 받을 거야. 소프와 아버지에게 편지를 썼어. 무엇보다 가장 괴로운 건 이사벨라의 이중성이야. 마지막 순간까지 나를 제일 사랑하는 것처럼 말하고는 내가 겁쟁이라고 비웃었지. 내가 얼마나 오랫동안 그걸 참아왔는지를 생각하면 정말 수치스럽구나. 그렇지만 자신이 사랑받고 있다고 믿었던 남자가 있다면 바로 내가 그 사삶이었을 것이다. 지금도 나는 그녀가 무슨 생각에서 그렇게 행동했는지 알 수가 없어. 틸니 대령과 사귀려고 나를 갖고 놀 필요는 전혀 없었으니까. 어쨌든 우리는 마침내 서로 동의 하에 헤어졌단다. 다시는 만나지 않기를 바란다. 다시는 그런 여자를 만나지 않는 게 좋을 것 같다. 캐서린, 사랑을 줄 때는 항상 조심해야 한다.

제임스

채 석 줄도 읽지 않았는데 캐서린의 얼굴 표정이 갑자기 변하고 짧은 비명소리를 질러 뭔가 좋지 않은 소식임을 예감케 했다. 그녀가 편지를 읽는 내내 관심어린 눈으로 그녀를 지켜보고 있던 틸니 씨는 편지를 다 읽고 나서도 전혀 나아진 점이 없다는 걸 분명히 알 수 있었다. 그때 마침 아버지가 들어오는 바람에 놀란 표정을 숨길 수밖에 없었다.

그들은 곧 아침 식사를 하기 시작했다. 캐서린으로서는 거의 아무것도 먹을 수 없었다. 두 눈에는 눈물이 가득 고였고 자리에 앉자 두 뺨을 타고 흘러내리기까지 했다. 한 손에 편지를 들고 있다 무릎에 놔두었다가 다시 호주머니에 넣어 두는 모습은 자신이 무슨 일을 하고 있는지도 모르는 것처럼 느껴졌다. 코코아를 마시며 신문을 읽는데 신경을 집중하고 있던 장군은 미처 캐서린의 변화를 눈치 채지 못하고 있었지만 틸니 씨와 엘리너에게는 너무도 분명히 보였다.

식사를 마치자마자 캐서린은 곧 방으로 올라갔다. 그런데 하녀들이 방을 치우고 있었기 때문에 어쩔 수 없이 다시 내려와야만 했다. 캐서린은 혼자 있고 싶어서 응접실로 들어갔고 틸니 씨와 엘리너도 그녀에 대해 깊은 걱정을 하며 응접실로 따라 들어갔다. 캐서린은 미안하다고 말하고 다시 나가고 싶었지만 두 사람의 만류로 다시 응접실에 남게 되었다. 엘리너가 다정히 위로의 말을 건넨 후 두 사람은 캐서린을 혼자 두고 응접실을 나섰다.

약 30분 동안 혼자서 슬픔과 깊은 생각에 잠겨 있던 캐서린은 친구들을 만나야 한다고 느꼈다. 그들에게 이 고통을 알려야 할지 어떨지는 아직 더 생각해 봐야 할 문제였다. 아마 질문을 받으면 무슨 일인지 대강 알려만 줄 수도 있겠지만 더 이상 자세하게 말하고 싶지는 않았다. 자신에게 그렇게 소중한 친구였던 이사벨라와 그리고 그들의 형이자 오빠인 틸니 대령이 너무 깊게 관련되어 있었다.

캐서린은 이 문제를 아예 없었던 걸로 해야 한다는 생각이 들었다. 틸니 씨와 엘리너는 아직 식당에 있었다. 그녀가 들어서자 두 사람 모두 걱정스런 표정으로 그녀를 보았다. 캐서린은 식탁에 자리를 잡고 앉았다. 잠시 동안 말없는 침묵을 깨고 엘리너가 말했다.

"플러톤에서 무슨 나쁜 소식이 온 건 아니죠? 부모님이나 형제들이 아프거나 한 건 아니죠?"

"아니에요, 걱정해 줘서 고마워요.(한숨을 쉬며) 모두 잘 있대요. 이 편지는 옥스퍼드에 있는 오빠에게서 온 거예요."

한동안 캐서린은 아무 말도 하지 않았다. 그러다 다시 눈물을 흘리며 덧붙였다.

"다시는 편지를 기다리지 않을 거예요."

틸니 씨는 방금 펼쳐 든 책장을 다시 닫으며 말했다.

"죄송합니다. 그렇게 좋지 않은 내용의 편지였다면 좀 다른 감정으로 전해주는 건데."

"이 편지에는 누구도 상상 못 할 끔찍한 내용이 들어 있었어요. 불행한 제임스 오빠! 오빠가 너무 불쌍해요. 곧 알게 될 거예요."

"이렇게 다정하고 사랑스러운 동생이 있으니 어떤 상황에서도 오빠에게 많은 위안이 될 겁니다."

틸니 씨가 따뜻하게 말했다.

"한 가지 부탁할 것이 있어요. 당신 형님이 오시게 되면 저에게 알려주세요. 그래야 먼저 떠날 수 있을 테니까요."

캐서린이 불안한 목소리로 말했다.

"프레드릭 형 말입니까?"

"예, 그래요. 이렇게 빨리 떠나게 돼서 저도 유감이긴 하지만 틸니 대령과 같은 집에서 지낼 수 없을 정도로 좋지 않은 일이 일어났어요."

엘리너는 점점 더 놀란 눈으로 캐서린을 바라보며 아무 말도 하지 못했다. 그러나 틸니 씨는 곧 사실을 알아차렸다. 그러고는 소프 양 얘기를 포함해 이것저것 간단하게 물었다.

"정말 대단하군요. 벌써 눈치 채고 있었군요. 우리가 바스에서 이 얘길 나눌 때는 설마 일이 이렇게 끝나리라고 전혀 예측하지 않았었죠? 아, 이사벨라! 이제 왜 이사벨라가 편지를 보내지 않았는지 충분히 알겠군요. 이사벨라는 제 오빠를 차버렸고 당신 형님과 결혼할 거예요. 이런 변덕을 부리다니. 믿을 수가 없어요. 세상에 이보다 나쁜 일이 있을까요?"

"제 형 문제라면 약간 잘못 안 것이 아닐까 생각합니다. 몰랜드 씨가 당한 힘든 문제에 형이 직접적인 관여를 하지 않았기를 바라는 마음입니다만, 어쨌든 형이 소프 양과 결혼한다는 건 불가능해요. 그 부분에서는 뭔가 잘못 안 것이 틀림없다는 생각이 드는군요. 몰랜드 씨에 대해서는 정말 유감입니다. 당신이 사랑하는 사람 누구라도 불행해지는 모습은 보고 싶지 않아요. 그렇지만 편지 내용 중에서 제일 믿을 수 없는 부분은 프레드릭 형이 소프 양과 결혼할 것이라는 이야기입니다."

"그렇지만 그건 사실이에요. 그럼 오빠가 직접 보낸 편지를 읽어보는 것이 좋겠군요. 여기, 이 부분에서는……."

마지막 문장에 얼굴을 붉히며 다시 정신을 가다듬고는 말했다.

"제 형이 관여된 부분을 우리에게 읽어 주겠어요?"

"아니, 직접 읽어보세요."

다시 한 번 더 생각해도 그게 좋을 것 같았다.

"(더 얼굴을 붉히며) 제가 무슨 생각을 하고 있었는지도 모르겠어요. 오빠는 제게 충고를 해주려는 것뿐이었는데."

틸니 씨는 기꺼이 편지를 받아서 주의 깊게 읽고는 돌려주며 말했다.

"만약 이게 사실이라면 정말 유감이군요. 형은 가족들이 기대하는 상식 이하의 여자를 배우자로 택할 사람이 절대 아니거든요. 이런 상황은 정말 좋지 않군요."

틸니 양 역시 캐서린의 권유로 편지를 읽고 나서 걱정과 놀라움을 드러내며 소프 양의 인척 관계나 재산에 대해서 묻기 시작했다.

"어머니는 아주 훌륭한 사람이에요."

캐서린이 대답했다.

"아버지는요?"

"변호사인 것 같아요. 풀트니에 살고 있을 거예요."

"부자인가요?"

"아니오, 그리 부자는 아니에요. 그리고 이사벨라는 전혀 가진 것이 없어요. 그렇지만 당신 가족에게 그 문제는 그다지 중요하지 않잖아요. 틸니 장군께서는 상당히 자유분방한 생각을 갖고 계신 것 같던데요. 지난번에도 저한테 자식들의 행복을 지켜 주는 한도 내에서만 돈을 소중하게 생각할 뿐이라고 말씀하셨어요."

틸니 씨와 엘리너는 서로를 쳐다보았다.

"그렇지만 그 정도로 행복이 보장되고, 프레드릭 오빠가 그런 사람과 결혼할 수 있을까요? 이사벨라라는 사람, 예의도 모르고 아주 분별없는 사람임이 분명해요. 그렇지 않으면 당신 오빠를 그런 식으로 이용할 수가 없어요. 프레드릭 오빠도 정말 이상해요. 자신이 보는 앞에서 한 사람과의 약혼을 깨뜨리고 다른 사람과 다시 약혼할 수 있는 그런 여자를 고르다니 이건 정말 믿을 수가 없어. 그렇지 않아, 오빠? 프레드릭 오빠는 항상 자부심이 대단했는데, 그 어떤 여자도 자신의 사랑을 받기엔 충분하지 않다고 생각하며 살고 있잖아."

"이건 정말 말도 안 되는 상황이야. 어쩌면 이렇게 뻔뻔스러운 일을 형이 할 수 있을까! 게다가 이사벨라가 다른 사람과 사랑을 약속하기 전에 한 사람과의 약혼을 깨뜨릴 것이라고는 생각하지 않아요. 이사벨라는 그 정도는 영리하니까요. 형과도 이젠 정말 끝이에요. 이젠 죽은 사람이나 마찬가지예요. 도대체 이해할 수가 없어요. 엘리너, 올케를 기다리려무나. 그런 올케라면 아주 만족할 수 있을 거야. 개방적이고 솔직하고, 꾸밈없고, 절대 감정을 숨기는 법이 없으니까."

"그런 사람이라면 틸니 씨, 전 기쁠 거예요."

캐서린이 웃으며 말했다.

"이사벨라가 우리 가족 입장에서 보면 잘못 행동한 것이 틀림없지만 당신 가족들에게는 훨씬 잘할지도 몰라요. 이제 정말 좋아하는 남자를 만났으니까 변덕 따위는 부리지 않을지도 모르죠."

"그럴까 봐 정말 걱정이에요. 다른 남자가 나타나지 않으면 변함없이 형을 사랑하겠죠. 그게 형의 유일한 희망이겠군요. 바스로 편지를 보내 어떻게 됐는지 자세히 알아보겠어요."

"틸니 씨, 이런 일이 모두 야심 때문이라고 생각하나요? 솔직히 말하면 비슷한 점이 있는 건 사실이에요. 제 아버지가 처음 이사벨라와 오빠의 약혼을 허락하면서 어느 정도의 돈을 물려주겠다고 약속했을 때 이사벨라는 그게 만족스럽지 않은 듯 상당히 실망하는 표정이었어요. 태어나서 한 번도 그렇게까지 속은 느낌을 받아본 적은 없어요. 지금까지 겪고 책에서 읽은 그 많은 일 중에서요. 저 자신도 이사벨라 때문에 많이 실망하고 가슴 아프지만 불쌍한 오빠는 너무 고통스러울 거예요. 극복해 낼 수 있을지나 모르겠어요."

"지금 상황에서는 오빠가 처한 처지가 정말 안 되긴 했습니다만 당신이 받는 고통 역시 간과해서는 안 됩니다. 이사벨라를 잃은 슬픔은 아마 당신의 절반을 잃은 고통과 비슷할 겁니다. 마음속에 무엇으로도 대신 채울 수 없는 텅 빈 구멍이 뚫렸을 거예요. 사람을 사귀기가 점점 더 힘들어질 거예요. 바스에서 가졌던 즐거움이나 그녀와 함께 했다는 생각만으로도 끔찍해질 거예요. 이젠 어떤 일이 있어도 무도회에는 가고 싶지도 않을 거고, 앞으로 비밀을 솔직하게 털어놓거나, 어떤 어려운 상황에서도 기대고 의논할 수 있는 친구를 사귈 수 있을지 두려운 생각도 들 거예요. 그렇죠?"

잠시 생각을 가다듬은 후에 캐서린이 대답했다.

"아니에요, 그렇지는 않아요. 그래야만 하나요? 솔직히 정말 힘들고 가슴이 아프긴 해요. 이제는 이사벨라를 사랑할 수 없다는 사실이 그래요. 편지도 받지 못할 테고, 다시는 볼 수도 없을 거예요. 그렇지만 다른 사람들이 생각하는 것처럼 그렇게 고통스럽지는 않아요."

"당신은 언제나처럼 인간에 대해서 항상 좋은 점만을 보는군요. 그런 감정들은 정말 소중한 거예요."

캐서린은 틸니 남매와 이런저런 대화를 나누면서 생각지 못하게 기분이 상당히 좋아졌다. 이 모든 말을 두서없이 꺼내긴 했지만 자신이 한 일을 후회하지는 않았다.

26

그 이후로 세 사람은 자주 그 문제에 대해서 의논하고는 했다. 그러나 틸니 씨와 엘리너가 이사벨라의 사회 계급이나 재산을 생각하며 틸니 대령과 결혼하기는 무척 힘들 것이라고 얘기하는 걸 보며 캐서린 자신은 상당히 놀랐다. 이런 상황을 초래한 그녀의 인품을 떠나서 이 두 가지 문제만 하더라도 틸니 장군이 그들의 결혼을 반대할 것이라는 말은 캐서린에게도 경종을 울리는 것이었다. 그녀 역시 사회적으로 높은 계급도 아니었고 재산도 별로 없었기 때문이다.

틸니 가의 상속자인 틸니 대령이 그리 대단하거나 부유한 것이 아니라면, 그의 동생인 틸니 씨가 결혼을 할 때는 어느 정도로 기대할까? 이런 생각으로 시작된 여러 가지 고통스런 생각들은 장군의 말과 행동에서 그녀가 느낄 수 있는 특별한 애정이 가져올 수 있는 효과에 의해서만 사라질 수 있을 것 같았다. 운 좋게도 캐서린은 처음부터 장군에게 대단한 호감을 주었기 때문이다. 돈 문제에 관해서라면 관대하고 사욕이 전혀 없다는 듯 장군이 직접 여러 차례 말했으며, 캐서린이 그렇게 믿도록 만들었던 걸 생각한다면 틸니 씨와 엘리너는 그 점에서 상당히 오해하고 있는 것 같았다.

그렇지만 틸니 씨와 엘리너는 틸니 대령이 감히 아버지의 동의를 구하러 직접 오지는 못할 것이라고 확신하고 있었고, 더구나 이런 상황이 벌어졌다면 절대로 노생거에 오지 않을 것이라고 여러 번 반복해서 말했기 때문에 당장 캐서린 자신이 이곳을 떠나야 한다는 생각은 접어 두어도 될 것 같았다.

그런 중에도 혹시나 틸니 대령이 직접 장군을 찾아와서 얘기를 꺼낸다면 장군이 어떤 식으로든 이사벨라의 행동에 대해서 편견을 가질 수밖에 없다는 생각이 들었다. 차라리 틸니 씨가 먼저 이 문제를 사실대로 알려서 장군이 이사벨라에 대해서 냉정하고 공정한 판단을 내릴 수 있었으면 좋겠다는 생각이 스치고 지나갔다. 그렇게 되면 단지 현재 상황 때문이 아니라 좀더 객관적인 근거에 기초해서 판단을 내릴 수 있을 것 같았다. 따라서 캐서린은 이런 제안을 했지만 틸니 씨는 기대했던 것만큼 긍정적인 반응을 보이지 않았다.

"아니에요, 그렇지 않아도 엄하신 아버지의 힘을 더 강하게 만들 필요는 없어요. 형이 직접 자신의 행동에 대해서 설명하도록 해야 해요. 아버지는 형으로부터 직접 그 사실을 들어야만 합니다."

"그렇지만 틸니 대령님은 전부를 말하진 않을 거예요."

"사분의 일이라도 충분할 거예요, 캐서린."

이틀이 지나도록 틸니 대령으로부터는 아무런 소식도 없었다. 틸니 씨와 엘리너는 이 상황을 어떻게 해석해야 할지 몰라 곤란해 했다. 때로는 그의 침묵이 의심스러운 약혼의 당연한 결과라고 생각했지만, 반면에 정말 약혼을 했다면 이렇게 일을 진행할 리가 없다는 생각이 들기도 했다.

한편 장군은 프레드릭으로부터 아무런 소식이 없자 늘 화가 나 있기는 했지만 그 사실에 대해 전혀 모르고 있는 그는 더 이상 걱정은 하지 않았다. 단지 캐서린이 노생거에서 즐겁게 지낼 수 있도록 최대한의 배려를 아끼지 않았다. 노생거에서 똑같은 생활의 반복으로 캐서린이 지겨워하지나 않을까 걱정하면서 프레이저 부인이 있었으면 좋겠다는 얘기와 가능하면 정찬 파티를 열었으면 좋겠다고 말하고 주위 이웃에 춤을 출 수 있는 젊은이들이 몇이나 있는지 헤아려 보기도 했다. 그러나 일 년 중 이맘때는 거의 잠들어 있는 시간으로 그리 재미있는 일도 없었고 사냥도 없었다. 그런데다 프레이저 부인 역시 이곳에 없었다.

어느 날 아침이었다. 이런저런 궁리를 하던 장군은 마침내 한 가지 제안을 내놓았다. 틸니 씨가 다음번 우드스턴으로 갈 때 그들도 함께 방문해서 같이 양고기를 먹으면 어떻겠느냐는 것이었다. 틸니 씨는 이 제안을 정중히 받아들이며 매우 기뻐했다. 캐서린에게도 반가운 제안이었다.

"아버지, 좋은 계획인 것 같습니다. 월요일은 교구 모임이 있어서 우드스턴에 가야 하고 아마도 2~3일 정도 머물게 될 것 같아요."

"글쎄, 그럼 그때 가면 되겠구나. 굳이 날짜까지 지금 정할 필요는 없겠구먼. 이 일 때문에 지나치게 신경 쓸 필요는 없어. 네가 집에 있을 수 있는 시간이면 언제라도 괜찮을 거다. 총각이 사용하는 식탁에 젊은 숙녀들이 앉을 수 있을지 허락을 받아야겠는걸.

보자, 월요일은 네가 바쁠 테니까 월요일에는 갈 수 없겠고, 화요일은 내가 바쁜 날이야. 그날 아침에 브록햄에서 누가 보고서를 가지고 올 예정이니까. 그 이후에는 또 클럽에 참석해야만 해. 내가 이곳에 없을 때라면 몰라도 여기 있는 걸 모두 알고 있을 텐데 참석하지 않으면 그건 예의에 어긋나니까 말야. 몰랜드 양, 조금의 시간과 노력을 들이면 모두가 즐거울 수 있는데, 굳이 이웃들을 기분 나쁘게 만들지 않아야 한다고 생각하지 않아요? 모두들 아주 중요한 사람들이거든요. 일 년에 두 번씩 여기서 승마를 즐기는데, 가능하면 그들과 같이 식사를 하는 시간을 마련하려고 해요. 그러니까 화요일은 나 때문에 불가능할 것 같군. 수요일에는 괜찮은데 틸니, 우리가 가도 되겠니? 그곳 구경도 좀 하려면 아침 일찍 가야 할 거야. 2시간 45분이면 우드스턴까지 도착할 테니까 여기서는 10시에 출발하면 되겠구나. 수요일 1시 전까지는 도착할 수 있을 테니."

무도회를 연다고 해도 이 작은 나들이보다 반갑지는 않았을 것이다. 캐서린은 너무나도 우드스턴에 가보고 싶었기 때문이다. 약 1시간 뒤에 틸니 씨가 부츠와 방한 코트를 입고 그녀와 엘리너가 있는 곳으로 인사를 하러 들어왔을 때도 여전히 기쁨으로 가슴은 방망이질치고 있었다.

"숙녀 여러분, 전 지금 떠납니다. 이 세상에서 우리가 느끼는 즐거움은 언제나 대가를 치러야 하고, 때로는 매우 불리한 조건으로 그런 즐거움을 찾기도 하죠. 미래에 찾을 수 있는 예금을 위해 현금을 내주면서 말예요. 지금 절 보세요. 나쁜 날씨에, 다른 여러 가지 이유로 불가능할 수도 있지만, 일단 수요일에 두 숙녀 분을 볼 수 있다는 희망이 있으니 계획을 좀 앞당겨 지금 바로 출발해야 할 것 같습니다."

"그래요, 가도록 하세요, 그런데 왜죠?"

캐서린은 침울한 얼굴로 물었다.

"왜냐고요? 어떻게 그런 질문을 할 수 있죠? 왜냐하면 제 늙은 가정부를 얼른 깨워서 두 분을 위해 청소를 하고, 멋진 저녁을 준비하게 하려면 지금 가야만 하기 때문이죠."

"설마 농담이죠?"

"아니에요, 정말 슬픈 일이기도 하죠. 사실 여기 머무는 것이 훨씬 좋으니까요."

"더구나 장군님께서도 월요일에 떠나는 줄 아실 텐데 왜 이렇게 빨리 떠나려는 거예요? 당신이 이 일 때문에 너무 신경 쓰지 않기를 바란다고 말씀하셨잖아요. 그러면 성가신 일이 될 테니까요."

틸니 씨는 조용히 미소만 지을 뿐이었다.

"엘리너와 저 때문에 이렇게까지 하실 필요는 없다고 생각해요. 벌써 잘 알고 계시잖아요. 장군님께서도 특별히 준비를 할 필요가 없다고 분명히 말씀하셨고, 혹 그런 말씀이 안 계셨다 하더라도 집에서 항상 좋은 음식을 드시니까 가끔씩 평범한 식사를 한다 해도 그렇게 나쁘진 않을 거예요."

"저도 당신처럼 생각하고 싶군요. 아버지나 저 자신을 위해서 말입니다. 그럼 안녕히. 엘리너, 내일은 수요일이니까 아마 못 올 거야."

그는 떠났다. 어느 때라도 틸니 씨의 판단보다는 자신의 판단을 의심하는 것이 훨씬 더 쉬운 까닭에 캐서린은 곧 틸니 씨가 옳다고 생각하기 시작했다. 비록 그가 떠났다는 사실은 끔찍할 정도로 싫었지만. 한편 그녀가 계속해서 신경 쓰고 있는 것은 장군의 설명할 수 없는 행동이었다.

장군이 먹는데 있어서 특히나 까다롭다는 사실은 누가 말해주지 않아도 캐서린은 이미 알고 있었다. 왜 그는 겉으로는 이런 말을 하면서 속으로는 다른 걸 바라고 있는지 정말 이해할 수 없었다. 이런 사람들을 도대체 어떻게 이해해야 할까? 아마 틸니 씨만이 아버지의 행동과 생각에 대해서 알고 있는 것 같았다.

어쨌든 토요일부터 수요일까지 캐서린은 틸니 씨와 함께 있을 수 없었다. 어떤 생각을 하더라도 모두 이 슬픈 사실로 귀결되고는 했다. 더구나 틸니 대령으로부터 소식이 도착할 때 틸니 씨가 같이 있어 주기를 바랐지만 그것도 불가능했고, 왠지 수요일에는 비가 내릴 것만 같았다. 과거, 현재, 미래 이 모두가 우울하게 느껴졌다. 제임스 오빠는 매우 고통스러운 상황에 처해 있고, 그녀 역시 이사벨라를 잃은 슬픔에 힘들어하고 있었고, 엘리너까지 틸니 씨가 없는 바람에 기분이 좋지는 않은 것처럼 보였다.

무엇이 캐서린의 흥미를 끌고 즐거움을 가져다 줄 수 있을까? 이제 숲 속이나 덤불 따위는 너무 지겨웠다. 그것들은 항상 단정하게 가꾸어져 있었고 건조했다. 사원 자체도 다른 집들과 똑같이 느껴질 정도였다. 사원을 생각하면 떠오르는 감정은 사원이라는 존재 때문에 캐서린이 상상의 날개를 펼쳤던 고통스런 오해뿐이었다.

캐서린은 자신의 생각의 변화에 스스로도 놀랐다. 사원에서 지낼 수 있기를 얼마나 고대했던가! 이제는 이곳에 편리하게 이용할 수 있도록 여러 곳으로 이어지는 목사관이 있다는 걸 제외하고는 별로 그녀의 관심을 끌 만한 것은 없었다. 사실 이런 목사관은 그녀의 고향인 플러톤에서도 볼 수 있었지만 그것보다는 좀더 나았다. 플러톤에도 물론 좋지 않은 점은 있지만, 우드스턴은 전혀 그렇지 않을 것이다. 아, 수요일이 언제나 올까!

마침내 수요일이 되었다. 그토록 기대했던 바로 그 시간이 왔던 것이다. 날씨도 좋았기 때문에 캐서린은 하늘을 나는 것처럼 기뻤다. 10

시에 쌍두 사륜마차가 출발했다. 약 20마일에 이르는 즐거운 마차 여행을 한 후에 그들은 우드스턴에 도착했다. 그러나 입지가 좋은, 비교적 크고 사람들이 많이 사는 마을이었다.

틸니 장군이 평범한 시골 풍경과 마을의 크기가 작다며 사과라도 할 듯 말했기 때문에 캐서린은 자신이 얼마나 아름답게 생각하고 있는지 말하는 것이 부끄러울 정도였다. 어쨌든 캐서린은 지금까지 방문한 어떤 곳보다도 이곳이 마음에 들었다. 멀리 보이는, 단정하게 늘어선 지붕들이며 거리에 늘어선 작은 잡화상까지 모두 마음에 들었다.

마을 한쪽으로 다른 집들과 적당하게 떨어진 곳에 그 집이 있었다. 새로 지은 듯한 석조 건물로 반원을 이루는 성벽과 푸른색 대못이 보였다. 문으로 가까이 다가가자 틸니 씨가 여기 있는 동안 친구가 되어 주는 커다란 뉴펀들랜드 개와 2~3마리의 사냥개를 데리고 그들을 마중 나와 환대했다.

집으로 들어가면서 캐서린은 볼 것과 말하고 싶은 것이 너무 많아서 가슴이 잔뜩 부풀어 올랐다. 장군이 캐서린의 의견을 물어올 때까지는 자신이 앉아 있는 방에 대해서 아무런 생각도 못 하고 있었다. 그때야 주위를 돌아보고 그 방이 세상에서 가장 편안하고 아름다운 방이라는 걸 깨달았다. 그렇지만 너무 조심스러운 생각에 캐서린이 평범한 칭찬만을 하자 장군은 약간 실망하는 것 같았다.

"그렇게 좋은 집이라고만은 할 수가 없죠. 아마 플러톤이나 노생거의 집과는 비교도 안 될 겁니다. 이곳이 좁고 평범한 집에 지나지 않지만 그런대로 살 만은 하지요. 보통 집들보다 결코 뒤떨어지지 않을 겁니다. 아마 영국에서 이 집 반만한 집도 몇 집 안 될 걸요. 물론 손볼 곳도 좀 있어요. 사실 꼭 그런 것도 아니지만, 어쨌든 잘 생각해 보면 한 가진 있죠. 저 앞에 튀어나온 활처럼 생긴 창문 말입니다. 우리끼리 얘긴데, 내가 제일 싫어하는 것이 바로 저런 거거든요."

캐서린은 그의 말에 제대로 집중할 수가 없어 무슨 말인지 알아듣지 못해 힘들어하고 있었다. 그러자 틸니 씨가 다른 화제를 꺼내 캐서린을 도와주었다. 그러는 동안 쟁반 가득 신선한 음료수들이 배달되었고, 장군도 곧 만족스런 분위기로 돌아갔기 때문에 캐서린은 평상시처럼 편안하게 앉아 있을 수 있었다.

지금 그들이 앉아 있는 방은 넓고 저녁 식당처럼 멋진 가구들로 꾸며져 있었다. 밖을 산책하기 위해 그곳을 나서면서 캐서린은 이 집의 집주인이 사용하는 작은 방으로 우선 안내되었다.

캐서린 일행의 방문을 위해 아주 깔끔하게 청소되어 있었다. 그 방을 구경한 후 응접실로 안내되었다. 비록 가구들이 아직 배치되어 있지는 않았지만 방의 외관은 장군까지 만족시킬 정도로 잘 꾸며져 있었다. 방 안의 구조도 아름다웠고 창문은 바닥까지 맞닿아 있었다. 창밖으로 보이는 풍경은 푸른 풀밭밖에 없었지만 상쾌해 보였다. 캐서린은 이 방을 보자 느낌 그대로 솔직하게 감탄을 토해냈다.

"그런데 왜 이 방을 아직 꾸미지 않았나요? 꾸며진 모습을 봤다면 정말 좋았을 텐데. 이렇게 예쁜 방은 본 적이 없어요. 세상에서 제일 아름다운 방인 것 같아요."

"곧 아름답게 꾸며질 걸로 생각합니다. 여주인의 심미안만 가미되면 되거든요."

장군은 만족한 미소를 띠며 말했다.

"이 집이 제 집이라면 전 늘 이 방에만 있을 것 같아요. 저기 나무들 사이에 있는 작은 오두막은 정말 예쁘군요. 사과 나무두요. 정말 아름다운 집이에요."

"마음에 들어 하니 다행이군요. 틸니, 이 사실에 대해 로빈슨에게 말하는 걸 잊지 마. 저 오두막은 계속 있어도 될 것 같구나."

이런 칭찬에 캐서린은 갑자기 정신을 차리고 아무 말도 못 하고 있었다. 장군이 정중하게 벽지나 벽걸이로 캐서린이 어떤 색을 좋아하는지 물어왔지만 아무런 대답도 할 수 없었다. 어쨌든 새로운 구경거리와 신선한 공기가 이런 당황스러운 분위기를 없애는 데 많은 도움이 되었다. 잠시 후 네 사람이, 틸니 씨가 1년 반 전부터 심혈을 기울여 가꾸어 온, 양쪽이 풀밭으로 둘러싸인 아름다운 정원에 이르자, 캐서린은 다시 주위를 둘러보며 경관을 살피기 시작했다. 한쪽 구석에 푸른색 긴 의자가 놓여 있었고, 주위에 있는 수풀의 키 역시 그 의자보다 높지는 않았지만 이렇게 즐거운 산책은 처음이었다.

다른 쪽에 있는 풀밭들을 산책하고, 마을의 일부를 거쳐 마구간으로 가 어디 수선할 곳이 있는지 살펴보고, 여기저기 뛰어 다니는 귀여운 강아지들과 놀다 보니 4시가 되었다. 캐서린은 3시도 채 안 되었을 것이라고 생각했었다. 4시에 식사를 하고 6시에는 다시 출발할 예정이었는데, 이렇게 시간이 빨리 지났을 줄은 생각도 못 했다.

캐서린은 저녁 식사에 차려진 음식을 보고 그것을 본 장군이 조금도 놀라지 않는다는 사실에 조금 놀랐다. 준비되지 않은 냉육을 찾느라 옆 테이블을 쳐다보기도 했을 정도였다. 그러나 틸니 씨와 엘리너의 생각은 달랐다. 장군이 자신의 집말고 그렇게 맛있게 음식을 먹는 모습은 아직껏 본 적이 없고 녹은 버터가 기름지기는 했지만 평소와는 달리 그런 것에는 전혀 상관하지 않고 식사에만 집중하고 있었다.

6시가 되자 장군은 커피를 다 마셨고 그들은 마차에 올랐다. 온종일 장군은 매우 기분 좋아 보였기 때문에 캐서린은 그가 만족했다고 생각했다. 틸니 씨 역시 상당히 만족한 인상이었다. 캐서린은 언제 어떻게 다시 우드스턴을 구경할 수 있을까 하는 걱정을 잊은 채 기쁜 마음으로 그곳을 떠났다.

27

다음날 아침, 캐서린은 이사벨라로부터 뜻밖의 편지를 받았다.

사랑하는 캐서린에게

당신이 보내 준 2통의 편지를 받고 너무 기뻤어요. 좀더 빨리 답장을 하지 못해 정말 미안하게 생각해요. 그렇게 게을렀다는 걸 생각하면 정말 부끄러워요. 이 끔찍한 곳에서는 뭔가 할 시간을 낼 수가 없어요. 당신이 바스를 떠난 후에 매일같이 편지를 쓰려고 펜을 쥐었는데, 늘 그때마다 다른 사소한 일들이 생겨서 편지를 쓰진 못했어요. 제발 곧 답장해 줘요, 이번에는 풀트니에 있는 집으로 편지를 부쳐야 할 거예요. 내일이면 드디어 이곳을 떠날 예정이에요. 당신이 떠난 이후에는 이곳에서 즐거움이란 찾을 수가 없었어요. 모든 것이 허무했지요. 좋아하는 사람들은 모두 떠나가고 아무도 없으니 말이에요. 당신은 내가 그 누구보다 아끼는 사람이니까 당신을 볼 수 있다면 여기 더 머무를 수도 있겠지만.

캐서린, 당신 오빠 때문에 상당히 걱정하고 있어요. 옥스퍼드로

간 뒤로는 아무런 소식이 없어요. 뭔가 오해가 있는 것 같아서 걱정일 뿐이에요. 당신의 친절한 우정이면 이 모든 문제를 해결할 수 있을 것도 같아요. 제임스는 내가 유일하게 사랑했고 사랑할 수 있는 사람이었어요. 당신이 그에게 이 사실을 확인시켜 주기를 바랄게요.

이제 봄 패션은 별로예요. 모자들도 아주 끔찍한 것들뿐이고. 그곳에서 즐거운 시간을 보내길 바랄게요. 아마 내 생각은 하지도 않겠지요? 당신이 같이 지내고 있는 그 사람들에 대해서는 아무런 얘기도 하지 않을 거예요. 별로 좋은 얘기가 나오지 않을 테니까요. 그러면 당신이 존경하는 사람들과 같이 지내기가 힘들어질 수도 있고 말이에요. 어쨌든 누구를 믿어야 할지 정말 모르겠어요. 젊은 남자들은 매일같이 마음이 변하는 것 같아요. 그런 남자들 중에서 내가 제일 싫어하는 한 남자가 바스를 떠나서 정말 다행이에요. 이 말로 그 사람이 누구인지 짐작할 수 있겠지만, 다시 말하면 틸니 대령이에요. 기억하지요? 놀라울 정도로 날 따라다니면서 귀찮게 하더니 가버렸어요. 나중에는 점점 더 나빠져서 아예 내 그림자처럼 따라다녔어요. 그런 정도의 관심을 받은 여자들은 흔치 않을 테니까 보통 여자라면 아마 완전히 넘어갔을 거예요. 그렇지만 난 그 변덕스런 남자들에 대해서 이미 잘 알고 있었어요. 그는 이틀 전에 귀대했고 다시는 그 사람을 만날 일은 없을 것 같아요. 세상에서 그런 얼간이에, 불쾌한 사람은 한 번도 본 적이 없어요. 이틀 전에는 샬럿 데이비스 옆을 떠나질 않더라구요. 그의 취향이 유감스럽긴 했지만 그 사람은 날 보지 못했어요. 마지막으로 거리를 걸어가다 그 사람을 만났는데 나는 그가 말을 걸지 않도록 바로 상점으로 들어갔어요. 아예 쳐다보지도 않았어요. 그 후에 그는 광천수 홀로 들어갔어요. 그렇다고 내가 그 사람을 따라갈 리는 없다는 거 잘 알지요? 틸니 대령과 당신 오빠는 정말 얼마나 다른지 다시 한 번 깨달았어요. 답장에서 제임스 소식을 좀 알려줘요. 제임스 때문에 정말 슬퍼요. 여길 떠날 때 감기가 걸려서 그런지 기분이 좋지 않아 보였어요. 나도 편지를 썼는데 아마 주소를 잘못 적은 것 같아요. 앞서 내가 말했던 것처럼 제임스가 내 행동에 오해를 한 것이 아닐까 걱정이에요. 그가 만족할 수 있도록 내 대신 설명을 해줬으면 좋겠어요. 제임스가 아직도 의심을 품고 있다면 나에게 편지를 쓰거나 아니면 다음번에 풀트니로 직접 만나러 오면 모든 일이 해결될 걸로 생각해요. 난 무도회도 가지 않고 연극도 보러 가지 않아요. 정말 오래된 것 같아요. 단지 어젯밤에 호즈 가 사람들과 함께 파티에 참석한 것이 다예요. 그들이 하도 졸라대기도 했지만 틸니 대령이 간 이후에 내가 두문불출한다는 말을 듣고 싶지 않았거든요. 어쩌다 미첼의 옆에 앉았는데 내가 밖에 나온 걸 보더니 상당히 놀라는 척했어요. 그들이 나에 대해 좋지 않은 마음을 품고 있다는 걸 알아요. 한때는 나에게 아주 불친절하게 대하더니 이제는 정반대로 변했어요. 그렇지만 그런 그들의 행동에 속을 정도로 난 바보가 아니에요. 캐서린, 내가 항상 기운차게 사는 거 알죠?

앤 미첼은 지난주에 내가 콘서트에서 썼던 모자와 똑같은 걸 따라 썼는데 완전히 엉망이었어요. 틸니 대령은 그 모자가 내 색다른 얼굴에 잘 어울린다고 말하면서 모든 사람들이 나만 쳐다본다고 했어요. 그렇지만 그 사람 말은 무슨 말을 해도 믿지 않을 거예요. 지금 난 자주색 옷만 입어요. 그 색은 나에게 잘 어울리지는 않지만 그래도 상관없어요. 그 색은 제임스가 제일 좋아한 색이었으니까요. 캐서린, 제발 제임스하고 나에게 편지를 보내 주길 바랄게요.

이사벨라로부터

이런 얕은 기교에 더 이상 넘어갈 캐서린이 아니었다. 그녀의 불합리하고 모순에 가득 찬 거짓말들이 가장 먼저 눈에 들어왔다. 그녀와 친교를 맺고 지내왔다는 사실이 오히려 수치스러웠다. 그녀가 쏟아 놓는 애정 표현들은 그녀의 변명처럼 공허했고 캐서린에게 부탁한 요구들도 무례하기 짝이 없었다.

"자기 대신에 편지를 쓰라고? 아니, 내 입으로는 절대로 이사벨라 얘기를 제임스 오빠에게 하지는 않을 거야."

우드스턴에서 틸니 씨가 도착하자마자 캐서린은 그와 엘리너에게 틸니 대령이 무사히 귀대했다는 사실을 알리며 진심으로 축하했다. 그리고 분개하며 이사벨라가 보낸 편지 중에서 가장 중요한 부분을 소리 내어 읽어 주었다. 캐서린은 편지를 다 읽고 나서 말했다.

"이사벨라와 우리의 친분을 생각하면 정말 너무해요. 이사벨라는 날 바보로 생각하는 것이 틀림없어요. 그렇지 않으면 이런 식으로 편지를 쓰진 않았을 거예요 그렇지만 이 편지로 이사벨라가 날 아는 것보다 이제 내가 이사벨라에 대해서 더 분명히 알게 된 건지도 몰라요. 그녀가 무슨 생각을 하고 있는지 알겠어요. 아주 허영심에 찬 요부에 지나지 않아요. 이런 술책에 절대로 넘어가지 않을 거예요. 제임스 오빠나 나에 대해서 한 번이라도 진지하게 생각해 봤는지도 의심스러워요. 차라리 그녀를 만나지 않았더라면 좋았을 걸 그랬어요."

"곧 모든 것이 잊혀질 겁니다."

틸니 씨가 말했다.

"제가 이해할 수 없는 것이 하나 있어요. 제가 보기에는 이사벨라는 틸니 대령님에게 마음이 있었던 것 같아요. 비록 성공하지는 못했지만. 정말 이해할 수 없는 건 틸니 대령님이 도대체 어떤 생각을 갖고 있었나 하는 거예요. 왜 그렇게 집요하게 이사벨라에게 관심을 보내서 제 오빠와 헤어지게 만들고 자신은 또 훌쩍 떠나 버렸을까요?"

"예전에도 그랬던 것처럼 프레드릭 형이 왜 그랬는지에 대해서는 정말 할 말이 없어요. 형 역시 소프 양처럼 허영심이 있어요. 그런데 다른 점은 좀더 강한 이성을 가지고 있기 때문에 스스로는 아직 다치지 않았다는 거죠. 형의 행동으로 인한 파장이 이해가 되지 않는다면 그 원인도 찾으려고 하지 않는 것이 나을 겁니다."

"틸니 대령님이 이사벨라를 좋아했다고도 생각하지 않는 건가요?"

"전 그렇게 생각되는군요."

"그럼 단지 장난삼아 이 모든 일을 일으켰다는 건가요?"

틸니 씨는 동의한다는 표시로 고개를 끄덕였다.

"그럼 틸니 대령님을 좋아할 수 없군요. 이 일은 잘 해결되긴 했지만 정말 그가 싫어요. 커다란 피해 없이 모든 일이 해결됐다고 생각해요. 이사벨라도 별로 속상해 할 것 같지도 않으니까요. 그렇지만 틸니 대령님은 이사벨라가 자신을 좋아하도록 만들었잖아요."

"우선 소프 양이 형을 좋아했다면 물론 결론적으로 아주 다른 사람이었겠지요. 그랬다면 아마 상당히 다른 대우를 받았을 겁니다."

"당신이 형의 편을 드는 건 당연해요."

"당신이 오빠 생각을 한다면 소프 양이 아무리 실망시켰다 해도 그렇게 슬프지는 않을 거예요. 그렇지만 당신 마음은 타고난 고결함 때문에 고통스러워하는 거죠. 가족적인 애정이나 복수 따위의 냉혹한 추리는 받아들일 수 없는 겁니다."

이런 칭찬은 캐서린의 슬픈 마음에 많은 위로가 되었다. 프레드릭은 용서하지 못할 정도의 잘못을 저지른 것도 아니었고 틸니 씨는 너무도 호감을 주는 사람이었다. 캐서린은 이사벨라에게 답장을 하지 않기로 결정하고 더 이상 이 문제에 대해서는 생각도 하지 않을 작정이었다.

28

이 일이 있은 직후 장군은 1주일 동안 런던에 가야 할 일이 생겼다. 사업 때문에 캐서린과 함께 머무르면서 도움을 줄 수 없게 되었다는 사실을 유감으로 생각하면서 틸니 씨와 엘리너에게 그가 없는 동안 캐서린이 편안하고 즐겁게 지낼 수 있도록 보살펴주라는 당부를 하고 떠났다. 이제 행복하게 시간을 보낼 수 있었다. 하고 싶은 일을 하고, 웃고 싶을 때면 마음껏 웃고, 편안하고 즐겁게 식사를 하고, 원하는 시간에 원하는 곳으로 산책을 나가고, 하루 계획도, 할 일도, 휴식을 취하는 것도 모두 그들 스스로 정하면 되는 것이었다. 이전에는 미처 깨닫고 있지 못했던 장군의 존재가 가져다 준 부담감과 그가 자리를 떠남으로써 맛보게 된 해방감을 동시에 절실하게 실감하고 있었다.

이런 편안함과 기쁨 때문에 캐서린은 날이 갈수록 더욱 노생거와 이곳에 있는 사람들을 사랑하게 되었다. 이곳을 곧 떠나는 것이 좋을지도 모른다는 생각과 이곳 사람들이 자신을 그만큼 사랑하지 않을지도 모른다는 생각 때문에 불안하지만 않았다면 하루하루가 더할 나위 없이 행복했을 것이다.

그러나 캐서린이 이곳에 온 지 벌써 4주째로 접어들었다. 장군이 돌아오면 4주도 지나 있을 테고 아마 장군은 그녀가 이곳을 떠나기를 원할지도 모른다는 생각이 들 때마다 고통스러웠다. 이런 마음의 부담감을 얼른 지워버리기 위해 캐서린은 엘리너에게 곧 그 얘기를 꺼내서 집으로 돌아가는 것이 낫겠다는 제안을 하고 그녀가 받아들이는 태도에 따라 행동하기로 결심했다.

계속 머뭇거리다 보면 약간은 불쾌할 수도 있는 이 주제를 꺼내기가 더 힘들어질 것이라는 생각에 엘리너와 단둘이 있게 되자 다른 얘기를 하는 도중에 자신은 곧 떠나는 것이 좋겠다고 말했다.

엘리너는 캐서린이 더 오랫동안 머물기를 바랐다면서 아마 그렇게 바라서인지 당연히 좀더 머물 것이라고 잘못 생각했다고 말했다. 캐서린의 부모님이, 캐서린이 여기 머무르고 있는 것이 자신들에게 얼마나 큰 즐거움을 가져다주는지 아신다면 이렇게 빨리 오라고 하지 않을 것이라고도 했다.

"오, 아니에요. 아버지 어머니가 급하게 오라고 하진 않았어요. 부모님은 제가 좋아한다면 언제나 만족스러워하실 거예요."

"그러면 왜 이렇게 빨리 가려고 하는 거예요?"

"그건, 내가 너무 오래 있었다는 생각이 들기 때문이에요."

"그렇게까지 생각한다면 더 이상 붙잡을 수는 없겠군요. 여기에 너무 오랫동안 있었다고……."

"아니에요, 그렇게 생각하는 것이 아니에요. 난 얼마든지 오랫동안 머무를 수 있어요."

이 말로 캐서린이 떠나고 싶을 때까지는 그런 생각은 하지 않기로 결정되었다. 캐서린의 마음을 불편하게 만들었던 이 문제가 무사히 해결되자 더 이상 불안해할 필요는 없었다. 엘리너는 친절하고 진심어린 태도로 캐서린에게 더 머무르기를 청했고 틸니 씨 역시 이 결정에 기꺼운 표정을 지었다. 이 모든 것은 인간이 행복하게 사는 데 필요한 행복감을 주기에 충분했고, 그들에게 캐서린의 존재가 얼마나 중요한지를 보여주는 증거이기도 했다. 캐서린은(거의 언제나) 틸니 씨가 자신을 사랑한다고 믿었고 그의 아버지와 여동생도 자신을 좋아하며 그들과 함께 지내기를 원하고 있다고 믿었다. 이렇게 믿자 캐서린이 가지고 있던 의심과 불안함은 오히려 즐거운 것이 되었다.

틸니 씨는 장군이 런던에 있는 동안 두 숙녀를 보살피기 위해 노생거에 있으라는 아버지의 명령을 지킬 수 없었다. 우드스턴에서 일을 봐야 하기 때문에 토요일부터 이틀 정도 떠나 있어야 했다. 지금은 그가 없다 하더라도 장군이 있을 때처럼 힘들지는 않았다. 즐거움이 조금 적어지기는 했지만 편안함을 앗아가지는 않았다.

캐서린과 엘리너는 같은 일을 하며 친밀감을 높여가면서 둘만이 있는 시간을 즐겁게 보냈다. 틸니 씨가 떠나는 날 둘은 식당에서 즐거운 시간을 보내며 사원에서는 다소 늦은 시간인 11시가 되도록 남아 있었다. 식당을 나와 계단을 거의 다 올라왔을 무렵 두꺼운 벽을 넘어 마차가 문에 도착하는 듯한 소리가 들렸다. 곧 시끄럽게 울리는 종소리에 누군가 왔다는 사실은 더욱 분명했다. 놀라움이 가신 후에 캐서린은 곧 틸니 양의 큰오빠가 온 것으로 짐작했다. 과거에도 자주 기별없이 갑자기 찾아오고는 했기 때문에 이번 방문 역시 그리 이상할 건 없다고 생각하고는 곧 그를 맞이하기 위해 아래층으로 내려갔다.

캐서린은 곧장 방으로 가서 틸니 대령을 다시 만나야 한다는 생각에 마음을 다잡으면서 그에게서 받은 좋지 않은 인상을 없애려고 노력했다. 더구나 그는 대단한 사람이라 그녀를 별로 좋아하지도 않는다는 걸 기억해내자, 특히 그런 좋지 않은 일을 겪은 후에는 서로 만나지 않는 것이 좋겠다는 생각이 들었다.

그가 소프 양에 대한 얘기는 전혀 꺼내지 않을 것으로 믿었다. 사실 지금쯤이면 자신의 행동에 대해서 부끄럽게 여기며 후회하고 있을 테니까 그런 지나간 얘기를 꺼낼 것 같지도 않았다. 바스 얘기만 피할 수 있다면 그에게도 정중하게 대할 수 있으리라 생각했다. 이런 생각을 하면서 시간은 흘러갔고 엘리너는 그를 만나 할 말이 많은 것 같았다. 그가 도착한 지 30분이 흘렀는데도 엘리너는 나타나지 않았다.

그때 캐서린은 복도에서 엘리너의 발자국 소리를 들은 것 같아서 귀를 기울였지만 곧 멈추었다. 잘못 들었다고 생각하자마자 곧 뭔가 문 쪽으로 다가오는 소리가 들려 깜짝 놀랐다. 누군가 문간에 서 있는 듯했다. 그리고 문손잡이가 살짝 움직인 것을 보면 누군가 문을 열려는 것이 틀림없었다.

누군지는 모르지만 이렇게 조심스럽게 문을 열려나 보다 생각하니 약간 겁이 났다. 그러나 아무것도 아닌 위험에 두려워 떨거나 괜한 상상을 해서 다시는 실수를 하지 않기로 결심한 캐서린은 조용히 문 쪽으로 걸어가서 문을 열었다. 엘리너였다. 그녀 혼자서 문밖에 서 있었다.

엘리너의 안색이 창백하고 태도도 여간 불안해 보이는 것이 아니어서 캐서린은 조용히 그녀를 바라보고 있었다. 들어오려고 하는 것 같았지만 들어오는 것도 힘든 것 같았고 말하는 건 더욱 그래 보였다.

틸니 대령에게 무슨 좋지 않은 일이 있다고 생각한 캐서린은 말없이 그녀를 살피며 방으로 데리고 와서 자리에 앉히고 라벤더 향수로 관자놀이를 비벼주며 애정 어린 손길로 보살펴 주는 것으로 걱정을 표현할 뿐이었다.

"캐서린. 절대로, 절대로……."

엘리너는 겨우 말을 이어갔다.

"난 정말 괜찮아요. 이렇게 친절하게 대해 주니 더 힘들군요. 정말 참을 수가 없어요. 난 심부름을 하러 왔어요."

"심부름을요? 나한테요?"

"어떻게 말해야 할까요? 어떻게 말하죠?"

새로운 생각이 떠올랐다. 엘리너만큼이나 창백해진 얼굴로 캐서린이 물었다.

"우드스턴에서 온 거군요."

"아니에요."

엘리너는 동정 어린 표정으로 캐서린을 보면서 대답했다.

"우드스턴에서 온 사람이 아니에요. 아버지예요."

아버지 얘기를 꺼내면서 엘리너의 목소리는 가늘어지고 있었고 두 눈은 바닥으로 떨어졌다. 전혀 예상치 못했던 그의 귀환 그 자체로도 캐서린은 가슴이 철렁 내려앉았고 잠시 동안 더 이상 어떤 나쁜 얘기가 있을 수 있을까 생각했다.

캐서린은 아무 말도 하지 않았다. 엘리너는 침착하고 단호하게 말하려고 노력했지만 여전히 눈은 아래로 향한 채 간신히 말을 이었다.

"당신은 너무 좋은 사람이라 지금 내가 하는 얘기를 들어도 나를 나쁘게 생각하지는 않겠죠? 정말 이런 얘길 전하고 싶진 않아요. 캐서린이 우리와 함께 더 오랫동안 지내기로 결정한 지도 얼마 되지 않았는데, 그리고 난 정말 기쁘고 감사했는데 어떻게 그런 당신의 친절을 우리가 받아들일 수 없게 됐다는 얘기를 할 수 있겠어요. 함께 지내면서 우리에게 준 즐거움은 아직……. 아니, 말은 중요하지 않아요. 캐서린, 우린 헤어져야만 해요. 아버지는 다른 중요한 일이 생겨서 우리 가족 전부가 월요일에 이곳을 떠나야 한다고 했어요. 2주일 동안 히어포드 근처에 있는 롱타운 경의 저택으로 간대요. 왜 그래야 되는지 설명도 사과도 하지 않았어요. 저도 어쩔 수가 없어요."

"엘리너, 너무 그렇게 고통스러워하지 말아요. 선약이 있다면 그걸 지켜야죠. 우리가 헤어지게 되는 건 정말 유감이지만, 그리고 이렇게 빨리 헤어지게 된 것도 말예요. 그렇지만 기분이 나쁘진 않아요. 정말이에요. 언제라도 떠날 수 있어요. 그리고 당신이 우리 집으로 올 수도 있잖아요. 이번 여행이 끝나면 플러톤에 와주겠어요?"

캐서린은 가능한 한 감정을 누그러뜨리면서 말했다.

"내 능력 밖의 일이에요, 캐서린."

"그럼 언제라도 올 수 있을 때 오면 되잖아요."

엘리너는 아무런 대답도 없었다. 캐서린은 지금 더 시급한 문제에 생각이 닿자 덧붙여 말했다.

"월요일, 월요일이면 정말 빠르군요. 그때면 모두 가고 없다는 말이죠? 나도 그때 떠나면 되겠군요. 엘리너가 떠나기 전에 내가 떠날 필요는 없잖아요. 그러니까 너무 슬퍼하지 말아요, 엘리너. 나도 월요일에 가면 되니까요. 부모님에게 미리 알려줄 수 없는 것이 문제이긴 하지만 그래도 별 문젠 없을 거예요. 장군님이 하인을 같이 보내줄 테니까 아마, 여정의 반 정도 까지는요. 그러면 곧 솔즈베리에 도착할 테고 거기서 집까지는 9마일밖에 안 걸려요."

"캐서린, 그런 식으로 결정이 됐다면 이렇게 괴롭지도 않을 거예요.

그것 역시 캐서린이 당연히 받아야 할 대우의 반도 안 되는 수준이지만요. 그런데……. 어떻게 말해야 할지, 캐서린, 내일 떠나야만 해요. 그리고 시간도 벌써 정해져 있어요. 마차가 이미 주문되었고 아침 7시에 도착할 거예요. 같이 동행하는 하인도 없을 거예요."

캐서린은 숨을 죽인 채 아무 말도 못 하고 자리에 앉았다.

"나도 이 말을 들었을 때 도무지 믿어지지가 않았어요. 지금 캐서린이 느끼는 불쾌함이나 분노만큼이나 나도 분노하고 있어요. 그렇지만 내 얘기는 안 하는 것이 좋겠군요. 차분하게 말할 수만 있다면 얼마나 좋을까요. 하느님! 당신 부모님은 어떻게 생각할까요? 정말 좋은 친구들의 보호를 받으며 잘 지내고 있었는데 이렇게 먼 곳으로 데리고 와서 갑자기 집에서 쫓아내듯이 돌려보낸다면……. 그것도 이렇게 무례한 방법으로 말예요. 캐서린, 이런 소식을 전해야 하는 내 자신이 이 모든 모욕을 저지른 것처럼 죄책감을 지울 수가 없어요. 그래도 이곳에 오랫동안 머물면서 난 이 사원에서 이름만 여주인이지 아무런 실제적인 힘도 없다는 걸 알았을 테니 날 너무 책하진 말아줘요."

"내가 장군님을 기분 나쁘게 했나요?"

떨리는 목소리로 캐서린이 물었다.

"아! 딸로서 내가 느끼는 건, 그리고 내가 알고 대답할 수 있는 모든 건 캐서린이 이런 대우를 받을 만큼 잘못한 일은 없다는 거예요. 아버진 정말로 기분이 좋지 않은 상태예요. 그렇게 화를 내시는 모습을 본 적이 없어요. 그런 걸 보면 매우 기분을 상하게 할 어떤 일이 일어난 것 같아요. 아버지의 실망이나 노여움이 지금 중요해 보이기는 하지만 어떻게 그런 일이 당신과 관련돼 있다고 생각할 수 있겠어요. 어떻게 그게 가능하냐고요?"

캐서린으로서는 말을 한다는 것조차 고통이었지만 엘리너를 위해 억지로 말을 했다.

"내가 장군님을 화나게 만들었다면 정말 유감이군요. 정말 그건 제 의도가 아니었는데. 그렇지만 엘리너, 너무 슬퍼하지 말아요. 약속은 지켜야만 하잖아요. 그 약속을 좀더 빨리 생각해 냈으면 좋았을 텐데, 그러면 집에다 편지로 알릴 수도 있었을 테고요. 그렇지만 그건 그렇게 중요하지 않아요."

"정말, 진심으로 미리 알리지 못한 일이 캐서린이 안전하게 도착하는데 별 영향을 끼치지 않기를 바라요. 그렇지만 다른 일은, 편안함이나, 모양새나 예의, 캐서린 가족들이나 다른 모든 사람들에게는 정말 이상하게 보일 거예요. 알렌 부부가 아직 바스에 있으면 좀더 편안하게 갈 수도 있을 텐데. 그곳까지는 몇 시간밖에 걸리지 않으니까요. 그렇지만 70마일이나 그것도 우체국 마차로 혼자서, 이렇게 어린 나이에, 동행하는 하인도 없이 가야 한다는 건 정말……."

"여행은 아무것도 아니에요. 너무 그렇게 걱정하지 말아요. 우리가 헤어져야 한다면, 그것도 몇 시간 후에 말예요. 그건 아무 상관없어요. 7시까지 준비하겠어요. 시간이 되면 데리러 와줘요."

엘리너는 캐서린이 혼자 있고 싶어한다는 걸 느꼈다. 그리고 더 이상의 대화를 피하는 것이 낫겠다는 생각이 들어 그녀를 혼자 두고 방을 나왔다.

"그럼 내일 아침에……."

캐서린은 정말 위안이 필요했다. 엘리너가 있어서 우정과 자존심 때문에 눈물을 억지로 참고 있었지만 그녀가 떠나자마자 눈물이 마치

폭포수처럼 쏟아지기 시작했다. 이 집에서 쫓겨나다니, 그것도 이런 식으로! 이렇게 갑자기 무례하게, 오만하게 그녀를 대하는데 대한 아무런 설명도, 그녀의 마음을 달래 줄 아무런 사과도 없이! 틸니 씨는 멀리 있고, 장군에게는 작별 인사조차 할 수 없다니! 장군은 그녀에게 더 이상 아무런 희망도 기대도 하지 않는 것이다. 그리고 그게 얼마나 오랫동안 계속될지는 아무도 모른다. 언제 다시 만나게 될지도 모르는 일이니까.

그렇게 정중하고 훌륭한 교육을 받고, 지금까지 자신을 지나칠 정도로 아껴 주던 틸니 장군 같은 사람이 이런 일을 했다는 건 정말 커다란 충격이었다. 모욕적이고 슬프기도 했지만 이해할 수 없는 일이기도 했다. 어디서부터 무엇이 잘못되었고 어디서 끝날지도 도무지 감이 잡히지 않았다. 이렇게 불친절한 방법으로 몰아내고 자신의 안위 따위는 전혀 신경 쓰지 않고, 심지어 떠나는 시간이나 방법도 마음대로 결정하고 알려주다니! 아무리 빠른 시간이라도 이틀 전에는 알려줘야 하는 건데, 그것도 그렇게 이른 시간에…….

마치 캐서린의 얼굴은 보기도 싫으니까 장군이 기침하기 전에 빨리 떠나버리라는 압박 같았다. 이게 의도적인 모욕이 아니고 무엇이겠는가? 어쨌든 캐서린이 장군을 기분 나쁘게 한 것임에는 틀림없다. 엘리너는 캐서린이 너무 힘들어할까 봐 그런 얘기를 안 한 것 같지만 캐서린과 관련된 일이 아니라면 어떤 잘못이 이런 악의를 불러일으킬 수 있을지 도무지 이해할 수가 없었다.

힘든 밤이었다. 잠이라고 부를 수 있는 모든 수면이나 휴식은 아예 불가능했다. 여기 오던 첫날밤에 캐서린을 밤새 설치게 만들며 끔찍한 상상을 했던 이 방에서 다시 한 번 불안에 떨며 잠을 이루지 못하고 있었다. 그렇지만 얼마나 다른 종류의 불안인가……. 그때와는 비교할 수도 없을 정도로 슬픈 밤이었다. 그때는 상상뿐이었지만 지금 그녀가 느끼는 걱정은 사실에 근거한 것이다.

그러나 이번에는 깊은 생각에 잠겨 있어서 그런지 혼자 있다는 외로움이나 어두운 방 안, 오래된 건물 따위는 전혀 아무런 느낌도 불러일으키지 못했다. 바람이 세차게 불어오고 집 어디선가 이상한 소리가 나는 것도 같았지만 아무런 두려움이나 호기심 없이 캐서린은 가만히 누워서 그 모든 소리를 듣고 있었다.

6시가 조금 지나자 엘리너가 방으로 들어와서 캐서린을 도와주려고 애썼다. 그렇지만 별로 할 일은 없었다. 캐서린은 옷도 거의 다 차려입은 상태였고 짐도 모두 꾸려져 있었다. 엘리너가 나타나자 캐서린은 장군으로부터 혹시 어떤 소식이 없나 하는 기대를 하기도 했다. 이렇게 불같이 화를 냈던 그 기억이 잊혀지고 그가 후회하는 날이 오기라도 할까? 다행히 그런 일이 일어난다면 언제쯤 그녀가 사과를 할 수 있을지 알고 싶었다.

그러나 지금으로서는 이 모든 것이 소용없었다. 장군은 그녀를 부르지도 않았으니 자비나 위엄 따위는 논의할 문제가 아니었다. 엘리너는 아무런 소식도 가져오지 않았다. 두 사람은 아무 말 없이 침묵만 지키고 있었다. 위층에 있는 동안 사소한 몇 마디를 제외하고 더 이상 아무 말도 주고받지 않았고, 캐서린은 초조한 마음으로 옷을 살피고 있었다. 엘리너는 짐이 꾸려지는 걸 옆에서 가만히 지켜보고 있었다. 모든 준비가 완료되자 두 사람은 방을 나왔고 캐서린은 잠시 뒤돌아 소중한 물건들과 간단한 작별 인사를 하고는 식당으로 내려갔다.

아침 식사는 벌써 차려져 있었다. 캐서린은 뭐라도 좀 먹으려고 노력했다. 게다가 서두르라는 말까지 듣는 고통은 면하고 싶었다. 그렇지만 입맛은 조금도 없었고 몇 숟가락의 음식을 제대로 삼키지도 못했다. 어제 여기서 같은 식사를 했지만 얼마나 다른 분위기였는지 그 생각을 하면 새삼 더 비참해져서 입맛을 싹 가시게 만들었다. 여기서 예전처럼 같은 식사를 하며 앉아 있던 때가 채 24시간도 되지 않았는데 이렇게 다른 분위기라니! 편안하고 행복한, 비록 앞날에 대해서는 전혀 모르고 있었지만 즐거운 기분으로 주위를 둘러보았다. 그때는 모든 것이 상쾌했고 과거에 대한 두려움이라고는 틸니 씨가 잠시 떠난다는 사실 외에는 아무것도 없었다.

정말 행복했던 아침이었다. 틸니 씨가 함께 있었기 때문에, 틸니 씨가 그녀 옆에 앉아서 도와주었기 때문이었다. 역시 혼자 깊은 생각에 빠져 있던 엘리너가 부르기 전까지 캐서린은 이런 생각에 잠겨 있었다. 그때 갑자기 마차 소리가 들려 두 사람은 흠칫 놀라며 다시 현실로 돌아왔다. 캐서린은 밖에 도착하는 마차를 보며 얼굴을 붉혔고 순간적으로 이런 대우를 받는 데에 대한 참을 수 없는 분노가 느껴지며 잠시 동안은 이 분노에서 벗어날 수가 없었다. 엘리너는 이제 결심한 듯 말을 하기 시작했다.

"캐서린, 꼭 편지를 써야 해요. 도착하는 즉시 편지를 보내 주세요. 집에 안전하게 도착했다는 걸 알기 전까지는 한 시간도 편안하게 지낼 수가 없을 테니까요. 이렇게 부탁할 처지도 못되지만 제발 편지 한 통만 보내줬으면 좋겠어요. 집에 무사히 도착하고 가족들도 잘 지낸다는 걸 알게 되면, 그 이후에 가능하다면 서신 교환도 할 수 있었으면……. 그래요, 더 이상은 바랄 수도 없겠죠. 그리고 한 가지 더, 롱타운 경의 저택으로 편지를 보낼 때 앨리스란 이름으로 써 줬으면 좋겠어요."

"아니, 엘리너, 나한테서 편지도 받을 수 없는 상황이라면 차라리 쓰지 않는 것이 낫겠어요. 어쨌든 집에는 안전하게 도착할 테니까 걱정하지 말아요."

엘리너는 겨우 대답했다.

"지금 캐서린이 어떤 기분인지 충분히 이해가 가요. 그러니 더 조를 수도 없겠죠. 우리가 비록 멀리 떨어져 있어도 당신의 친절한 마음에는 변함이 없을 것이라고 믿어요."

이 말과 엘리너의 슬픈 표정을 보자 캐서린은 한동안 가슴을 얼게 만들었던 자존심이 한순간에 녹아 내렸다.

"엘리너, 걱정하지 말아요. 꼭 편지 쓸게요."

마지막으로 엘리너가 당황스럽기는 하지만 한 가지 더 해결해야 할 문제가 있었다. 캐서린이 집에서 오랫동안 떨어져 있었다는 생각이 들자 아마 여행 경비가 충분하지 않을지도 모른다는 생각이 들어서 가능한 한 다정한 방법으로 캐서린에게 필요한 돈을 건네주었다. 엘리너의 걱정이 옳았다. 캐서린은 그 순간까지 그 생각은 아예 하지도 못하고 있었는데 엘리너의 말을 듣고 지갑을 살펴보니 돈이 거의 없었다. 이런 엘리너의 사려 깊은 마음이 없었다면 돈도 없이 쫓겨나는 신세가 되었을지도 모르는 일이었다. 이런 고통스런 생각이 두 사람 마음을 사로잡았고 남은 시간 동안 서로 아무 말도 건네지 못했다.

곧 출발 시간이 되었다. 마차가 준비되었다고 알려 왔고, 캐서린은 곧 일어나서 엘리너에게 말 대신 다정한 포옹으로 작별 인사를 했다. 홀로 들어가면서 지금까지 두 사람이 차마 꺼내지 못한 사람의 이름을 말하기 위해 캐서린은 잠시 걸음을 멈추고 떨리는 입술로 겨우 알아들을 수 있게 말했다.

"여기 없는 친구에게도 안부를 전해 줘요."

이렇게 그의 존재가 다시 생각나자 캐서린은 지금까지 자신을 억누르고 있던 자제력을 한순간에 잃어버리고 손수건으로 얼굴을 가리고는 홀을 가로질러 마차 안으로 올랐다. 그리고 잠시 후 멀리 사라졌다.

29

캐서린은 너무 기분이 비참해서 두려워할 여유도 없었다. 여행 그 자체는 아무것도 두려울 것이 없었다. 긴 시간에 대한 지루함이나 외로움 따위는 남의 일처럼만 느껴질 뿐이었다. 마차 한쪽 구석에 뒤로 잔뜩 기대서 눈물을 쏟으며 울고 있던 캐서린은 사원의 성벽을 지나 한참 뒤에 고개를 들었다.

미처 뒤돌아보기도 전에 사원의 모습은 사라져 있었다.

불행하게도 지금 그녀가 달리고 있는 길은 열흘 전에 우드스턴으로 향하던 그 행복한 여행 때 갔던 길이었다. 14마일을 달리는 동안 완전히 다른 인상을 받으며 지켜보았던 그때의 사물들을 다시 보아야 했기 때문에 더욱 가슴이 아파져 왔다.

우드스턴에 점점 가까워지자 고통은 더했고 5마일 정도가 남았을 때 마차는 갈림길을 지나쳤다. 틸니 씨가 이렇게 가까이 아무것도 모른 채 저곳에 있다는 생각을 하자 슬픔과 걱정은 더할 수 없이 커져 갔다.

그곳에서 즐겁게 보낸 그 시간은 그녀의 평생에서 잊혀질 수 없는 행복한 시간이었다. 장군이 그녀가 틸니 씨와의 결혼을 바랄 수 있을 만큼 확신을 주는 말을 했던 것도 바로 그날 그곳에서였다. 그래, 특별한 관심을 보이며 그녀를 행복하게 만들었던 때가 바로 열흘 전인데. 그렇게 그녀를 중요한 사람 대하듯 했었는데! 도대체 그녀가 한 어떤 일이, 아니면 제대로 하지 못한 어떤 일이 이런 갑작스런 변화를 가져왔단 말인가!

장군에 대해 그녀가 잘못했다고 생각할 수 있는 유일한 일은 도무지 그로서는 알 수 없는 일이다. 캐서린이 한가하게 상상했던 그 충격적인 의심은 틸니 씨와 그녀만이 알고 있었다. 캐서린은 무엇보다 그 비밀이 지켜질 것이라고 믿었다. 적어도 틸니 씨가 그녀를 배반할 리는 없었다.

어떤 일로 해서 장군이 그녀가 상상 속에서 기대하고 다녔던 그 의심을 알게 된 것일까. 아니다. 자신의 부주의한 상상과 악의적인 관찰 때문에 장군이 분노한 것이라고는 생각조차 할 수 없었다. 만약 자신이 장군을 살인자로 생각했던 걸 눈치라도 챘다면 그녀를 이렇게 집에서 쫓아내는 것도 무리는 아닐 것이다. 그렇다면 이렇게 고통스러운 대접에 대한 합리적인 설명을 하지 않는 것이 당연할지도 모른다는 생각이 들었다.

이런 생각 때문에 불안하기는 했지만 캐서린의 마음을 사로잡고 있는 것은 다른 생각이었다. 점점 더 다가오는 보다 심각하고 격렬한 걱정거리가 있었다. 틸니 씨가 내일 노생거로 돌아와서 그녀가 가버린 걸 안다면 어떤 생각을 하고 어떤 표정을 지을까?

이 걱정은 다른 모든 걱정보다 그녀에게 심각하게 느껴졌다. 때로는 고통스럽게 때로는 마음을 달래주는 생각이기도 했다. 어떤 때는 그가 조용히 이 일을 받아들일 것이라는 생각이 들다가도 또 어떤 때는 한없이 분노할 것이라는 달콤한 확신이 서기도 했다. 물론 틸니 씨는 장군에게 감히 말하지는 못할 테지만, 그러나 엘리너에게는……. 틸니 씨가 엘리너에게 그녀에 대해서 묻지 않으면 어떡하지?

이런 걱정과 질문을 거듭 반복하며 캐서린의 마음은 어느 한순간도 편안하게 쉴 수가 없었다. 시간은 흘러갔고 예상했던 것보다 여행 속도도 빨랐다. 우드스턴을 지나서면서부터 이런 걱정을 하느라 얼마나 시간이 흘렀고 얼마나 많이 왔는지조차 모르고 있었던 것이다. 여행 중에 어떤 사물도 관심을 끌지 못했지만 그래도 지겨운 줄 모르고 시간을 보냈던 것이다. 또 하나의 이유는 여행의 끝에 대한 기대가 없었기 때문이기도 했다. 이런 식으로 플러톤으로 돌아가는 것은 그녀가 가장 사랑하는 가족들에게 모든 즐거움을 앗아가는 것일 뿐이었다. 11주라는 오랜 시간 멀리 떨어져 있기는 했지만 다시 만나는 기쁨은 그만큼 줄어들 것이다.

어떤 말을 해야 자신뿐만 아니라 가족들까지 모욕을 느끼지 않고, 자신의 슬픔도 더 커지지 않을 수 있을까, 쓸데없는 분노를 퍼뜨리지 않고 무고한 사람들이 이런 악의적인 행동에 함께 관여되지 않을 수 있을까? 솔직하게 말한다면 틸니 씨와 엘리너 역시 비난받을 것이 뻔했다. 그런 생각이 들자 너무 걱정이 돼서 말로 표현할 수도 없었다. 가족들이 틸니 장군의 행동 때문에 그들을 싫어하거나, 좋지 않게 생각한다면 그것만큼 고통스런 일은 없을 것이다.

이런 생각이 들고 집이 이제 20마일도 남지 않았다는 걸 알려주는 유명한 뾰족탑이 나타나자 반갑기보다는 두려운 마음이 앞섰다. 솔즈베리에 도착했으니 이제 확실히 노생거를 떠나는 것이다. 첫 번째 여정이 지난 후에는 우체국장에게 자신이 가야 할 길을 물어야 할 정도로 캐서린은 여정에 대해서 아무것도 모르고 있었던 것이다. 그렇지만 두렵거나 걱정할 만한 일은 없었다. 아직 젊은 나이에 교양 있는 태도와 돈까지 듬뿍 쥐어 주었으니 필요한 도움은 모두 받을 수 있었다. 말을 바꾸느라 잠시 멈춘 것 외에는 아무 사고 없이 11시간 동안 계속 달렸다. 저녁 6시가 약간 지나 캐서린은 플러톤에 도착했다.

다시 집으로 돌아오는 여주인공의 모습을 그린다면 대부분의 작가들은 대단한 모습을 그릴 것이다. 의기양양한 모습과 위엄 있는 태도로, 여러 대의 마차가 뒤를 따르고 3명의 하녀가 시중을 들기 위해 동행하는 모습 정도가 될 것이다. 이런 모습이 결론이 되어야만 하고 작가 역시 자신이 주인공에게 잔뜩 베풀어준 영광을 함께 누릴 것이다.

그렇지만 내 소설은 완전히 다르다. 나의 주인공은 혼자서 치욕스러운 모습으로 귀환하는 것이다. 도저히 행복한 분위기를 묘사할 수 없는 상황이다. 빌린 우체국 마차를 타고 혼자 돌아오는 주인공의 모습은 너무 슬픈 일이라 아무리 좋게 생각하려 해도 할 수가 없다. 따라서 우체국 마차의 마부는 재빨리 마을로 들어갔고 일요일이라 나들이를 온 사람들이 여기저기서 바라보는 사이를 뚫고 멀어져 갔다.

집으로 향하면서 캐서린의 마음은 돌덩이처럼 무겁고, 가족들에게 할 이야기를 생각하며 부끄러움에 얼굴이 달아올랐지만 그래도 그녀를 기다리고 있을 가족들과 만난다는 기쁨은 커다란 것이었다. 우선 마차가 보였고 그 다음 캐서린이 나타났다. 플러톤에서는 여행 마차가 흔히 볼 수 있는 모습이 아니었기 때문에 가족 전부가 창가로 다가와 내다보았다.

마차가 정문에서 멈추자 모든 사람의 얼굴이 환해지며 잔뜩 기대에 부풀었다. 모든 가족들은 예상하지 못한 일이었지만 네 살배기 막내와 여섯 살 난 동생은 항상 누나와 형을 기다리고 있던 터라 무척 기뻐했다. 두 아이가 먼저 캐서린을 알아보고는 환히 웃으며 큰소리로 캐서린의 도착을 알렸다. 먼저 캐서린을 알아본 눈에는 기쁨이 넘쳐흘렀다. 그리고 그녀의 도착을 알리는 목소리도 즐거움으로 가득 차 있었다. 그 목소리의 주인공이 조지였는지, 아니면 헤리엇이었는지는 정확히 알 수 없었지만.

아버지와 어머니, 사라, 조지, 헤리엇 모두 문가로 나와 애정 어린 눈으로 자신을 맞이하는 모습을 보고 캐서린의 마음은 다시 기쁨으로 가득 차기 시작했다. 마차에서 내리면서 한 명 한 명을 가슴으로 포옹하며 캐서린은 기대했던 이상으로 마음이 풀어졌다. 가족들에 둘러싸여 이렇게 사랑을 확인하자 캐서린은 더할 나위 없이 행복해졌다.

가족들의 사랑 속에서 잠시 동안 모든 슬픔은 잊혀졌고, 캐서린을 다시 만난 기쁨에 가족들은 궁금해 할 틈도 없이 응접실에 둘러앉았다. 몰랜드 부인은 캐서린의 창백하고 지친 모습을 보고는 서둘러 불쌍한 캐서린을 위로하고 나서 차근차근히 어떻게 된 일이냐고 물었다.

여러 번 망설이다 캐서린은 어쩔 수 없이 30분 동안 설명하기 시작했다. 그러나 얘기를 듣는 동안 가족들은 캐서린이 왜 이렇게 돌아왔는지 이유나 자세한 설명은 거의 들을 수가 없었다. 그들은 다른 사람들에게 성가신 사람들도 아니었기 때문에 이런 모욕을 재빨리 눈치 채거나 분노하며 기분 나빠하는 사람들이 아니었다. 그러나 모든 이야기를 다 듣고 나자 그냥 쉽게 넘어갈 수 있는 문제가 아니라는 생각이 들었고 시간이 조금 더 지나서도 쉽게 용서할 수는 없다고 생각했다.

몰랜드 부부는 딸의 외롭고 힘든 여행을 생각하며 딸이 얼마나 불쾌했을까를 생각할 뿐이었다. 이런 고통은 한 번도 당해 본 적이 없었다. 이렇게 초라한 모습으로 딸을 보낸 틸니 장군의 행동은 예의에 어긋날 뿐만 아니라 그들의 감정을 상당히 상하게 하는 것이었다. 그가 신사이고, 자식을 키우는 부모라면 이런 식으로 행동해서는 안 되는 것이다. 그가 왜 이런 일을 했고, 무엇이 그를 이토록 예의에 어긋나는 행동을 하게 했을까. 딸에 대한 특별한 대우가 왜 갑자기 악의로 변했는지 이 모든 의문은 캐서린에게나 그 가족들에게 전혀 풀리지 않는 수수께끼였다.

그러나 이런 일로 오랫동안 괴로워해서는 안 될 일이었다. 당연히 떠오르는 몇 가지 가정을 하다 결국은 '이상한 일이야, 틸니 장군 역시 정말 이상한 사람이다.' 라는 생각만으로 그들의 분노와 놀라움을 표현할 뿐이었다. 그러나 사라는 계속 이 이해할 수 없는 일에 대해 생각하며 진지하게 이런 저런 추측을 하고 있었다.

"사라, 이런 일로 쓸데없이 고민할 필요는 없다. 이런 일은 이해할 만한 가치도 없는 거야."

몰랜드 부인이 마침내 일침을 가했다.

"장군이 잊고 있던 약속을 생각해 냈을 때, 언니를 돌려보낸 건 알겠는데, 왜 이렇게 무례한 방법으로 대해야 했느냐는 거예요."

몰랜드 부인이 다시 말했다.

"그 남매들이 안 됐구나. 아주 슬퍼할 텐데 말야. 그렇지만 지금 그런 건 중요하지 않아. 캐서린은 이제 집에 안전하게 도착했고, 틸니 장군 때문에 우리가 더 고통 받을 이유도 없어."

캐서린이 한숨을 쉬자 사려 깊은 어머니는 다시 말을 이었다.

"차라리 네가 혼자서 이렇게 올 것이라는 걸 모른 것이 다행이었구나. 어쨌든 모든 것이 끝났고, 특별히 잘못된 일도 없잖니. 그리고 젊은이들이 억지로라도 바쁘게 움직이는 건 좋은 일이야. 캐서린, 넌 항상 슬픈 표정을 하고 있던 애였잖아. 그런데 여러 번 마차를 바꿔 타는 거며 이런저런 일로 바쁘게 움직였으니 그것만도 좋은 일이야. 뭐, 놔두고 온 물건이라도 없었으면 좋겠구나."

캐서린 역시 그러길 바라며 자신이 더 나아졌다는 생각을 하려 했지만 여전히 기분은 가라앉아 있었다. 혼자 조용히 있고 싶은 캐서린은 일찍 가서 자라는 어머니의 말을 들었다. 캐서린의 슬프고 걱정스런 표정이 장군 때문이라고 생각했다. 더구나 힘든 여행을 했기 때문에 피곤한 거라 생각하고 몰랜드 부부는 캐서린이 곧 깊은 잠에 빠져들 것이라고 생각하며 딸을 올려 보냈다.

다음날 아침에 다시 만났을 때 캐서린의 기분은 그들이 생각한 것만큼은 나아지지 않았지만, 다른 일이 있는 것이라고는 생각지 못했다. 캐서린의 사랑에 대해서는 전혀 생각지 못했다. 집을 떠나 오랫동안 여행을 하고 돌아온 열일곱 살 난 딸을 둔 부모로서 그런 마음의 상처를 알아채기란 쉽지 않았던 것이다.

아침 식사가 끝나자마자 캐서린은 엘리너에게 편지를 쓰기 위해 자리에 앉았다. 자신에 대한 엘리너의 판단은 아마도 옳은 것 같았다. 캐서린은 벌써 엘리너와 차갑게 헤어진 자신을 나무라고 있었기 때문이다.

엘리너의 친절과 사랑스러운 태도를 한 번도 충분히 평가하지 못하고 어제 자신이 그렇게 떠나면서 그녀가 느꼈을 슬픔에 대해서도 마찬가지로 생각지 못했던 것이다.

그러나 이런 마음 역시 편지를 쓰는데 도움이 되지는 않았다. 편지 쓰기가 이렇게 힘들었던 적은 없었다. 자신의 감정과 상황에 맞는 내용에, 차분히 감사를 전할 수 있고 냉담하지 않을 정도로 조심하며, 분노를 담지 않은 솔직한 이런 편지를 쓴다는 것(아마 엘리너는 자세히 읽어보지 않을지도 모른다.)은 너무도 힘들었다. 특히 우연히 틸니 씨가 편지를 읽더라도 부끄럽지 않을 편지를 써야 한다는 생각에 편지 쓰는 일은 더욱 힘든 일이 되었다. 오랫동안 생각한 후 자신의 무사 도착을 알리는 것으로 간단하게 몇 자 적어 보내는 것이 가장 안전하겠다는 생각이 들었다. 편지 속에 엘리너가 준 돈도 감사와 함께 같이 봉했고 다정하게 안부를 전했다.

"이건 정말 이상한 만남이었어, 캐서린. 그렇게 빨리 사귀더니 이렇게 쉽게 끝나버렸으니. 알렌 부인은 그 남매가 정말 좋은 사람이라고 했는데 이런 일이 생겨서 정말 유감이구나. 더구나 이사벨라와도 슬프게 끝났고 말야. 불쌍한 제임스! 그러나 살면서 항상 많은 일을 배우는 법이니까. 다음번에 만나는 친구들은 좀더 낫기를 바란다."

캐서린은 어머니의 말에 얼굴을 붉히며 대답했다.

"엘리너처럼 좋은 친구는 없을 거예요."

"그렇다면 나중에 시간을 내서 한번 만나면 되겠구나. 너무 걱정하지 마라. 가능성이야 많지 않지만 또 몇 년 지나면 다시 만나게 될 수도 있으니까. 그러면 얼마나 기쁘겠니?"

몰랜드 부인은 캐서린을 기쁘게 만들려고 했지만 잘되지 않았다. 몇 년이 지나면 다시 만날지도 모른다는 희망은 그 시간 동안 엘리너를 만나지 못하게 만들 수 있는 끔찍한 일이 일어나지 않을까 하는 생각만 하게 만들고 말았다.

캐서린은 절대로 틸니 씨를 잊지 못할 것이다. 그와 함께 있을 때처럼 여전히 같은 마음으로 그를 생각할 것이다. 그렇지만 그는 자신을 잊을 수도 있겠지, 만약 그런 경우에 다시 만나게 된다면……. 캐서린은 완전히 변한 틸니 씨와 다시 만나는 모습을 생각하자 두 눈에 다시 눈물이 가득 고였다. 자신의 노력이 아무 소용도 없었다는 걸 안 어머니는 알렌 부인을 방문하자고 제안했다.

두 집은 아주 가까웠다. 알렌 부인 집으로 걸어가면서 몰랜드 부인은 제임스의 일에 관해 느끼는 생각을 재빨리 말했다.

"제임스가 너무 안 됐어. 그렇지만 두 남녀가 헤어진 사실이 그렇게 문제가 될 건 없어. 우리가 전혀 알지도 못하고, 게다가 재산도 전혀 없는 여자랑 제임스가 결혼하는 건 별로 바람직하지도 못한데다, 그리고 그 행동이 뭐니. 그런데 어떻게 우리가 이사벨라에 대해 좋게 생각할 수 있겠니? 지금 제임스는 견디기 힘들 테지만 곧 잊혀질 거다. 이번에 어리석은 선택을 한 덕택에 오히려 앞으로 훨씬 더 신중한 사람이 될지도 모르지."

이 정도까지는 아무렇지 않게 들을 수 있었지만, 어머니가 계속해서 말했다면 캐서린은 아마 침착성을 잃고 화를 냈을지도 모른다. 바스를 방문한 이후로 생긴 여러 가지 감정의 변화를 생각하느라 모든 생각이 멈춰버렸기 때문이다. 행복한 기대감에 들떠 하루에도 수십 번씩 거리를 왔다 갔다 돌아다녔었다. 언제나 기분 좋고 행복했었는데. 한 번도 느껴 보지 못한 즐거운 일들에 대한 기대와 걱정이라고는 조금도 없던 시간들이었다. 그게 단지 3개월 전이었다. 단 3개월 만에 이 모든 일이 일어났고 지금 캐서린은 얼마나 다른 사람이 되어 이렇게 다시 돌아왔는가!

캐서린이 돌아온 것을 모르고 있던 알렌 부부는 반갑게 두 사람을 맞이했고, 예전처럼 다정하게 대해 주었다. 몰랜드 부인이 과장을 섞지 않고 이야기를 전했지만 그들은 캐서린의 얘기를 듣고 매우 놀랐으며 불쾌한 감정도 그대로 드러냈다.

"어젯밤에 캐서린이 갑자기 돌아왔지 뭐예요. 혼자서 그것도 우체국 마차를 타고 왔더군요. 토요일 밤까지도 이렇게 떠나는지 모르고 있었대요. 틸니 장군이 갑자기 이상하게 변해서 캐서린과 함께 있고 싶어하지 않아 거의 내쫓다시피 했답니다. 정말 무례한 행동인 것만은 틀림없어요. 아주 이상한 사람인 것 같아요. 그래도 캐서린을 다시 보게 되어서 우린 얼마나 기쁜지 몰라요. 캐서린이 축 처져 있지만 않고 그런 대로 잘 적응하니까 많은 위안이 돼요."

알렌 씨는 이 문제에 대해 합당할 정도의 분노를 표시했다. 알렌 부인 역시 남편의 표현이 좋다고 생각했는지 곧 그 말을 반복했다. 알렌 씨가 말하는 놀라움의 표시나 추측들, 설명들은 알렌 부인의 말이 되었고, 뿐만 아니라 부인은 '그런 사람은 절대 용서할 수 없어요.' 란 말을 덧붙이고는 했다.

알렌 부인은 문장 사이에 이 말을 집어넣었으며 알렌 씨가 방을 나가고 나서도 전혀 화가 가라앉지 않고 다른 화제를 꺼내지도 않고 두 번씩이나 같은 말을 반복하면서 말을 이었다. 세 번째 같은 말을 반복한 다음에도 한참을 더 횡설수설하더니, 마침내 네 번째도 똑같은 말을 한 다음에 이렇게 덧붙였다.

"참, 바스를 떠나기 전에 내가 제일 좋아하는 메칠린 옷에 난 그 구멍을 수선했는데 얼마나 잘됐는지 흔적도 찾을 수 없다니까요. 나중에 한번 보여줄게요. 캐서린, 어쨌든 바스는 좋은 곳이었잖아. 떠나고 싶지 않을 정도였으니까. 소프 부인을 만나서 정말 다행이었어, 그렇지 않니? 처음에는 우리 둘이서만 있어서 정말 외로웠잖니."

"그래요, 그렇지만 곧 아는 사람들을 만났잖아요."

캐서린은 처음에 바스에서 사람들을 만나면서 느낀 행복감을 떠올리며 두 눈을 빛냈다.

"그래, 맞아, 곧 소프 부인을 만났으니까. 그 다음에는 아무것도 부족한 것이 없었지. 캐서린, 이 비단 장갑 괜찮지 않니? 처음으로 2류 무도회에 갈 때 내가 꼈던 장갑이잖니. 그때 이후로 늘 이 장갑을 낄 정도로 좋아했었어. 그날 밤 기억나니?"

"그럼요, 하나도 잊지 않았어요."

"정말 기분 좋은 무도회였어, 그렇지? 틸니 씨와 함께 차를 마셨고, 그는 정말 좋은 사람이야. 그렇게 호감이 가는 사람도 없을 거야. 네가 그날 틸니 씨와 같이 춤을 춘 것 같은데, 잘 기억이 나질 않는구나. 그날은 내가 제일 좋아하는 드레스를 입었던 날이었는데."

캐서린은 대답할 수가 없었다. 잠시 동안 다른 얘기를 하다 알렌 부인은 다시 같은 얘기를 반복하기 시작했다.

"틸니 장군 같은 사람은 정말 너무 싫어요. 겉으로 보기엔 좋은 사람처럼 보였는데. 몰랜드 부인, 아마 그렇게 훌륭한 가문의 사람을 보긴 힘들 겁니다. 전 그렇게만 생각했었어요. 그들이 머물렀던 숙소는 그들이 떠난 바로 다음날에 곧 다른 사람들이 왔죠. 물론 놀라운 일도 아니죠, 밀섬 가였으니까."

다시 집으로 걸어오면서 몰랜드 부인은 알렌 부부처럼 늘 캐서린을 옆에서 아껴 주는 사람이 있으니 얼마나 행복하냐고 말하면서 이렇게 좋은 친구들로부터 아직 사랑을 받고 있으니 잘 알지도 못하는 틸니

가 사람들의 부주의나 불친절에 대한 생각은 하지 말라고 충고했다. 물론 맞는 말이었다. 그러나 인간이란 어떤 때는 상식이 전혀 통하지 않을 때가 있는 법이다. 캐서린의 감정은 어머니가 하는 모든 말과 정반대로 치달았다. 지금 자신의 행복은 모두 그 잘 알지 못하는 사람들에게 달려 있었던 것이다.

몰랜드 부인이 스스로 생각하기에 타당한 말로 더욱 자신의 의견을 확고히 하고 있는 와중에 캐서린은 말없이 지금쯤은 틸니 씨가 노생거에 도착해 있겠다는 생각만을 하고 있었다. 지금쯤은 아마 그녀가 떠났다는 사실을 알았을 것이다. 아니면, 지금쯤 벌써 히어포드를 향해 출발했을지도 모른다.

30

캐서린의 기분은 진정되지도 않았고 일도 건성으로 할 뿐이었다. 지금까지 그런 때가 전혀 없었던 건 아니지만, 몰랜드 부인은 예전보다 훨씬 심각한 수준이라는 걸 알았다.

캐서린은 10분도 한자리에 앉아 있지 못했을 뿐만 아니라 집중해서 뭔가 하지도 못했다. 정원을 산책하거나 과수원으로 나가고 마치 왔다 갔다 하는 걸 제외하고는 그 어느 것도 원하지 않는 것 같았다. 응접실에 앉아 있는 것보다 온 집 안을 휘젓듯이 걸어 다니는 걸 더 좋아하는 것 같았다. 이렇게 기운 없는 모습은 예전에는 전혀 볼 수 없었던 것이었다. 산책을 하거나 게으름을 부리는 건 예전 모습과 비슷할 수도 있지만 아무 말 없이 슬픈 표정만 짓고 있는 모습은 전에는 한 번도 보지 못한 걱정스러운 부분이었다.

이틀 동안 몰랜드 부인은 별 생각 없이 그런 모습을 지켜보고 있었다. 그러나 3일이 지났는데도 캐서린은 여전히 풀이 죽어 있었고 아무 일도 하지 않으려 했다. 바느질조차도 하기 싫어했다. 이쯤 되자 몰랜드 부인은 딸을 나무라지 않을 수 없었다.

"캐서린, 네가 훌륭한 숙녀가 될 수 있을지 걱정이구나. 일을 도와 줄 사람은 너밖에 없는데 리처드 조끼는 언제나 만들 수 있을지 모르겠구나. 넌 계속 바스 생각만 하고 있어. 그렇지만 모든 것이 때가 있는 법이다. 그때는 무도회에 가거나 연극을 보러 갈 때였고 지금은 일을 해야 할 때란다. 오랫동안 기다렸던 즐거움을 만끽했으니까 이젠 일을 좀 해야 되지 않겠니?"

캐서린은 여전히 풀이 죽은 목소리로 일거리를 집어 들며 말했다.

"바스 생각을 너무 많이 하고 있는 건 아니에요."

"그럼 틸니 장군 때문에 걱정하고 있는 거로구나. 너무 바보 같은 짓이야. 다시 그 사람을 만날 일도 없을 텐데. 그 생각은 아예 하지도 마."

잠시 말없이 앉아 있다 다시 말을 이었다.

"캐서린, 우리 집이 노생거 사원처럼 멋지지 않아서 그런 것이 아니길 바란다. 그건 정말 좋지 않은 일이야. 네가 어디에 있든 언제나 그곳에 만족해야 해. 특히 집에 대해서는 말야. 왜냐하면 네가 가장 많은 시간을 보낼 곳이 바로 집이니까. 아침 식사 때 노생거에서 먹은 프라스 빵 얘긴 그만했으면 좋겠구나."

"전 그 빵을 좋아하지도 않아요. 뭘 먹든 제게는 다 똑같아요."

"저기 위층에 찾아보면 그 문제에 관한 아주 괜찮은 책이 있을 거야. 젊은 아가씨들 얘긴데, 대단한 사람을 만나고 나서 집에서 잘못 행동하는 얘기야. 아마 제목이 '거울' 일 거야. 언제든 시간 날 때 읽어 보려무나, 많은 도움이 될 거야."

캐서린은 더 이상 아무 말도 하지 않았다. 그리고 어머니 말을 따르기 위해 다시 바느질을 시작했다. 그러나 잠시 후에 다시 스스로도 의식하지 못한 채 무기력하고 불안한 상태로, 바느질은 어느새 잊고 지겨운 듯 의자를 앞뒤로 움직이며 앉아 있었다.

몰랜드 부인은 이런 딸의 모습을 지켜보고 있었다. 딸의 얼굴에 드러난 공허하고 불만스러운 표정이 자신이 생각한 불평을 나타내 주는 증거라고 생각하고는 이 문제를 가능한 한 빨리 해결하기 위해 그 책을 찾으러 얼른 자리에서 일어섰다.

그 책을 찾는 데는 약간 시간이 걸렸다. 다른 집안일들도 있고 해서 위층에 올라간 지 15분이나 지나서야 그 책을 손에 들고 아래층으로 내려왔다. 위층에서는 자신이 만드는 소리 외에는 다른 소리는 전혀 들을 수 없었기 때문에 잠시 위층에 올라가 있던 사이에 누가 방문했다는 건 생각도 못 하고 있었다.

방으로 들어오자 처음 눈에 들어온 사람은 한 번도 본 적이 없는 젊은이였다. 그 젊은이는 정중한 표정으로 곧 자리에서 일어섰고 캐서린은 그를 틸니 씨라고 소개했다.

그는 당황한 표정으로 지나간 일을 생각해 볼 때 이곳에서 자신을 전혀 반가워하지 않을 것이라는 걸 알면서도 몰랜드 양이 집에 무사히 도착했는지 꼭 확인해야 하겠기에 이렇게 실례를 무릅쓰고 불쑥 찾아왔다고 말하며 사과했다. 그는 다른 설명을 덧붙이진 않았다.

몰랜드 부인은 틸니 장군의 무례한 행동에 대해서 전혀 이해할 수는 없었지만 그래도 두 남매에 대해서는 좋은 생각을 갖고 있었기 때문에 그가 이렇게 직접 나타난 걸 보자 기분이 좋아졌다. 그래서 소박한 말로 따뜻한 환대를 보이며 그를 맞이하였다. 딸에 대해서 그렇게 신경을 써 줘서 고맙다는 말과 아이들 친구들이라면 언제라도 환영이라고 말하면서 과거에 대해서는 더 이상 말하지 말자고 했다.

틸니 씨 역시 예상치 못했던 환대에 마음이 놓여 몰랜드 부인의 말을 따랐으며, 무엇보다도 불쾌한 그 얘기만큼은 하고 싶지 않았다. 말없이 다시 자리에 앉으면서 틸니 씨는 몇 분 동안 몰랜드 부인이 하는 일상적인 질문에 대답했다. 한편 캐서린(흥분되고 불안한 마음에 행복하고 들뜬 기분으로 어쩔 줄 모르고 있던)은 한 마디도 하지 않았다. 그러나 발갛게 달아오른 두 뺨과 한층 밝아진 두 눈을 보며 몰랜드 부인은 이 따뜻한 방문으로 인해 한동안은 딸의 마음이 편안해지겠다고 생각했다. 이런 생각에 가져온 책은 기쁜 마음으로 옆으로 제쳐 두었다.

손님과 할 얘기도 별로 없는데다 아버지의 무례한 행동 때문에 당황하고 있는 젊은이에게 기운도 북돋아 줄 겸 몰랜드 부인은 남편의 도움을 받기 위해 아이를 시켜 아버지를 불러오라고 했다. 그러나 몰랜드 씨는 집에 없었다.

시간이 조금 지나자 부인은 더 이상 할 말이 없었다. 잠시 말없이 앉아 있다가 틸니 씨는 어머니가 들어온 다음부터 한마디도 하지 않고 앉아 있는 캐서린을 보면서 알렌 씨 부부가 지금 플러톤에 있는지 물었다. 당황해 무슨 말을 해야 할지 몰라 하는 캐서린으로부터 단 한 마디 긍정적인 대답을 듣고는 틸니 씨는 가능하면 그들을 방문하고 싶다고 말하면서 약간 얼굴을 붉히며 캐서린에게 그곳까지 길을 안내해 줄 수 있겠냐고 물었다.

"여기 창문에서도 보여요."

사라가 말하자 틸니 씨는 알겠다는 듯 가볍게 고개를 끄덕여 보였고, 몰랜드 부인 역시 말없이 고개를 끄덕였다. 부인은 틸니 씨가 알렌 씨를 방문하는 것뿐만 아니라 다른 사람 앞에서 설명하기 거북할 수 있는 아버지의 행동에 대해서 설명을 하려고 하는 것이 아닐까 하는 생각을 하면서 캐서린이 그와 동행하도록 허락했다.

두 사람이 밖으로 나갔고, 몰랜드 부인의 생각이 틀리지 않았다. 틸니 장군에 대한 해명이 필요했었다. 그러나 틸니 씨는 우선 자신에 대해서 말하고 싶었다. 알렌 씨 집에 도착하기 전에 완벽하게 자신이 온 이유를 설명했으며 캐서린은 그의 마음을 진심으로 받아들였다. 이제 그의 애정에 대한 확신이 섰다. 틸니 씨는 캐서린의 마음을 물어왔지만 이미 그녀의 마음은 그에게 가 있다는 걸 알고 있었다.

틸니 씨는 캐서린을 진심으로 사랑하고, 캐서린의 성격과 그녀의 가정을 아끼지만, 틸니 씨의 애정은 고마움의 표시에 지나지 않았다는 걸 고백해야만 하겠다. 다시 말하면 캐서린이 그에게 특별한 관심을 보였기 때문에 그녀에게 관심을 두기 시작했다는 말이다. 물론 이런 상황은 두 연인의 사랑에서 흔한 일은 아니고, 사실 여주인공의 위엄에도 상당한 손상이 온다는 걸 안다. 그렇지만 이런 일이 새로운 일이라 할지라도 이 모든 상상은 바로 필자가 한 것이다.

틸니 씨와 캐서린은 아주 잠깐 동안 알렌 부부와 얘기를 나누었고 틸니 씨는 이런저런 얘기를 두서없이 꺼냈으며, 캐서린은 말할 수 없는 기쁨에 휩싸여 거의 말을 한마디도 못 했기 때문에 결국 알렌 부부는 서로서로 말을 주고받는 것으로 끝났다. 그리고 알렌 씨 집을 채 나서기도 전에 캐서린은 틸니 씨의 구혼에 틸니 장군이 어느 정도까지 허락을 했는지 알 수 있었다.

이틀 전에 우드스턴에서 돌아오는 길에 틸니 씨는 사원 근처에서 초조한 모습의 아버지를 만났고 그때 아버지는 화난 목소리로 캐서린은 떠났고 더 이상 그녀에 대해서 생각하지 말라고 했다는 것이다.

이런 상황에서도 틸니 씨는 지금 그녀에게 청혼을 했던 것이다. 이런 설명을 들으면서 잔뜩 겁을 먹었던 캐서린은 비록 걱정이 되기는 했지만 틸니 씨가 이 말을 하기 전에 서로의 사랑을 먼저 확인함으로써 그녀가 느낄 수 있는 불쾌감을 없애려고 했다는 생각에 더욱 행복해졌다. 틸니 씨가 자세한 내용을 설명하며 아버지가 그렇게 행동했던 이유를 말하자 캐서린은 점점 더 행복해졌다.

틸니 장군은 그녀의 잘못 때문에 화난 것이 아니었다. 그건 장군과 같이 자존심이 강한 사람은 도저히 용서할 수 없는, 전혀 캐서린의 잘못으로 발생한 일이 아닌 잘못된 생각 때문이었다. 물론 장군이 좀더 훌륭한 사람이었다면 그런 생각을 했던 것 자체도 부끄러워했겠지만 말이다. 장군이 캐서린을 무례하게 대했던 이유는 그가 생각했던 것만큼 캐서린이 부자가 아니었기 때문이었다. 그녀의 재산이나 사회적 신분에 대해서 잘못 생각한 장군은 바스에서 그녀와 사귈 기회를 만들었고 노생거로까지 초대하면서 캐서린을 장래 며느릿감으로 생각하고 있었던 것이다. 그리고 런던에서 지금까지와 다르다는 사실을 알게 되자마자 곧바로 집으로 돌아왔던 것이다.

물론 그녀에 대한 그의 분노나 그녀의 가족들에 대한 그의 모욕적인 처사는 적절하지 않은 것이었지만, 장군을 오해하게 만든 사람은 바로 존 소프였다. 극장에서 아들이 캐서린에게 상당한 관심을 가지고 있다는 걸 눈치 챈 장군은 우연이 소프 씨를 만나서 혹시 캐서린에 대해서 아는 것이 있냐고 물었다. 장군과 같은 권위를 가진 사람을 만나 이야기를 하게 되어 기분이 좋아진 소프 씨는 그에게 기꺼이, 그것도 약간은 자부심까지 섞어가며 캐서린에 대한 여러 가지 사실들을 알려주었다.

그때만 해도 제임스와 이사벨라의 약혼 문제가 진행되고 있었고, 그 자신도 캐서린과 결혼하기로 벌써 결심하고 있던 터라 소프 씨는 자신의 탐욕스런 생각에 이끌려 몰랜드 가가 상당한 재력가라고 말했던 것이다. 소프 씨는 누구와 함께 있든, 누구와 알게 되든 몰랜드 가가 대단한 것으로 말했고, 제임스와 캐서린 남매와 친해지면서 그들은 더욱 더 부자인 것으로 생각했다.

처음부터 이렇게 과장된 생각을 하고 있었기 때문에 이사벨라에게 제임스를 소개한 뒤로 몰랜드 가에 대한 기대는 계속해서 커져만 갔다. 그런데다 장군에게 말할 때는 자신이 생각하는 것보다 두 배씩 부풀려 말하고, 제임스의 재산에 대해서는 세 배쯤 말한 데다 아이들의 수도 반쯤 줄여서 말했다. 게다가 부자인 고모 얘기까지 덧붙여 얘기하다 보니 장군은 자연스럽게 몰랜드 가에 대해서 대단한 상상을 했던 것이다.

특히 소프 씨의 관심과 상상의 대상이었던 캐서린에 대해서는 그 이상의 것을 기대했다. 그녀의 아버지가 물려 줄 수 있는 1만 파운드 또는 1만5천 파운드 정도의 재산은 알렌 씨의 저택에 비하면 아무것도 아니라고 생각했을 테고 바스에서 캐서린이 알렌 씨 부부와 친밀하게 지내는 걸 보자 장군은 캐서린이 물려받을 재산이 상당할 것이라고 생각하며 캐서린을 플러톤의 상속녀 쯤으로 생각했음에 틀림없었다.

이런 이야기를 듣고 장군은 이 같은 계획을 진행시켰으며 이 사실에 대해서는 조금도 의심하지 않았다. 게다가 소프 씨의 동생과 제임스의 약혼이 진행 중이었고 캐서린에 대해서도 소프 씨가 자신의 관심을 솔직하게 말하는 걸 들으면서 장군은 소프 씨의 말을 그대로 받아들였다. 이뿐만 아니라 알렌 부부가 부자인 데다가 아이가 없고, 캐서린이 그들과 함께 지내는 걸 보자 장군은 알렌 부부와 캐서린 사이에 보다 친밀한 무엇이 있다고 생각했던 것 같았다.

장군은 곧 계획을 세웠던 것이다. 이미 틸니 씨가 캐서린에게 호감을 가지고 있다는 걸 눈치 채고 있었기 때문에, 소프 씨에게 감사를 표하며 소프 씨가 꿈꾸고 있던 일을 막기 위해 노력했던 것이다. 캐서린뿐만 아니라 틸니 남매도 물론 이런 일들에 대해서 전혀 모르고 있었다.

틸니 씨와 엘리너는 캐서린의 상황이 그리 특별하지 않음에도 불구하고 아버지가 최상의 접대를 하는 걸 보면서 적잖이 놀랐다. 뒤늦게야 틸니 씨는 캐서린을 잘 보살피기 위해서 최선을 다하라는 강력한 아버지의 명령에 두 사람의 결혼을 아버지가 원하고 있다는 걸 눈치 채고 있었지만 아버지가 그렇게 잘못된 생각을 하고서 이런 일을 벌였다는 건 전혀 짐작조차 못 하고 있었다.

장군이 자신의 생각이 틀렸다는 걸 알게 된 것도 바로 처음 그에게 잘못된 생각을 심어준 존 소프 씨로부터였다.

두 사람은 우연히 런던에서 만나게 되었는데 그때 캐서린의 청혼 거절과 제임스와 이사벨라를 화해시키려는 노력이 깨져 두 사람이 완전히 남남이 됐다는 사실 그리고 제임스와의 우정도 더 이상 아무런 소용이 없다고 생각하고 화가 난 소프 씨는 이전에 몰랜드 가에 대해서 좋게 말했던 모든 사실을 부인했다.

제임스와 사귀면서 그의 가문의 재력과 권력에 대해 완전히 잘못 판단한 것이라고 고백하며 지난 몇 주 동안 자세히 알아 보고 그들이 돈도 없는 미미한 가문일 뿐이라는 걸 알게 되었다고 말했다. 두 집안 사이의 혼인 문제에 대한 의논이 있은 후 비록 관대한 제안이 있기는 했지만 자신은 제임스의 간교한 말에 속았다는 걸 알게 되었기 때문에 더 이상 두 남매에 대해서 좋게 생각할 수 없다고 했다.

사실 몰랜드 가는 흔히 볼 수 있는 빈궁한 집안이며, 플러톤에서 존경받는 존재도 아니었다는 걸 뒤늦게야 알게 되었다는 것이다. 그들은 자신들의 재산으로는 불가능한 사치스런 생활을 고대하고 있으며, 부자들과 관계를 맺어 좀더 잘 살아보려고 하는 자만심에 가득 찬 야비한 사람들이라고 했다.

이 말을 듣고 놀란 틸니 장군은 알렌 씨의 이름을 말하며 의문의 시선을 던졌다. 그러나 소프 씨는 그 부분에서도 자신이 잘못 알았다고 말했다.

알렌 가는 몰랜드 가와 아주 오랫동안 이웃으로 살고 있으며, 플러톤에 있는 그들의 영지도 제임스에게 위임될 것이 틀림없다고 했다. 장군은 더 이상 들을 필요도 없었다. 세상 모든 사람들에게 분노를 느낀 그는 바로 다음날 사원을 향해 출발했으며 곧 캐서린을 집으로 쫓아버려야만 했던 것이다.

이 이야기 중에서 틸니 씨가 캐서린에게 어느 정도를 전했는지, 틸니 씨 자신도 아버지에게 어디까지 전해 들었는지, 틸니 씨가 추측한 부분이 얼마나 옳았는지, 그리고 제임스로부터 아직 더 전해질 얘기가 있는지는 독자들의 판단에 맡기겠다.

이제 캐서린은, 틸니 장군이 부인을 살해했거나 감금시키고 있다고 의심했던 일이 비록 잘못이긴 하지만 그의 성격이나 잔인성에 비추어 보면 그리 큰 잘못도 아니라는 생각이 들었다.

아버지에 대해 이런 이야기를 전해야만 하는 틸니 씨는 처음 이 이야기를 들었을 때만큼이나 처참한 기분이었다. 어쩔 수 없이 말해야만 하는 아버지의 편협함 때문에 얼굴을 붉혔다.

노생거에서 아버지와 나눈 대화는 끔찍했다. 캐서린이 어떤 대우를 받았는지, 그리고 아버지가 어떤 생각을 가지고 있었는지 알게 되었다. 아버지의 의견을 그대로 받아들일 것을 강요받은 틸니 씨는 참지 못하고 아버지 앞에서 분노를 터뜨리고 말았다.

가정에서 자신의 말이 마치 법처럼 통하는데 익숙해 있던 틸니 장군은 틸니 씨가 비록 마음의 상처를 받았다고는 하나 자신의 말을 공손히 받아들이지 않는다거나 감히 말로 반대 의견을 내놓으면서 맞서리라고는 생각도 못 했기 때문에 틸니 씨에게 더욱 화를 냈다.

그러나 이런 상황에서 아버지의 분노가 비록 충격적이긴 했지만 틸니 씨는 자신이 옳다는 걸 확신하고 있었기 때문에 물러서지 않았다. 캐서린에 대한 애정뿐만 아니라 도의적인 책임까지 결코 무시할 수 없었기 때문이다.

캐서린의 마음은 이미 자신을 향해 있다는 걸 알고 있었으며 그 역시 그녀를 사랑하고 있었기 때문에, 이전에 아버지가 넌지시 알린 묵시적인 동의를 이제 철회한다 해도, 그리고 아무리 화를 낸다고 해도 자신의 사랑을 흔들 수는 없었고, 사랑에 바탕을 둔 결심을 바꿀 수도 없었다.

틸니 씨는 캐서린을 떠나보내기 위해 아버지가 만든 약속인 히어포드로의 여행을 강력하게 거부하고 캐서린에게 청혼을 하겠다는 의사를 분명히 밝혔다.

이 말을 들은 장군은 매우 불쾌해 했으며 두 사람은 화해하지 못하고 그렇게 헤어졌다.

마음은 오랫동안 혼자서 달래야 할 정도로 상처를 받았지만 틸니 씨는 곧 우드스턴으로 향했고 다음날 오후에 캐서린을 만나기 위해 플러톤으로 출발했던 것이다.

31

딸과의 결혼을 허락해달라는 틸니 씨의 청을 받고 몰랜드 부부는 한동안 너무 놀라 아무 말도 하지 못했다. 두 사람 사이에 사랑이 싹트고 있으리라고는 생각도 못 한 일이었기 때문이었다. 그러나 캐서린을 사랑하는 사람이 있다는 건 너무도 자연스러운 일이라는 생각을 하며 틸니 씨의 청을 기쁜 마음으로 받아들였다.

사실 몰랜드 부부가 두 사람의 결혼을 반대할 이유는 없었다. 틸니 씨의 훌륭한 태도와 생각은 누가 보아도 추천할 만한 것이었다. 또한 그에 대해서는 항상 좋은 말만 들어왔기 때문에 그들이 굳이 나서서 반대할 필요도 없었다. 경험이 많진 않아 보였지만 그것을 충분히 보충할 만큼의 겸손함과 친절한 태도를 갖추고 있었기 때문에 그의 인품에 대해서는 걱정할 필요가 없을 것 같았다.

"캐서린은 주부로서는 아주 엉망일 거예요."

몰랜드 부인은 걱정스럽게 말했다. 그러나 곧 실제 경험보다 좋은 약은 없다며 달래주기도 했다.

그러나 단 한 가지 언급해야만 할 장애물이 있었다. 그 장애물이 없어지기 전까지 몰랜드 부부가 두 사람의 약혼을 허락하기란 불가능했다. 비록 두 사람 모두 온유한 성품을 지니긴 했지만 그들 역시 원칙만은 누구보다 철저히 지키는 사람들이었기 때문에, 틸니 씨의 아버지가 두 사람의 결혼을 노골적으로 반대하는 걸 알면서 그 결혼을 찬성만 할 수는 없는 일이었다.

틸니 장군이 두 사람의 결혼을 원하거나, 진심으로 축하하기 전까지는 확실한 약속을 할 수 없었다. 적어도 틸니 장군으로부터 동의가 있어야 했다. 일단 그가 동의한다면(몰랜드 부부는 그리 오래 걸리지 않을 것이라고 생각했다.) 그들은 곧 두 사람의 결혼을 승낙할 것이다. 그들이 필요한 것은 장군의 동의였다.

몰랜드 부부는 돈에 관해 장군에게 요구를 하고 싶은 생각은 전혀 없었다. 결혼 조건이 결정되면 많은 재산 중에서 그의 아들 몫으로 일정 정도는 배분될 것이며, 현재 틸니 씨의 수입만으로도 독립해서 안락한 생활은 할 수 있었다. 사실 돈 문제에 관해서라면 자신들이 딸에게 해줄 수 있는 이상의 수준이었다.

캐서린과 틸니 씨는 이런 결정에 놀라지는 않았다. 가슴 아픈 일이긴 했지만 화를 낼 수는 없었다. 두 사람이 빠른 시일 내에 행복으로 묶일 수 있는 변화가 장군에게 일어나리라고는 생각하지 않았지만 희망을 가지고 헤어졌다.

틸니 씨는 이제 자신의 집으로 돌아가서 어린 식물들이 잘 자라는지 살펴보고 캐서린을 위해 집 안 여기저기를 손보아야 했다. 그리고 캐서린은 플러톤에 남아서 슬퍼하고 있었다. 두 사람의 비밀스런 서신 교환으로 이별의 아픈 상처가 조금은 치유되었는지는 묻지 않기로 하자.

몰랜드 부부도 이 점에 있어서는 딸에게 아무것도 묻지 않았다. 딸을 소중히 생각하는 마음에 캐서린에게 그 어떤 강요도 할 수 없었던 것이다. 그래서 캐서린이 편지를 받을 때마다(물론 자주 일어난 일이었지만) 몰랜드 부부는 모르는 척했다.

이 이야기의 결론에 대해 캐서린과 틸니 씨뿐만 아니라 그들을 사랑하는 모든 사람들이 궁금해 하겠지만 독자들은 그렇지 않을 것이다. 벌써 이 소설을 읽으면서 예상하고 있었을 것이 분명하므로 완전한 행복을 향해 발걸음을 빨리 해야 할 것 같다. 어떤 식으로 두 사람의 결혼을 성사시키느냐가 이제 유일하게 남은 문제이다. 어떤 상황을 만들어야 틸니 장군 같은 사람을 변화시킬 수 있을까?

가장 효과적으로 이용할 수 있는 상황은 바로 엘리너의 결혼이다. 엘리너는 높은 신분과 많은 재산을 갖춘 사람과 여름에 결혼을 했다. 고위층에 속하게 된 장군은 다시 기분이 좋아졌다. 엘리너의 도움으로 틸니 씨를 용서하게 되고 '그렇게 바보가 되고 싶으면 마음대로 하라고 해.' 라는 말로 틸니 씨를 받아들인 것이다.

결혼 덕분에 엘리너는 틸니 씨가 떠난 후 더욱 끔찍해진 노생거를 떠나 그녀가 선택한 집에서 그녀가 선택한 남자와 함께 살 수 있게 되었다. 그녀를 아는 모든 사람들은 이 결혼에 만족했다. 필자의 기쁨 역시 컸다. 꾸밈없는 성격을 가진, 오랫동안 고통을 받아온 엘리너인 만큼 이런 행복을 받기에 적합한 사람이 그리 많지는 않을 테니까.

이 신사에 대한 엘리너의 사랑은 오래전부터 시작되었다. 그는 여러 면에서 부족하다고 생각했기 때문에 엘리너에게 청혼을 하지 못하고 기다려 왔다. 그런데 예상치 못한 작위와 재산을 수여받게 되어 이 모든 문제가 해결되었다. 오랜 시간을 힘들게 인내하며 참아온 엘리너와 함께 지내면서도 엘리너를 '영부인' 이라고 부르며 기뻐할 때처럼 그의 사랑이 지극하게 나타난 적은 없었다. 이제 그 신사는 엘리너에게 청혼을 할 수 있는 위치가 된 것이다.

그의 작위나 재산, 엘리너에 대한 지극한 사랑을 굳이 들지 않더라도 그는 세상에서 가장 멋진 사람이었다. 그에 대해 더 이상 칭찬을 할 필요도 없었다. 단 한 가지 덧붙이고 싶은 것이 있다면(물론 줄거리와 관계없는 사람을 등장시키는 건 금지되어 있다는 걸 알지만) 그는 예전에 노생거에 오랫동안 머문 적이 있었고 그의 부주의한 하인이 세탁소 영수증을 남겨 두고 떠나는 바람에 캐서린이 첫날밤 끔찍한 모험을 겪게 되었다는 사실이다.

이제 자작 부인이 된 엘리너와 그녀의 남편은 몰랜드 가에 대해 알게 되었고, 두 사람은 틸니 씨를 위해 틸니 장군에게 그의 청을 들어달라고 부탁했고 장군은 결국 허락했다. 두 사람으로부터 장군은 소프 씨의 악의적인 거짓말 때문에 또 한 번 몰랜드 가에 대해 오해를 했다는 걸 알았다.

그들은 가난하지도 않았고, 결혼을 하게 되면 캐서린은 3천 파운드를 받을 예정이었다. 그것은 장군의 기대 이상이었고 그의 자존심을 살려주는 데 많은 도움이 되었다. 또한 힘들게 얻은 플러톤에 관한 소식인 플러톤 영지는 현재 완전히 몰랜드 씨 소유라는 사실 역시 탐욕스러운 기대를 가능하게 만들었기 때문에 장군의 노여움은 상당히 풀렸다.

이런 사실을 확인한 장군은 엘리너가 결혼한 후 얼마 되지 않아 틸니 씨를 다시 노생거에 들이기로 했고 온갖 예의를 갖추어 몰랜드 씨 앞으로 편지를 써 틸니 씨에게 전해 주었다.

바로 결혼을 동의한다는 내용이었다. 이에 따라 모든 일이 곧 성사되었다. 캐서린과 틸니 씨는 결혼했고 모든 사람은 행복했다. 두 사람이 처음 만난 날로부터 12개월째 되는 날이었으니, 장군의 잔인한 계획 때문에 상당히 지연되긴 했어도 두 사람에게 큰 피해가 간 건 아니었다. 뿐만 아니라 스물여섯과 열여덟이라는 나이에 행복한 결혼을 시작하는 것도 좋은 일이다.

필자의 생각을 좀더 말해 보면, 장군의 부당한 간섭은 두 사람의 행복에 타격을 주었다기보다 오히려 도움이 된 것 같다. 그 일로 인해서 캐서린과 틸니 씨는 서로를 더 잘 이해할 수 있었고 서로에 대한 애정도 더욱 깊어졌기 때문이다.

그러나 이 소설이 부모의 권위적인 간섭을 부추기는 건지 자식이 부모의 말을 거역하더라도 결국에는 모든 일이 잘 풀릴 것이라는 걸 암시하는 건지는 읽는 사람이 결정할 일이다.

제인 오스틴(Jane Austen)의 생애와 연보

1775년

12월 16일 영국 햄프셔의 스티븐튼 마을에서 태어남.

1795년 (20세)

『오만과 편견』의 전신인 『엘리너와 메리앤』 집필.

1796년 (21세)

『오만과 편견』의 전신 『첫인상』을 쓰기 시작, 이듬해 완성.

1797년~1798년 (22~23세)

『노생거 사원』을 쓰기 시작함. 처음에는 『수잔』이라 불림.

1803년 (28세)

『수잔』, 『노생거 사원』의 초고를 크로스비 출판사에서 10파운드에 사감. 이 무렵에 미완인 『윗슨가의 사람들』 집필.

1811년 (36세)

『맨스필드 파크』를 쓰기 시작(1813년 6월 완성). 『이성과 감성』이 에거튼 사에서 출판. 초판이 140파운드의 수입을 가져다 줌.

1812년 (37세)

『오만과 편견』을 에거튼 사에서 110파운드에 사감.

1813년 (38세)

『오만과 편견』 에거튼 사에서 출판. 『이성과 감성』, 『오만과 편견』이 동시에 재판되어 나옴.

1814년 (39세)

『엠마』의 집필에 착수(1815년 3월 25일 완성). 『맨스필드 파크』 출판.

1815년 (40세)

『설득』 집필 시작(1816년 8월 완성). 『엠마』가 존머리 사에서 출판. 『이성과 감성』이 프랑스어로 출판됨.

1816년 (41세)

[사계평론](1815년 10월호)에 월터 스콧의 『엠마』 비평이 나옴. 『맨스필드 파크』의 재판이 나오다. 『맨스필드 파크』 및 『엠마』의 프랑스어판이 나옴.

1817년 (42세)

『샌디턴』집필. 이것은 1925년에 처음으로 출판되었으나 현재는 Jane Austen' s Minor Works 속에 수록되어 있다. 7월 18일 사망. 유해는 윈체스터 대성당에 안장됨. 『오만과 편견』 제3판이 나오다.

1818년

『노생거 사원』과 『설득』, 미완성 원고가 연이어 출판됨.

노생거 사원

초판 1쇄 인쇄일 : 2006년 12월 11일
초판 1쇄 발행일 : 2006년 12월 16일

지은이 : 제인 오스틴
옮긴이 : 신미향
발행처 : 현대문화센타
발행인 : 양장목
출판등록 : 1992년 11월 19일
등록번호 : 제3-448호
주소 : 서울특별시 은평구 대조동 191-1(122-842)
대표전화 : 384-0690~1　　팩시밀리 : 384-0692
이메일 : hdpub@chol.com

ISBN 89-7428-303-4 (03840)

값 10,000원